ALMA GUERREIRA

ALMA GUERREIRA

VICTORIA LACHAC

EDITORA
Labrador

Copyright © 2019 de Victoria Lachac
Todos os direitos desta edição reservados à Editora Labrador.

Coordenação editorial
Patricia Quero

Revisão
Maurício Katayama
Carolina Caires Coelho

Projeto gráfico, diagramação e capa
Felipe Rosa

Ilustração da capa
Dayane Raven

Preparação
Bia Mendes

Dados Internacionais de Catalogação na Publicação (CIP)
Angelica Ilacqua CRB-8/7057

Lachac, Victoria
   Alma guerreira / Victoria Lachac. -- São Paulo : Labrador, 2019.
   332 p.

   ISBN 978-85-87740-72-4

   1. Ficção brasileira I. Título.

19-0454   CDD B869.3

Índice para catálogo sistemático:
1.Ficção brasileira

EDITORA
Labrador

Editora Labrador
Diretor editorial: Daniel Pinsky
Rua Dr. José Elias, 520 - Alto da Lapa
05083-030 - São Paulo - SP
+55 (11) 3641-7446
contato@editoralabrador.com.br
www.editoralabrador.com.br

A reprodução de qualquer parte desta obra é ilegal
e configura uma apropriação indevida dos direitos
intelectuais e patrimoniais da autora.

A Editora não é responsável pelo conteúdo deste livro.
A autora conhece os fatos narrados, pelos quais
é responsável, assim como se responsabiliza pelos
juízos emitidos.

Aos meus queridos pais, Solange e Ricardo, e avós, Idalina e Antonio, que sempre me apoiaram para que eu pudesse realizar meus sonhos e são meus melhores amigos.

SUMÁRIO

1. Espadas **11**
2. Ela precisa parar **21**
3. Ajudando um sonho................. **30**
4. Uma novidade **38**
5. Reencontrando Kazumi........... **46**
6. Praticando............................... **54**
7. Yasuo toma coragem **63**
8. Tristeza para todos **74**
9. O sonho e a conversa **84**
10. Mais um treino **93**
11. O que fazer agora?................. **105**
12. Onde ela está? **113**
13. Sozinha **122**
14. Conhecendo Kameyo............ **133**
15. O segredo de Chizue **143**
16. Sobre a primeira vez............. **155**
17. A tentativa de Hiro **165**
18. Primeiro serviço **176**

19. Tradicional ou emocional? **186**
20. Mais um serviço................................... **196**
21. Conhecendo alguém **204**
22. Encontro noturno............................... **213**
23. Sentimentos **223**
24. Conversas importantes **234**
25. Invasão.. **248**
26. O grande dia **260**
27. Um bebê e várias mentiras **268**
28. Tentando escapar............................... **281**
29. Procurando a amada.......................... **292**
30. A mudança **310**
31. Nunca é tarde demais **321**

1
ESPADAS

Natsuki

Meu nome é Natsuki Katayama e nasci em uma bela noite, em 1780, no vilarejo de Kiryu, próximo a Koga, no período Edo do Japão feudal. Eu tenho cabelos longos, lisos e pretos, olhos castanho-escuros e pele clara, como a grande maioria das japonesas, mas também sou diferente delas em vários aspectos. Desde pequena, meu sonho sempre foi aprender a lutar para ser uma guerreira, mas não uma guerreira qualquer: eu desejava me tornar uma onna bugeisha, a versão feminina de um samurai. Na aldeia onde eu morava, éramos cercados de campos de arroz, grama e colinas escuras, e alguns samurais, às vezes, treinavam ao ar livre em frente à minha casa. Eu amava observá-los para tentar aprender alguns golpes, porém sabia que para ser realmente uma onna bugeisha não bastava apenas observar os samurais; eu teria que fazer o treinamento, e para isso precisava da autorização de duas pessoas que tinham grande importância e, infelizmente, autoridade em minha vida: meus pais.

Meu pai, Eijiro, era artesão, trabalhava com outros homens de mesma profissão em uma oficina que pertencia ao único artesão rico da vila. Ele era um homem conservador e não apoiava a ideia de eu aprender a lutar e me tornar uma guerreira. Não gostava quando eu brincava de lutar com meu irmão, me imaginando em uma batalha, mas não brigava comigo por causa disso. O maior obstáculo que eu teria de enfrentar para realizar meu sonho seria minha mãe, Manami, que o tempo todo tentava me explicar o quanto era errado uma mulher lutar em uma batalha. Ela argumentava que apenas homens deveriam participar de atividades agressivas e que mulheres eram delicadas demais para fazer algo além de serem donas de casa e mães, mas eu discordava completamente. Ela me dizia também que um dos principais motivos pelos quais era contra meu treinamento era o fato de as onna bugeishas estarem em decadência e o medo de que eu sofresse na sociedade... até parece! Na verdade, ela se preocupava com a "honra" da família.

Meu irmão mais velho, Yasuo, era o único da família que me entendia. Ele era parecido comigo fisicamente, apesar de ser um pouco mais moreno, e sempre tentava me animar quando eu ficava chateada depois das brigas com minha mãe. Ele me apoiava muito na realização de meus sonhos. Yasuo era dois anos mais velho que eu e saía para passear comigo pelo vilarejo quase todos os dias. Nós conversávamos, brincávamos, ríamos, corríamos, andávamos... fazíamos várias coisas nesses passeios e eu adorava ficar com meu irmão. Havia meninas que reclamavam de seus irmãos e diziam que eles apenas queriam atrapalhar e controlar a vida delas, porém Yasuo não fazia nada de ruim para mim, muito pelo contrário, ele sempre me estimulava a ser eu mesma e me trazia muita felicidade. Ele não tinha aquela mentalidade boba e opressora que muitos tinham em relação às mulheres; acreditava que todos tinham o direito de realizar seus sonhos. Yasuo era meu melhor amigo desde meus 5 anos.

Certo dia, quando eu tinha 13 anos e Yasuo, 15, estávamos andando na grama que cercava a nossa vila enquanto conversávamos. Estávamos próximos dos campos de arroz e havia algumas cerejeiras com lindas flores rosa ao redor. Eu estava usando um quimono azul-celeste com uma faixa rosa em volta e meu cabelo estava preso. Yasuo vestia um quimono cinza. Meu irmão era apenas um pouco mais alto do que eu, então eu não sentia dor no pescoço ao conversar com ele como sentia quando falava com meu pai. Yasuo transmitia uma energia positiva, e isso me agradava muito.

— Essa paisagem é muito bonita! Queria treinar com uma bela katana aqui algum dia... — eu disse, suspirando. Katana era a espada utilizada pelos samurais. Yasuo sorriu, passou a sua mão direita sobre a grama e disse:

— Você vai conseguir treinar para ser uma guerreira, Natsuki. Nossos pais têm que deixar. Nas poucas vezes em que te vi treinando com galhos de árvore, com outros meninos, percebi que você é talentosa.

— Obrigada, Yasuo. Espero que você esteja certo. Não entendo por que minha mãe briga tanto comigo por causa do meu sonho! Se me ama de verdade, deveria me apoiar! — eu disse, brava, com os braços cruzados.

— Ela te ama, só tem medo de que você seja malvista — afirmou Yasuo.

Fiquei inconformada na hora. Meu irmão concordava com minha mãe? Aquilo não poderia ser verdade!

— Você também acha que eu deveria ficar presa em casa?!

— Claro que não. Apenas repeti o que nossa mãe sempre diz. Eu acho que ninguém deve ser impedido de ser o que quiser.

"Esse é o Yasuo que conheço!", pensei. Eu havia me assustado por um momento. Se meu irmão mudasse o pensamento, eu ficaria totalmente sozinha.

— Ainda bem... Você acha que minha mãe me ama mesmo? — perguntei, intrigada.

Eu não conseguia enxergar nenhum amor por mim em minha mãe. Ela sempre tentava me impedir de ser quem eu queria e também nunca demonstrava me amar com beijos, abraços ou qualquer tipo de carinho. Ela abraçava e acariciava Yasuo de vez em quando, mas... e eu? Nada. Só me dava bronca.

— Claro que sim! Nunca duvide do amor de uma mãe pelo filho!

— Mas a nossa mãe nunca me mostra nenhum gesto de carinho, Yasuo! Ela só sabe me dar bronca! Não consigo entender isso! — Yasuo suspirou. Talvez ele concordasse comigo e não quisesse admitir.

"Minha mãe não tem carinho por mim e não quer me deixar ser feliz! Quem ama não age assim!", pensei.

— É só o jeito dela. Nossa mãe nunca foi uma pessoa muito carinhosa e nunca será. Com o nosso pai, ela nem sequer conversa direito, mas isso não significa que ela não o ama.

Yasuo tinha um pouco de razão. Minha mãe nunca foi a pessoa mais afetuosa do mundo.

— Você sabe que estou certo. Não tente disfarçar... — disse Yasuo, sorrindo e fazendo cócegas em mim para me provocar.

— Pare com isso agora! — falei, irritada com as cócegas.

— Que nervosa! Eu estava só brincando! — disse Yasuo.

Não gostei de ter magoado meu irmão. Ele estava triste porque eu havia sido grossa com ele. Detestava chatear Yasuo e me sentia terrível por isso.

— Desculpe... Não foi minha intenção te entristecer — eu disse. Yasuo me abraçou e falou:

— Tudo bem. Sabe o que realmente vai me deixar triste? — Fiquei curiosa na hora.

— O quê?

— Você não conseguir me pegar! — exclamou Yasuo, rindo e correndo.

Meu irmão era cheio de surpresas. Naquele momento, comecei a correr atrás dele e disse, rindo:

— Isso não foi legal! Eu não estava preparada para correr!

— Quero ver você me alcançar... — disse Yasuo, me provocando e correndo ainda mais rápido.

Eu sentia medo quando ele corria, pois meu irmão tinha um problema na perna direita que o fazia tropeçar com frequência. Ele insistia em correr apenas porque sabia que eu amava fazer isso. Ele corria por mim.

— Vou te alcançar! Você vai ver! — afirmei, sorrindo e acelerando o passo.

Correr na grama era mágico. Adorava sentir a grama em minhas pernas, por mais que elas estivessem cobertas pelo quimono. Gostava de me exercitar desde pequena e sempre que corria me imaginava lutando com minha katana e minha bela armadura de onna bugeisha. Não compreendia o fato de minha mãe pensar que ser guerreira era uma péssima ideia... ela só podia ser maluca para me impedir de ter uma experiência tão boa quanto correr e lutar em um campo de batalha.

Quando Yasuo estava chegando perto de um campo de arroz, ele tropeçou em seu próprio roupão e caiu no chão. Seu rosto bateu na grama e ficou parcialmente sujo de terra e plantas. Assustada, ajudei meu irmão a se levantar e disse:

— Yasuo, não acho bom você correr. Você sempre se machuca quando faz isso... A única coisa com a qual concordo com nossa mãe é que, se você não parar de correr, talvez um dia se machuque de uma maneira muito grave — Yasuo limpou o rosto com as mãos, beijou minha cabeça e disse:

— Não se preocupe comigo. Sei me cuidar. Aliás, você gosta de correr?

— Amo correr! — afirmei.

— Então isso basta para me motivar. Não me importo com os riscos. Um simples tropeção não vai me matar — disse Yasuo, rindo.

"Ele está certo... acho que estou exagerando", pensei. Minha mãe era muito preocupada comigo e com Yasuo, e queria nos proteger de tudo.

— Tudo bem. Obrigada por correr para me fazer feliz — Yasuo sorriu novamente. O sorriso de meu irmão era extremamente bonito e sempre me deixava mais alegre.

— Venha comigo até aquela sakura. Quero te mostrar uma coisa — disse Yasuo, segurando minha mão.

Franzi a testa e perguntei, curiosa:

— O que seria?

— Venha comigo e você vai descobrir! — dizendo isso, Yasuo me puxou pela mão, me levando até embaixo de uma das várias sakuras que havia naquela região... como eu as amava! Aliás, sakuras são as árvores que ficam lotadas de flores de cerejeira brancas ou rosas, principalmente na primavera. Sempre fui apaixonada por elas...

Em um certo momento, Yasuo parou de andar, soltou minha mão e pegou uma caixa retangular de madeira que estava embaixo da sakura em um canto. Quando ele abriu a caixa, não acreditei no que vi. Eu estava diante do objeto mais lindo do mundo.

— São... são...

— São katanas. Peguei emprestadas de dois samurais. Não conte para nossos pais! — disse Yasuo, em tom baixo.

"As pessoas acham que ouro é precioso? Essas espadas são muito mais...", pensei.

— Posso pegar uma na mão, Yasuo? — perguntei, boquiaberta e radiante por estar tão perto de uma katana.

— É claro — respondeu Yasuo, rindo baixinho.

Delicadamente, peguei uma katana na mão e analisei sua bela e curvada lâmina. Era uma lâmina tão brilhante que a luz do sol, ao bater nela, era fortemente refletida, fazendo meus olhos arderem.

— Muito obrigada por ter me trazido isso... fiquei muito feliz! — disse, ofegante de tanta alegria. Yasuo pegou a outra katana, deixou a caixa no chão, e disse:

— O que acha de lutarmos com nossas katanas? Assim treinamos um pouco. Seria uma chance de você sentir o gosto de uma verdadeira luta, Natsuki! — Fiquei muito entusiasmada com a ideia. Pulei de tanta alegria.

— Sim! Sim! Sim! — disse, radiante.

— Mas prometa que você não tentará me machucar. É apenas uma simulação de luta, nada de violência. Quero muito que você fique feliz, mas não gostaria nem um pouco de sair ferido. Promete que não será agressiva? — perguntou Yasuo, mordendo os lábios, aparentando estar um pouco tenso.

— Prometo! Juro que não vou te ferir. Eu jamais machucaria meu melhor amigo — afirmei, sorrindo. Yasuo me abraçou, retribuiu o sorriso, depois se afastou e disse:

— Está bem. Quero muito que você se sinta em um verdadeiro campo de batalha, tente se imaginar como uma onna bugeisha. Vamos começar!

Está pronta, onna bugeisha Natsuki? — e, ao dizer isso, Yasuo posicionou sua espada.

Fiz o mesmo com a minha e disse:

— Estou pronta, samurai Yasuo! — e iniciamos a luta.

Um dos motivos pelos quais eu amava meu irmão era o fato de ele sempre querer me ver feliz. Eu jamais conseguiria ser uma irmã tão boa quanto ele, tinha certeza. Lutar e ainda ficar ao lado de uma sakura, meu tipo de árvore favorito? Não havia sensação melhor!

Eu amava aquele barulho das espadas batendo. Tomei cuidado para não ferir meu irmão, obviamente, mas estava dando meu melhor em mostrar os poucos golpes que sabia.

— Quero ver você me vencer! Você está pegando leve demais, garoto! — disse, rindo.

— Você não viu nada ainda! — disse Yasuo.

Um minuto depois, vi uma pessoa se aproximando de mim e de meu irmão. Com medo, joguei a espada na grama ao meu lado. Yasuo fez o mesmo. Depois que a pessoa se aproximou mais, percebi que era minha mãe, andando elegantemente e de cabelos presos, como sempre. Naquele dia, ela estava usando um quimono verde-escuro com uma faixa preta. Sua testa estava franzida e eu conseguia sentir a raiva emanando dela. Estava furiosa.

Minha mãe chegou bem perto de mim e disse:

— Posso saber o que você estava fazendo com uma katana?

— Como você sabe que eu estava com uma? — perguntei, assustada.

Minha mãe pegou a katana que estava ao meu lado e disse:

— Uma mãe sempre observa o que os filhos estão fazendo, mas não mude de assunto! Já te disse inúmeras vezes que você não deve mexer com objetos que apenas meninos podem usar! Katanas são para homens!

— Mas, mãe, as onna bugeishas usam espadas! — afirmei, inconformada.

— Elas estão em decadência, Natsuki! Elas estão diminuindo cada vez mais em número e em breve deixarão de existir — minha mãe não gostava de mim. Para me impedir tanto de fazer o que eu queria, só podia me odiar. Eu não conseguia entender o prazer de minha mãe em me querer infeliz.

— Mãe, eu e a Natsu estávamos apenas brincando com as espadas e ela ama lutar. Deixe-a se divertir um pouco! — pediu Yasuo. Minha mãe encarou Yasuo e disse:

— Pare de se intrometer tanto! Essa conversa é entre mim e sua irmã — "Obrigada, irmão...", pensei, feliz por alguém estar do meu lado e me entender. — O que acha que as pessoas vão pensar ao ver uma menina com uma espada por aqui? Mulheres precisam ficar em casa e não devem realizar atividades masculinas.

"Atividades masculinas...", como eu odiava aquelas palavras! Eu detestava qualquer tipo de imposição que as pessoas me faziam. Sempre acreditei que homens e mulheres poderiam ser o que quisessem e não tinham que estar presos a determinadas "atividades", mas minha mãe insistia naquele assunto idiota que ela chamava de moderno.

— Meu sonho é ser uma onna bugeisha. Preciso treinar desde já, mesmo que seja apenas com lutas de mentira — disse.

Minha mãe suspirou, com desdém.

— Filha, o neoconfucionismo é a nova doutrina agora e devemos segui-la. Ela deixa bem claro que a posição das mulheres na sociedade é cuidando da família e da casa, e mostra a hierarquia social. Todos estão se adaptando a essa ideologia e, quanto mais rápido você se adaptar, menos você sofrerá!

Eu não me conformava com o que minha mãe dizia. Como ela poderia pensar que eu tinha a obrigação de obedecer a uma ideologia que todos seguiam? As pessoas são livres, não devem fazer o que não desejam. Eu não seria considerada uma criminosa se não seguisse o tal neoconfucionismo.

— Ninguém vai me punir se eu não aderir a essa teoria, mãe. Só segue essa doutrina quem quer.

— Quem vai te punir por isso é a sociedade! Todos te olharão com maus olhos e jamais aceitarei isso. Não vou deixar que você sofra e seja malvista pelas pessoas — disse minha mãe, jogando a katana longe.

Quase chorei quando ela fez aquilo com minha espada.

— Você é delicada demais para lutar. O neoconfucionismo não permite que nossas frágeis e sensíveis mulheres saiam empunhando espadas, por isso as onna bugeishas estão se dando mal. Acho bom você desistir desse sonho bobo e acordar para a vida, menina! — exclamou minha mãe, brava e batendo em meu rosto.

Minha mãe era forte; eu detestava quando ela dava tapas em mim. "Ela não gosta de mim. Apenas pensa no que os outros vão achar! Nunca se importa com minha felicidade, apenas com as opiniões das outras pessoas! É inacreditável!", pensei, muito magoada.

— Não sou delicada! Sou forte! — disse, irritada.

— Não me conteste, Natsuki. A próxima vez que eu te vir lutando ou realizando qualquer atividade masculina, te darei uma punição! Você deve se adaptar às normas da sociedade, custe o que custar.

— Eu simplesmente não consigo acreditar... — disse em tom baixo, suspirando. Minha mãe olhou para meu irmão e disse:

— E se você agir pelas minhas costas e ajudar sua irmã a quebrar as regras, te punirei também! — depois de dizer isso, minha mãe encarou friamente meu irmão e a mim e virou as costas, voltando para nossa casa, em estilo similar ao gassho, pequena com o telhado bastante triangular e de madeira escura quase por inteiro.

Assim que cheguei em casa, comecei a chorar. Detestava quando minha mãe falava aquelas besteiras. Ela se preocupava demais com o que os outros pensavam, era ridículo.

— Fique calma, Natsu. Você vai conseguir realizar seu sonho. Não deixe a nossa mãe entrar em seu caminho — disse Yasuo, me abraçando.

— Obrigada... — eu disse, secando minhas lágrimas e tentando me alegrar.

— Lembre-se: sempre siga seu coração — afirmou Yasuo.

— É tão difícil fazer isso com uma mãe como a nossa... O nosso pai também não me ajuda nem um pouco a realizar meu sonho, mas nossa mãe é bem pior do que ele nesse aspecto — comentei, suspirando.

— Você é forte. Vai conseguir o que quiser. Não precisa da aprovação dos nossos pais, basta ter coragem e dedicação — afirmou Yasuo. Meu irmão tinha toda a razão. Ele era um amor de pessoa. Eu adorava o apoio que ele sempre me dava.

— Obrigada por sempre me motivar a fazer o que desejo. Te amo, Yasuo — disse, sorrindo.

— Também te amo, Natsu — disse Yasuo, retribuindo o sorriso e me abraçando.

"Os abraços dele são muito bons...", pensei, feliz. Yasuo sempre me deixava alegre nos momentos ruins; ele era um ótimo irmão e um grande amigo.

Logo depois do nosso abraço, fomos andar um pouco perto das sakuras da região. Ficar perto daquelas árvores me deixava mais alegre. Por mais que meus pais me impedissem de realizar meu desejo de ser guerreira, principalmente minha mãe, ainda tinha esperanças de que um dia eu conseguiria me tornar uma. Minha mãe sempre tentava me convencer de que eu ser uma onna bugeisha era uma má ideia, porém eu não me importava e sabia que ela apenas pensava em ser aceita pelas pessoas... Se eu conseguisse achar alguém que realmente pudesse me ajudar e me treinar para ser uma onna bugeisha, talvez eu finalmente realizasse meu sonho.

2
ELA PRECISA PARAR

Manami

No dia seguinte ao que flagrei Natsuki lutando com uma katana contra Yasuo, às nove da manhã, eu, meu marido e meus filhos acordamos. Eijiro, como sempre, estava muito apressado para chegar ao trabalho e também não se conformava com a teimosia de Natsuki de querer ser uma onna bugeisha. Ele sabia que a ideia da nossa filha era loucura e que apenas servia para iludi-la. Eu ficava muito irritada quando Yasuo defendia a irmã nas brigas, argumentando que ela deveria seguir o coração e ser guerreira, porque ele não conseguia enxergar a realidade. As mulheres simplesmente não podiam ser sonhadoras.

As onna bugeishas eram cada vez mais desprezadas na sociedade e sumiam cada vez mais por causa do neoconfucionismo, que defendia que as mulheres japonesas deveriam ser donas de casa e ter os filhos como prioridade. Eu entendia completamente a teoria, porque as mulheres são frágeis demais para serem guerreiras, porém Natsuki simplesmente não se conformava com ela. Minha filha corria o enorme risco de ser malvista e até mesmo de jamais arrumar um marido se começasse o treinamento de onna bugeisha. Os homens, que em sua maioria aderiram ao neoconfucionismo, não gostavam da ideia de as mulheres serem fortes.

Eu sabia que Natsuki se daria muito mal se tentasse se tornar guerreira, sendo que a crença de que mulheres deveriam ficar reclusas na casa aumentava cada vez mais. Além de achar que uma mulher querer aprender a lutar era algo apenas para os homens, me preocupava o que as pessoas pensariam ao ver minha filha fazendo algo que não fosse aprender o que uma mãe e dona de casa deve fazer. Não gostaria nem um pouco que Natsuki desonrasse a família com suas teimosias e ilusões. Ela tinha que aceitar que, com a chegada do neoconfucionismo, as mulheres não poderiam mais guerrear. Yasuo me atrapalhava muito quando eu tentava fazer a irmã entender o quanto era errado uma moça sensível aprender a lutar.

Naquele dia, eu usava um quimono de minha cor favorita: azul-escuro, com uma faixa branca em volta. Meu cabelo estava todo preso e com alguns adornos. Eu estava ansiosa porque receberia duas amigas muito queridas para mim: Akemi Fujimura e Haruna Iwata. Dávamo-nos muito bem, apesar de termos algumas divergências. Eu e Akemi, por exemplo, tínhamos opiniões diferentes em relação ao futuro de Natsuki. Eu geralmente não deixava minha filha conversar muito com Akemi, porque acreditava que ela seria influenciada pelas suas ideias e ficaria ainda mais difícil de ser contida. Akemi era muito gentil e eu adorava conversar com ela, porém não era a mulher japonesa típica e, por isso, definitivamente não poderia ser o melhor exemplo para Natsuki.

Nove e meia da manhã, Akemi e Haruna chegaram à minha casa. Akemi vestia um quimono vermelho com uma faixa branca e o cabelo parcialmente solto, e Haruna usava um quimono laranja-claro com uma faixa preta e seu cabelo estava totalmente solto. Natsuki e Yasuo vieram receber minhas amigas junto comigo. Como Eijiro já havia ido trabalhar, não pôde cumprimentar Haruna e Akemi. Akemi estava com sua filha, Chizue Fujimura, que era uma grande amiga de minha filha havia anos. As duas se divertiam muito juntas, o que me deixava bastante feliz. Chizue tinha os olhos um pouco maiores do que os de Natsuki, o cabelo menos escuro, e adorava usar quimonos verdes. Chizue sorriu quando viu Natsuki ao meu lado.

— Olá, Manami, Natsuki e Yasuo. É um prazer ver vocês — disse Akemi, sorrindo.

— Oi, gente — disse Haruna, também sorrindo.

— Olá, família Katayama! — disse Chizue, graciosa como sempre. Chizue estava usando um quimono rosa-claro com uma faixa branca, seu cabelo estava parcialmente preso e com alguns adornos.

— Olá! — disse Natsuki, animada em ver Chizue e minhas duas amigas. Minha filha gostava bastante de ver aquelas pessoas, porém não gostava tanto de Haruna, porque ela concordava comigo em relação a não permitir que ela fosse uma onna bugeisha. Ela também pensava que Natsuki deveria aceitar e seguir o neoconfucionismo.

— Olá, moças — disse Yasuo, sorrindo.

— Mãe, posso ficar com a Natsu lá fora? — perguntou Chizue para Akemi, que suspirou, sorriu e disse:

— Pode, sim, querida, mas quero que você e a Natsuki fiquem perto da casa da Manami. Não quero te perder de vista.

Akemi sabia que eu sempre deixava minha filha brincar ao ar livre, então nem me perguntou se eu me importava em deixá-la passear com Chizue.

— Obrigada, Akemi — disse Natsuki, feliz. Akemi apenas sorriu. Chizue andou em direção à minha filha, a abraçou e foi com ela para fora.

— Gostariam de beber alguma coisa, meninas? — perguntei para Haruna e Akemi.

— Não, obrigada — responderam Haruna e Akemi quase ao mesmo tempo.

— Tudo bem. Vamos até a entrada de minha casa sentar nas cadeiras de madeira para conversar um pouco? — perguntei, sorrindo.

— Mas é claro! — respondeu Akemi, feliz. Eu, Haruna e Akemi, desde que passei a morar naquela casa, ficávamos conversando sentadas em cadeiras de madeira na parte externa da casa enquanto observávamos Natsuki e Chizue. Naquele dia, Haruna não havia trazido a filha. Nós não conseguíamos ouvir bem as duas, mas isso não era um problema, pois não ficávamos lá para ouvir as conversar entre elas, e sim porque gostávamos mais de ficar do lado de fora da casa.

Depois que sentamos nas cadeiras, Haruna perguntou:

— Sua família está bem, Manami? — suspirei ao ouvir aquela pergunta. Tudo estava ótimo, tirando o fato de Natsuki insistir em querer aprender a guerrear e ter ido lutar com Yasuo sem minha permissão.

— Sim, Haruna. O problema é... a Natsuki. Ela está passando dos limites comigo — afirmei.

Detestava quando minha filha contestava o que eu dizia, e ela fazia isso muitas vezes. Eu fazia de tudo para tentar corrigir a rebeldia irritante dela, mas nada adiantava. Não queria que Natsuki sofresse por causa de seu sonho bobo de lutar em batalhas como um samurai e fosse malvista por não ser uma garota educada para ser dona de casa.

— Entendo. Minha filha também, o tempo todo, fica me dizendo que detesta a ideia de apenas se dedicar à família, mas ela tem que aceitar! Nossas meninas precisam aceitar as normas sociais, senão elas sofrerão... — disse Haruna, suspirando.

Fiquei feliz por Haruna concordar comigo. Ela me apoiava muito naquele assunto. Haruna conseguia entender que as pessoas, em especial as meninas, precisavam aceitar as regras para não sofrer.

— Sim! E também não quero que as pessoas olhem para minha família e pensem "A garota esquisita faz parte desta família". Preciso fazer com que Natsuki deixe de ser...

— ... quem ela é? — perguntou Akemi, me interrompendo, querendo completar minha frase. Fiquei extremamente irritada.

— Por que você fez isso? — perguntei, me controlando para não surtar.

— Apenas completei sua frase e discordo totalmente do seu ponto de vista. Como você quer que sua filha deixe de ser ela mesma? Isso é um absurdo, Manami, e você sabe disso — afirmou Akemi, inconformada.

Akemi sempre foi diferente de mim e de Haruna em vários aspectos, apesar de ser uma ótima pessoa. Ela pensava que quebrar certas regras em nome da felicidade valia a pena, o que era impensável para mim.

— Para você é fácil dizer isso, porque é da nobreza, onde todos podem tudo. Eu e minha família somos pessoas mais simples e precisamos ser bem-vistas pelos outros.

Akemi franziu a testa e disse:

— O que você disse não faz o mínimo sentido. Eu ser nobre não muda o fato de que devo ser bem-vista pelas pessoas. Apenas penso que, se sua filha deseja ser uma guerreira, deixe que ela se torne uma! Ela precisa ser feliz.

"Que conversa mais ridícula! Minha filha jamais será feliz se a sociedade a olhar com maus olhos!", pensei, inconformada.

— Não é assim que as coisas funcionam, Akemi. Será uma desonra para minha família se Natsuki se negar a ser uma dona de casa e mãe de família. Ela não pode simplesmente se tornar o tipo de pessoa que quiser — afirmei.

Eu sabia que Akemi jamais entenderia meu ponto de vista. Ela era a favor de rebeldias e sempre apoiava os desejos sem sentido de minha filha.

— Natsuki não será punida por ninguém se ela treinar para lutar em batalhas, simplesmente será vista como alguém diferente, nada mais. Eu sou uma mulher diferente das outras e estou muito bem, porque escolhi ser assim e não me importo com o que as pessoas pensam disso.

— Mas devia se importar, Akemi. Deve ser por causa de sua teimosia que seu marido briga tantas vezes com você — comentou Haruna, cruzando os braços.

O marido de Akemi, Masato Fujimura, era um samurai que também defendia a liberdade dos filhos, só que de maneira bem mais restrita. Masato não apoiava tanto a ideia de Chizue ir à escola, por exemplo, um dos motivos de seus conflitos com Akemi.

— Eu tenho muito orgulho de quem sou e não me arrependo nem um pouco de não ter desistido de ser eu mesma. Essas regras sociais opressoras foram impostas para nós da noite para o dia! Não tenho a obrigação de segui-las — disse Akemi, irritada.

Um dos principais motivos pelos quais o neoconfucionismo vinha crescendo era o fato de o Império Chinês estar ganhando cada vez mais influência e, por isso, as pessoas copiavam certos costumes, como o confucionismo, por exemplo. Neoconfucionismo era uma mistura de budismo, confucionismo e taoísmo... aliás, uma mistura que definitivamente não agradava a todos, mas, como o Império Chinês estava seguindo essa teoria, várias regiões começaram a seguir também. Eu não achava as ideias do neoconfucionismo ruins.

— Você deveria aceitar a realidade também e parar de tentar iludir sua filha dizendo que ela tem liberdade de ser o que quer — disse.

— Manami, eu quem decido o que digo para minha filha. Não gostaria nem um pouco de vê-la infeliz, tendo que realizar, durante toda a vida, atividades que ela detesta — disse Akemi.

A alegria, em minha opinião, era menos importante do que se adequar às regras. Para mim, uma vez que uma pessoa seguia as regras, ela se sentia satisfeita apenas pelo fato de não ser malvista. A última coisa que eu queria era que as pessoas olhassem para minha filha e vissem uma menina ridícula que não sabe seu verdadeiro lugar.

— Você fez certo em ter tirado a katana da Natsuki ontem. Ela precisa saber que o lugar dela é em casa, não na guerra. Meninas não devem lutar — disse Haruna.

Eu havia contado a Haruna e Akemi sobre o ocorrido no mesmo dia em que ele aconteceu. Akemi havia ficado brava comigo, porém Haruna me apoiou.

— Vocês não veem que a alma da Natsuki é de guerreira? Desde que ela era pequena vejo que ela nasceu para lutar! Ela é uma menina muito forte, corajosa e talentosa e merece fazer o que faz de melhor! — disse Akemi.

— Pare de falar essas besteiras. Minha filha não tem toda essa liberdade, aliás, ela nem pode ter — Akemi mexia em seus cabelos, pensativa. Ela suspirava, inconformada com o meu ponto de vista, como se eu fosse a ignorante.

— Pare de ficar presa no passado, Akemi. Agora os tempos são outros.

Você precisa aceitar a realidade e entender que o que Natsuki quer é uma loucura! — eu disse.

—Chizue vai sofrer se for no mesmo caminho de Natsuki. Ela tem que entender também que não pode se dar ao luxo de fazer o que bem entender — comentou Haruna.

Akemi era uma mulher bastante controlada, mas eu conseguia perceber o quanto ela estava brava com o que eu e Haruna havíamos dito. Akemi não se conformava.

— Quem seguirá o caminho errado se não tiver o sonho realizado é Natsuki. Conheço-a e sei que ela fará besteiras se você continuar impedindo-a de ser o que ela quiser, Manami. Crianças fazem coisas erradas quando sua liberdade é tão restringida.

"Isso não faz sentido...", pensei, balançando a cabeça, confusa.

— Não concordo com isso. Eu vivo muito bem em uma sociedade cheia de normas e não fiz besteiras em minha vida. Sou uma pessoa muito correta — afirmei.

— Tão correta que pensa mais nas aparências do que na própria filha — disse Akemi, com um olhar de desdém.

Fiquei furiosa naquele instante. Como Akemi ousava falar daquele jeito comigo? Quem ela pensava que era? Só não a expulsei de minha casa porque éramos grandes amigas e não queria que nossa amizade acabasse daquele jeito.

— Não fale isso de mim! — pedi, furiosa.

— Você não aceita a verdade e isso que é desonroso, deixar a Natsuki ser feliz, não é? — disse Akemi, levantando da cadeira.

— Que verdade?! — perguntei, confusa, franzindo a testa. Levantei da cadeira logo depois. Akemi agia de uma maneira muito estranha, às vezes.

— O fato de você pensar demais nas aparências, Manami. A sociedade praticamente vive de aparências e escolhi não viver assim porque não quero que minha vida se limite apenas ao que os outros pensam de mim, tanto é que sou o que sempre quis ser independentemente de as pessoas gostarem disso ou não.

Akemi era uma mulher muito estranha, apesar de ser uma amiga muito boa para mim. Ela sempre dizia coisas absurdas sobre a vida pensando ser a pessoa mais sábia do mundo.

— Não é assim que as coisas funcionam... — comentou Haruna, que também havia se levantado.

— Desculpe, mas não acho que destruir sonhos seja a melhor forma de criar uma sociedade perfeita — afirmou Akemi. Ela tinha razão em um ponto: eu estava mesmo destruindo o sonho de minha filha. Quando tirei aquela katana da mão de Natsuki, percebi como ela ficou magoada. Foi como se eu tivesse tirado um pedaço dela. Natsuki era apaixonada por lutar e eu jamais poderia negar isso, apesar de detestar o fato de ela ser tão teimosa.

— Eu não tenho outra escolha e você sabe disso. Não posso deixar minha querida Natsuki sofrer jamais.

Akemi se aproximou de mim e disse, quase sussurrando:

— Então deixe ela treinar para ser uma guerreira.

— Ela nunca será uma guerreira! — exclamei, irritada.

Akemi recuou suavemente com meu grito, como se já o esperasse. Haruna permaneceu quieta, mas não estava assustada.

— Filhos chateados com os pais e com a vida seguem caminhos errados, Manami. Grave minhas palavras — disse Akemi.

— Pare de dizer isso! Estou fazendo isso pelo bem de Natsuki!

— Desculpe, mas você não fez nenhum bem para Natsuki quando arrancou a katana da mão dela e lhe passou um sermão.

Eu não conseguia entender o que Akemi estava tentando me dizer. Ela era uma pessoa inteligente, mas às vezes exagerava um pouco nas coisas que falava.

Alguns minutos depois, Natsuki e Chizue voltaram para a casa. Elas estavam animadas. Eu gostava quando Natsuki percebia que a luta não era a única coisa boa que a vida tinha a oferecer. Akemi dava liberdade demais à filha e isso com certeza lhe traria infelicidade. Haruna era quem estava certa, pois ela concordava que Natsuki precisava encarar a realidade. Akemi não podia continuar iludindo Chizue daquele jeito e me dizer que eu deveria ser ingênua como ela. Eu estava grávida de três meses e rezava todos os dias para que meu bebê fosse um menino, porque naquela sociedade as meninas já não tinham mais nenhum espaço.

3
AJUDANDO UM SONHO

Akemi

No dia seguinte ao que conversei com Manami e Haruna sobre os desejos de Natsuki, comecei a refletir sobre esse assunto novamente. Imaginava Natsuki triste naquela família, se sentindo incompreendida, assim como várias pessoas já se sentiram. Minha família sempre me apoiou na realização de meus desejos e eu me perguntava o motivo pelo qual a família de Natsuki não fazia o mesmo. Para mim, deixar o próprio filho ser infeliz por causa de regras sociais e divergências não fazia o menor sentido. Desde que a minha Chizue era pequena, sempre a estimulei a sonhar alto e fazer o que realmente quisesse da vida. Meu marido não gostava muito da ideia de eu apoiar a nossa filha a ser o que desejasse, mas eu não me importava, jamais desonraria minha família dessa maneira.

Honra... essa era uma palavra que eu escutava o tempo todo. Em minha opinião, honra é diferente para cada pessoa. Para algumas, uma mulher honrada é mãe de família; para outras, ficar reclusa em casa o tempo todo... mas, para mim, honra é respeitar o desejo das pessoas. Não estou dizendo que as pessoas devem começar a agir completamente fora das regras, porque sem ordem nada funciona; apenas acredito que devemos seguir o que nosso coração deseja, fazer o que nos faz brilhar de tanta alegria. Manami, por mais que fosse uma grande amiga minha, jamais entenderia esse meu ponto de vista. Ela era conservadora demais para entender. Natsuki merecia voar e seguir na direção que quisesse.

Enquanto eu tomava um gole de água, observava Chizue desenhando em um canto. Ao contrário da maioria das mulheres que eu conhecia, Chizue tinha os cabelos castanho-escuros, não chegavam a ser pretos, com algumas luzes naturais, e seus olhos eram de cor de avelã e levemente esverdeados, o que a tornava diferente, porém ainda assim linda. Eu faria o meu melhor para jamais impedi-la de seguir o próprio caminho. Apesar de estar errada em relação a várias coisas, Manami me ajudou a registrar algo importante na minha mente: nunca ser como ela era com os filhos. Se não a tivesse conhecido, talvez nunca pudesse ter uma mãe como referência do que eu jamais imitaria. Se pudesse, cuidaria de Natsuki no lugar de Manami; talvez isso deixasse ambas felizes.

Chizue parou de desenhar por um instante, correu até mim e disse:

— Mãe, posso ir brincar com a Natsuki?

— Claro, mas tome cuidado para não tropeçar no seu quimono! — alertei.

Chizue às vezes corria rápido demais e acabava caindo. Ela era uma ótima filha, sempre tratava os pais e os demais parentes bem. Aliás, ela era gentil com todos.

— Tudo bem. Obrigada, mãe! — ao dizer isso, Chizue me abraçou e saiu em direção à casa de Natsuki, que era bastante próxima da minha.

Fui para a área externa de casa observar minha filha se afastar. Quando Natsuki apareceu na porta com Manami, Chizue ficou muito feliz. As duas meninas se abraçaram, enquanto Manami apenas olhava, sorrindo.

— Dê um pouco de liberdade para sua filha... deixe-a sonhar! — disse, em tom bem baixo.

Discretamente, segui Chizue e Natsuki até o grande espaço com grama e arbustos que havia logo depois da última casa da aldeia. Me escondi atrás de uma árvore e fiquei espiando as duas, que andavam lentamente pela grama. Naquele dia, Natsuki estava usando um quimono azul-escuro com algumas flores azul-claras e seu cabelo estava parcialmente solto. Eu sentia uma força em Natsuki que nunca havia percebido em ninguém antes. Ela tinha algum talento especial que as pessoas não haviam visto ou ignoravam, eu tinha certeza.

— Sua mãe ainda está brava com você por ter lutado com a katana? — perguntou Chizue.

Natsuki suspirou na hora. Percebi que ela estava triste. "Queria muito poder ajudá-la...", pensei, chateada. Natsuki merecia a felicidade, assim como qualquer pessoa.

— Sim... Ela não fala comigo desde o dia do ocorrido. Meu pai brigou comigo também pelo que fiz, mas está agindo normalmente.

Manami tinha o costume de não falar com Natsuki e Yasuo quando eles faziam algo que a desagradava, e eu achava isso muito ruim. Punir o filho por ter feito algo errado é aceitável, mas ignorar? Com certeza não era uma boa ideia... ignorar os filhos apenas os fazia ter raiva dos pais, definitivamente não lhes ensinava nada.

— É muito ruim ser ignorada... Não gosto disso.

— O pior não é minha mãe me ignorar, é o que ela me disse sobre minha luta com Yasuo depois que voltei para casa — disse Natsuki, suspirando, chateada.

Chizue, preocupada e carinhosa como sempre, perguntou:

— O que ela disse? Ela te magoou muito?

— Ela disse que detesta ter uma filha tão teimosa e que eu lhe causo vergonha por isso. Ela também disse que eu desonrarei a família se resolver treinar para ser uma guerreira.

Natsuki estava se controlando para não chorar. Ela olhava para o chão, muito magoada. Queria muito que ela se sentisse melhor naquele momento, mas eu tinha certeza de que não havia nada que pudesse fazer para ajudá-la. Fiquei horrorizada ao ouvir de Natsuki o que Manami havia dito. Era inadmissível Manami falar aquelas besteiras ofensivas para a filha. Eu estava pasma com o que havia ouvido, não queria acreditar que Manami havia falado com Natsuki daquela maneira tão agressiva.

— Que horror! Não acredite jamais no que sua mãe te disse, porque você é uma pessoa incrível, não se esqueça disso — disse Chizue, abraçando Natsuki, que derramou uma pequena lágrima, mas respirou fundo, se acalmou e disse:

— Obrigada, Chi. Já ouvi muitas vezes esse tipo de discurso vindo da minha mãe e me magoo sempre que escuto... Já deveria ter me acostumado, mas não me acostumei ainda.

Eu sentia que precisava ajudar Natsuki. Ela precisava de apoio de uma pessoa mais velha. Por mais que Yasuo e Chizue motivassem Natsuki a realizar os sonhos, eu tinha a sensação de que ela precisava ouvir isso de um adulto. Crianças ficam mais confiantes quando têm a aprovação de um adulto em alguma coisa, é um fato.

— É uma onna bugeisha que você gostaria de ser?

— Sim. Sempre admirei muito as onna bugeishas e quero treinar para ser uma, mas sou impedida o tempo todo pela minha família, em especial pela minha mãe... além de eu não ser nobre, o que é mais um empecilho.

— Isso é realmente uma pena.

Quando ouvi que Natsuki queria ser uma onna bugeisha, uma ideia me ocorreu. Percebi que, na verdade, poderia ajudá-la a realizar o sonho, mas como eu faria isso sem que Manami soubesse? Ainda não tinha certeza... Eu precisava ao menos tentar fazer algo para deixar a menina mais alegre. Para mim, desonra era deixar Natsuki infeliz, não lhe permitir aprender a lutar, como Manami pensava.

— Também acho. Pelo menos consegui ter a experiência de lutar com uma verdadeira katana... foi incrível! — disse Natsuki, fechando os olhos e sorrindo, alegre.

Chizue sorriu e disse:

— Imagino. Nunca deixe ninguém te impedir de tentar realizar seus sonhos, Natsuki. Lembre-se disso.

"Minha filha é mesmo um amor...", pensei, orgulhosa de Chizue. Conheci muitas meninas ignorantes e de mente fechada em minha vida e gostava muito do fato de minha filha não ser uma delas.

— Obrigada, mas não sei se vou tentar ser uma onna bugeisha, Chi... acho que não vale a pena. Minha mãe vai acabar comigo se eu fizer isso! — afirmou Natsuki, sentando embaixo de uma sakura.

Chizue sentou ao seu lado, arrumou seus belos cabelos pretos e seu quimono verde e disse:

— Você não pode deixar sua mãe te parar, por mais difícil que seja aturá-la.

— Yasuo me diz a mesma coisa... Acho que vocês dois estão certos — disse Natsuki, rindo.

Eu estava ansiosa para contar a Natsuki a ideia que tive naquele momento, então lentamente me aproximei das duas, sorri e disse:

— Olá, meninas. Estão se divertindo bastante? — As duas ficaram surpresas quando me viram.

— Oi, mãe. Estamos nos divertindo, sim. O que você faz aqui? — perguntou Chizue.

— Comprei algumas coisas e resolvi dar uma volta. Kiryu é tão agradável... eu amo aqui — disse, suspirando.

— Também acho, Akemi — concordou Natsuki, sorrindo.

Torci para que Natsuki gostasse de minha ideia. Talvez ela não concordasse, era um risco que eu corria, mas eu ao menos tentaria conversar com ela sobre o assunto.

— Natsuki, posso falar com você em particular por um instante? — perguntei.

— Claro que sim — respondeu Natsuki, um pouco tensa.

— Não saia de baixo da sakura, filha, eu e sua amiga já voltaremos — afirmei.

Chizue pareceu um pouco incomodada com a situação, porém eu dificilmente teria outra oportunidade de conversar com Natsuki em particular, então resolvi aproveitar o momento. Me afastei bastante de Chizue, mas o suficiente para ainda conseguir vê-la, até chegar perto de algumas árvores baixas que estavam em um canto. Não eram sakuras, eram árvores comuns, próximas aos campos de arroz, que ficavam atrás de algumas casas grandes. Cuidei para que eu e Natsuki ficássemos longe de nossas casas para que Manami não pudesse nos ver.

— O que você gostaria de me dizer? — perguntou Natsuki, com as mãos entrelaçadas.

Eu estava um pouco nervosa na hora, com medo da reação de Natsuki quando ouvisse o que eu tinha a dizer. Não dava para ter certeza se ela ficaria feliz com minha proposta ou se pensaria que eu estava enlouquecendo.

— Natsuki, eu sei que você sonha em ser uma guerreira, mas sua mãe não quer te deixar treinar para desenvolver esse seu talento.

— É verdade. Ela só quer que eu faça tudo do jeito que ela deseja! — reclamou Natsuki, inconformada.

— Normal. Os pais gostam que os filhos façam as coisas do jeito que eles querem — disse, rindo.

— Entendi. O que você quer falar sobre o meu sonho?

Respirei fundo e disse:

— Antes quero que você veja uma coisa — Entrei em uma das casas grandes próximas dali, peguei um objeto longo e brilhante e levei a Natsuki, que ficou encantada quando viu o que lhe mostrei.

— Que linda! Essa espada parece uma versão maior de uma katana! O que é? — perguntou Natsuki, curiosa.

— É uma naginata, a espada que as onna bugeishas utilizam. Eu, pessoalmente, gosto mais da naginata do que da katana, porque a naginata é bem maior. Toda onna bugeisha e todo samurai aprendem a lutar com essa arma, apesar de os samurais usarem mais a katana.

Natsuki admirava a naginata como se fosse o objeto mais precioso do mundo. A garota era encantada por assuntos relacionados a samurais ou onna bugeishas, dava para perceber claramente.

— Como você entrou na casa onde as onna bugeishas guardam as armas sem ser barrada? — ri na hora. Me aproximei de Natsuki e disse, sorrindo:

— Consegui entrar lá porque eu sou uma onna bugeisha.

Natsuki ficou boquiaberta na hora e deixou cair a naginata no chão. Ela me olhava como se estivesse vendo uma deusa. Estava com os olhos brilhando como verdadeiros raios de sol.

— Nunca imaginei que você fosse uma delas! Que maravilhoso! Isso é simplesmente incrível, Akemi!

— Obrigada. Aliás, não conte para seus pais que te dei uma naginata na mão. Melhor eu devolvê-la antes que alguém veja — ao dizer isso, entrei na casa novamente e coloquei a naginata em seu devido lugar.

Me lembrei de meus treinamentos intensos quando entrei na casa onde estava o arsenal das onna bugeishas... nós éramos muito mais valorizadas antes de o tal neoconfucionismo aparecer! Muitas desistiram depois que as pessoas começaram a seguir essa teoria, o que me deixou muito chateada.

Saí da casa e fui até Natsuki novamente. Ela ainda estava muito feliz por ter descoberto que eu era uma onna bugeisha. Para mim, seria terrível não ajudar uma menina que sonha em ser como uma de nós: eu sentia que era meu dever treiná-la.

— Minha mãe sabe quem você é? — perguntou Natsuki.

— Sim. Minha família também sabe e meus pais até hoje tentam me fazer desistir de ser onna bugeisha por causa das ideias impostas pelo neoconfucionismo, mas jamais desistirei e você também não deve desistir do seu sonho — afirmei.

— Você vai me ajudar a realizar meu sonho? — perguntou Natsuki, com as mãos entrelaçadas.

Sorri na hora e respondi:

— Claro que sim. Eu vou te treinar para ser uma onna bugeisha — Natsuki vibrou de tanta alegria, seus olhos estavam arregalados. Ela pulava de tanta felicidade, emanando energia positiva. Eu queria muito ter deixado Natsuki alegre e fiquei satisfeita por ter cumprido meu objetivo.

— Muito obrigada! Pensei que garotas não nobres não pudessem treinar... — disse Natsuki, me abraçando.

— Não precisa me agradecer. Será uma honra te treinar e em teoria apenas nobres podem se tornar onna bugeishas, mas quebrarei essa regra por você. Não conte para sua mãe que eu te treinarei! — pedi.

Natsuki franziu a testa, confusa.

— Sem problemas, mas como vamos treinar escondidas?

Agachei para ficar na mesma altura que Natsuki, segurei nas mãos dela e disse, em tom baixo:

— Quando você vier até minha casa dizendo que quer conversar com a Chizue usando o seu quimono azul-escuro saberei que é o dia que treinaremos, e a Chizue vai discretamente te trazer até onde estamos agora para podermos treinar. Quero que você venha com o quimono azul duas vezes por semana, mais do que isso levantará suspeitas.

— Combinado, mas avise a Chizue sobre tudo isso.

— É claro! Aliás, já pode ir com Chizue. Tomei demais seu tempo.

Natsuki me abraçou e disse:

— Agradeço mais uma vez pelo que está fazendo por mim, Akemi! Você é maravilhosa! — E saiu correndo até Chizue, que ainda estava sentada embaixo da sakura, olhando para a grama.

Quando Chizue nasceu, desejei muito que ela quisesse ser uma onna bugeisha, porém ela nunca se interessou por luta. Como era o sonho de Natsuki se tornar uma, eu finalmente teria o prazer de ensinar a alguém as táticas das onna bugeishas como sempre quis fazer com minha filha.

4
UMA NOVIDADE

No dia seguinte ao que Natsuki descobriu que Akemi era uma onna bugeisha e que estava disposta a treiná-la para se tornar uma também, ela sentiu que precisava contar sobre seu novo treinamento a Yasuo. O garoto admirava muito a irmã e a coragem que ela tinha de desafiar as regras impostas pela sociedade, em especial pela mãe. Não eram todas as meninas que tinham a capacidade de ir contra o que as pessoas diziam que era certo, e o mesmo valia para os meninos. Na sociedade japonesa, era algo terrível alguém contestar regras, e Manami não gostava nem um pouco de ver a filha desafiando as normas sociais, assim como a grande maioria das pessoas. Yasuo era um dos poucos que viam com bons olhos a persistência de Natsuki. Akemi também sofria por não desistir de ser uma onna bugeisha, como várias de suas companheiras; havia uma enorme pressão para que as guerreiras mulheres deixassem de existir, fazendo com que apenas os samurais passassem a dominar a arte da guerra simplesmente por causa do neoconfucionismo. Aquela ideologia aos poucos entrava na mente dos japoneses e diminuía a liberdade das mulheres.

Como Natsuki não aceitava se submeter às regras e dificilmente desistiria de realizar seu sonho, não hesitou em aceitar a proposta de Akemi. Natsuki estava muito ansiosa para contar ao irmão que começaria a aprender a lutar em batalhas, como sempre quis, e naquele dia estava usando seu quimono favorito: o azul-claro com flores rosas estampadas, porque queria que o momento em que contasse a Yasuo sobre seu treinamento fosse especial. Natsuki não havia tido nenhuma chance de realmente concretizar seu sonho até Akemi ter oferecido treiná-la, e o fato de Akemi ter prometido que não contaria nada a Manami aliviava Natsuki. Akemi já havia contado para Chizue sobre o que havia pensado para impedir Manami de descobrir a verdade e Chizue ficara feliz porque a amiga finalmente aprenderia a ser uma guerreira de verdade.

Eram quatro horas da tarde e o sol já estava começando a se pôr. Yasuo estava observando o fenômeno acontecer em frente à porta de sua casa enquanto uma leve brisa soprava em seu rosto. Natsuki se aproximou do irmão lentamente, feliz por contar-lhe a novidade. Quando chegou bem perto de Yasuo, Natsuki disse:

— Yasuo, quero falar com você.

Manami estava na sala de estar costurando, então não poderia ouvir Natsuki e Yasuo conversarem. Além disso, Eijiro estava falando com Manami naquele momento, e ele não conseguiria ouvir a conversa dos dois irmãos por estar distraído.

— O que houve? — perguntou Yasuo, com um olhar sereno.

Natsuki ficava feliz com a calma que o irmão transmitia. Era como se ele simplesmente fosse incapaz de ficar nervoso.

— Eu tive uma conversa com Akemi hoje e você não vai acreditar no que ela me falou — disse Natsuki, sorrindo.

Yasuo ficou curioso na hora.

— O que ela te disse?

— Akemi me contou que é uma onna bugeisha e que vai me treinar para ser uma também! — contou Natsuki, irradiando felicidade.

Yasuo sorriu na hora, alegre com o que Natsuki havia conseguido, e estava ao mesmo tempo surpreso, porque não sabia que Akemi era onna bugeisha. Ele sempre quis que a irmã conseguisse de alguma forma se tornar uma guerreira, de fato.

— Que incrível! Quando vocês começarão a treinar?

— Ela falou que treinaremos sempre que eu aparecer na casa dela.

Yasuo franziu a testa, perplexo. Ele não entendia como Natsuki treinaria sem que Manami e Eijiro descobrissem.

— Nossos pais sabem disso? — perguntou Yasuo. Natsuki suspirou na hora. Apesar de estar ansiosa com seu treinamento, não gostava de ter que esconder dos pais que passaria a treinar com Akemi. Natsuki queria poder dizer a eles que se tornaria uma onna bugeisha sem causar conflitos na família, porém seria complicado enquanto Manami e Eijiro não aceitassem que a garota não queria ficar apenas em casa aprendendo a realizar tarefas domésticas. Natsuki sabia muito bem que Manami ficaria furiosa ao saber que ela treinaria com Akemi.

— Não. Eu vou treinar escondida deles. Por favor, me prometa que não contará esse segredo aos nossos pais! — pediu Natsuki, com as mãos unidas, temendo que sua única chance de se tornar uma onna bugeisha fosse arruinada.

"Não gosto da ideia de ter que mentir para meus pais, mas jamais me perdoarei se eu destruir as esperanças de minha irmã de se tornar uma guerreira...", pensou Yasuo.

— Eu prometo que não vou contar nada sobre seu treinamento com Akemi aos nossos pais, fique tranquila. Aliás, fiquei muito feliz em saber que você finalmente conseguirá aprender a lutar como uma onna bugeisha, como você sempre quis — disse Yasuo, abraçando Natsuki.

— Eu também fiquei! Achei que jamais conseguiria encontrar um adulto que me apoiasse e também nunca imaginei que a Akemi fosse uma onna bugeisha, apesar de eu sempre tê-la achado uma mulher forte.

Yasuo suspirou na hora e olhou para o chão. Natsuki estranhou e ficou preocupada por um instante, então abraçou seu irmão e perguntou:

— O que houve? Sei que você não está bem...

— Estou bem, Natsuki. É apenas impressão sua que eu estou mal — afirmou Yasuo, sorrindo.

Após um tempo, o sol finalmente se pôs e o céu ficou escuro. Yasuo se sentou em uma cadeira em frente à porta de sua casa e Natsuki também. Manami e Eijiro ainda estavam conversando dentro da casa.

— Entendi. Aliás, sabia que a Chi vai nos ajudar a realizar o nosso plano? Ela é mesmo um amor de pessoa — disse Natsuki, feliz. Yasuo concordou com a cabeça e riu baixinho. Chizue era uma das melhores amigas de Natsuki e Yasuo se dava bem com as amigas da irmã. Apesar de ser doce e gentil, Yasuo não tinha muitos amigos e ficava um pouco chateado com isso. Natsuki não era próxima de muitas pessoas também, ela pensava que era melhor ter um pequeno círculo de amigos em quem ela realmente pudesse confiar do que um grande grupo não muito confiável.

— Que bom! Kazumi está sabendo da novidade também? — Kazumi Iwata era filha da mais conservadora amiga de Manami, Haruna. Kazumi era outra amiga próxima de Natsuki e também de Chizue, tinha cabelos pretos e olhos castanhos, assim como Natsuki, porém preferia usar quimonos mais discretos, enquanto Natsuki e Chizue gostavam mais dos chamativos.

— Não... Eu queria muito contar-lhe, mas não a encontrei nesses últimos dias. Ouvi a mamãe falando com Haruna e acho que Kazumi estava um pouco deprimida nos últimos dias por causa da morte do tio dela e, por isso, não queria sair de casa. Haruna também disse que amanhã a Kazumi provavelmente já estará apta para sair, porque está se sentindo melhor. Fiquei com muita pena dela... Perder um ente querido é terrível — comentou Natsuki, triste ao pensar na situação.

Yasuo também se entristeceu por um momento.

— Você e Chizue foram visitar Kazumi?

— Não... até pensamos em ir, mas não fomos. Eu não gostaria que as pessoas me vissem triste, talvez Kazumi sinta o mesmo.

No mesmo instante, Chizue passou andando com uma pequena caixa na mão. Ao ver Natsuki e Yasuo, acenou. Yasuo abriu um enorme sorriso ao ver Chizue e Natsuki também.

— Yasuo... é impressão minha ou você olhou de um jeito diferente para a Chizue? — Yasuo ficou sem reação na hora. Olhou para o chão, corado. Natsuki riu da situação. Manami e Eijiro se aproximaram sutilmente para ouvir a conversa ao escutarem Natsuki insinuar que Yasuo poderia ter sentimentos por Chizue. Manami franziu a testa e disse, em tom baixo:

— Eijiro, será que nosso filho está querendo namorar Chizue?

— Não sei. Espero que não... — respondeu Eijiro, tenso.

— Nunca ouvi o Yasuo dizendo que se apaixonou por alguém. Talvez ele tenha escondido de nós que está apaixonado! — disse Manami, inconformada.

Manami detestava quando seus filhos não lhe contavam as coisas. Eijiro também não gostava.

— Talvez... — comentou Eijiro, dando de ombros. Enquanto o casal e Natsuki esperavam por uma resposta, Yasuo apenas pensava. Por mais que o garoto não tivesse dito nada, Natsuki deduziu o que estava acontecendo e ficou boquiaberta. Ela jamais esperaria que o irmão tivesse sentimentos por sua amiga, que era mais nova do que ele.

— Natsuki, não vamos falar sobre esses assuntos. Você sabe que não gosto... — disse Yasuo.

"Fale sobre isso, sim!", pensou Manami.

— Você está apaixonado pela Chizue, então?! Nunca imaginei isso! — disse Natsuki, com as mãos no rosto, surpresa.

— Sim, eu estou, eu admito! Não queria que você soubesse.

Natsuki ficou espantada. Como seu irmão pensou em esconder aquilo dela? Ela não se conformou porque ambos sempre foram grandes amigos.

— Mas, Yasuo, você pode me contar qualquer coisa! Você não confia em mim? — perguntou Natsuki, magoada.

— Claro que confio, é que fiquei com vergonha por ter me apaixonado por uma menina da sua idade, não pensei que isso fosse acontecer — afirmou Yasuo, suspirando e com uma mão na cabeça.

Manami estava furiosa. Ela não gostava nem um pouco da ideia de seu filho estar apaixonado por Chizue.

— Chizue tem 13 anos e você, 15, não é uma grande diferença. Não vejo problema nenhum em vocês ficarem juntos.

— Não sei... e também não tenho coragem suficiente para dizer a ela o que sinto. Tenho a sensação de que ela vai me rejeitar — disse Yasuo, inseguro.

Natsuki franziu a testa. "Como meu irmão diz que Chizue vai dispensá-lo se ele nem sequer sabe se ela o ama ou não?", pensou Natsuki, revoltada por Yasuo não ter tentado revelar à Chizue seus sentimentos.

— Você nem sequer falou com a Chizue para saber o que ela sente! Conte a ela que você a ama. Eu sei que é um risco se declarar para alguém, mas eu acho melhor do que ficar com incertezas.

Yasuo refletiu profundamente por um momento, como se aquela fosse uma questão de vida ou morte.

Eijiro também não estava feliz ao ver que o filho estava apaixonado por Chizue; já Natsuki sentia exatamente o oposto.

— Acho que você tem razão. Eu gostaria muito de dizer a Chizue que a amo e beijá-la como se não houvesse amanhã — disse Yasuo, fechando os olhos e suspirando.

"Ele gosta mesmo dela...", pensou Natsuki, surpresa.

— O que você mais gosta nela? — perguntou Natsuki, sorrindo, curiosa.

— Eu adoro o jeito com que ela sorri, a inteligência e a gentileza dela. Sinto que ela é a pessoa ideal para mim.

Ao ouvir o que Yasuo disse naquele instante, Manami não se conteve e, com Eijiro, saiu da casa, foi até os dois filhos e disse, com raiva:

— Você jamais ficará com Chizue! Pensa que não ouvi o que vocês dois estavam falando?

— Filho, é um absurdo você ter se apaixonado por uma garota com quem você jamais poderá ficar! — afirmou Eijiro.

Yasuo e Natsuki se olharam, tristes e confusos ao mesmo tempo. Natsuki detestava o fato de que, em muitas das vezes em que ela ou o irmão desejavam fazer alguma coisa, os pais vinham até eles prontos para impedi-los.

— Por que vocês estão dizendo isso para o Yasuo? Chizue é uma ótima pessoa e vocês sabem disso! — afirmou Natsuki, brava.

— Chizue é da elite, é filha de um casal da nobreza guerreira, e nós, pessoas comuns, jamais poderíamos ousar nos casar ou namorar com pessoas da alta sociedade! — disse Manami.

Para Natsuki, não fazia sentido pessoas de diferentes classes sociais não poderem ser um casal, e para Yasuo também não; os dois irmãos pensavam muito diferente dos pais e desejavam muito ser felizes.

— Mas eu amo a Chizue... — disse Yasuo.

"E desde quando nossos pais se importam com os nossos sentimentos? Tudo o que eles sabem fazer é destruir nossos sonhos...", pensou Natsuki, triste pela situação do irmão. Natsuki sentia muita raiva do jeito radical com que seus pais, em especial sua mãe, tratavam a vida em diversas situações sem nem sequer pensarem nos desejos e na alegria dos filhos.

— Você precisa entender que pessoas com um nível mais alto que o nosso jamais se casam com pessoas comuns como nós. Não queremos te iludir em relação à vida, Yasuo, aceite a realidade! — disse Eijiro.

Natsuki estava ofegante devido à raiva que sentia. Para ela, não fazia o mínimo sentido seguir normas sociais à risca.

— Parem de falar isso para o Yasuo! Ele pode amar quem quiser! As pessoas merecem ser felizes, não apenas ser escravas de regras! — disse Natsuki, brava.

Manami encarou Natsuki com frieza por um momento. Ela não gostava da rebeldia da menina, sempre sonhou em ter uma filha extremamente obediente.

— Fique quieta, Natsuki! Yasuo, se você disser a Chizue que está apaixonado por ela, eu lhe darei uma punição que você nunca mais vai esquecer! — exclamou a mãe, furiosa.

— Não pensei que vocês dois fossem contra o amor — disse Yasuo, suspirando, chateado.

Manami e Eijiro não gostaram do que Yasuo disse. Natsuki já não estava mais com raiva, estava triste porque detestava ver o irmão sofrer. Natsuki sempre acreditou que todos, inclusive Yasuo e ela mesma, mereciam ter a felicidade como uma prioridade na vida.

— Espero que eu não escute mais você falando sobre a Chizue — afirmou Manami, entrando na casa com Eijiro, deixando Natsuki e Yasuo sozinhos na área externa.

— Mesmo depois de os nossos pais terem ficado tão bravos com sua paixão pela Chizue, você não vai desistir de se declarar para ela, certo? — perguntou Natsuki, cruzando os braços.

Yasuo deu de ombros e disse:

— Não sei. Não acho certo eu deixar de fazer o que desejo apenas por causa da opinião dos nossos pais, porém, por outro lado, não queria magoá-los.

Natsuki tocou em uma das mãos de Yasuo, acariciou-a, depois apertou-a e disse, olhando fixamente para o irmão:

— Nunca deixe ninguém te vencer tão fácil. Lute até o fim para atingir suas metas. Diga para Chizue o quanto você a ama se é isso que você quer.

— Obrigado por me apoiar, Natsu. Você é uma irmã maravilhosa… Te amo muito — disse Yasuo, sorrindo.

— Muito obrigada pelo elogio. Te amo muito também, Yasuo — disse Natsuki, sorrindo de volta.

— Melhor entrarmos em casa. Daqui a pouco nossa mãe vai aparecer nos chamando — afirmou Yasuo, levantando-se da cadeira.

Natsuki concordou, levantou-se também, abraçou Yasuo, que ficou feliz com o ato de carinho, e entrou com ele em casa. Natsuki e Yasuo eram grandes parceiros e sempre se apoiavam. Ambos sofriam com a oposição dos pais em muitas situações, mas o fato de serem tão amigos os ajudava a superar os problemas que tinham com Manami e Eijiro diversas vezes.

5
REENCONTRANDO KAZUMI

No dia seguinte, sábado, Natsuki e Yasuo teriam o dia todo para se divertir. Yasuo ainda estava magoado por seus pais serem tão contra seu amor por Chizue, e Natsuki, inconformada com o jeito com que seus pais falaram com Yasuo, desiludindo-o. Naquele dia, Natsuki finalmente reencontraria Kazumi Iwata, que estava isolada por alguns dias por causa da tristeza que a tomou pela morte do tio. Natsuki estava ansiosa para contar a Kazumi sobre seu treinamento com Akemi e queria dizer a Chizue sobre os sentimentos de Yasuo, mas sabia que não podia trair a confiança do irmão. Yasuo ficaria muito magoado se Natsuki contasse a Chizue seu precioso segredo, e Manami e Eijiro ficariam furiosos se descobrissem que Chizue havia descoberto, de alguma maneira, que Yasuo era apaixonado por ela; provavelmente puniriam o garoto.

Kazumi estava na porta de sua casa, andando de um lado para o outro. Fazia dias que ela não saía de dentro de seu quarto depois da morte de seu tio, Junpei Iwata, irmão do seu pai, Tatsuya. Chizue e Natsuki não faziam ideia de como o tio de Kazumi havia falecido, mas sabiam que havia sido uma morte trágica. Kazumi era uma grande amiga do tio, estava sendo extremamente difícil para ela superar o ocorrido. Os avós de Chizue já não estavam vivos e ela sabia muito bem o que era a dor que Kazumi estava sentindo, ao contrário de Natsuki, que nem sequer conheceu seus avós e nunca teve que encarar a morte de alguém próximo. Kazumi andava, e Natsuki e Chizue se encontraram na casa de Manami para ir até a casa da amiga. Quanto mais se aproximavam de Kazumi, mais as duas sentiam pena dela.

— Natsu, a Kazu sabe que você está treinando com a minha mãe?

— Não. Eu contarei a ela hoje. Espero que isso a deixe mais feliz...

— Vai deixar, sim. A Kazu sempre quis ser uma onna bugeisha, mas nunca nem sequer começou o treinamento — comentou Chizue, suspirando.

Natsuki suspirou também.

— É verdade... tudo por culpa do medo idiota que envolveu a Kazu. Eu não vou deixar o medo me impedir de ser uma guerreira como a Kazu deixou — afirmou Natsuki, que não se conformava com o fato de Kazumi ter desistido de seu sonho por conta de medo.

Chizue franziu a testa e disse:

— Mas a Kazu não tem apoio dos pais para ser o que ela quiser, por isso ela tem medo! Não é um medo idiota! Você mesma não tem apoio dos seus pais!

— Eu sei, Chi, mas eu não disse não para a sua mãe quando ela ofereceu me treinar, disse? — perguntou Natsuki.

Chizue deu de ombros, sem ter o que dizer a Natsuki.

"Eu sei que tenho razão", pensou Natsuki.

Após um tempo caminhando juntas, finalmente chegaram à casa de Kazumi, que abriu um belo sorriso ao ver as duas amigas. Kazumi precisava ficar perto de pessoas naquele momento, não estava se sentindo bem e já havia chorado bastante. Natsuki e Chizue se aproximaram de Kazumi e a abraçaram. Kazumi ficou feliz.

— Obrigada por virem — disse.

— Sinto muito pelo que houve, Kazumi — disse Natsuki.

— Meus sentimentos — disse Chizue. Kazumi respirou fundo e disse:

— Tudo bem. Já estou bem mais calma do que estava antes. Fiquei chocada com o que houve com meu tio... ele foi assassinado por um samurai.

Natsuki ficou perplexa na hora. Por que um samurai assassinaria um homem comum? Kazumi não era da nobreza e tio Junpei também não.

— Não faz sentido. Por que um samurai faria isso?

Kazumi ficou pensativa por um momento. Ela estava tensa, não sabia o que fazer em relação à pergunta.

— Não sei. Meu tio, apesar de ser muito gentil e me fazer rir bastante, nunca foi uma pessoa muito... honesta.

Chizue ficou surpresa na hora. Kazumi se relacionava com pessoas desonestas? Na opinião de Chizue isso era uma grande desonra para a família Iwata. Natsuki também se surpreendeu, porém não ficou inconformada como Chizue, pois, em seu modo de ver, ser desonesto algumas poucas vezes não era tão problemático como não poder ser o que deseja. "Bem que eu queria que minha mãe burlasse algumas regras para me tornar uma onna bugeisha...", pensou Natsuki, suspirando.

— O que ele fazia de desonesto, Kazu? — perguntou Chizue, curiosa.

— Talvez a desonestidade dele fosse para o bem de alguém e os samurais simplesmente não gostaram disso. Algumas trapaças não definem uma pessoa como imoral — afirmou Natsuki.

Kazumi se preocupou. Ela sabia muito bem que o tio não estava buscando benefício de ninguém a não ser o próprio em suas ações. Natsuki não estava pensando corretamente. Kazumi estava com vergonha de admitir que Junpei não queria o bem de ninguém fazendo o que ele fazia.

— Ele era um ninja. Vocês sabem o que é um ninja, não sabem? — perguntou Kazumi, nervosa, mordendo um pouco os lábios.

Todos sabiam o que era um ninja. A maioria dos japoneses estava ciente das ações secretas dos ninjas pelas vilas e também das kunoichis, versão feminina dos ninjas. Apesar de as pessoas admirarem os ninjas e as kunoichis por suas habilidades impressionantes de se disfarçarem, elas condenavam algumas ações cruéis desses dois grupos.

— Sim. Eles são aqueles assassinos de aluguel que estão sempre se escondendo e se infiltrando. Pensei que eles não existissem desde a unificação japonesa, quando o clã Tokugawa assumiu — comentou Chizue, perplexa com a situação.

Chizue estava certa, não se ouvia falar de ninjas e kunoichis há mais de um século. Natsuki jamais imaginou que aqueles agentes secretos haviam retornado e muito menos que Kazumi era sobrinha de um deles. Todos acreditavam no desaparecimento dos ninjas. "Jurava que esses guerreiros não existiam mais. Não sei quase nada sobre eles", pensou Natsuki.

— Não os chame de assassinos, Chi! A Kazu amava o tio! — disse Natsuki, inconformada.

— Está tudo bem, Natsu. Eles são assassinos mesmo. Meu tio participou de quase duzentas missões, e grande parte delas envolvia o assassinato de samurais e daimyos — Os daimyos eram os senhores feudais japoneses, proprietários de terras imensas que muitas vezes disputavam o poder com os samurais.

Natsuki tinha curiosidade em aprender mais sobre aqueles espiões sombrios. Já havia visto relatos sobre eles em livros, porém tais relatos não traziam tantas informações. Natsuki admirava guerreiros, tanto samurais e onna bugeishas quanto ninjas e kunoichis. Enquanto ouvia e, quando possível, observava a conversa, Haruna não se conformava que Natsuki estava gostando de falar sobre os ninjas com Kazumi.

— Desde quando esses guerreiros secretos voltaram, Kazu? — perguntou Natsuki, se aproximando de Kazumi, curiosa.

Naquele instante, Haruna passou perto das meninas, apesar de não estar do lado de fora da casa. Querendo ouvir a conversa, discretamente, ela se aproximou mais de Natsuki, Chizue e Kazumi sem que nenhuma das três a visse.

— Não sei exatamente, acho que faz quase 50 anos que eles voltaram à ativa. O treinamento das kunoichis e dos ninjas se intensificou nos últimos anos, permitindo que se escondessem com uma facilidade bem maior, por isso pouquíssimas pessoas sabem que eles estão de volta depois de tanto tempo sumidos — contou Kazumi.

— Eu não sabia disso! Você sabe por que eles voltaram? — perguntou Chizue.

Natsuki gostaria muito de ouvir de Kazumi histórias sobre os misteriosos guerreiros que eram os ninjas e as kunoichis. Ela amava ouvir histórias sobre luta e aventura, enquanto Chizue preferia romances e não gostava nem um pouco de atos de violência.

— Meu tio conversava bastante comigo e me contou que, desde que foram dissolvidos no início da dinastia Tokugawa, os ninjas estavam tentando arranjar formas de conseguir voltar a trabalhar para seus respectivos clãs e a praticar suas habilidades. As kunoichis pensavam o mesmo e também queriam conseguir uma maneira de voltar a atuar e treinar — contou Kazumi.

"Que legal! Os ninjas e as kunoichis têm mais coragem do que eu pensava... Continuar atuando com uma dinastia que os fez desaparecer é algo bem ousado", pensou Natsuki.

Chizue não gostava nem um pouco daqueles assassinos das sombras, não conseguia admirar guerreiros que faziam atividades ilícitas para determinados clãs de daimyos... e, às vezes, para o governo japonês.

— Você... gosta de kunoichis e ninjas, Kazu? — perguntou Chizue, levantando uma sobrancelha.

Kazumi riu um pouco na hora.

— Sinceramente? Eu os adoro. Os samurais e as onna bugeishas são certinhos demais... Os ninjas e as kunoichis são guerreiros mais peculiares e com mais personalidade. A especialidade deles é se esconder e quebrar regras, e acho isso muito interessante — disse Kazumi, sorrindo.

— Eu não consigo gostar de guerreiros que burlam tanto as regras e ficam espionando os outros. Para mim, verdadeiros guerreiros devem encarar o inimigo sem sacanagens, uma luta precisa ser sempre justa — afirmou Chizue.

Natsuki concordava com Chizue, onna bugeishas e samurais eram realmente bem mais disciplinados do que ninjas e kunoichis e lutavam de forma honesta, não às escondidas.

— Tenho de reconhecer que a Chi está certa. Não gosto tanto da ideia de lutar contra alguém em missões secretas sem a pessoa ter chance de se defender, apesar de admirar bastante as impressionantes habilidades dos ninjas e das kunoichis — afirmou Natsuki.

Kazumi era de uma família ainda mais conservadora que a de Natsuki e, por isso, para ela a ideia de burlar regras parecia muito atraente. Kazumi gostava bastante de ser uma pessoa diferente das demais, e isso caracterizava os sombrios guerreiros. A garota achava incrível o jeito como as kunoichis e os ninjas faziam seu trabalho, e esse era um dos motivos pelos quais ela dizia adorar o tio.

— Mas é nisso que está a graça de ser um ninja, Natsu! Além de ser um guerreiro habilidoso, o ninja também aprende técnicas muito interessantes de disfarce! — contou Kazumi, encantada ao se lembrar das histórias de seu tio.

Haruna não conseguia crer no que estava ouvindo da própria filha. Como alguém de uma família tão honesta e tradicional poderia admirar Junpei Iwata, a vergonha da família? Haruna, muitas vezes, não entendia as atitudes e pensamentos de Kazumi. Natsuki estava com um pouco de vergonha por gostar de kunoichis e ninjas e queria tentar disfarçar sua admiração pelos guerreiros em questão, porém não conseguia.

— Não vou mentir, não me importo tanto assim com o fato de que kunoichis e ninjas agem nas sombras e são espiões assassinos. Eu adoro o trabalho deles tanto quanto o dos samurais e o das onna bugeishas, apesar de preferir ser uma onna bugeisha — admitiu Natsuki.

— Eu queria me tornar uma kunoichi. Sempre quis ser uma onna bugeisha, mas com o tempo mudei de opinião. Um dia sairei dessa casa, me livrarei dessa família que só sabe me dar broncas e me juntarei àquelas guerreiras incríveis! — disse Kazumi, suspirando, feliz ao se imaginar sendo uma kunoichi.

Chizue e Natsuki se surpreenderam, não imaginavam que além de gostar da atuação dos guerreiros sombrios, Kazumi queria ser um deles.

— Kazu, como você pode pensar em ser uma kunoichi? As mulheres que se tornam kunoichis geralmente nunca mais veem a família e ficam enclausuradas e escondidas para sempre! — comentou Chizue, assustada.

Haruna mostrou-se horrorizada e havia chegado em seu limite. Em sua opinião, Kazumi tinha que ser punida por cogitar tornar-se uma mulher que se envolve em missões às escondidas e não deseja ficar em casa com a família. No mesmo instante, Haruna foi em direção às meninas, que estavam em pé conversando, puxou Kazumi pelo quimono, que gritou, assustada. Haruna disse:

— Eu ouvi minha filha dizendo que vai fugir de casa e realizar atividades impróprias?! — Kazumi não sabia o que dizer. Sua respiração estava acelerada.

Natsuki e Chizue se olharam, preocupadas com Kazumi.

— Mãe, eu não sou o que você quer que eu seja — afirmou Kazumi.

— Menina atrevida! Você não tem ideia do que diz, Kazumi! Você vai se ver comigo! — disse Haruna, batendo forte no rosto de Kazumi. Chizue e Natsuki não conseguiram conter o espanto.

— Podem ir embora, garotas. Preciso ter uma conversa com minha filha. Espero que vocês não pensem em fazer a mesma besteira que ela — disse Haruna, entrando na casa e empurrando Kazumi tão violentamente que a fez cair no chão.

Haruna agrediu a filha por um bom tempo e havia se esquecido de fechar a porta de casa por completo, então as duas meninas observaram o quanto Kazumi estava sofrendo nas mãos da mãe. Kazumi chorava de dor.

— Agora você tem um motivo real para chorar e resmungar! Nunca mais quero ouvir você dizendo aquelas coisas terríveis e vergonhosas para mim e para seu pai, entendeu?! — gritou Haruna.

O rosto de Kazumi estava todo ferido e um olho estava muito roxo. Kazumi mal conseguia se levantar depois de apanhar tanto.

— Não posso ter personalidade nesta casa... Quando poderei ser eu mesma? — sussurrou Kazumi, ainda chorando.

Natsuki e Chizue, horrorizadas com a cena que viram, se retiraram.

— Minha mãe jamais faria isso comigo... — comentou Chizue, inconformada.

— Dependendo da situação eu acho que a minha faria, Chi. Depois do que Haruna fez com a Kazu, não duvido de mais nada — disse Natsuki.

Chizue e Natsuki, logo depois de saírem da residência de Kazumi, foram para suas respectivas casas. Natsuki estava ansiosa para contar a Yasuo sobre o acontecimento com Kazumi porque sabia que ele também ficaria inconformado. Natsuki detestava pessoas que oprimiam as filhas de maneira tão absurda e violenta e ficou pensando se um dia sua mãe também a agrediria se ficasse muito irritada com ela.

6
PRATICANDO

Um ano depois de combinarem praticar juntas, Akemi estava orgulhosa, pois sua aluna Natsuki havia evoluído bastante e rapidamente, apesar de ainda não saber o suficiente para se tornar uma verdadeira onna bugeisha. Foi bastante complicado para Natsuki esconder de sua mãe que treinava com Akemi, mas, com bastante esforço, conseguiu e havia aprendido muito mais do que jamais poderia imaginar. A jovem sabia usar bem a naginata e tinha reflexos rápidos. Para Akemi, Natsuki ainda precisava se aperfeiçoar um pouco mais em suas técnicas de ataque, contudo, sabia que ela estava se saindo muito bem. Para que Manami não pudesse ver as duas treinando, Akemi combinou com Natsuki de treinar ainda mais longe da região onde ficava o arsenal das onna bugeishas, uma área mais distante de Kiryu e arborizada, onde a professora e sua aluna eram protegidas pelas sombras das árvores. A área onde treinavam era próxima do local em que alguns samurais treinavam e Akemi aproveitava isso para mostrar a Natsuki como os samurais lutavam, para que ela pudesse aprender mais técnicas e manejar espadas ainda melhor.

Manami enlouqueceria se soubesse que Natsuki estava aprendendo a lutar. Ela nem imaginava que a filha, em vez de descobrir como cozinhar, costurar ou cuidar de filhos, aperfeiçoava suas habilidades no duelo. Yasuo sabia dos treinamentos da irmã e tinha muito orgulho disso. Ele havia sofrido nos últimos tempos, porque por três meses Chizue namorou um rapaz, filho de um samurai, do qual ela parecia gostar, e ele não conseguia compreender o que ela via naquele garoto. Yasuo havia se convencido de que jamais deixaria alguém roubar sua preciosa Chizue novamente e que declararia seu amor por ela sem se importar com a opinião dos pais. Apesar de ter ficado feliz com o término do namoro de Chizue com o menino, Yasuo sentia que não poderia esperar demais para contar-lhe o que sentia. Já era abril e fazia mais de um mês que Chizue estava sozinha.

Quando Natsuki e Akemi combinaram de lutar juntas no início do ano anterior, Manami estava grávida de três meses do terceiro filho. Eijiro e Manami tiveram um menino, como Manami desejava, e deram a ele o nome de Daiki.

Ela sempre acariciava o novo filho, dizendo-lhe "Você vai ser o que quiser", "Você será grande, porque é um homem". Isso enfurecia Natsuki e a fez pegar raiva do pequeno irmão. Algumas vezes, Eijiro perguntava se Natsuki queria carregar Daiki no colo e ela se recusava, não apenas pelo fato de a mãe tratá-lo como um rei e perturbá-la o tempo todo, mas também porque queria muito que tivesse nascido uma menina, para que ela pudesse ensinar a irmã a não deixar as doutrinas neoconfucionistas a influenciarem. "Se eu tivesse uma filha, ela se chamaria Sakura, como minha árvore favorita, e eu a criaria com muito amor, ao contrário do que minha mãe faz comigo", pensava Natsuki.

No dia 10 de abril, Natsuki vestiu o quimono azul-escuro, prendeu os cabelos com algumas presilhas e estava feliz, pois era um dos dias em que treinaria com Akemi. As portas de casa estavam abertas, como geralmente ficavam, e Natsuki exclamou:

— Mãe, vou para a casa de Chizue. Vamos dar uma volta — Natsuki havia falado alto porque estava na sala de estar, enquanto Manami estava na cozinha limpando algumas panelas.

Daiki estava dormindo em um pequeno berço de madeira em seu quarto, com a porta parcialmente aberta, tão calmamente que parecia estar flutuando nas nuvens. O rosto delicado e angelical do recém-nascido fazia Natsuki detestá-lo ainda mais.

— Espero que você não se torne o que minha mãe quer que você seja, pequeno mimado — disse Natsuki, em tom baixo, encarando o bebê.

Manami se virou para Natsuki e disse, irritada:

— Pode ir, filha, mas da próxima vez venha até mim para falar comigo! Não grite! Não quero que acorde o meu Daiki! Ele é meu homenzinho querido!

— E eu não quero que você continue arruinando a minha vida! — sussurrou a jovem, furiosa, e saiu andando tão rapidamente que quase tropeçou em seu quimono. "Homenzinho... que jeito mais ridículo de chamar o filho. Se fosse uma menina, ela o trataria como lixo", pensou Natsuki, suspirando.

Ao chegar na casa de Akemi, Natsuki bateu na porta. Como sempre, estava ansiosa para seu treinamento. Estava um pouco chateada, porque esse seria o segundo e último treinamento da semana. Se pudesse, Natsuki encontraria sua mestra todos os dias. Akemi gostava bastante de ensinar a jovem sonhadora e acreditava muito no seu potencial.

Após alguns segundos, Chizue abriu a porta. Chizue estava usando um quimono verde-claro e rosa, um de seus favoritos, e seu cabelo estava preso como o de Natsuki.

— Oi, Natsu. Vejo que está com seu quimono de aluna hoje. Chamarei a minha mãe — disse Chizue, sorrindo.

— Obrigada, Chi. Aliás, amanhã voltarei aqui para conversarmos, você estará livre?

— Maravilha! Estarei livre, sim! — afirmou Chizue, animada e indo para o interior de sua casa chamar a mãe.

Natsuki se lembrou de Kazumi por um momento, que havia sido agredida várias vezes em sua frente. Queria muito chamar Kazumi para o treinamento de onna bugeisha, sabia que ela iria amar, mesmo acreditando que a garota preferia ser uma kunoichi, mas temia que Haruna punisse muito severamente Kazumi se descobrisse. Tanto Manami quanto Haruna eram rígidas seguidoras das regras, porém, entre as duas, Haruna era a que mais exigia da filha a adequação à sociedade.

Depois de um tempo, Chizue foi até Natsuki com Akemi, que estava com metade de seus cabelos negros presos e usando um quimono lilás com flores brancas. Akemi era a favor da liberdade individual de seus filhos, mas no fundo queria que Chizue desejasse ser uma guerreira. Akemi considerava Natsuki a filha que ela jamais teve.

— Vamos lá, guerreira? — perguntou Akemi, com um delicado sorriso, que bastou para encher Natsuki de alegria.

— Sim, mestre — respondeu Natsuki, se curvando sutilmente.

— Ótimo. Chi, feche bem as portas da nossa casa e não deixe a Manami entrar, se ela aparecer — pediu Akemi.

— Tudo bem — concordou Chizue, feliz por poder ter um momento sozinha em casa. Depois que Akemi e Natsuki saíram, Chizue foi para o quarto ler um livro.

Quanto mais perto as duas guerreiras chegavam do local de treinamento, maior era a felicidade. Natsuki adorava sentir a adrenalina da luta. Para ela, aquilo era viver, mesmo sendo uma situação de risco, no caso de uma batalha de verdade. Uma das coisas que Natsuki mais gostava no caminho para o treinamento era observar as sakuras, que, embora não estivessem com suas flores rosa e brancas totalmente intactas, sempre impressionavam com sua beleza e delicadeza. Akemi também gostava bastante das sakuras, mas preferia árvores mais baixas e arbustos.

— Já treinamos bastante com a naginata e acredito que não devemos desprezar a outra arma das onna bugeishas, a kaiken — afirmou Akemi, tirando da grande sacola marrom uma adaga com o cabo marrom e decorado com alguns desenhos de espiral. A arma tinha uma impressionante lâmina afiada.

Natsuki tocou em uma parte menos afiada da lâmina para senti-la.

— Pode pegar — disse Akemi, segurando com as duas mãos a arma em posição horizontal. A jovem guerreira pegou a kaiken pelo cabo e admirou-a.

— Que bonita essa kaiken... mas a naginata é melhor, não é?

— Por que você acha isso? — perguntou Akemi, perplexa.

— Porque a naginata é bem maior — Akemi riu na hora. A mestra onna bugeisha não se conformava com o fato de sua aluna estar julgando a kaiken pelo seu tamanho, já que este não era o único fator que determinava a eficiência de uma arma.

— Guerreira, você não deve pensar assim. Uma naginata não é melhor ou pior que uma kaiken ou mesmo que uma katana por causa de seu tamanho. Aliás, não existem armas piores e melhores — afirmou Akemi.

Natsuki ficou confusa no momento, porque não compreendia como usar as armas em determinadas situações tão bem quanto Akemi. Além disso, para Natsuki, não fazia sentido não existirem armas melhores do que as demais.

— Como assim?

— A naginata é ótima para uma luta mais direta por ser rápida para matar, devido a sua grande e curva lâmina e também para defender seu dono, por ter um cabo grande. Já a kaiken é bem melhor para uma luta em que sua necessidade de vencer seja muito grande, ou seja, uma questão de vida ou morte. Ela é bem mais fácil de esconder para que você possa surpreender o inimigo — explicou Akemi.

"Interessante", pensou Natsuki, sorrindo ao admirar a adaga que subestimara por um momento.

— Entendi, mestre. Faz sentido.

— Que bom. Agora, antes de fazer qualquer movimento com a kaiken, preste atenção nas minhas orientações — recomendou Akemi, pegando na sacola sua própria kaiken. Natsuki assentiu e ouviu as instruções de sua mestra com atenção. Era importante para a aluna aprender a usar a adaga da maneira correta, assim poderia se tornar uma guerreira cada vez mais habilidosa.

— Entendeu como se faz, Natsu? Agora é a sua vez. Se você errar, não se preocupe, você ainda está aprendendo, mas tome cuidado, assim como você tomou quando aprendeu a manejar a naginata pela primeira vez — disse Akemi, com um olhar sereno, porém sério. Akemi era uma mulher gentil e sorridente, mas firme quando precisava ser levada a sério.

— Tudo bem. Prometo ser cautelosa. Essa lâmina parece ser bem mais fraca que a da naginata — comentou Natsuki.

— Já te disse, não subestime a adaga. Não pense assim — alertou Akemi.

— Desculpe — disse Natsuki, que logo depois tentou imitar os movimentos que Akemi havia mostrado com a kaiken.

Akemi corrigia os erros de Natsuki à medida que eles apareciam, o que, ironicamente, motivava a garota ainda mais. Geralmente as pessoas ficam desmotivadas quando percebem que cometem erros, mas Natsuki era uma exceção. Natsuki era uma exceção em praticamente todos os aspectos, e um exemplo disso era sua vontade de sair de sua casa e praticar atividades ao ar livre, como se exercitar ou lutar, enquanto a maioria das meninas permanecia em seus lares durante quase o dia todo aprendendo "obrigações de mulher".

— Muito bem, Natsu. Agora vamos usar a naginata novamente e logo depois voltaremos para a kaiken. Vamos treinar com ambas as armas hoje — disse a onna bugeisha, pegando duas naginatas, que havia deixado escondidas atrás de uma árvore. Ao dar uma das naginatas para Natsuki, se posicionou e disse:

— Agora, sem muita violência, tente me desarmar usando o que te ensinei.

— Tudo o que você me ensinou até agora, mestre Fujimura?

— Exatamente. Depois que este ano acabar e você tiver aprendido o suficiente para tentar me desarmar com a adaga kaiken, faremos esse mesmo exercício com ela.

Natsuki então respirou fundo, se concentrou como Akemi lhe havia ensinado, posicionou-se e começou a lutar com sua professora. Natsuki às vezes perdia o foco na luta porque ficava muito maravilhada com o jeito com que Akemi manejava a naginata e amava observá-la. Conseguia imaginar Akemi sobre um cavalo com uma bela armadura de onna bugeisha usando a naginata e a kaiken contra os inimigos de maneira tão eficiente que chegava a encantar suas colegas.

Depois de bastante tempo lutando com sua mestra e não aguentando mais ouvir o barulho das lâminas se colidindo, Natsuki realizou uma manobra com sua naginata, golpeando com força, e por trás, a de Akemi, de modo que conseguiu derrubá-la. Akemi levantou as sobrancelhas, impressionada.

— Muito bem, guerreira. Você conseguiu impressionar sua mestra. Usou uma boa estratégia para derrubar minha naginata — comentou Akemi, satisfeita com o progresso de Natsuki.

— Obrigada — agradeceu Natsuki, sorrindo.

— Uma mulher só se torna de fato uma boa onna bugeisha se aprende a ser ágil, o que você ainda não é, mas fique tranquila porque te ensinarei a lutar com rapidez — Natsuki ficou irritada com o comentário. Não gostava quando recebia críticas, queria ser a guerreira perfeita e não conseguia aceitar suas falhas. Ao perceber a revolta de Natsuki, Akemi se aproximou, abaixou até ficar da altura da jovem e disse, para tranquilizar Natsuki, em um tom quase maternal:

— Ei! Você não pode ficar assim, Natsu! Está exigindo demais de si mesma. Você treina comigo há um ano, mas ainda tem muito o que aprender. Tornar-se uma onna bugeisha ou um samurai não é rápido para ninguém. Eu treino desde os 9 anos de idade e mesmo assim ainda tenho habilidades que posso aprimorar, então não se preocupe, porque todos nós temos imperfeições.

— Obrigada, mestre, é que fico irritada quando te decepciono — resmungou Natsuki, com a testa franzida.

Akemi abraçou-a.

— Um discípulo nunca decepciona seu mestre quando falha, mas sim quando desiste — afirmou Akemi.

Após treinarem por uma hora, Akemi e Natsuki se despediram, Natsuki agradeceu muito pelo treino, como sempre fazia, e andou até sua casa. Yasuo estava sentado no chão na sala de estar, pensativo. Desejava ir à escola, como muitos dos filhos dos comerciantes e agricultores mais prósperos da região, porém sabia que jamais teria isso. Mesmo tendo aprendido a ler e escrever e um pouco de matemática com Chizue, que ia à única escola da aldeia para filhos de guerreiros, sentia que precisava aprender muito mais. Chizue também havia ensinado a Natsuki o que ensinara a Yasuo.

Ao chegar em casa, Natsuki bateu na porta, que estava fechada naquele dia. Yasuo atendeu com seu quimono preto, o que costumava usar. Seu cabelo estava um pouco bagunçado, indicando que o garoto havia tirado um cochilo.

— Estava dormindo, Yasuo? — brincou a garota, passando a mão na cabeça de Yasuo e bagunçando ainda mais seu cabelo.

— Dormi um pouco, mas faz tempo que acordei. Estou um pouco cansado hoje, sabe? — comentou.

"Cansado do quê?", pensou Natsuki, rindo.

— Eu também estou. Estava treinando com a Akemi — sussurrou Natsuki, em um tom quase inaudível, mas que Yasuo conseguia escutar. Os dois irmãos sentaram no chão para conversar. Natsuki morria de medo que Manami descobrisse seu precioso segredo e que, além de proibi-la de treinar para sempre e vigiá-la em dobro, pudesse destruir a amizade da família Katayama com a Fujimura. Provavelmente Natsuki nunca mais veria Chizue e Akemi. Talvez Eijiro pudesse fazer com que as coisas não ficassem tão complicadas para Natsuki caso o segredo fosse descoberto, mas como era Manami quem geralmente tomava a maioria das decisões, era pouco provável.

— Daiki está aqui com você? Cadê nossa mãe?

— Saiu com o Daiki para comprar alimentos com os camponeses. Ela jamais me deixaria cuidar dele. Estou sozinho em casa.

A família Katayama era de origem humilde. Tinham o suficiente para viver, mas às vezes faltava um determinado alimento na casa e Manami tinha que recorrer aos agricultores. Um dos principais motivos pelos quais Manami havia levado o bebê Daiki consigo para obter alimento era comover os camponeses, pois a maioria deles entregava mercadorias mais facilmente para mães com filhos pequenos.

— Entendi. Não acho adequado sair com um bebê tão novo... — comentou Natsuki.

— Mudando de assunto, Natsu, eu andei pensando sobre aquela conversa que tivemos e tomei uma decisão. Estava querendo falar com você sobre essa decisão faz tempo — revelou Yasuo.

Natsuki franziu a testa, não sabia do que o irmão estava falando.

— Do que você está falando? A que conversa você está se referindo?

— Daquela conversa que tivemos sobre meus sentimentos em relação a Chizue, lembra?

Instantaneamente, Natsuki abriu um sorriso tão grande que fez suas bochechas doerem e colocou as duas mãos na face, surpresa e feliz ao mesmo tempo. Ela havia percebido o que o irmão estava querendo fazer.

— Você vai se declarar para a Chi! Que maravilha! — exclamou Natsuki, abraçando o irmão. A jovem guerreira adoraria ver seu querido irmão namorando sua melhor amiga. Era simplesmente a combinação perfeita, na opinião de Natsuki.

— Isso mesmo. Você me conhece mesmo muito bem... — disse Yasuo, sorrindo e um pouco corado.

— Parabéns pela coragem! Estou muito orgulhosa de você — dizendo isso, Natsuki abraçou o irmão novamente.

Yasuo estava bastante ansioso para declarar seu amor a Chizue, porém era tímido e isso dificultaria as coisas, e também Yasuo e Chizue eram de classes diferentes. O garoto estava ciente de que se Manami e Eijiro soubessem de sua ideia ficariam furiosos, mas estava tão disposto a conquistar o coração de Chizue que nem estava se importando tanto com o que os pais pensariam ou diriam.

7
YASUO TOMA CORAGEM

Natsuki irradiava felicidade com a notícia dada por Yasuo. Ela estava esperando muito por aquele momento, ansiosa para ver o irmão finalmente se declarar para sua amada. A japonesa tinha alma de guerreira, mas também era uma pessoa romântica — mesmo que tentasse esconder essa sua característica. Yasuo estava nervoso para ir até Chizue, temia que as coisas dessem errado, o que não era impossível. Naquele instante, havia começado a chover em Kiryu, e relâmpagos apareciam no céu.

— Quando você vai falar com ela? — perguntou Natsuki, com os olhos brilhando e as mãos entrelaçadas.

Yasuo desejava muito dizer a Chizue o que sentia por ela, contudo, não estava tão entusiasmado quanto a irmã, porque estava extremamente tenso.

— Não sei. Estou com bastante medo de fazer isso... — admitiu Yasuo, com a mão direita na testa e fechando os olhos por um momento, preocupado.

Natsuki abraçou o irmão e disse, sorrindo sutilmente:

— Yasuo, se algo não der certo, não se preocupe. Você é uma pessoa maravilhosa e não merece sofrer assim. Estarei ao seu lado se você se chatear.

— Muito obrigado, Natsu. Você é uma irmã incrível — agradeceu Yasuo, alegre com o carinho de Natsuki. "Não faço a mínima ideia de como falar para Chizue que a amo sem assustá-la demais...", pensou o garoto apaixonado, mordendo os lábios.

— Obrigada! Aliás, vamos aproveitar que nossos pais e Daiki não estão aqui para nos atrapalhar e vamos até a casa de Chizue agora para você se declarar para ela! — sugeriu Natsuki, animada.

Yasuo considerou a ideia, porém não tinha certeza se estava pronto para falar com sua garota. Ele não havia se preparado, não sabia o que dizer a ela exatamente.

— Mas eu não sei o que dizer a Chizue. Não posso falar com ela sem ter planejado algo! — disse Yasuo, inconformado, refletindo seus pensamentos.

— Siga o seu coração! Não é isso que você sempre me diz? — Yasuo respirou fundo e refletiu. O irmão de Natsuki estava com medo e se sentindo inseguro, mas ao mesmo tempo sentia que precisava falar com Chizue o mais rápido possível. Yasuo já não suportava mais esconder seus sentimentos.

— Tudo bem. Vou falar com Chizue mesmo na chuva e com medo — afirmou Yasuo, levantando do chão e caminhando em direção à porta.

Natsuki levantou com um pulo e gritou de felicidade. Os dois irmãos saíram discretamente de casa, fecharam a porta e foram andando rumo à nobre e bela casa dos Fujimura, protegidos pelas sombras das árvores. As plantações, os pequenos comércios e as oficinas de artesanato do vilarejo estavam em sua maioria praticamente vazias, o que facilitou a Yasuo e Natsuki passarem despercebidos e não serem vistos por alguém que conhecesse Manami e pudesse contar que havia visto seus dois filhos andando sozinhos.

No meio do caminho, os dois encontraram Kazumi, que estava próxima à casa dos Fujimura, mexendo nas pequenas flores brancas da grama. Kazumi, no instante que viu os irmãos Katayama, correu até eles e perguntou perplexa:

— O que vocês dois fazem aqui? Sei que a Natsu aparece muito por aqui para conversar e passear com a Chi, mas você, Yasuo... Nunca te vi por aqui.

— Eu vim para falar com Chizue. Não sei se você sabe disso, mas eu sou apaixonado por ela e, de uma vez por todas, resolvi revelar meus sentimentos.

Kazumi sorriu, orgulhosa da coragem de Yasuo. A garota já sabia da paixão de Yasuo por Chizue e estava curiosa para saber como ele se declararia para ela e como Chizue reagiria.

— Que demais! Parabéns pela coragem — elogiou Kazumi.

Yasuo sorriu, um pouco corado, e caminhou até a porta da casa de sua amada. Natsuki fez um sinal para Kazumi e as duas correram até uma pequena janela quadriculada que estava semiaberta e permitia que vissem a sala de estar dos Fujimura para ver o que aconteceria.

Chizue estava costurando um quimono rosa-escuro quando ouviu a porta bater. Seus cabelos estavam cheios de belos adornos dourados e presos graciosamente. Estava usando um sofisticado quimono rosa-claro de seda. Chizue, lentamente, foi até a entrada de sua casa, abriu a grande porta marrom e se surpreendeu quando se deparou com Yasuo Katayama.

— Olá, Yasuo... Que surpresa vê-lo aqui — disse Chizue, sorrindo.

— Oi, Chizue. Te incomodaria falar comigo em particular por um instante? — perguntou Yasuo, com as mãos para trás, começando a transpirar um pouco.

Chizue levantou as sobrancelhas, ainda mais surpresa. Não fazia ideia do que o irmão mais velho de sua amiga queria lhe contar. Estava nervosa.

Chizue deixou Yasuo entrar, fechou a porta e foi mais para o fundo da sala de estar com Yasuo. Estava com medo do que o menino poderia dizer. Por sorte, nem Akemi nem Masato estavam na residência naquele momento.

— Pode falar. O que houve? — perguntou Chizue, curiosa e preocupada ao mesmo tempo.

— Eu sei que você vai se assustar quando ouvir isso, mas... não é a minha intenção.

— Ao dizer isso você me assustou mais ainda — comentou Chizue, rindo de nervoso.

Yasuo segurou as mãos de Chizue gentilmente, acariciando-as devagar e com cuidado, como se fossem tão delicadas como uma flor. A menina corou. Ao tocar as mãos de Chizue, Yasuo sentiu vontade de tocar também em seu rosto e beijar seus lábios de maneira intensa, porém sabia que seria inadequado de sua parte.

— Eu te amo, Chizue Fujimura. Meu coração bate por você e quero saber se você deseja ser minha namorada para que possamos nos amar intensamente e nos conhecer cada vez melhor. Eu amo você demais e quero te fazer feliz! — disse Yasuo, sorrindo, aliviado ao finalmente dizer o que sentia.

Chizue ficou boquiaberta, sem palavras, e pensou por um momento que estava sonhando.

— Ele finalmente se declarou para ela! — disseram Natsuki e Kazumi, ao mesmo tempo, animadas com a situação e se abraçando.

— Yasuo, fico muito lisonjeada, não fazia ideia de que você se sentia assim. Nunca soube que você me ama — afirmou Chizue, muito surpresa.

— Eu demorei para reunir coragem e dizer o que sinto por você. Estava com medo de fazer isso.

Chizue mordeu os lábios, nervosa. Não queria magoar o garoto e não sabia o que dizer a ele sem causar um mal-entendido. Natsuki e Kazumi estavam ansiosas pela resposta de Chizue. A chuva se intensificou na hora e as duas jovens estavam se molhando ainda mais.

— Você é uma pessoa muito bondosa e gentil, Yasuo, mas... me desculpe, eu não gosto de você desse jeito. Não estou apaixonada por você. Podemos ser apenas bons amigos? — perguntou Chizue, com as mãos entrelaçadas, temendo chatear o pobre jovem apaixonado.

Yasuo não conseguiu disfarçar sua decepção ao descobrir que Chizue não nutria os mesmos sentimentos por ele. Suspirou, triste e desiludido. Kazumi e Natsuki também se chatearam bastante, pois estavam torcendo para que Chizue e Yasuo formassem um casal.

— Pensei que ela gostasse dele, Natsu — sussurrou Kazumi.

— Eu também... — disse Natsuki.

Yasuo e Chizue se olharam por alguns instantes, sem saber o que dizer. Ambos estavam se sentindo constrangidos com a situação, principalmente Chizue, que estava se sentindo mal por ter partido o coração de Yasuo, que estava tão apaixonado.

— Que pena que você não me ama... mas tudo bem. Ficarei bem. Só quero que você seja feliz, Chizue — disse Yasuo, forçando um sorriso para disfarçar sua tristeza.

Chizue também forçou um sorriso e disse, com um pouco de vergonha:

— Obrigada. Espero que me perdoe por ter te decepcionado.

— Perdoarei se você não me bater agora... — afirmou Yasuo, rindo.

Chizue franziu a testa, confusa. "O que esse garoto vai fazer?", pensou Natsuki, curiosa. No mesmo instante, o adolescente se aproximou rapidamente de sua amada, colocou as duas mãos em seu rosto e a beijou nos lábios com seus olhos fechados. Yasuo estava extasiado. Chizue se assustou e não quis admitir, mas estava curtindo o beijo. Natsuki e Kazumi ficaram boquiabertas, não esperavam que Yasuo beijasse Chizue mesmo sendo desiludido.

Para azar dos dois jovens, Akemi e Masato chegaram antes de o beijo terminar e, poucos segundos depois de Yasuo se afastar de sua amada, ela disse, com os olhos arregalados, espantada e com um pouco de raiva:

— Por que você fez isso?! — Masato e Akemi se olharam, bastante assustados. Chegar na própria residência e ver a filha sendo beijada sem consentimento por um plebeu não tinha sido nada agradável para o casal Fujimura.

— Desculpe. Precisava fazer isso. Não consegui me controlar — disse Yasuo, constrangido, porém nada arrependido.

Akemi ficou irritada, mas não tanto quanto o marido. Uma enorme onda de ódio envolveu Masato quando viu o que o irmão de Natsuki havia feito com sua filha. Na opinião do samurai, aquilo havia sido uma agressão, pois Yasuo claramente beijara Chizue sem ela permitir. Desejando matar o jovem Katayama, Masato tocou em sua katana, que estava presa na faixa de seu roupão preto, e exclamou:

— Então é bom aprender a se controlar, garoto atrevido, porque agora você vai se ver comigo! — E retirou a katana da faixa de seu quimono, revelando a mortal lâmina da espada, o que foi o suficiente para deixar as pernas de Yasuo trêmulas e fazê-lo começar a suar.

— Masato, você está maluco?! Guarde essa espada! Não podemos resolver as coisas com violência! Acalme-se! — suplicou Akemi, com medo do que seu marido era capaz de fazer com Yasuo.

Até mesmo Chizue, que havia se irritado com o beijo, estava surpresa com a atitude exagerada do pai.

— Pai, não faça isso, por favor! Você está exagerando, e o Yasuo não sabe lutar, ele não tem como se defender! — disse Chizue, tensa. Kazumi e Natsuki também estavam nervosas. Ambas sabiam muito bem que Yasuo jamais venceria Masato em uma luta, era impossível o pobre garoto derrotar um samurai experiente como Masato ou uma onna bugeisha habilidosa como Akemi, que felizmente não desejava atacar Yasuo.

— Ele te agrediu, filha, não posso perdoar isso — afirmou Masato, lançando um olhar gélido para Yasuo.

Amedrontado e em desespero extremo, não tendo a mínima ideia do que fazer, Yasuo saiu correndo rápido como um relâmpago da casa dos Fujimura. O garoto escapou da residência pela janela onde estavam Natsuki e Kazumi, que, no instante em que Yasuo pulou a janela, se afastaram para que ele não tropeçasse.

— Yasuo, não corra! Está chovendo e o problema que você tem nas pernas não te ajudará nem um pouco! — exclamou Natsuki, com medo de que o irmão se ferisse.

Natsuki saiu correndo atrás do irmão juntamente com Kazumi, Akemi e Masato.

— Masato não está pensando nas consequências do que está fazendo. Ele não pode agredi-lo como pretende! Isso é um absurdo! — comentou Kazumi.

— Concordo demais, Kazu... Estou com medo — admitiu Natsuki, tentando correr o mais rápido possível e ficando cada vez mais encharcada por causa da chuva.

Yasuo não fazia ideia de onde estava indo, só queria entrar em qualquer casa que aparecesse em sua frente para que pudesse se esconder de Masato Fujimura. Akemi tentava conversar com o marido para fazê-lo parar, mas nada adiantava, ele estava realmente disposto a punir Yasuo por ter beijado Chizue. Quanto mais Yasuo corria, maior ficava seu cansaço e mais seu problema o atrapalhava.

O adolescente corria rápido, porém de maneira desengonçada, pois seu problema de coordenação motora fazia com que corresse com as pernas mais abertas e os passos mais largos, aumentando a chance de cair no chão. Natsuki exclamou para o irmão:

— Tome cuidado! Você vai acabar se machucando!

Yasuo ouviu o aviso da irmã e pensou: "Eu não tenho escolha. Ou tropeço ou morro nas mãos desse samurai maluco".

— Não faça isso! Ele é uma criança, podemos resolver esse problema conversando! — disse Akemi para Masato.

— Akemi, se alguém mexe com um membro da minha família, mexe comigo também! Não vou parar! — afirmou Masato, acelerando o passo para conseguir alcançar o pobre garoto, que estava todo molhado e havia tropeçado várias vezes pelo caminho, no qual havia alguns desníveis.

Depois de um tempo correndo, Yasuo foi vencido por seu triste problema, tropeçou em um grande desnível do chão, caiu e bateu a parte frontal da cabeça, com força, em uma pedra de tamanho médio que se encontrava no caminho. A pancada foi forte o suficiente para deixar Yasuo com dor de cabeça, tontura, um pouco de náusea e um pequeno corte na testa. O garoto estava em um estado tão ruim que mal conseguia levantar e havia ficado chateado ao ver seu quimono cheio de lama e grama. A chuva começou a diminuir lentamente. Masato, ao encontrar Yasuo caído no chão, guardou sua katana e disse, com as garotas logo atrás:

— Não me importo se você agiu impulsivamente nem se você caiu. Você vai aprender a nunca mais fazer besteiras que magoem alguém da minha família! — E, no mesmo momento, levantou o garoto pela parte frontal do quimono, deu-lhe um soco forte no rosto e outro na barriga, e arremessou Yasuo na direção de uma árvore, onde ele bateu a cabeça novamente. Yasuo se sentia cada vez mais tonto e nauseado e a dor de cabeça o atrapalhava bastante. Masato foi até o garoto e continuou a agredi-lo, principalmente no rosto, causando sangramento no nariz e hematomas na face do pobre jovem.

— Idiota! Atrevido! — exclamava Masato, com a fúria fluindo em suas veias. As poucas vezes em que Yasuo tentou se levantar e se defender do samurai acabaram machucando-o ainda mais. Akemi tentou impedi-lo, fazendo-o bater com força no chão em vários momentos, mas não conseguia. Natsuki correu até sua casa com Kazumi para comunicar Manami sobre o que estava acontecendo.

— Chega disso! — gritou Akemi, com medo de que o marido ferisse Yasuo gravemente. Akemi então deu três golpes seguidos em Masato, fazendo-o cair no chão, dando tempo para Yasuo fugir. Mas ele não foi rápido o suficiente para escapar do samurai, que rapidamente se levantou para continuar com a agressão.

Logo depois que Natsuki e Kazumi voltaram com Manami, Akemi ficou aliviada e com esperanças de que, com a mãe de Yasuo perto, talvez Masato parasse com as agressões. Manami estava horrorizada ao ver o filho ser espancado.

— O que é isso, Masato?! Largue já o meu filho! — exclamou Manami, desesperada e indo em direção ao samurai. No mesmo instante, misteriosamente, uma flecha atingiu a perna esquerda de Masato, fazendo-o cair no chão, bastante ferido e sem mais energia. Natsuki olhou em volta para descobrir quem havia atirado a flecha, mas não viu ninguém, e ficou assustada.

— Não sei quem fez isso com o Masato, mas se eu encontrar essa pessoa vou dar um abraço nela — sussurrou Natsuki.

Yasuo andou até Manami, desequilibrado, e a abraçou, sujando o quimono da mãe com lama.

— Que horror! Essa violência toda foi completamente desnecessária. O Yasuo está muito ferido… Coitado! — comentou Kazumi, assustada com o estado de Yasuo.

Daiki estava no colo de Manami, envolvido com um pano cinza por cima da roupa de bebê para que não se molhasse com a chuva.

— Você está bem? — perguntou Akemi para Masato, preocupada. O samurai ainda estava caído no chão, com a flecha em sua panturrilha esquerda, sangrando e com dificuldade para se levantar.

— Estou, sim, querida, obrigado por perguntar — respondeu Masato, que tirou rapidamente a flecha da perna e gritou de dor.

"Que ótima mira esse arqueiro misterioso tem!", pensou Natsuki, impressionada, ainda tentando achar quem havia atingido o pai de Chizue. A chuva praticamente já havia parado de cair. O sol estava voltando a aparecer, como se soubesse de alguma maneira que a raiva na alma de Masato havia diminuído bastante e que a briga havia acabado. Confusa e irritada com a situação, Manami se aproximou do casal de guerreiros com Kazumi e seus três filhos e disse, com a testa franzida, inconformada:

— Posso saber o que o senhor fez com meu filho e por quê, Masato? Ele está extremamente ferido! Perdeu o juízo, guerreiro?!

— Manami, eu sinto muito. Juro que tentei fazê-lo parar — comentou a onna bugeisha, triste pela situação de Yasuo.

— O seu filho foi às escondidas até a minha casa e beijou a minha filha sem o consentimento dela, como se a estivesse agredindo! Peço mil desculpas porque exagerei e a raiva me dominou, mas o Yasuo magoou e assustou a Chizue com a atitude ridícula dele — explicou Masato.

Yasuo corou, envergonhado ao extremo com a situação. Para consolar o irmão, Natsuki o abraçou e acariciou-lhe as costas suavemente. A jovem Katayama sussurrou para Yasuo:

— Vai ficar tudo bem. Esses machucados vão sumir do seu corpo. Estarei ao seu lado se precisar de mim, tudo bem?

— Obrigado, Natsu — agradeceu o garoto, ainda se sentindo mal por causa de seu impacto com a pedra, com a árvore e as pancadas de Masato.

Manami ficara espantada ao ouvir que o filho havia desobedecido as orientações dadas por ela e Eijiro em relação a Chizue. Estava com raiva por Yasuo ter ido atrás de uma garota filha de pais da elite guerreira sendo de uma família de pessoas comuns. A japonesa deu um tapa no rosto de Yasuo e disse:

— Não acredito que você me desobedeceu, garoto! Você vai sofrer as consequências disso, vai ser castigado!

— Mãe, não bata nele, por favor! Ele acabou de levar um monte de socos do pai da Chizue! — pediu Natsuki, preocupada com a saúde do menino.

Manami lançou à filha um olhar de ódio por ter interferido na conversa, depois dirigiu seu olhar a Masato e disse, tentando não gritar:

— Se você ou qualquer outro membro da família Fujimura ferir alguém da minha família novamente, cortarei relações com você, Akemi e Chizue para sempre! Você foi extremamente violento com meu filho e traiu minha confiança porque não deixo ninguém agredir meus filhos, e tanto você quanto Akemi sabem disso muito bem! — No mesmo instante, fez um sinal aos filhos e a Kazumi para que a seguissem.

Quando Manami se afastou o suficiente dos pais de Chizue, ambos começaram a discutir sobre o que havia acontecido, e, ao chegarem em casa, a onna bugeisha cuidou do ferimento do samurai.

Ao chegar em casa, Manami colocou o bebê em seu pequeno futon, espécie de colchão de cinco centímetros de altura utilizado pelos japoneses para dormir. Depois de cuidar dos ferimentos de Yasuo e servir-lhe um copo de água, Manami começou a discutir com o filho, irritada com o que ele tinha feito. Natsuki tentou apartar a briga, porém não teve sucesso. Antes de se retirar, Kazumi virou-se para Natsuki e disse, inconformada:

— Não consigo acreditar que depois de Yasuo ter sido tão ofendido e agredido, sua mãe está brigando com ele. Ela deveria estar tentando acalmá-lo! Que absurdo brigar com um garoto que está tão ferido!

— Concordo, Kazu. Eu tentei fazê-la parar, mas não adianta nada — disse Natsuki, suspirando, triste. Kazumi abraçou a amiga, despediu-se dela e andou até sua casa para se encontrar com Haruna. Natsuki permaneceu durante toda a discussão entre Manami e Yasuo, tentando fazer com que ambos se acalmassem e parassem com aquilo, mas acabou apenas se estressando. Quanto mais tarde ficava, pior Yasuo se sentia, e mesmo Eijiro, depois que chegou e descobriu o que tinha acontecido, não o poupou de tapas, mais insultos e alguns castigos. Natsuki estava morrendo de pena do pobre garoto.

8
TRISTEZA PARA TODOS

No dia seguinte ao ocorrido, a família Katayama acordou às nove da manhã, pois aos sábados, Eijiro trabalhava mais tarde e Natsuki supostamente estaria livre para fazer o que quisesse... se Manami não a tivesse proibido de ver Chizue ou seus pais por cinco dias e a obrigado a cuidar de Daiki durante o dia todo, enquanto ia atrás de alimentos de agricultores e comprava alguns potes de cerâmica nas oficinas de artesanato. Manami apenas permitira a Natsuki se encontrar com Kazumi contanto que fosse dentro de casa, sem deixar Daiki e Yasuo, que ainda estava se sentindo mal e precisando de ajuda, sozinhos. Mesmo assim, Natsuki foi rapidamente até a casa de Kazumi às escondidas e bateu na porta.

— Espero que meus irmãos não precisem de mim agora...

Kazumi atendeu e disse:

— Oi, Natsu! Tudo bem? Pode entrar!

— Melhor você vir até minha casa para podermos conversar. Minha mãe não vai gostar se me vir fora de casa.

Kazumi estranhou. Por que Natsuki teria que ficar em casa obrigatoriamente? Não fazia sentido.

— Por que você não pode ficar comigo aqui? — perguntou Kazumi, confusa.

— Porque minha mãe disse que eu tenho que cuidar dos meus dois irmãos enquanto ela estiver fora — respondeu Natsuki, revirando os olhos, irritada por ter que ser babá dos irmãos por horas.

Kazumi riu da expressão raivosa da amiga e disse:

— Tudo bem. Vamos à sua casa, então — Ambas andaram até a residência de Natsuki. Haruna não viu a filha saindo, mas não ficaria brava ao saber que Kazumi fora na casa de Natsuki porque confiava bastante na família Katayama. A família de Kazumi e a de Natsuki eram das poucas de classe social mais baixa que haviam conseguido comprar o direito de possuir um sobrenome em Kiryu.

Quando as duas chegaram à casa, Kazumi sentou-se no chão e Natsuki fez um sinal para a amiga esperar um pouco. Foi até o quarto onde Yasuo estava deitado em um futon não muito confortável, ainda se sentindo nauseado e com bastante tontura, quase inconsciente. Natsuki estava estranhando que o irmão ainda se sentisse tão mal. Preocupada com sua saúde, Natsuki entrou no quarto, aproximou-se dele e perguntou:

— Yasuo, você está se sentindo melhor? Quer que eu te traga alguma coisa para beber ou comer?

— Não precisa trazer nada, muito obrigado... e eu não melhorei quase nada, infelizmente — disse Yasuo, com a fala um pouco lenta.

"Será que ele está muito mal mesmo?", pensou Natsuki, mordendo os lábios. A jovem japonesa acariciou o ombro direito do garoto e disse:

— Se precisar de algo, não hesite em me chamar. Estarei na sala com Kazumi — Yasuo concordou com a cabeça, sentindo ainda mais tontura. Natsuki andou até a sala de estar e foi se sentar. Para aumentar seu conforto e o da amiga, Natsuki pegou uma almofada para si e outra para Kazumi, que sorriu agradecida.

— Seu irmão não está bem, não é? O pai da Chi o agrediu demais... Se ele não tivesse tropeçado naquela pedra, talvez tivesse conseguido escapar — lamentou Kazumi, olhando cabisbaixa para Natsuki.

Yasuo se enfraquecia cada vez mais enquanto permanecia deitado no futon; era como se o universo estivesse contra o garoto. Quanto mais ele rezava para melhorar, pior ficava. Chegou a vomitar em certo momento em um canto do quarto, porém as garotas estavam tão distraídas que nem sequer ouviram.

— Nem me fale, Kazu. Além de Masato ter feito o que fez, minha mãe e meu pai deram bronca em Yasuo por um tempão! E, para piorar a situação, o castigaram e deram tapas nele. Tentei parar a briga, mas não deu certo.

— Que pena. Daiki deve ter chorado e se assustado com a gritaria toda...

"Como se eu me importasse muito com aquele menininho", pensou Natsuki, revirando os olhos com desdém.

— Daiki não acorda tão fácil e eu o vi chorando poucas vezes. Quem chorou foi o Yasuo, depois que nossos pais pararam com os desaforos... fiquei um bom tempo abraçando-o e tentando acalmá-lo.

Natsuki não conseguia nem lembrar do que havia acontecido com o pobre menino apaixonado. Ficava extremamente triste ao pensar em seu irmão desesperado, ferido e chateado por causa das pancadas de Masato e da briga que ocorreu em seu lar. Eijiro não brigara tanto com o filho quanto Manami, mas dera broncas o suficiente para deixar Yasuo com o psicológico em pior estado e para fazer com que Natsuki interferisse.

— Sua família é muito esquisita e me assusta às vezes. Você deve estar cansada do que seus pais fazem com você e Yasuo. Deve ser exaustivo para vocês dois aguentar desaforos o tempo inteiro — disse Kazumi, suspirando.

"Eu não aguento mais meus pais faz tempo...", pensou Natsuki. Se tivesse coragem suficiente, Natsuki com certeza tentaria fugir de sua casa e viver a vida que sempre quis: morar longe de Manami e Eijiro, preservar suas amizades com Chizue, Kazumi e Yasuo, se tornar uma onna bugeisha e poder tomar decisões sem ser importunada.

— É extremamente exaustivo. Queria que Akemi fosse minha mãe, ela é uma pessoa muito bondosa e não fica tentando controlar a vida da filha o tempo todo. Meus pais nunca respeitam os desejos de Yasuo nem os meus! Apenas ficam paparicando o Daiki feito idiotas e só sabem criticar a mim e a meu irmão! — desabafou Natsuki, com as mãos no rosto, quase chorando.

Kazumi acariciou a amiga e disse:

— Você não precisa aguentar isso, Natsu. Existem duas opções: ou você continua praticando ações proibidas pelas costas dos seus pais, como seu treino com a Akemi, ou foge desse lar terrível de uma vez por todas. A escolha é sua.

A guerreira aprendiz começou a refletir sobre o assunto. Na opinião da jovem Natsuki, sua amiga tinha certa razão, porém talvez fugir não fosse a melhor escolha.

— Não acho fugir algo bom. Eu jamais saberia me virar sozinha, sou muito nova.

— Você não precisa fazer isso sozinha. Pode ser que você encontre alguém no seu caminho que possa te ajudar — comentou Kazumi, levantando as sobrancelhas, dando a Natsuki mais esperanças. Enquanto as duas adolescentes conversavam, Yasuo Katayama tinha cada vez mais dificuldades em respirar, falar direito e enxergar com clareza. O garoto precisava de ajuda, mas não conseguia gritar alto o suficiente e às vezes tentava se levantar de seu futon com grande sacrifício. Kazumi e Natsuki mal sabiam o quanto Yasuo estava sofrendo com as terríveis dores de cabeça, a náusea desesperadora e a tontura agonizante.

— Pode ser, mas acho pouco provável. Com certeza a maioria das pessoas vai me odiar se eu fizer isso e falarão que sou uma mulher sem honra por causa do neoconfucionismo idiota… — lamentou Natsuki.

Kazumi riu, inconformada, o que irritou um pouco a jovem guerreira.

— Essa não é a Natsuki falando. Está parecendo… a Manami conversando, na verdade. Que eu saiba, Natsuki Katayama luta para realizar seus sonhos, seja com a aprovação das pessoas ou não, e jamais se deixa atingir tanto pela opinião alheia — afirmou Kazumi, levantando uma sobrancelha, tentando fazer Natsuki cair na real.

"Ela está certa…", pensou Natsuki, com raiva de si mesma por ter falado como Manami.

— Desculpe. É que tenho medo de tomar atitudes radicais... — No mesmo instante, Yasuo saiu de seu quarto, segurando-se no batente da porta e quase desmaiando para conseguir falar com a irmã e pedir ajuda.

— Natsu! Natsu! Me ajude! Não vou aguentar... — disse Yasuo, em tom alto o suficiente para que Natsuki o escutasse. Desesperadas, as duas meninas correram até Yasuo, que estava prestes a cair inconsciente no chão. Não deu tempo de chegarem até o garoto. Ele desmaiou, perdeu totalmente o equilíbrio e bateu a cabeça com força no chão. Natsuki virou o irmão e, em pânico, disse:

— Yasuo, acorde! Fale comigo!

— Vou chamar seus pais, Natsu. Já volto.

Mal deu tempo de Natsuki abrir a boca para agradecer, Kazumi já havia saído correndo para procurar Manami e Eijiro. Achar o casal Katayama não seria muito difícil, porque Kiryu era pequena. Natsuki tentava acordar o irmão de inúmeras maneiras: batia as panelas, o cutucava com os dedos, o acariciava, batia palmas, gritava... mas nada o fazia acordar. Assustado com os barulhos de Natsuki, Daiki acordou e começou a chorar.

— Você tinha que resolver chorar justo agora, Daiki? Não acredito! — exclamou Natsuki, batendo as mãos nas coxas, bufando de irritação e medo ao mesmo tempo.

Natsuki suava de nervoso com medo de que Yasuo nunca mais despertasse daquele sono maldito.

Após dez minutos, Kazumi voltou correndo acompanhada de Manami, Eijiro e o único médico do vilarejo, doutor Nakajima. Os pais de Yasuo estavam em desespero, assim como Natsuki. Sentaram ao lado do filho, com medo do que poderia acontecer.

— O que houve com o Yasuo? Por que ele está caído no chão e desacordado? — perguntou Eijiro para Natsuki, que temia ser punida se algo muito ruim acontecesse.

— Eu e a Kazu estávamos aqui em casa de olho no Yasuo e ele saiu do quarto, agonizando, não aguentou ficar em pé e acabou desmaiando.

Acho que está assim por causa da quantidade de pancadas que levou ontem — Manami acariciava e balançava a cabeça do filho, tentando fazê-lo despertar. Doutor Nakajima começou a examinar Yasuo, analisando sua pulsação e seu corpo, que estava cheio de ferimentos. O médico logo percebeu que ou ele tinha sido agredido ou sofrido um acidente grave.

— Por que ele está com tantos ferimentos, sr. Katayama? — perguntou o doutor.

Eijiro e Manami se olharam, confusos. Não queriam que Masato fosse prejudicado, mas ao mesmo tempo estavam com muita raiva do que havia acontecido. Masato e Akemi eram grandes amigos dos Katayama e Manami e Eijiro não queriam perder a amizade.

— Ele sofreu um acidente grave. Tem problemas de coordenação motora nas pernas desde pequeno, tropeçou ontem em um buraco, rolou e se estatelou em duas árvores — mentiu Eijiro.

Manami estava prestes a brigar com o marido por ele ter mentido, mas também não queria prejudicar o amigo samurai, que provavelmente sofreria sérias consequências se alguém descobrisse que ele tinha batido em um menino de 16 anos.

— Que estranho. Para o garoto ter desmaiado deveria estar se sentindo muito mal, ou seja, o acidente deve ter sido muito grave mesmo — afirmou o médico, medindo a pulsação do garoto várias vezes e colocando a mão em sua testa para sentir a temperatura.

Depois de pouco tempo, doutor Nakajima guardou seus objetos, respirou fundo, e disse:

— Eu sinto muito. Yasuo Katayama faleceu. Ele está com a temperatura corporal muito baixa, a palidez está aumentando e está sem pulsação alguma.

Natsuki ficou boquiaberta. Ninguém conseguia acreditar no que estava acontecendo. Manami e Eijiro se abraçaram, desesperados. Natsuki pensou por um momento que teria um colapso nervoso e Kazumi a acariciou para acalmá-la, também triste e chocada. Natsuki caiu em prantos, quase batendo a cabeça no chão.

— Não! Não! Não! Não! — exclamava Natsuki, em pânico, chorando muito. Kazumi também derramou algumas lágrimas. O médico se retirou, percebendo que se permanecesse na residência as coisas só iriam piorar. Eijiro estava em estado de choque e Manami havia ficado triste e furiosa ao mesmo tempo. Desejou matar o marido de Akemi e fazê-lo sofrer como Yasuo sofreu, agonizando até morrer.

— Assassino! Monstro! Aquele samurai descabeçado matou o meu filho! Ele fez meu Yasuo morrer! — gritou Manami, com as mãos no rosto, chorando.

— Manami, nosso filho sempre teve graves problemas de coordenação motora. Provavelmente o tropeção foi a principal causa da morte dele — afirmou Eijiro.

Natsuki estava se sentindo horrível. Enquanto abraçava Yasuo, que estava ficando cada vez mais frio e pálido, não parava de chorar um minuto, nem de beijar sua testa e suas bochechas. Como a medicina na época não era nem um pouco sofisticada, a família não tinha como saber a causa real da morte de Yasuo: traumatismo craniano. O fato de Yasuo ter batido a cabeça com força na pedra quando tropeçou e as pancadas fortes que tomou de Masato causaram seu sofrido falecimento. Houve o rompimento de vasos na cabeça do garoto fazendo com que o sangue se acumulasse lentamente em seu crânio e o fizesse agonizar até morrer.

— Eu vou acabar com aquele idiota! O Masato vai pagar pelo que fez! — insistia Manami.

— Foi culpa minha, Kazu! Eu não devia ter desviado a atenção de meu irmão! Fui tão idiota... — sussurrou Natsuki, entristecida, para Kazumi.

— Nunca diga isso. Yasuo detestaria saber que você está se culpando por uma coisa dessas! — afirmou Kazumi.

— Se o nosso filho não tivesse se apaixonado por Chizue talvez nada disso tivesse acontecido — comentou Eijiro, inconformado. Natsuki e Kazumi se irritaram na hora. Não entendiam como Eijiro poderia pensar em culpar Chizue pela morte de Yasuo! Aquilo era um completo absurdo para as duas meninas. Chizue nunca pediu para que Yasuo se apaixonasse por ela, simplesmente aconteceu.

— Não diga isso, pai! A Chi não tem culpa nenhuma do que aconteceu com o Yasuo! Que absurdo você pensar isso da minha amiga! — disse Natsuki, brava.

— Ela teve culpa tanto quanto Masato e Akemi. Estou pensando seriamente em romper relações com eles depois disso... — insinuou Manami.

Natsuki, mais do que depressa, com os nervos à flor da pele, disse bem alto, quase suplicando:

— Não, mãe, por favor! Eles são ótimas pessoas, Masato exagerou com o Yasuo porque estava muito preocupado com a filha, e Akemi e Chizue são ótimas pessoas!

No mesmo momento, Eijiro olhou para a filha como se ela fosse louca e levantou-se do chão para pegar Daiki no colo, que ainda estava chorando, para acalmá-lo, balançando-o um pouco. Voltou para a sala de estar com o menininho no colo. Natsuki estava tremendo de tanto nervoso. Não conseguia parar de acariciar o rosto pálido e frio do irmão. Yasuo tinha sido um grande amigo da jovem guerreira e um dos motivos pelos quais Natsuki ainda não havia fugido de casa. Ela amava o irmão intensamente e não conseguia se imaginar sem ele em sua vida.

— É um pouco de exagero mesmo rompermos relações com os Fujimura, mas acho que ignorá-los por uma semana ou duas não seria nada demais — comentou Eijiro, ainda balançando Daiki.

— Pai, você quer mesmo desequilibrar ainda mais nossa família se afastando de ótimos amigos nossos que nos conhecem desde antes de eu e a Chi nascermos? Já não estamos tristes o suficiente agora que o Yasuo morreu? Não podemos ficar sozinhos! — explicou Natsuki, secando as lágrimas com a manga do quimono. "Espero que eles não resolvam me culpar em algum momento pela morte do meu irmão...", pensou Natsuki, preocupada.

— Acho que deixar de falar com eles definitivamente não é a melhor opção, mas ficar sem falar por um tempo seria muito bom. Durante duas semanas ninguém aqui falará com os Fujimura! — disse Manami, ainda chorando.

— Nunca esqueçam que Masato e Chizue foram os responsáveis pela morte do nosso querido Yasuo! — exclamou Manami, mais triste do que já estava.

— Isso não é verdade! — disse Natsuki, irritada.

Kazumi permanecia quieta, fingindo ser invisível na confusão. Não poderia se intrometer naquela situação tão delicada e terrivelmente triste dos Katayama.

— Natsu, o seu irmão defendia a liberdade de escolha das pessoas, sempre te dizia que devemos seguir nossos corações, e veja como ele acabou por ter feito o que queria. Não deixe isso acontecer com você, se afaste desse lugar onde vivemos! — sussurrou Kazumi, tentando falar o mais baixo e ao mesmo tempo de maneira mais clara possível.

Natsuki mordeu os lábios, confusa. Não fazia ideia do que seria de sua vida sem seu irmão, por mais que tivesse Chizue e Kazumi para conversar.

— Yasuo não foi apenas um bom irmão e conselheiro, foi uma pessoa maravilhosa e cheia de amor para dar. Ele não merecia isso. Eu deveria ter dado mais atenção a ele, não lhe dei carinho suficiente... — comentou Natsuki, contendo-se para não chorar ainda mais e, suavemente, fechando os olhos do irmão com os dedos da mão direita.

"Tenho a sensação de que ela não ouviu o que eu disse...", pensou Kazumi.

— Você deu atenção, carinho e também amor em uma quantidade muito mais do que suficiente para ele. Yasuo sempre soube o quanto você o ama e conseguirá descansar em paz por isso — afirmou Kazumi, abraçando Natsuki fortemente.

Natsuki estava precisando muito do abraço de alguém, então se encolheu nos braços de Kazumi como se quisesse se esconder do mundo, aproveitando cada segundo do gesto de carinho.

— Muito obrigada por ter me dito isso e também por ter chamado meus pais e o médico, Kazu. Você foi ótima — disse Natsuki, começando a derramar ainda mais lágrimas e a soluçar, de tanto que chorava.

Kazumi abraçou Natsuki até que ela ficasse bastante calma e evitou chorar demais para não aumentar ainda mais a tristeza da amiga.

Passaram-se várias horas e anoiteceu. Manami e Eijiro ficaram por alguns minutos procurando pessoas na aldeia que poderiam lhes ajudar a realizar um rito fúnebre decente para o tão amado Yasuo. As famílias Katayama, Fujimura, Iwata e outras que eram amigas de Natsuki e seus pais compareceram ao funeral do adolescente, que jazia em cima de uma tábua com alguns suportes que estavam em volta da lenha. O corpo de Yasuo estava inteiramente envolvido por um pano negro, apenas a cabeça à mostra, e havia sido lavado por Manami antes do ritual. Depois que todos, inclusive os Fujimura, se despediram de Yasuo, Eijiro beijou a testa do filho, cobriu-a com o mesmo pano preto e acendeu a fogueira para cremá-lo, como pedia tanto a tradição budista quanto a xintoísta.

Durante a cremação, todos que estavam presentes choraram pelo menos uma vez. Chizue, Manami e Natsuki foram as pessoas que mais choraram. Natsuki consolou Chizue várias vezes, porque ela estava se sentindo muito culpada pela morte de Yasuo e triste por não ter tido coragem suficiente para visitá-lo depois do ataque de raiva de seu pai. Masato estava se sentindo tão mal e envergonhado pelo que tinha ocorrido que não conseguiu olhar no rosto de ninguém, a não ser no de sua esposa, naquele dia. Ao descobrir que Yasuo havia morrido, três horas antes dos ritos fúnebres, Masato correu até uma área com algumas árvores comuns e sakuras para se suicidar usando sua katana, pois, como samurais e onna bugeishas acreditavam, somente a morte poderia acabar com o sentimento de desonra e falta de integridade. O pai de Chizue só não se matou porque Akemi conversou com ele por duas horas até finalmente convencê-lo a poupar sua vida.

9
O SONHO E A CONVERSA

Na noite da cremação de Yasuo, cujas cinzas foram guardadas pela família, Natsuki foi dormir bem tarde. Demorou quase duas horas para conseguir pegar no sono porque não conseguia parar de pensar em Yasuo, que já não existia mais. Natsuki ficou se perguntando se impedir o irmão de se declarar para Chizue o teria poupado de morrer tão cedo. Talvez o garoto jamais tivesse se ferido daquela maneira se não fosse pela sua paixão, pensava Natsuki. A jovem guerreira ficava cada vez mais convencida de que o amor apenas servia para atrapalhar a vida das pessoas e também de que os samurais eram violentos demais. As onna bugeishas também eram bastante agressivas em suas lutas e Natsuki sabia disso por causa de seu treino com Akemi, mas os samurais eram piores.

Quando deitou-se em seu futon para dormir, Natsuki teve um sonho muito esquisito. Estava perdida em uma paisagem que parecia misteriosa e familiar ao mesmo tempo. Estava com os cabelos soltos e mais ondulados que o normal e também usando um vestido preto que ela nunca havia visto antes: era muito curto e mostrava seus braços inteiramente. Ela pisava na grama descalça, o que a deixou desconfortável, porque, apesar de gostar, não se sentia muito bem sem seus sapatos zori, calçados parecidos com chinelos usados por japoneses de todas as classes sociais. Uma leve brisa começou a soprar em seu rosto e, ao olhar para o céu, a japonesa não teve certeza se era dia ou noite... provavelmente era o crepúsculo. Natsuki tinha a sensação de que estava muito bonita.

— Onde estou? Tem alguém aqui? — perguntou Natsuki, com as mãos entrelaçadas.

No mesmo instante, Yasuo surgiu em forma espectral. Ele usava um quimono branco que a menina nunca havia visto antes. No instante em que pôs os olhos no irmão, Natsuki caiu de joelhos no chão, chorando. Yasuo andou até ela e disse, acariciando seu rosto:

— Não chore, Natsu. Estou em paz — afirmou Yasuo, com seu tom de irmão mais velho conselheiro.

Natsuki se acalmou um pouco, porém não o suficiente para se sentir bem. Yasuo continuou tentando ajudar a irmã, e ela disse:

— Eu poderia ter evitado sua morte. Deveria ter te vigiado o tempo todo e jamais ter deixado você conversar com a Kazu…

Yasuo sorriu e respondeu, inconformado com o que Natsuki estava dizendo de si mesma:

— Eu iria morrer de qualquer jeito. Bater a cabeça na pedra, levar pancadas do Masato, cair no chão… tudo contribuiu de alguma maneira. Ninguém teve culpa de nada.

— Isso não faz sentido! Todos tiveram culpa, então! — afirmou Natsuki.

— Não diga isso. O que importa é que agora estou em paz. Aliás, se não fosse por uma certa pessoa que estava conosco na hora, eu teria morrido com muito mais hematomas e dores no corpo…

Natsuki franziu a testa, não entendendo do que o irmão estava falando. Não se lembrava de ter visto ninguém salvando Yasuo de alguma forma, só se recordava de Akemi tentando derrubar Masato com alguns golpes para fazê-lo parar com a violência.

— Que pessoa? Do que você está falando? — Yasuo gesticulou com a mão direita como se estivesse chamando alguém, e Natsuki estranhou.

Um tempo depois surgiu uma mulher japonesa que parecia familiar à jovem guerreira. A moça tinha os cabelos presos em um volumoso coque, usava um quimono preto e segurava um arco e uma pequena aljava onde estavam várias flechas. Ela pegou uma flecha, colocou-a no arco em posição e a atirou em uma das árvores da paisagem. Depois de um tempo, Natsuki se lembrou de um detalhe do qual se esqueceu de comentar com Kazumi e que estranhou os pais não terem citado: a misteriosa pessoa que havia flechado a perna de Masato, fazendo-o cair e ajudando Yasuo a escapar.

— Eu me lembro dessa flecha que foi atirada de repente! Foi muito estranho! Você sabe quem foi a mulher que a atirou? — perguntou Natsuki, curiosa.

Yasuo queria contar a verdade à irmã, mas não podia. Não poderia revelar a identidade da mulher.

— Não sei quem é. Apenas sei que ela te protege há muito tempo e você nunca percebeu.

Depois disso, Yasuo sumiu e Natsuki se irritou, porque queria descobrir quem era sua suposta protetora. A garota não conseguia entender o motivo de alguém se dar ao trabalho de proteger alguém tão humilde e comum como ela.

— Se eu fosse rica e de uma família nobre, como a da Chizue, entenderia o fato de eu ter uma protetora, mas sou uma pessoa normal! Por que eu teria alguém me vigiando? — dito isso, Natsuki acordou de seu sonho, assustada.

Ao acordar, percebeu que até o momento não havia pensado na pessoa que feriu Masato e o fez parar com as agressões. A japonesa e todos que eram amigos e parentes dos Katayama estavam concentrados demais no estado terrível de Yasuo e também em sua posterior morte.

Espantada com o sonho que havia tido, Natsuki saiu de seu futon e, depois de tomar café da manhã com a família, foi até a casa de Kazumi com pressa. Precisava falar sobre a misteriosa pessoa que havia atirado uma flecha no samurai que agredira o pobre Yasuo. Apesar de não querer admitir, Natsuki ainda estava com muita raiva do que Masato havia feito e o considerava o assassino de Yasuo. Às vezes, a jovem sentia que deveria fazer o samurai pagar pelo que fizera. Natsuki acreditava que as pessoas que faziam o mal a entes queridos mereciam algum tipo de punição, porém não tão severa. A adolescente não acreditava muito no fato de Masato ter agredido Yasuo simplesmente por impulso e devido a um ataque de raiva, como alegava Akemi quando alguém comentava sobre o assunto. Era como se a suposta atiradora já previa o que Masato faria, de alguma maneira.

Natsuki correu até a casa de Kazumi e no meio do caminho se lembrou que teria que ficar um tempo sem ver os Fujimura, ou seja, não poderia treinar com Akemi nem conversar com Chizue, e por isso sua tristeza aumentou. A jovem bateu na porta e aguardou a amiga.

Haruna atendeu a porta e estava mais feliz que o normal, intrigando Natsuki. A mulher usava um quimono roxo-escuro e os cabelos estavam presos, como na maioria das vezes.

— Oi, Natsu. Veio ver a Kazumi, certo? — Natsuki assentiu. Haruna sorriu e disse, abrindo espaço para a entrada da visitante:

— Pode entrar. Já vou chamá-la.

A garota entrou na casa, Haruna fechou a porta e foi até o quarto de Kazumi, localizado mais ao fundo. Natsuki sentou em um tatame, um tapete bege feito de palha de arroz, na sala de estar, para esperar a amiga. Na casa dos Iwata era melhor sentar em tatames do que no chão, porque o piso era bem gelado e surpreendentemente feito com uma madeira mais escura.

"Será que a Kazu se lembra que uma pessoa atirou uma flecha na perna do Masato?", pensou Natsuki.

Kazumi foi até a sala junto com a mãe, abraçou Natsuki, sentou-se a sua frente e a cumprimentou, alegre:

— Oi, Natsu! Obrigada por ter vindo. Gosto quando você e a Chi aparecem.

Natsuki se chateou um pouco com o fato de Kazumi ter mencionado Chizue, mas não demonstrou e sorriu.

— Obrigada, fico feliz — disse Natsuki.

— Fiquem à vontade. Estarei em meu quarto se precisarem de alguma coisa — afirmou Haruna, andando rápido até seu dormitório.

"Não consigo ficar à vontade em uma casa onde a mãe escuta as conversas da filha e age agressivamente...", pensou Natsuki, lembrando-se do dia em que Haruna bateu em Kazumi ao ouvir que a menina desejava ser uma kunoichi.

— Você está se sentindo um pouco melhor hoje? Sei que está muito triste por causa do Yasuo, mas espero que esteja um pouco mais calma... — disse Kazumi, acariciando Natsuki, que respirou fundo para não cair em prantos ao se lembrar do irmão.

— Não estou nada bem, Kazu... Ainda me sinto bastante triste. Agradeço a preocupação — disse Natsuki.

— Imagino. A Chi deve estar também. Aliás, não a vejo sair de casa desde a cremação de Yasuo... ela anda sumida — comentou Kazumi, mordendo os lábios, tentando imaginar o que poderia ter acontecido com Chizue.

Natsuki queria tentar sair de casa sorrateiramente para chegar até a casa de Chizue e falar com ela ou mesmo treinar com Akemi, mas, para manter a filha longe dos Fujimura, Manami ficaria em casa todos os dias com Daiki, vigiando-a. Quando a mãe estava em casa era bem mais difícil para a jovem guerreira conseguir sair às escondidas.

— Meus primos conhecem a Chi e às vezes passam na casa dela. Eles me disseram que ela realmente não está saindo de casa por estar muito triste. Me contaram que ela anda muito depressiva e se sente culpada pela morte dele — contou Natsuki, triste por Chizue.

"A Chi não matou meu irmão, ela nunca quis que ele se apaixonasse por ela. Foi o Masato quem o matou", pensou Natsuki. O que nem Natsuki nem Kazumi sabiam era que Masato já tinha raiva de Yasuo havia certo tempo e, no dia em que resolveu agredi-lo, perdeu a paciência, a raiva não era apenas pelo fato de Yasuo ter beijado Chizue.

— Ela não tem culpa de nada... — comentou Kazumi, suspirando.

Natsuki se lembrou que deveria falar sobre a flecha que atingiu Masato. Ela ainda estava confusa com aquela situação, e talvez Kazumi tivesse visto quem atirou a flecha.

— Que estranho. Ela está com tanto medo assim de que as pessoas a vejam? — disse Kazumi, inconformada.

Natsuki franziu a testa, confusa.

— Por que ela teria medo? — perguntou Natsuki, estranhando o comentário.

Kazumi ficou tensa e mordeu os lábios. "Por que eu disse isso?", pensou Kazumi, irritada consigo mesma.

— Medo de que as pessoas a vejam e se lembrem do Yasuo. Quem souber que ele a amava e que naquele dia foi se declarar talvez pense que se a Chizue não tivesse deixado o Yasuo apaixonado nada teria acontecido. Não estou dizendo que a Chizue realmente causou tudo isso, só levantei uma hipótese — explicou Kazumi.

Natsuki entendeu o que a amiga quis dizer e sabia que fazia sentido. Chizue ser culpada pelo falecimento de Yasuo não era nada justo, mas isso não significava que ninguém poderia pensar em culpá-la.

— Não é nada justo alguém culpar a Chi… aliás, gostaria de falar com você sobre uma coisa, Kazu — disse Natsuki, lembrando-se do sonho com sobre a flecha.

— Diga.

— Você se lembra de uma flecha que atingiu a perna do Masato e permitiu ao meu irmão escapar?

Kazumi tentou se lembrar do que Natsuki estava falando. No momento em que se lembrou, arregalou os olhos e disse:

— Eu sei do que você está falando! Aquilo foi realmente muito esquisito…

"Será que realmente existe alguém me protegendo?", pensou Natsuki. A jovem guerreira não conseguia entender o motivo pelo qual alguém desejaria protegê-la, sendo uma garota simples. Alguns samurais, onna bugeishas e seus filhos contratavam homens para serem seus seguranças, mas pessoas humildes como artesãos, pequenos comerciantes e camponeses nunca tinham alguém para protegê-las.

— Você viu quem atirou a flecha? Porque não consegui ver nada.

— Não faço a mínima ideia — disse Kazumi, com medo do que poderia acontecer.

Kazumi sabia muito bem quem havia atirado a flecha e que vigiava Natsuki havia dois anos. Natsuki nem sequer suspeitava que Kazumi estava mentindo.

— Por que alguém teria feito aquilo, Kazu? A pessoa se importava tanto com meu irmão assim?

— Talvez ela se importe com você. Dava para perceber claramente o seu desespero naquele momento e a pessoa talvez tenha tentado parar o Masato e ajudar Yasuo para fazer você feliz — explicou Kazumi.

"Então Yasuo talvez tenha dito verdades no meu sonho mesmo!", pensou Natsuki, que acabara de perceber que realmente existia alguém zelando por sua segurança às escondidas.

— Que maluco... Quem será que se deu o trabalho de me observar para manter minha segurança? — perguntou Natsuki, perplexa.

Kazumi queria muito dizer a verdade, porém não podia.

No mesmo instante, alguém bateu na porta. Kazumi se levantou para atender e Natsuki infelizmente não conseguiu ouvir a conversa, porque estava no fundo da sala.

Ao atender a porta, Kazumi se surpreendeu. Era Chizue, com uma expressão triste. Kazumi nunca tinha visto a amiga tão triste antes.

— Oi, Chi. Tudo bem? Você parece chateada.

Chizue pegou nas mãos de Kazumi, apertando-as por causa do desespero que estava sentindo. O suor pingava de sua testa e seus braços tremiam. "O que aconteceu?", pensou Kazumi, preocupada.

— Preciso da sua ajuda. Não tenho mais a quem recorrer — disse Chizue, tão rápido que Kazumi mal conseguiu entender.

— O que houve? Aliás, a Natsu está aqui... ela pode ouvir a conversa? — Chizue se desesperou ainda mais.

— Não! Você é a única pessoa com quem posso falar sobre o que houve. A Natsu jamais pode saber.

Kazumi se assustou. O que de tão horrível poderia ter ocorrido com Chizue, alguém que estava sempre feliz e tranquila? Kazumi franziu a testa, tentando pensar no que poderia ter causado todo aquele pânico esquisito na amiga.

— Melhor você voltar mais tarde se não quer que a Natsu nos ouça conversando, mas pelo menos poderia me dizer o que aconteceu? — perguntou Kazumi, cada vez mais preocupada.

— Não vou arriscar, Kazu. Amanhã volto aqui para falar com você. Obrigada pela atenção — disse Chizue, indo embora tão rapidamente que quase tropeçou na grama onde estava pisando.

— Chi, espere! — exclamou Kazumi, na esperança de que Chizue ouvisse mesmo já estando longe.

Chizue não ouviu Kazumi e já tinha se afastado bastante. Kazumi ficou bastante preocupada com a situação, porque não fazia ideia do que estava acontecendo com Chizue. E se ela tivesse descoberto alguma coisa que não devia? Kazumi teria que agir rápido. Natsuki caminhou até Kazumi e disse:

— Quem era? Está tudo bem?

— Não era ninguém que você conheça. Apenas um homem muito humilde que de vez em quando aparece na porta de casa pedindo comida. Tenho muita pena dele, mas meus pais não me deixam alimentá-lo... — mentiu Kazumi, olhando para baixo, fingindo mostrar tristeza. Natsuki acreditou e ficou triste pelo homem fictício. A garota tinha visto pouquíssimas vezes pessoas tão necessitadas no vilarejo, mesmo havendo muitas que eram humildes.

— Que pena. Será que era esse homem que estava disfarçado naquele dia e flechou o pai da Chi? — sugeriu Natsuki.

Kazumi se conteve para não rir.

— Talvez... — disse Kazumi, dando de ombros. "Espero que a Natsu não me faça mais comentários sobre o pedinte que inventei...", pensou Kazumi, com medo.

— Não sei. Provavelmente não é ele, porque hoje tive um sonho com o espírito de Yasuo e ele me disse que foi uma mulher quem atirou a flecha.

Kazumi se surpreendeu na hora. Nunca tinha ouvido Natsuki falar sobre um sonho com espíritos antes.

— Sonhos dificilmente são relacionados com a realidade, Natsu, eles são meras fantasias da nossa cabeça. Você não pode acreditar no que ouviu de uma alma em um sonho — afirmou Kazumi.

— Kazu, foi um sonho muito real e não era uma alma qualquer, era a do meu irmão que estava falando! — disse Natsuki, um pouco irritada com o fato de Kazumi ter sugerido que Yasuo não estava dizendo a verdade.

Kazumi não estava completamente errada ao pensar que as pessoas não devem achar que os sonhos estão ligados com a realidade, porém não era impossível que o sonho de Natsuki fosse algo mais real.

— Me conte o que houve no sonho — pediu Kazumi, curiosa, com a mão no queixo. Natsuki disse à amiga tudo o que conseguiu lembrar sobre seu sonho e pensou se havia esquecido algum detalhe, mas tinha ficado tão impressionada com o sonho realista que não esqueceu nada.

— Me parece muito que o Yasuo estava falando a verdade para mim — completou Natsuki, depois de relatar o que ocorreu no sonho.

— Pode ser. O Yasuo nunca foi um garoto mentiroso, sempre foi muito honesto. Não acho que ele tenha tentado te enganar — disse Kazumi.

Durante a conversa, Kazumi fez de tudo para tentar convencer Natsuki de que ela não deveria acreditar no que viu em um sonho. Kazumi não conseguia parar de pensar em Chizue, que havia misteriosamente aparecido em pânico e rapidamente sumido. Chizue era uma boa garota; Kazumi não conseguia nem imaginar o que poderia ter acontecido. Natsuki dificilmente descobriria por meio de Kazumi o que Chizue estava escondendo, porque Kazumi era muito boa em guardar segredos.

10
MAIS UM TREINO

Uma semana depois da breve conversa com Kazumi e do sonho com Yasuo, Natsuki vestiu seu quimono azul-escuro e foi até a casa dos Fujimura para o primeiro treino da semana. Além de estar ansiosa para o treino, Natsuki estava feliz por finalmente ter acabado a semana em que não podia estabelecer nenhum tipo de comunicação com Chizue. Natsuki pretendia conversar com Chizue depois do treino para ter certeza de que a amiga estava realmente bem, porque as poucas vezes em que a viu em casa percebeu que uma tristeza misteriosa a envolvia. A guerreira chegou a pensar em alguns momentos que Chizue poderia estar com medo de algo e desejou poder fazer alguma coisa para ajudá-la.

Depois de chegar à casa de Akemi, Natsuki bateu na porta e Chizue atendeu, com os olhos marejados. Chizue sorriu tentando disfarçar que havia acabado de chorar, abraçou Natsuki e disse:

— Oi, Natsu! Que feliz que estou em vê-la!

— Oi, Chi! Estava com saudades de você. Aliás, você parece chateada... está tudo bem? — perguntou Natsuki, preocupada.

Chizue sabia que não poderia dizer a ninguém e muito menos para Natsuki o que estava acontecendo. Se Chizue dissesse algo, a relação entre os Katayama e os Fujimura provavelmente ficaria comprometida. Kazumi Iwata era a única em quem Chizue poderia confiar naquele momento para contar o que estava ocorrendo.

— Está tudo bem, sim, obrigada por perguntar. Eu apenas estou com muito sono porque não ando dormindo bem à noite... de vez em quando tenho insônia e isso me deixa muito cansada durante o dia — mentiu Chizue, fingindo um bocejo.

"Tadinha da Chi...", pensou Natsuki. A jovem Fujimura detestava mentir, mas naquele momento era necessário.

— Que pena... Ficar com insônia é muito ruim. Aliás, sua mãe está em casa? Gostaria de treinar com ela e depois do treino podemos conversar! — sugeriu Natsuki, sorrindo.

"Não sei se conversar será uma boa ideia", pensou Chizue, respirando fundo.

— Legal! Vamos conversar depois do seu treino, então! Vou chamar minha mãe. Pode entrar. Fique à vontade — disse Chizue, abrindo espaço para Natsuki entrar na residência.

Chizue não queria ter que falar com a mãe, por mais que fosse rápido, porque ambas não se falavam havia dias, mas mesmo assim andou até o quarto de Akemi e disse:

— Mãe, a Natsu está aqui para treinar com você.

— Obrigada por avisar — respondeu Akemi, levantando instantaneamente da cadeira onde estava sentada costurando. Akemi sempre se alegrava quando Natsuki aparecia para treinar, porque amava a ideia de ter uma aluna. Akemi sempre sonhou em treinar Chizue, mas a garota nunca mostrou interesse em luta, então se contentou em ser mestre da melhor amiga da filha.

— Oi, Natsu. Que bom te ver! Vamos lá? — disse Akemi, com um delicado sorriso.

"Eu adoro a Akemi...", pensou Natsuki, olhando admirada para a onna bugeisha.

— Vamos lá, sim — concordou Natsuki rapidamente. Akemi então foi com Natsuki até o local arborizado onde sempre treinavam. Natsuki já aprendia a lutar com Akemi havia um ano, mas mesmo assim ficava entusiasmada todos os dias de treino, como se estivesse indo treinar pela primeira vez. Uma chama de felicidade se acendia em Natsuki quando ela ia treinar com sua mestra onna bugeisha.

— Hoje vamos usar qual arma? — perguntou Natsuki, com as mãos entrelaçadas, como uma criança ansiosa por um doce. A adolescente tentava parecer muito adulta e madura, como os verdadeiros guerreiros, mas não conseguia, o entusiasmo a dominava e a fazia parecer uma criança, muitas vezes.

— Treinaremos com a kaiken novamente. Lembra que treinamos por vários meses com a naginata antes do nosso duelo? Faremos o mesmo com a kaiken — explicou Akemi, tirando duas kaikens de uma sacola marrom de tecido que sempre trazia. Entregou uma delas para a aluna.

Natsuki era tão cautelosa ao manejar as armas de onna bugeisha que parecia estar segurando uma barra de ouro, e não uma arma.

— Tudo bem, então, mestre. Você vai me ensinar novos movimentos hoje?

Akemi assentiu.

"Espero um dia poder transmitir meus conhecimentos de onna bugeisha assim como a Akemi", pensou Natsuki.

— Prepare a adaga, mas não a movimente ainda. Mostrarei alguns movimentos novos que podem ser feitos com ela não para o ataque, mas para a defesa. Preste atenção e depois tente imitar.

No mesmo instante, Akemi fez os movimentos e Natsuki deu seu melhor para imitá-los. Na maioria das vezes em que treinava com Akemi, Natsuki tentava se imaginar em uma batalha de verdade.

— Mestre, você já participou de batalhas? — perguntou Natsuki, curiosa.

— Já participei, sim, mas não de muitas. Nas batalhas em que lutei tive a oportunidade de trabalhar com guerreiras extremamente habilidosas. Infelizmente, a maioria das onna bugeishas não lutou tantas vezes em batalhas e usa muito o que aprende para defesa pessoal e do lar — explicou Akemi, um pouco triste com o fato.

Natsuki ficou chateada também depois de ouvir Akemi, pois pensava que onna bugeishas participavam de muitas batalhas. Defesa pessoal e do lar parecia muito pouco para a jovem Natsuki, que não queria ser uma onna bugeisha para realizar tarefas tão simplórias. Para não magoar sua mestra, Natsuki não demonstrou sua decepção.

Enquanto Akemi e Natsuki conversavam e também lutavam, Manami estava ajudando Eijiro na oficina de artesanato, fazendo alguns vasos de cerâmica para acelerar a produção. Daiki estava na oficina em um futon branco e vestido com uma roupa verde-clara de pano e dormia profundamente. Manami em vários momentos se controlava para não chorar devido à lembrança que vinha em sua mente do trágico e misterioso falecimento de Yasuo. A mãe de Natsuki ainda acreditava que Chizue tinha uma parcela de culpa na morte do menino por tê-lo feito se apaixonar por ela.

— Eijiro, eu ainda acho que temos muito poucos produtos para vender... não devemos chamar mais alguém para ajudar? — perguntou Manami, preocupada.

— Não acho necessário. Estamos produzindo quantidade suficiente de artesanato, na minha opinião — afirmou Eijiro, dando de ombros.

"Espero que o meu querido Daiki não comece a chorar, senão vai atrapalhar o meu marido", pensou Manami.

— Tudo bem, então — disse Manami, não concordando de verdade com o ponto de vista do marido.

Manami preferiu não contestar, porque em sua cabeça deveria obedecer ao marido, apesar de ironicamente nem sempre fazer isso. Natsuki se irritava bastante quando Manami resolvia concordar com praticamente tudo que Eijiro dizia.

Manami se lembrou que naquele dia precisava ir buscar alimentos com os camponeses, que sabiam que ela apareceria, porém, naquele dia em particular, Eijiro precisava da ajuda da esposa na oficina porque precisava vender mais objetos de cerâmica devido à falta de alimentos e roupas em sua casa. Nunca havia faltado alimentos na casa dos Katayama antes, apesar de serem humildes, e Eijiro sabia que era necessário agir rápido para não deixar o problema se agravar. Manami estava preocupada por ter que ficar na oficina com o marido quando deveria estar comprando comida com os camponeses.

— Preciso falar com os agricultores. Sei que você precisa de mim na oficina hoje, mas tenho que ir até eles para obtermos mais comida, e eles devem estar esperando que eu apareça... — geralmente, Manami dava algumas roupas para os camponeses ou vasos de cerâmica que sobravam em troca de alimento.

Eijiro não gostava da ideia de sua mulher deixá-lo sozinho no trabalho em um momento em que precisava dela na oficina por um mês pelo menos para ajudá-lo.

— Peça para a Natsu fazer isso. Diga a ela que precisarei de você aqui comigo vários dias e que ela terá que falar com os camponeses dessa vez — disse Eijiro.

— É uma boa ideia, mas ela não sabe como falar com eles! — disse Manami, inconformada.

— Chame-a e ensine o que ela deve dizer! Com certeza ela não deve estar longe daqui! Manami, você não pode me deixar aqui sozinho... Encontre a nossa filha, diga a ela o que fazer e volte aqui o mais rápido que puder, por favor — pediu Eijiro.

Manami suspirou e não tinha nenhuma vontade de orientar Natsuki sobre como lidar com os agricultores, porém mesmo assim levantou-se do banquinho de madeira onde estava sentada, limpou seu quimono lilás, que estava um pouco sujo, e caminhou até a casa.

A mãe de Natsuki procurou a filha em todos os lugares da casa e não conseguiu encontrá-la.

— Ela deve estar com Kazumi ou com Chizue — disse Manami, em tom baixo. Manami, então, caminhou até a casa de Haruna, que era um pouco mais perto que a de Chizue, e bateu na porta, rezando para que alguém aparecesse e dissesse que sabia onde estava Natsuki. Após alguns segundos, Kazumi abriu a porta e disse, sorrindo:

— Oi, Manami. Tudo bem com você?

— Tudo bem, Kazumi, obrigada. Preciso muito encontrar a Natsuki, você sabe onde ela está? — perguntou Manami, esperançosa.

Kazumi pensou em onde Natsuki poderia estar, olhou para o lado e disse, dando de ombros:

— Não sei. Talvez ela esteja com Chizue.

— Entendi. Muito obrigada. Até mais! — disse Manami, afastando-se rapidamente.

— Até mais! — respondeu Kazumi, fechando a porta.

Manami andou pela pequena área com sakuras que tinha perto da casa dos Fujimura, imaginando que sua filha poderia estar do lado de fora da casa. Manami olhou para os lados e não viu Natsuki, então começou a caminhar mais rápido para chegar onde queria.

No meio do caminho, Haruna estava passando ao lado da casa dos Fujimura, perto de Manami, e carregava uma sacola marrom com um pote de cerâmica. Haruna acenou para a amiga e sorriu. Manami correu até Haruna e disse, um pouco ofegante:

— Oi, Haruna. Você viu minha filha em algum lugar? Preciso falar com ela!

— A Natsuki estava agora há pouco na casa de Chizue, mas ela saiu com a Akemi. Chizue está sozinha em casa — afirmou Haruna.

"Por que a Natsuki sairia com a Akemi?", pensou Manami.

— Saiu com a Akemi? Que estranho... Para onde as duas foram? — perguntou Manami, com a testa franzida pela surpresa ao ouvir que Natsuki saíra com Akemi.

— Não tenho certeza. Eu as vi indo naquela direção — contou Haruna, apontando com o dedo indicador a área que ficava atrás da residência dos Fujimura.

— Tudo bem. Obrigada! — agradeceu Manami, feliz por ter descoberto onde a filha estava.

— De nada — respondeu Haruna, sorrindo e indo em direção à sua casa. Quando Manami se afastou o suficiente, Haruna mudou seu destino e seguiu Manami discretamente, curiosa para ver o que iria acontecer. Haruna viu Natsuki antes de Manami e escondeu-se por trás de dois grandes arbustos próximos às árvores da região. Natsuki estava a poucos metros de Manami e nem havia percebido, porque estava praticando movimentos com a kaiken. Akemi também estava distraída na hora.

Manami ficou tão assustada e decepcionada com a cena que havia visto que por pouco não chorou. Ela havia falado explicitamente inúmeras vezes para a filha não se envolver nas atividades consideradas masculinas por ela e que Natsuki tinha como dever aprender a cozinhar, costurar e cuidar de crianças, nada mais. Manami estava boquiaberta e ofegante de raiva e tristeza. Em certo momento, depois que Natsuki parou de fazer os movimentos com a adaga, Akemi disse:

— Meus parabéns, guerreira. Você fez um bom progresso. Agora preste atenção que direi o que você errou, apesar de terem sido poucas coisas.

Natsuki corou, alegre. Manami balançou a cabeça, não acreditando no que estava vendo. Além de a própria filha ter contestado suas ordens, uma de suas melhores amigas a havia traído. Akemi estava ciente de que Natsuki não deveria se tornar uma guerreira.

— Vocês duas nunca vão tomar jeito mesmo — disse Manami, furiosa, com os braços cruzados e encarando Natsuki, que se assustou tanto que quase caiu no chão. A jovem deixou a kaiken sobre a grama e disse, gaguejando:

— Mãe, se você não me ajuda a realizar o meu sonho, alguém tem que ajudar — Akemi olhou para baixo por um segundo e não fazia ideia do que dizer a Manami, porque, mesmo tendo deixado Natsuki extremamente alegre ao ensiná-la, tinha agido pelas costas da própria amiga e sabia que errara. Akemi estava triste e surpresa ao mesmo tempo. A onna bugeisha, temendo o que poderia acontecer naquele momento, guardou a kaiken que segurava dentro da sacola marrom.

— Natsuki, eu te digo sempre para não se envolver nessas atividades! Não acredito que agiu pelas minhas costas! — exclamou Manami. Natsuki simplesmente olhou para baixo, sem nada dizer. Akemi resolveu interferir para ajudar sua aprendiz e disse, da maneira mais delicada possível:

— Você não deixa sua filha viver, Manami. Alguém precisava deixá-la ser feliz. Me desculpe se te magoei de alguma forma, mas eu não estava aguentando mais ver a Natsuki sofrer tanto por ser proibida de ser uma onna bugeisha!

— Não me interessa se você teve boas intenções ou não, Akemi! Você foi uma traidora e não esperava que uma pessoa tão bondosa e honesta como você faria isso... — disse Manami, cada vez mais furiosa, sentindo vontade de bater em Akemi e Natsuki.

— Não fale assim da minha mestre, mãe! — pediu Natsuki, brava com a atitude da mãe.

— Cale a boca, menina! — gritou Manami.

"Coitada da Natsuki...", pensou Akemi, triste por sua aluna que tanto amava os treinos. Natsuki sabia muito bem que sua mãe daria infinitas broncas pelo que fizera.

— Te darei uma punição quando eu chegar em casa com o seu pai e ele souber o que aconteceu com você! Vá embora da minha frente agora, volte para casa e nunca mais me engane desse jeito novamente, Natsuki Katayama! Você se verá comigo mais tarde! — gritou Manami, quase estourando suas cordas vocais.

A maioria das mulheres japoneses não gritava tanto como Manami, que sempre fora uma pessoa muito temperamental.

Com medo de levar broncas da mãe na frente de Akemi, Natsuki saiu correndo o mais rápido que pôde para casa, não se conteve e começou a chorar descontroladamente, porque percebeu que seus treinos com Akemi deixariam de existir a partir daquele dia. Natsuki conhecia Manami e sabia que ela não a deixaria sozinha em casa tantas vezes como antes, pois ela havia traído a confiança da mãe.

Chateada e inconformada, Manami se aproximou de Akemi e disse:

— Eu precisaria de muita coragem para fazer o que você fez. Pensei que você fosse honesta... Que eu saiba onna bugeishas também aprendem o Bushido, assim como os samurais, e uma de suas mais importantes lições é ter honra. — Bushido era o código dos samurais; era levado muito a sério e determinava até mesmo o modo de vida de um samurai e de uma onna bugeisha.

— Você tem informações sobre o Bushido? Engraçado... pensei que você considerasse militarismo uma atividade exclusivamente masculina na qual as mulheres não devem participar — afirmou Akemi, de braços cruzados, provocando Manami.

— Não tente mudar de assunto! Você desrespeitou uma regra estabelecida por mim e agiu pelas minhas costas. Você ficaria feliz se eu estimulasse Chizue a fazer algo que você não aprova? — perguntou Manami, controlando-se para não surtar.

Akemi se lembrou naquele instante do segredo que Chizue estava escondendo de todos e se entristeceu.

— Manami, se você tem uma bela e sonhadora borboleta como a Natsuki, deixe-a voar! Sua filha é extremamente talentosa e dedicada e, se ela pensa que deve ser uma onna bugeisha, permita-lhe que seja! — pediu Akemi, irritada com a inflexibilidade de pensamento de Manami.

"Eu só quero o melhor para minha filha! Você não sabe de nada, mulher!", pensou Manami.

— Diga a verdade, Akemi: você e a Natsuki se encontraram escondidas para treinar apenas hoje? — perguntou Manami, esfregando as mãos. Manami sempre esfregava as mãos quando se estressava.

Akemi sentia que mentir mais só pioraria a situação, precisava dizer toda a verdade em relação às aulas secretas de Natsuki.

— Treinamos desde o ano passado. Eu disse à Natsu que sou uma onna bugeisha e que a treinaria se quisesse, e ela aceitou. Aliás, se te interessa saber, sua filha ama os treinos e está melhorando cada vez mais — explicou Akemi.

Manami se enfureceu ainda mais. Como sua própria filha a estava enganando havia um ano e ela não tinha percebido? Manami pensou que talvez fosse porque quase sempre estava fora de casa e também porque jamais imaginava que Natsuki, em vez de estar com Chizue ou Kazumi, estava com Akemi aprendendo a guerrear.

Manami balançou a cabeça em negação, riu pelo nervoso que estava sentindo e disse, inconformada, em tom alto:

— Você estava ensinando minha filha a lutar há um ano?! Como não percebi? Você me decepcionou muito, Akemi. Você e Natsuki são duas idiotas!

— Me perdoe se te magoei, mas eu precisava ver a Natsuki alegre — afirmou Akemi.

Manami não se importava com as intenções de Akemi, apenas tinha certeza de que jamais perdoaria uma traição como aquela. Manami não compreendia como Akemi poderia pensar que seria perdoada por ter ensinado a Natsuki lições de onna bugeisha às escondidas durante um ano.

— Akemi, já basta o que seu marido fez para o meu filho. Não irei mais aturar essas idiotices que sua família anda fazendo com a minha. Para mim, basta! — afirmou Manami, virando as costas.

Akemi riu, inconformada, e disse, com uma das mãos na cintura e tirando sutilmente o cabelo do rosto, que estava preso pela metade:

— O que você quer dizer com isso, Manami? Toda essa irritação é só porque eu e sua filha temos uma opinião diferente da sua?

— Quero dizer que acabou a nossa amizade! Não quero que você, nem sua filha e muito menos o seu marido cheguem perto de mim, de Natsuki, do meu Daiki e do Eijiro! — disse Manami, afastando-se cada vez mais da onna bugeisha, que estava quase chorando.

Akemi estava chocada e muito magoada com a atitude tão radical de Manami. Ambas eram amigas havia muitos anos, apesar das divergências. Akemi retornou à sua casa caminhando lentamente por causa de sua tristeza. A guerreira não se sentia arrependida de ter sido a mestre de Natsuki e a deixado satisfeita com as aulas, porém, não imaginava que Manami agiria daquela maneira. Akemi suspirou, com tristeza, derramou algumas lágrimas e disse:

— Eu não merecia isso... Não sou perfeita, mas não sou uma pessoa ruim — e entrou em sua casa logo em seguida.

Ao mesmo tempo, Manami havia voltado para o trabalho e contado tudo o que havia acontecido para Eijiro, que não concordou com o término da amizade com os Fujimura, mas devido à enorme teimosia da esposa, acabou cedendo e não discutiu. Manami ficou duas horas reclamando e dizendo ao marido o quanto estava chateada com o que Akemi e Natsuki fizeram.

Horas depois, já à noite, Manami embrulhou Daiki em um pano cinza para aquecê-lo, saiu da oficina com Eijiro e voltou para casa preparada para brigar com Natsuki. No instante em que o casal Katayama colocou os pés dentro da casa e viu Natsuki sentada no chão, bebendo um gole de água, já começaram a brigar com ela. Manami obviamente era quem gritava mais e estava vermelha de tanta raiva. Manami deixou Daiki em seu futon e logo depois voltou a brigar com a filha. Eijiro, por impulso, deu até mesmo um soco no rosto da filha, e se arrependeu depois.

Enquanto ouvia as broncas, Natsuki se encolheu em um canto e começou a chorar. Tentou se lembrar de algo bom para se acalmar, mas não conseguia, porque Manami e Eijiro falavam muito alto.

— Menina idiota! Você é uma irresponsável, Natsuki! Não vai sair desta casa por duas semanas a partir de hoje e não vai em lugar nenhum sem a minha permissão! — disse Manami.

— Natsuki, não acredito que você nos desobedeceu durante todo esse tempo! Você foi extremamente desonesta! — exclamou Eijiro, com raiva.

— Vocês não me deixam nem respirar! — disse Natsuki, chorando ainda mais e se encolhendo em um canto da parede de seu quarto, segurando as pernas com as duas mãos, como se estivesse prestes a ser atacada.

— Saiba que eu e seu pai te proibimos definitivamente de falar com qualquer um da família Fujimura, inclusive a Chizue! Fale apenas com Kazumi e faça outras amizades se quiser, mas não volte à casa daqueles traidores! — ordenou Manami.

— É bom você ouvir sua mãe, porque não quero que você nos desobedeça de novo! Você será castigada severamente se ousar chegar perto daquela família que não respeita regras! — disse Eijiro.

"Não acredito nisso... Não posso nunca mais ver a Chi?! Isso fica cada vez pior!", pensou Natsuki, furiosa.

— Coitado do Daiki se ele se tornar uma pessoa diferente... — sussurrou Natsuki, suspirando.

Ela não sabia o que fazer naquele momento, pois sabia que, se revidasse, poderia piorar muito a situação. No entanto, também sentia que não deveria ficar quieta durante aquela briga, que parecia infinita. Natsuki começou a perceber que Kazumi talvez realmente estivesse certa e que ela deveria desaparecer para não ser mais controlada por aquela família.

11
O QUE FAZER AGORA?

Passou uma semana desde que Natsuki foi pega no flagra por Manami, e muitas coisas mudaram na vida da adolescente. Eijiro, que nunca foi tão rígido quanto Manami, passou a vigiar Natsuki sempre que tinha a oportunidade e reforçava o fato de que a filha não poderia mais ver Chizue, Akemi ou Masato. Natsuki já não tinha muita liberdade para tomar decisões e depois de ter sido acusada de traição pela mãe, passou a ter ainda menos. Natsuki começou a perceber que o único jeito talvez fosse realmente fugir e esquecer os pais de uma vez por todas, podendo finalmente fazer o que quisesse da vida. No começo, o conselho de Kazumi pareceu absurdo e radical, mas depois Natsuki viu que a amiga não estava errada. Às vezes, a adolescente pensava no pobre irmão Daiki, que seria obrigado a aguentar as mesmas regras, que para Natsuki eram estúpidas e atrasadas. O que Natsuki não sabia era que Yasuo quebrava as regras melhor do que ela pensava...

Ao mesmo tempo em que Natsuki estava sofrendo muito por causa da rigidez insana de seus pais e do quanto eles restringiam sua vida cada vez mais, Chizue não saía de sua casa por nada. Algumas vezes, a garota caminhou por Kiryu, observou o pôr do sol em áreas mais afastadas da região para ter mais paz, conversou com alguns parentes... mas nada conseguia animá-la. Desde a morte de Yasuo, a jovem Fujimura não ficava feliz com nada, principalmente depois que revelou seu segredo para os pais. Depois de ter contado aos pais o que estava escondendo, Chizue passou a ser ignorada por eles como forma de punição, apesar de eles não gostarem muito da ideia de ignorá-la, inicialmente. Kazumi sabia sobre o segredo da amiga, mas sabia também que não poderia fazer nada para ajudá-la a lidar com a situação. Às vezes, Chizue pensava em desaparecer, assim como Natsuki, e fingir que os problemas de sua vida não existiam.

No meio da tarde, Natsuki pediu permissão para Manami para ir à casa de Kazumi e, para a sorte da jovem, Manami deixou. Natsuki estava precisando muito falar com alguém sem ser seus pais. Kazumi era a única pessoa com quem Natsuki ainda poderia contar, pois era quem melhor a conhecia, além de Chizue. Depois de andar por um tempo para conseguir chegar à casa da filha de Haruna, Natsuki bateu na porta e sussurrou, como se estivesse rezando:

— Por favor, atenda, Kazu... preciso conversar com você. Não quero ficar enclausurada com a minha mãe.

Após alguns segundos, Kazumi atendeu a porta. Ela estava vestida com um quimono cinza com alguns detalhes em verde e o cabelo estava preso, assim como o de Natsuki. Kazumi logo percebeu a tristeza no rosto da amiga.

— Oi, Natsu! Pode entrar — disse Kazumi, sorrindo e dando espaço para Natsuki, que entrou quase correndo na casa.

Natsuki estava sentindo várias coisas ao mesmo tempo por causa dos problemas que estavam ocorrendo: tristeza, raiva, medo, desespero, ódio... eram tantos sentimentos que Natsuki não poderia definir num só.

Natsuki sentou em cima de uma grande almofada que estava no chão forrado por tatame e Kazumi fez o mesmo para ficar de frente para a amiga. Kazumi olhou para os lados, verificando se seus pais não estavam mesmo em casa, e disse:

— Você está triste, não está? Percebi pelo seu andar e pela sua expressão. O que houve?

Natsuki riu de nervoso.

— Estou tudo o que você pode imaginar. Triste, irritada, assustada, confusa... Nem sei por onde começar. Não queria te incomodar com os meus problemas, mas você é a única pessoa com quem posso falar agora — explicou Natsuki, quase chorando.

Kazumi se aproximou da jovem.

— Você não está me incomodando. Se precisar se acalmar um pouco e organizar os pensamentos antes de me falar o que está se passando, tudo bem — afirmou Kazumi, tentando tranquilizar Natsuki, que, para se acalmar, respirou fundo de olhos fechados, duas vezes.

"Kazumi é a única pessoa em quem posso confiar e falar no momento. Se eu conseguisse escapar da minha mãe, falaria com a Chizue também, mas não será possível...", pensou Natsuki, aflita.

— Bom, eu estou ainda muito triste por causa da morte do Yasuo, mas isso não é o que mais me deixa agoniada. Eu te contei o que aconteceu recentemente entre mim, minha mãe e a família Fujimura? Foi terrível...

Kazumi sabia muito bem o que tinha ocorrido, porque Haruna havia escutado tudo no dia em que Manami flagrou Natsuki e Akemi lutando escondidas e contou a Kazumi tudo o que havia ouvido.

— Não fiquei sabendo de nada. A única coisa que sei é que seus pais ficaram um tempo sem falar com os Fujimura por causa do que o Masato fez com o Yasuo. O que aconteceu além disso? — perguntou Kazumi, fingindo estar preocupada.

Natsuki contou tudo o que houve, desde o momento em que foi alegre à residência dos Fujimura para ter a aula com Akemi até quando chegou em sua casa com Manami e foi proibida de estabelecer qualquer tipo de contato com Akemi, Chizue e Masato para sempre.

"Se eu fosse filha de Manami e de Eijiro já teria fugido de casa a essa altura! Como eles são inflexíveis!", pensou Kazumi, inconformada.

— Que horror... não sei o que foi pior: o fato de sua mãe insistir tanto em te proibir de viver ou sua mãe ter ofendido a Akemi, chamando-a de traidora.

— Nem me fale. Meus pais passaram dos limites dessa vez. Como eles podem ter cortado relações com a família da Chizue?! Isso é inaceitável! Eles são amigos nossos há anos e não aguento mais meus pais estragando minha vida desse jeito! — exclamou Natsuki, derramando algumas lágrimas. Kazumi abraçou a amiga e disse:

— Imagino como você está se sentindo. Seus pais não param de te magoar! Primeiro a proibição da sua liberdade, depois se afastaram dos Fujimura por um motivo completamente idiota... Se eu fosse você sumiria do mapa e nunca mais olharia na cara deles — afirmou Kazumi.

Natsuki refletiu por um instante. Já havia considerado a possibilidade de fugir, porém não tinha certeza de como ficaria sua vida depois disso.

— Mas como vou conseguir viver se eu fugir, Kazu? Eu não sei fazer muitas coisas por culpa dos meus pais, que não me ensinaram quase nada só porque sou mulher! — disse Natsuki, preocupada.

— Natsu, você é muito jovem e pessoas jovens aprendem rápido. Além disso, sei que você é bastante inteligente e vai conseguir se virar muito bem. Não vou mentir, não será fácil viver sozinha no começo, mas te garanto que será melhor do que aguentar a opressão dos seus pais, em especial a da sua mãe, todos os dias da vida — explicou Kazumi.

Natsuki sentia que a amiga tinha razão, não conseguiria mais aguentar ter sua liberdade suprimida e ser impedida de falar com Chizue, e seus pais a haviam deixado com muita raiva. Natsuki percebeu que Manami e Eijiro tomavam atitudes cada vez mais extremas e que se continuasse com eles, sua vida apenas pioraria.

— Acho que você tem razão. Não posso deixar o medo me impedir de fazer o que eu quero — afirmou Natsuki. "Minha mãe não foi nada legal com a Akemi nem comigo... não preciso aguentar as idiotices dela para sempre", pensou Natsuki.

Kazumi estava feliz por Natsuki estar concordando com suas ideias.

— Isso mesmo! — disse Kazumi, sorrindo sutilmente. Natsuki gostaria muito de pelo menos se despedir de Chizue antes de fugir, porque ela sempre foi uma de suas melhores amigas, mas Manami a vigiava praticamente o dia todo, o que complicaria muito sair às escondidas. Natsuki também se despediria do irmãos, se ele estivesse vivo, e de

Akemi por tê-la ensinado tantas coisas sobre as onna bugeishas, mesmo que só por um ano e alguns meses. Para a adolescente, sentiria falta de apenas quatro pessoas se fosse embora: Kazumi, Chizue, Akemi e Yasuo.

— Bom, então se eu fugir mesmo terá que ser nesta noite. É agora ou nunca. Ainda não tenho certeza, Kazu, mas estou achando que é a melhor opção — disse Natsuki, um pouco tensa com a ideia de fugir mesmo sabendo que se alegraria bastante quando se afastasse dos pais e não precisasse mais obedecê-los.

— Natsu, você não vai se arrepender. Você sentirá falta de algumas pessoas, mas nunca mais terá que cumprir as regras esquisitas e radicais dos seus pais — explicou Kazumi. "A vida da Natsuki ficaria muito melhor se ela fugisse de Kiryu. Ninguém merece ser tão oprimida", pensou Kazumi.

— Concordo com você. Se eu realmente resolver partir nesta noite, gostaria de te dar um abraço agora de adeus. Saiba que te adoro muito, Kazumi, e seu sorriso gentil e nossas conversas sempre ficarão guardadas em minha memória — disse Natsuki, quase chorando e abraçando Kazumi, que sorriu e disse:

— Te adoro também, Natsu. Você é uma pessoa incrível — logo depois, Natsuki se despediu de Kazumi e voltou para casa. Natsuki desejava ir embora de uma vez por todas à noite, porém, estava com medo, porque tinha a sensação de que teria muita dificuldade para viver sozinha aos 14 anos de idade, por ser mulher. A adolescente, mesmo sabendo que se sustentar e ficar sozinha não seriam coisas fáceis, preferia encarar o desafio a continuar sendo obrigada a aceitar as ordens de seus pais. Para Natsuki, seria impossível ser feliz sem conversar com Chizue, sem realizar seu sonho de ser uma guerreira ou sem ter Yasuo por perto, o único familiar que a compreendia. Ela sentia que tinha que escapar daquela família insana, custasse o que custasse.

Enquanto Natsuki caminhava em direção a seu lar, Kazumi chamou Haruna, que estava escondida ouvindo a conversa entre as duas adolescentes, e disse, satisfeita:

— Acho que Natsuki Katayama vai fugir de casa, finalmente! Conseguimos!

— Espero que você esteja certa — disse Haruna, esperançosa.

Assim que a jovem Natsuki chegou em sua casa, Manami disse, enquanto remendava uma almofada bege na sala de estar:

— Oi, filha! Venha aqui. Quero que você veja uma coisa — Natsuki se aproximou da mãe com má vontade e disse, com desdém:

— O que foi, mãe?

— Sente-se aqui do meu lado, quero que você aprenda a costurar uma almofada caso um dia, na sua casa, aconteça de uma almofada rasgar. Costurar é uma das coisas mais importantes para uma menina aprender — Natsuki se irritava quando Manami dizia aquelas coisas, porém, naquele momento preferiu não brigar e começou a observar a mãe costurar, fingindo interesse, enquanto pensava em sua fuga.

Manami, mesmo sendo uma pessoa inflexível, estava apenas querendo que a filha não sofresse, pois sabia que ser alguém fora dos padrões sociais não era nada bem-visto, mas para Natsuki, a mãe apenas pensava nas aparências e nas opiniões dos outros... o que não era uma total mentira.

Depois de ter ficado por quarenta minutos ouvindo a mãe ensinando-a a costurar, Natsuki foi até seu quarto, sentou-se no chão ao lado do local onde guardava seu futon e começou a pensar no que poderia fazer uma vez que saísse de casa. Sabia que dificilmente conseguiria encontrar, após a fuga, uma onna bugeisha sem ser Akemi que aceitasse treiná-la e não fazia ideia de como se sustentaria, porque tinha pouquíssimo conhecimento acadêmico, como a maioria das pessoas mais humildes.

— Não posso mais ficar aqui. Como posso continuar morando nesta casa com pais que só pensam em controlar a minha vida? Além disso, não posso falar com Yasuo, porque ele está morto, nem com Chizue, porque fui proibida de vê-la; só me restou Kazumi, uma pessoa apenas para eu confiar! — sussurrou Natsuki, desesperada ao pensar que só tinha uma pessoa com quem poderia conversar e dizer o que pensava.

Natsuki não conseguiria mais suportar viver naquele ambiente que não lhe trazia felicidade alguma.

Passaram-se muitas horas e finalmente chegou a hora de a família Katayama dormir. Manami balançou um pouco Daiki em seu colo, deu-lhe um beijo na testa e disse, colocando-o no pequeno berço de madeira:

— Boa noite, meu Daiki. Você será um homem de sucesso.

Natsuki revirou os olhos, irritada. Não gostava quando a mãe elogiava o irmão. Quando Natsuki já estava deitada no futon e coberta com um lençol azul, Manami e Eijiro lhe deram boa-noite e saíram do quarto rapidamente, apagando as lamparinas. Natsuki esperou um tempo para que seus pais deitassem nos colchões e pegassem no sono, pois não queria correr o risco de ser pega. "É agora ou nunca...", pensou a guerreira, tensa com o que estava prestes a fazer. A jovem ficou por um tempo em seu colchão esperando a noite ficar ainda mais escura e os pais dormirem.

Natsuki levantou de seu futon devagar, tomando cuidado para não acordar Daiki, e foi andando até a cozinha quase na ponta dos pés e muito lentamente, com medo de tropeçar ou fazer barulho no chão de madeira antiga. Assim que chegou à cozinha, a garota abriu um dos gabinetes, pegou um grande saco de arroz e um grande jarro de água tampado por uma espécie de rolha. Natsuki colocou a água e o arroz dentro de uma sacola de tecido cinza-escura, vestiu um quimono cinza com alguns detalhes em preto, prendeu os cabelos, respirou fundo e foi em direção à porta, com os batimentos cardíacos acelerados por nervoso e alegria, ao mesmo tempo.

Assim que abriu a porta de madeira escura, Natsuki olhou para trás e disse, com um leve ressentimento:

— Adeus! — E partiu com sua sacola o mais rápido que pôde.

Para poder correr caso fosse perseguida pelos pais, Natsuki colocou os sapatos zori mais confortáveis que tinha, os cinza. Ela se esforçou para não fazer barulho enquanto andava rapidamente pela grama, escondendo-se atrás de arbustos e árvores que encontrava pelo caminho.

— Espero que o arroz e a água sejam suficientes até eu encontrar uma pequena casa para morar — sussurrou Natsuki, preocupada.

A jovem andou por quase uma hora, afastando-se bastante do vilarejo, tendo como meta chegar a uma vila qualquer mais próxima. Natsuki ficou bastante tempo andando pelas plantações de arroz próximas às colinas, que estavam enfeitadas de sakuras rosa e brancas nas regiões mais planas. Havia muitos arbustos pelo caminho e, para se esconder, Natsuki deitou ao lado de uma sakura branca, deixou sua sacola no lado direito e disse:

— Tomara que eu não tenha feito uma grande besteira — logo depois fechou os olhos para dormir. Natsuki nunca tinha dormido fora de casa antes, muito menos em cima da grama e próxima a árvores. A garota sentiu uma paz nunca experimentada enquanto dormia em cima do grande tapete verde que forrava o chão terroso cercado de pequenas flores e, ao mesmo tempo, ouvia com alegria o canto das cigarras. Natsuki rezou para que conseguisse encontrar seu caminho, mesmo que morando sozinha e tendo que, talvez, mudar de um lugar para outro, como uma nômade.

12
ONDE ELA ESTÁ?

No dia seguinte ao que Natsuki fugiu, Manami e Eijiro acordaram cedo. Eijiro iria trabalhar na oficina, como sempre, e Manami iria atrás de alimentos enquanto Natsuki cuidasse de Daiki... mas o problema era que Natsuki havia desaparecido. O sol havia nascido fazia pouco tempo e Manami foi observar o céu alaranjado com algumas nuvens enquanto uma leve brisa soprava em sua face. Paisagens bonitas sempre deixavam Manami mais alegre e a ajudavam a começar o dia melhor. Depois de vestir um quimono azul-claro, sapatos da mesma cor e deixar o cabelo parcialmente preso, a mãe de Natsuki foi preparar o café da manhã enquanto Eijiro vestia seu quimono marrom-escuro e prendia os cabelos em um rabo, assim como Masato. Para a sorte do casal Katayama, Daiki ainda não havia começado a chorar e estava dormindo. Após poucos minutos na cozinha, Manami terminou de arrumar o café da manhã, serviu-o na pequena mesa que ficava próxima da sala de estar e disse:

— Venha, Eijiro! Venha aqui, Natsu! Hora de comer! — Eijiro estranhou Natsuki não ter aparecido, porque, mesmo sendo uma filha rebelde e um pouco teimosa, Natsuki geralmente não demorava para aparecer para tomar o café da manhã.

— Natsu, venha para a cozinha! Sua mãe terminou de fazer a comida! — exclamou Eijiro, aproximando-se do quarto da filha.

"Aonde foi essa garota?", pensou Manami, indo em direção ao quarto de Natsuki, assim como Eijiro. Os dois tiveram uma grande surpresa ao verem que Natsuki não estava no quarto e se assustaram com o sumiço da garota.

— Eijiro, procure nos quartos que eu procuro na sala de estar e na cozinha! — disse Manami.

Eijiro assentiu e ambos saíram com pressa em busca da filha. Os dois gritavam "Natsuki! Natsuki! Cadê você?" constantemente e nada acontecia. Manami ficava cada vez mais preocupada, porque nunca em sua vida acordara sem ver a filha em casa. Manami pensou que talvez Natsuki pudesse estar na casa de Chizue sem sua permissão.

— Talvez ela esteja com Chizue. Vou até a casa dela, você vai na de Kazumi? — perguntou Manami, que pensou o mesmo que Eijiro sobre a possível localização de Natsuki.

— Combinado! Vamos lá! — afirmou Eijiro, com muita pressa. Manami correu até a residência dos Fujimura enquanto Eijiro foi até a dos Iwata. Manami ficaria furiosa se Natsuki estivesse na casa de Chizue sem sua permissão, porque, além de flagrar mais uma atitude da filha contra as regras, veria mais uma traição de Akemi. Manami sentia que se Akemi agiu pelas suas costas uma vez não era nada impossível que agisse de novo.

Manami bateu na grande porta de madeira escura da residência dos Fujimura de maneira agressiva e várias vezes, enquanto gritava, vermelha de raiva:

— Abra essa porta agora, Akemi Fujimura! Já chega dessas suas idiotices!

Akemi se assustou, porque estava terminando de tomar o café da manhã ainda. Ela foi até a porta junto com Masato e Chizue, que também se assustaram no momento. Akemi abriu a porta e perguntou, com a testa franzida, inconformada:

— Você está louca, Manami?! O que está fazendo gritando comigo na porta da minha casa?!

— Você está com a minha filha, não está? Resolveu se encontrar com Natsuki às escondidas de novo?! — dizia Manami, muito irritada.

Chizue se aproximou para tentar melhorar a situação e disse:

— Manami, a Natsuki não está aqui. Não a vimos hoje.

— Fique quieta, sua garotinha mimada! Se meu filho não tivesse se apaixonado por você, ele estaria vivo, sua assassina! — exclamou Manami.

Chizue caiu em prantos instantaneamente e saiu correndo em direção ao seu quarto, sentindo-se um verdadeiro monstro. A jovem chorava tanto que quase estava com falta de ar. Akemi se enfureceu com a atitude de Manami.

— Vá embora daqui! Já basta ter me ofendido só porque quis deixar a Natsuki ser uma pessoa feliz e agora chama minha filha de assassina?! Suma! — disse Akemi, quase dando um soco em Manami, apontando para a direção oposta à casa dos Fujimura.

— Aliás, por que a Natsuki estaria aqui a esta hora, Manami? Por que você veio procurá-la aqui? — perguntou Masato, muito confuso.

"Você também é o assassino do meu Yasuo!", pensou Manami, controlando-se para não bater em Masato.

— Natsuki sumiu e estou desesperada. Não a acho em lugar algum — disse Manami, com a respiração acelerada ao se lembrar.

Manami estava em pânico por causa do sumiço de Natsuki, principalmente porque já havia perdido um de seus filhos. Manami teria um ataque se não encontrasse Natsuki, que àquela hora já estava longe do vilarejo.

— Nós vamos te ajudar a encontrá-la. Eu e Masato vamos perguntar para nossos amigos samurais e onna bugeishas se viram Natsuki em algum lugar — afirmou Akemi, com um tom de voz mais sereno.

Manami se acalmou um pouco e assentiu, hesitando em agradecer porque estava brigada com os Fujimura.

Eijiro estava na casa dos Iwata, tão desesperado quanto Manami, em busca de Natsuki. Kazumi e Haruna atenderam. O pai de Kazumi nunca aparecia.

— Oi, meninas! Vocês viram a Natsuki por aqui? Ela sumiu! — disse Eijiro, torcendo para que as Iwata tivessem alguma solução. Haruna e Kazumi se olharam na hora, aflitas.

— Me desculpe, Eijiro, não fazemos a mínima ideia de onde a Natsuki pode estar — afirmou Haruna, aparentando estar triste.

— Que estranho a Natsu sumir tão de repente...— comentou Kazumi.

— Podemos ajudar a encontrá-la. Eu e a Kazu podemos dar uma volta aqui no vilarejo para ver se achamos a Natsuki — sugeriu Haruna.

— Muito obrigado! Eu gostaria muito que vocês ajudassem — agradeceu Eijiro, com as mãos entrelaçadas, retornando à busca por sua filha.

Haruna e Kazumi saíram de casa para auxiliar os Katayama na busca por Natsuki.

— Muito bem, garota. A Natsuki se foi mesmo — disse Haruna, em voz baixa, sorrindo para Kazumi.

— Obrigada, mestre — agradeceu Kazumi, sorrindo de volta. Ambas estavam em uma missão havia dois anos e meio para atingirem aquele objetivo. Tinha sido uma das missões mais longas da vida das duas. Kazumi percebera o grande talento de Natsuki quando a garota tinha apenas 9 anos e um tempo depois apareceu com Haruna em Kiryu e fez amizade com Natsuki, ganhando sua confiança. Kazumi e Haruna tinham uma história que, se Natsuki descobrisse, a deixaria lisonjeada e ao mesmo tempo furiosa.

— Demoramos para conseguir que a fuga dela acontecesse, mas deu certo. Natsuki Katayama é muito habilidosa, valeu a pena termos nos aproximado dela — disse Haruna, satisfeita por ter cumprido seu objetivo.

— Agora eu gostaria de te perguntar uma coisa, mestre... por que você vigiou a Natsuki tantas vezes e apenas uma vez realmente agiu? — perguntou Kazumi, perplexa.

Haruna riu e respondeu:

— Eu sei quando agir, cara Kameyo. A única vez que a nossa garota precisou de minha ajuda foi quando o irmão dela estava sendo agredido quase até a morte por Masato Fujimura, e tive que atirar uma flecha — Natsuki nem sequer suspeitava que a pessoa misteriosa que flechou Masato tinha sido Haruna Iwata, que a vigiava fazia muito tempo. Haruna era muito experiente no que fazia e se irritava um pouco quando Kazumi, ou melhor, Kameyo, questionava suas ações.

— Entendi... Eu já estava começando a ficar nervosa de ver o Yasuo levando socos daquele samurai maluco naquele dia! Fiquei muito aliviada quando você flechou a perna do agressor e permitiu que o pobre menino escapasse dele! — disse Kameyo. Se Kazumi possuía outro nome, muito provavelmente Haruna tinha outro também. Ambas não eram mãe e filha, apenas trabalhavam juntas.

— Que bom. Agora vamos dar uma volta pela vila perguntando pela garota para fingir que seguimos orientações do Eijiro e mostrar que nos esforçamos para achá-la — disse Haruna, praticamente dando uma ordem para Kameyo. Ambas estavam tensas, com medo de que a missão que tentavam cumprir há anos não desse certo. Kameyo tinha certeza de que Natsuki era uma pessoa com muito potencial e Haruna estava com medo de ter errado ao acreditar em sua aluna, porque dedicara dois anos da vida estudando Natsuki e tentando indiretamente fazê-la ter muita raiva da sociedade que a cercava, como, por exemplo, no dia em que agrediu Kameyo diante de Chizue e Natsuki.

— Pode deixar, mestre Haruka. Aliás, quando partiremos para dar andamento ao nosso plano?

— Hoje à noite. Não quero correr o risco de tudo ser arruinado. Natsuki precisa te encontrar quando ela chegar naquele lugar sobre o qual te falei — afirmou Haruna, ou melhor, Haruka, um pouco tensa ao pensar que tudo poderia dar errado.

Natsuki jamais suspeitaria de Haruna, que sempre demonstrou ser uma pessoa extremamente conservadora, e Kazumi não pressionava Natsuki para fugir tanto assim... era o disfarce perfeito. Haruka e Kameyo eram muito habilidosas, porém tinham que tomar cuidado para não cometer erros.

— Tudo bem, então na volta já começarei a arrumar minhas coisas.

Haruka assentiu, fez um sinal para Kameyo e ambas saíram "em busca" de Natsuki pela região, perguntando para várias pessoas onde ela poderia estar, fingindo estarem preocupadas com a situação.

Após horas andando por Kiryu, Manami parou a poucos metros de sua casa, sentou sobre a grama, colocou as mãos no rosto e começou a chorar, em pânico. Para Manami, os últimos dias estavam sendo horríveis: morte de Yasuo, crise financeira em casa, fuga de Natsuki... o mundo parecia estar desabando para ela. Eijiro estava tão triste quanto Manami, mas naquele momento estava longe de casa, andando pelas regiões das colinas procurando pela filha. Kameyo e Haruka estavam procurando nas plantações.

— O que eu fiz para merecer isso? Eu não sou uma má pessoa! Eu só quero o bem dos meus filhos! — repetia Manami, em prantos. Akemi estava, por coincidência, passando perto da casa dos Katayama e viu a amiga chorando sentada no chão, desolada. Akemi sabia que Manami não queria mais falar com ela, mas precisava ajudar. Ela se sentiria muito mal se ficasse parada diante da amiga arrasada com a situação.

— Manami, sinto muito pela Natsu. Não a encontrei em lugar algum e pelo jeito Eijiro e as Iwata também não — afirmou Akemi, apoiando a mão direita nas costas de Manami, acariciando-a, enquanto sentava no chão.

Manami instantaneamente se esquivou de Akemi, virou-se para ela e disse, com raiva:

— Não quero falar com você! Você me desautorizou, agiu pelas minhas costas e contestou as regras que estabeleci para os meus filhos!

— Eu já te pedi desculpas por isso e disse que jamais quis te magoar, só queria ver a Natsuki feliz. Ela é muito habilidosa.

— Não interessa! Agradeço por ter me ajudado a procurar minha filha, mas hoje foi uma exceção, não quero que você ou sua família apareçam mais na minha vida!

Akemi ficava muito magoada quando Manami a ofendia daquele jeito, porque tinha certeza de que tinha agido certo ao proporcionar tanta felicidade para a jovem Natsuki, mesmo que às escondidas. Para Akemi, ter ensinado Natsuki não tinha sido uma traição, e sim um jeito de deixar a adolescente se divertir e fugir daquela realidade opressora.

— Eu não te traí, Manami, pare de dizer isso! Eu quis o bem de

Natsuki, ao contrário de você, que só se importa com as aparências! — afirmou Akemi, chateada, tentando não soar agressiva.

Manami ficou ainda mais irritada com o que Akemi disse pois, mesmo sabendo que também se preocupava em ser bem-vista na sociedade, sua prioridade era o bem-estar dos filhos. Manami apenas desejava que os filhos seguissem as normas sociais, porque não queria que as pessoas os destratassem e os excluíssem; a última coisa que Manami queria era ver os filhos sofrerem por serem diferentes.

— Você está falando besteiras! Sua família só me causou problemas ultimamente! Primeiro seu marido assassinou o meu Yasuo por causa da raiva exagerada e irracional dele, agora você fez a minha filha se tornar ainda mais rebelde, me odiar e fugir de casa?! Como posso perdoar isso, Akemi?! — perguntou Manami, quase gritando e chorando ainda mais.

Manami estava triste e irritada ao mesmo tempo. Estava desesperada e não sabia mais o que fazer para encontrar Natsuki, pois pedira ajuda para todas as pessoas que conhecia e nenhuma havia encontrado a menina até aquele momento.

— Eu não fiz sua filha te odiar nem fugir de casa! A Natsuki sempre detestou normas sociais e restrições à liberdade individual, e minhas aulas não a corromperam, como você diz!

— Chega dessa discussão. Não aguento mais. Por favor, saia da minha frente — pediu Manami, de maneira delicada, porém direta.

Manami encarou Akemi, com ódio. Akemi não gostaria de complicar ainda mais a vida de Manami, no entanto precisava, mais cedo ou mais tarde, contar o que havia acontecido. Não dava mais para esconder.

— Você não pode se livrar de mim, de meu marido e de minha filha, principalmente agora. Nós sempre, de alguma forma, faremos parte de sua vida — afirmou Akemi, suspirando, muito triste ao se lembrar do ocorrido.

Manami franziu a testa, assustada.

— O que você quer dizer com isso? O que está acontecendo? — perguntou Manami, com medo.

Akemi se levantou do chão na hora e se esforçou para parecer calma, quando na verdade estava desesperada com a situação.

— Venha comigo para minha casa. Precisamos conversar com você e com Eijiro. É um assunto muito importante.

No mesmo instante Manami se levantou, ficou ainda mais nervosa do que já estava, olhou para o horizonte para ver se conseguia ver Eijiro de onde estava e, ao vê-lo, exclamou:

— Eijiro, venha aqui, por favor! É importante!

— Encontraram Natsuki? — perguntou Eijiro, com os olhos arregalados e com as mãos entrelaçadas, esperançoso.

Manami suspirou, triste, ao se lembrar do sumiço da filha. Por pouco não começou a chorar desesperadamente de novo como havia feito pouco antes de Akemi aparecer.

— Infelizmente não, mas venha aqui mesmo assim — disse Manami, com o tom de voz um pouco mais baixo.

Eijiro se decepcionou com a desilusão, mas mesmo assim caminhou até Manami, curioso.

"Como eu não queria ter que passar por isso! Como eu não queria!", pensou Akemi, muito tensa.

— Sei que vocês dois estão com raiva de mim e da minha família, mas peço muito que vocês nos perdoem um dia, ainda mais que agora teremos que fazer parte da vida um do outro. Não podemos ficar separados agora — explicou Akemi.

Eijiro teve a mesma reação de Manami depois de ouvir aquilo. Estava muito chocado.

— Como assim? O que está havendo? — perguntou Eijiro.

— Quero que você e Manami venham comigo até minha casa. Precisamos conversar todos juntos: eu, vocês, meu marido e minha filha. É um assunto muito importante e não podemos ficar brigados diante da situação.

Eijiro hesitou, olhando para Manami e mostrando sua relutância em ir conversar com os Fujimura depois de tudo o que acontecera.

— Temos que ir — disse Manami para o marido.

Mesmo hesitando, Eijiro assentiu. Akemi e o casal Katayama foram até a casa dos Fujimura, caminhando lentamente. Manami e Eijiro não sabiam mais o que pensar. Yasuo faleceu, Natsuki desapareceu... o que mais aconteceria? Os dois estavam com muito medo de que algo ruim estivesse por vir, porque a vida deles não estava sendo nada fácil desde a morte de Yasuo. "Espero que os Fujimura nos digam algo bom...", pensou Eijiro, aflito. Manami rezou para que o destino não resolvesse trazer mais um problema em sua vida.

13
SOZINHA

Já estava anoitecendo e Natsuki não aguentava mais caminhar, mesmo já estando longe de sua vila. Ela queria chegar ao vilarejo mais próximo, porém desde que saíra de Kiryu não conseguia encontrar nem um sinal de plantações, comércios, casas ou qualquer coisa onde poderiam existir pessoas. Durante o caminho todo, a única coisa que Natsuki viu foi a natureza: colinas, grama, plantas, flores, árvores, arbustos… tudo menos pessoas. Havia bebido um pouco de água e comido um pouco de arroz, mas estava morrendo de fome e de sede, porque não queria que seus recursos se esgotassem rapidamente. Natsuki estava dividida: ao mesmo tempo em que estava muito feliz por ter ido embora daquele ambiente opressor, estava se sentindo desolada e com medo de ter problemas em cuidar da própria vida. Natsuki não tinha absolutamente ninguém para ajudá-la em sua jornada e isso era muito assustador.

— Yasuo… se eu pudesse falar com seu espírito pelo menos mais uma vez! Preciso conversar com você, porque você sempre me ajuda quando estou com medo de alguma coisa! — disse Natsuki, muito triste e sentando na grama, cercada por sakuras rosas e arbustos. Yasuo não apareceu, e Natsuki ficou ainda mais triste. Estava quase implorando para conversar com alguém que pudesse lhe dar algum rumo.

— Pelo menos tenho a beleza das sakuras para admirar — disse Natsuki, sorrindo ao observar as bonitas árvores que estavam a sua volta. As sakuras eram o que realmente mantinham Natsuki de bom humor naquele momento. Nada mais conseguia deixar a adolescente alegre, mesmo que não tivesse se arrependido de sua fuga. Sakuras para Natsuki não eram apenas árvores com flores coloridas, eram uma espécie de porto seguro, porque a faziam lembrar de suas conversas e brincadeiras com Yasuo e também das vezes em que ficou horas falando com Chizue ou reunida com as amigas, rindo de fatos engraçados do cotidiano. As sakuras também faziam Natsuki se lembrar de suas aulas com Akemi, mesmo que elas não ocorressem próximas de sakuras, e sim de árvores comuns.

— Será que vou encontrar o meu caminho? Sou muito nova ainda, talvez eu ache alguma coisa. Não consigo me imaginar não sendo uma onna bugeisha... — suspirou Natsuki, pegando uma das flores de uma sakura e cheirando-a. "Queria que minha vida fosse tão perfeita quanto essa flor", pensou Natsuki.

O que a jovem não percebeu era que estava sendo seguida durante todo aquele tempo e a pessoa havia escutado o que a adolescente disse para si mesma.

— Acho que vamos conseguir recrutar essa menina — sussurrou a pessoa, sorrindo com o progresso da missão.

Após comer um pouco de arroz e observar o céu estrelado, Natsuki resolveu dormir. A pessoa que a estava seguindo esperou um tempo, ficou por alguns minutos observando Natsuki e discretamente, nas sombras, caminhou até Koga. A vila era a mais próxima de Natsuki no momento e mais cedo ou mais tarde ela chegaria lá. A moça caminhou até um grande complexo escondido por trás de várias árvores e encontrou uma japonesa de quimono preto e cabelos presos sentada no chão fazendo alguns desenhos. A espiã conhecia aquela mulher havia anos.

— Mestre, a senhorita Katayama está indo em direção a Koga. Ela provavelmente vai encontrar a senhora — afirmou a espiã.

— Muito obrigada pela informação, Tami. Pelo jeito estamos no caminho certo e com muita sorte. Se a garota estivesse indo em outra direção você mesma teria que trazê-la para mim, sendo que prefiro falar com ela pessoalmente.

— Entendo. A senhora tem muito mais experiência do que eu. Espero que consigamos trazer Natsuki para nossa comunidade — disse Tami, esperançosa.

— Não apenas tentaremos como conseguiremos. Eu já lidei com esse tipo de situação mais de uma vez. A garota está desolada, sem saída e revoltada com a vida... será fácil trazê-la para nós, eu imagino — afirmou a mestre.

— Também acho, porque ela sempre quis ser uma onna bugeisha e, apesar de sermos diferentes dessas guerreiras, talvez Natsuki goste do nosso trabalho.

— Ela vai gostar, sim, porque não aprendemos apenas a lutar. Aprendemos muitas outras coisas, e percebi que essa Natsuki adora aprender coisas novas que vão contra essas pessoas retrógradas — Natsuki gostava muito de guerreiras, porém talvez não gostasse de guerreiras como Tami e sua mestra, que eram como Haruka e Kameyo. Todas estavam unidas naquela missão, apesar de Tami ter entrado mais recentemente. Elas estavam prontas para fazer Natsuki ser uma delas e fazia quase três anos que desejavam ter uma oportunidade de persuadir Natsuki.

Depois que Natsuki passou a noite perto das sakuras, acordou com o sol nascendo e batendo diretamente nas colinas verdejantes e também em seu rosto. Ela sentiu os olhos arderem com a luz, então mudou seu olhar de direção para se incomodar menos. Olhou para os lados e por um momento pensou que seus recursos tinham sido roubados, mas logo percebeu que estavam encostados em uma sakura à sua esquerda.

— Não posso perder essa sacola. Preciso sobreviver para chegar à aldeia mais próxima — disse Natsuki, aliviada ao ver que seu saco de arroz e seu jarro de água estavam intactos. "É possível que meus pais tenham dado falta do arroz e da água antes de perceberem que sumi", pensou ela.

Assim que acordou, Natsuki começou a caminhar para encontrar o vilarejo mais próximo. Em menos de dez minutos, quando Natsuki já estava sem esperanças de encontrar uma civilização, viu um lugar bem maior que Kiryu a sua frente: era cheio de comércios, tinha algumas plantações e grandes casas com largos telhados, que pareciam lugares onde samurais e onna bugeishas treinavam. Natsuki não sabia, mas estava em Koga.

— Acho que agora tenho muito mais chance de sobreviver — disse Natsuki, alegre ao observar Koga. Natsuki não percebeu, mas a mestre de Tami já a havia visto entrar na aldeia e estava disfarçada, discretamente seguindo a jovem para ter certeza de que não teria de mudar de estratégia. A mestre de Tami era aliada de Kameyo e Haruka. Ela etava determinada a trazer para seu grupo uma menina habilidosa e ao mesmo tempo frágil como Natsuki.

Em certo momento, Natsuki estava caminhando e uma mulher com o quimono muito velho e em pedaços a encostou na parede, apertando seu pescoço. A moça estava com o rosto todo sujo e o cabelo ensebado. Ninguém viu o que estava acontecendo, porque a mulher levou a adolescente para um local escondido e longe da vista das pessoas. Natsuki ficou desesperada e disse:

— O que é isso? O que está fazendo?

— Eu estou passando fome há semanas! Me dê sua sacola de comida agora ou te mato! — ameaçou a mulher.

Natsuki tremia de nervoso e estava quase surtando de tanto desespero, porque não fazia ideia do que aquela mulher faminta era capaz.

— Eu fui abandonada pelos meus pais, tenha piedade de mim! Essa é toda a comida que eu tenho! — implorou Natsuki, mentindo.

A mulher apertou ainda mais o pescoço da adolescente e disse:

— Não venha tentar me comover com suas histórias. Me passe sua sacola ou eu te mato e te uso como meu alimento!

Natsuki arregalou os olhos e sua tremedeira aumentou. Gaguejando e com dificuldade para se mexer, tirou sua sacola do ombro e a entregou à moça. Quando Natsuki ia entregar seus alimentos, surgiu das sombras, rapidamente, a mestre de Tami, que golpeou a mendiga por trás, fazendo-a cair no chão. A guerreira apontou uma espada para ela e disse, encarando-a:

— Vá embora e deixe a jovem em paz ou eu acabo com você.

— Tudo bem! Me desculpe! Vou embora! — respondeu a mendiga, trêmula e correndo para longe de Natsuki e a guerreira.

"De onde saiu essa mulher que me salvou? Nem a vi aparecer...", pensou Natsuki. A lutadora percebeu que era a oportunidade perfeita para se tornar amiga de Natsuki, agora que era sua salvadora.

— Muito obrigada pelo que fez, moça. Pensei que morreria nas mãos daquela ladra. Quem é você? — perguntou Natsuki, admirada com a ação da guerreira, que escondeu a espada no quimono e disse, sorrindo:

— Meu nome é Rina Yamazaki, é um prazer conhecê-la.

— O prazer é todo meu. Sou Natsuki Katayama e agradeço infinitamente por ter me salvado.

Natsuki estava encantada com o fato de uma mulher ter surgido e a salvado. Era como se Rina fosse uma entidade divina que já sabia o que aconteceria... e ela já sabia mesmo. Rina enviara uma de suas garotas vestida de mendiga para agredir e assustar Natsuki, assim poderia salvá-la, melhorar seu dia e, consequentemente, sua vida. Foi tudo cuidadosamente planejado.

— Não precisa me agradecer. Estou aqui para isso, querida — afirmou Rina, sorrindo.

No mesmo instante, Natsuki ligou os pontos: percebeu que Rina era sua guardiã e quem havia flechado Masato para salvar Yasuo. Natsuki deduziu que Rina já deveria estar observando-a havia muito tempo.

— Espere... você é quem estou pensando?

— Eu sou sua protetora. Te vigio desde que você tem 8 anos de idade e sempre tomei cuidado para você não me ver. Eu resolvi aparecer agora porque você já é uma moça e precisa saber da verdade — explicou Rina, mentindo.

Rina não era a verdadeira guardiã de Natsuki, porém estava envolvida no plano para recrutá-la.

— Por que você me protege? — perguntou Natsuki, confusa. "Por que alguém ia proteger uma pessoa comum como eu? Não sou filha de ninguém importante e não pertenço à elite!", pensou Natsuki.

— Me mudei para Kiryu quando você tinha apenas 6 anos de idade. Morava perto da sua casa. Nos momentos em que eu não trabalhava gostava de observar as crianças brincando e você era uma delas. Quando você completou 8 anos, comecei a perceber seu interesse por guerreiros e luta, observei você praticando luta com seu irmão várias vezes. Vi um grande potencial em você e prometi para mim mesma que esperaria você crescer mais para conhecer novos métodos de luta que futuramente te ensinarei.

Natsuki ficou bastante interessada em saber de quais métodos Rina estava falando e se sentiu lisonjeada ao saber que uma pessoa experiente em luta dedicou anos de sua vida protegendo-a às escondidas.

— Obrigada por me achar tão boa. Quando você pretende me ensinar esses novos métodos? — perguntou Natsuki, alegre.

— Agora que você já é uma adolescente e finalmente fugiu daquele ambiente terrível onde vivia eu posso começar a te ensinar… se estiver interessada, é claro.

Natsuki se alegrou ainda mais. Ela pensava que teria que esperar muito para aprender com sua protetora.

— Que ótimo! Fiquei muito feliz por alguém que quer me ajudar ter aparecido no meu caminho! Pensei por um momento que ficaria sozinha para sempre procurando a felicidade depois que fugi de casa. Eu estava com muito medo, Rina… Até você aparecer, eu estava totalmente sem rumo — contou Natsuki, chorando um pouco, muito triste ao pensar no que sentiu depois de sua fuga.

Rina a abraçou e acariciou seu rosto por um momento, como se fosse uma mãe.

— Agora você não está mais sem rumo, porque estou aqui para te ajudar a realizar o seu sonho de ser guerreira! Venha comigo e mude sua vida! — disse Rina, sorrindo e falando com paixão.

Natsuki enxugou as lágrimas, fechou os olhos e se imaginou com uma armadura avermelhada de palha de onna bugeisha, seus cabelos presos em um belo coque e uma guerra onde ela seria a mais habilidosa de todas.

— Você é uma onna bugeisha e vai me treinar? Que demais! — comemorou Natsuki, admirada.

Rina mordeu os lábios, tensa. Ela não ensinaria Natsuki a lutar como uma onna bugeisha.

— Não sou uma onna bugeisha, sou de um grupo de guerreiras que foi esquecido na história há muito tempo e conseguiu voltar à ativa. Eu ensino minhas alunas não só técnicas que utilizam o físico, mas também o intelecto. Nós aprendemos estratégias de como pensar rápido e agir em situações perigosas reais — explicou Rina, mostrando o quanto seu grupo era muito melhor que as onna bugeishas.

Natsuki ficou mais fascinada com as guerreiras como Rina do que com as onna bugeishas.

— Que interessante... nunca ouvi falar dessas guerreiras. Meu sonho sempre foi ser uma onna bugeisha e eu jamais soube que existem mulheres que, além de lutar muito bem, sabem criar estratégias — disse Natsuki, confusa.

— Uma menina inteligente como você não deve treinar anos para se tornar apenas uma mera máquina de matar. Observei você por muito tempo e sei que não só luta bem como também é bastante inteligente, porque a via conversando com as pessoas. Uma onna bugeisha jamais poderia ajudar você a usar sua inteligência — afirmou Rina.

Natsuki pensou por um momento. Sempre dizia para si mesma que seu objetivo de vida era ser uma onna bugeisha, porém havia gostado muito das guerreiras inteligentes do grupo de Rina. Natsuki adorava aprender técnicas de luta, mas também gostava de aprender outras coisas e percebeu que, se escolhesse se juntar a Rina, poderia ser mais que apenas um membro de um exército.

— Gostei disso. Parece muito bom ser uma mulher que aprende a lutar e a ser uma estrategista ao mesmo tempo. Eu aceito ser treinada por você, Rina, será uma honra me tornar uma guerreira estrategista — disse Natsuki, sorrindo e se curvando para Rina, como fazia com Akemi.

— Não precisa se curvar para mim, basta me chamar de mestre Rina ou simplesmente mestre. Guerreiras como eu não obrigam as alunas a se curvarem. Acreditamos que, por mais que exista uma hierarquia, mestres obrigarem alunas a se curvarem significa chamá-las de inferiores, o que não achamos nada correto — explicou Rina.

Natsuki ficou admirada com o que as guerreiras do grupo de sua protetora acreditavam. Curvar-se parecia mesmo um gesto que simbolizava a inferioridade do discípulo em relação ao mestre, e uma das coisas que Natsuki mais odiava era quando as pessoas diziam que existiam os inferiores e os superiores.

— Entendi. Muito interessante — elogiou Natsuki.

— Então quer vir comigo e conhecer a escola onde ensino minhas alunas, o local onde elas moram e o refeitório onde se alimentam? — perguntou Rina, estendendo a mão para Natsuki, que assentiu, segurou na mão da nova mestre e foi com ela até o complexo onde supostamente estariam essas guerreiras diferentes.

Ambas andaram por 30 minutos entre as árvores de Koga em direção às colinas. Natsuki pensou por um momento que estava sendo enganada, porque no meio daquelas árvores não parecia haver um local de treinamento. Preocupada, disse:

— Estamos chegando? Já nos afastamos muito de Koga...

— Sim, é que precisamos ficar escondidas. As pessoas não podem saber onde ficamos, porque realizamos muitas missões disfarçadas — Natsuki percebeu na hora o que estava acontecendo e para onde estava sendo levada. Rina era uma kunoichi, por isso a protegia escondida e treinava suas alunas em um local tão distante. Kunoichis aprendiam artes marciais como o ninjitsu, mas não apenas se especializavam em lutar, também aprendiam técnicas de envenenamento, espionagem e sedução.

— Espere... Você é uma kunoichi! Por isso me vigiou por tanto tempo e nunca percebi!

— Isso mesmo. Agora, com o meu treinamento, você se tornará uma também e sei que se sairá muito bem — afirmou Rina, satisfeita por Natsuki ter percebido o que estava acontecendo.

"Kunoichis parecem ser mais interessantes que onna bugeishas", pensou Natsuki.

— Mas kunoichis matam pessoas inocentes e agem às escondidas!

— Kunoichis são espiãs, minha querida, ficam por meses e às vezes anos estudando seus alvos infiltradas em suas casas ou locais de trabalho. Sabemos muito bem quem matamos e nunca são pessoas inocentes — explicou Rina.

Natsuki assentiu.

Ao finalmente chegar ao local de treinamento das kunoichis ficou maravilhada: havia três casas enormes, sendo que uma possuía três andares, a outra, dois e a última, um. Todas tinham telhados com as bordas para fora, similares aos templos dos samurais, alguns detalhes decorativos em dourado nas paredes externas e portas vermelho-escuras. A poucos metros havia mais três casas idênticas, mas de telhados de cor preta, e não azul. Havia belas flores e arbustos em frente às seis casas.

— Que lugar grande! Por que há seis construções aqui? — perguntou Natsuki.

— As três com telhado azul-escuro são o complexo das kunoichis e as com telhado preto são o dos ninjas. Kunoichis e ninjas são aliados e de vez em quando realizam missões juntos. Assim como no complexo dos ninjas, a construção mais alta e fina de três andares na esquerda é o local onde dormem as guerreiras, a do meio é onde, no primeiro andar, acontece o treinamento e, no segundo, mora a mestre, e na casa da direita, as alunas e a mestre fazem as refeições. Aliás, eu sou a mestre das kunoichis daqui, e o senhor Yoshinori Akamatsu é o dos ninjas.

Natsuki ficava cada vez mais impressionada com as kunoichis. Onna bugeishas não tinham aquele grande complexo para suas guerreiras e muito menos técnicas diferentes de luta para ensinar às alunas. A única coisa além de guerrear que as onna bugeishas ensinavam era o Bushido, um código enorme e extremamente rígido que Natsuki tinha dificuldade em aprender e decorar.

— Que demais! Agora vou conhecer meu dormitório?

— Ainda não. Antes quero apresentar a você suas colegas — disse Rina, conduzindo Natsuki até o local de treinamento.

Rina abriu a grande porta avermelhada, revelando uma sala funda com um pé-direito alto, paredes bege levemente amareladas decoradas com algumas tapeçarias de kunoichis lutando, vasos que pareciam verdadeiras obras de arte e princípios defendidos pelas kunoichi escritos em pequenos pedaços de tapeçaria. Havia várias espadas, arcos e flechas e outras armas desconhecidas para Natsuki penduradas na parede no fundo da sala e prateleiras com frascos cheios de líquidos estranhos. Os capuzes com pano para cobrir o rosto até o nariz deixando apenas os olhos expostos estavam perto dos frascos e pareciam muito os que os ninjas utilizavam. Havia cerca de 100 garotas naquela enorme sala, que vestiam um roupão preto que deixava seus corpos expostos até metade da coxa. Todas usavam um coque como o de Rina e uma maquiagem leve que lhes ressaltava a beleza. Natsuki nunca havia visto mulheres usando roupas que expunham as pernas quase por inteiro.

— Bem-vinda, Natsuki — disseram as guerreiras, quase todas ao mesmo tempo. Uma delas, que estava no fundo da sala, foi em direção a Natsuki, aproximou-se um pouco e disse:

— Oi, Natsu! Fico muito feliz que finalmente se juntará a nós.

— Kazumi?! Você é uma kunoichi?! — perguntou Natsuki, espantada ao ver a amiga naquele lugar. "Talvez a Kazumi tenha fugido de casa para se livrar de Haruna, assim como eu fugi da minha mãe", imaginou Natsuki. Talvez Kazumi tivesse se inspirado em Natsuki e apenas tomado coragem para fugir depois que a amiga o fez. Kazumi disse para Natsuki e Chizue que desejava ser uma kunoichi e provavelmente também fugiu de casa para escapar da opressão e realizar seu sonho.

— Meu nome verdadeiro é Kameyo Nogushi, mas pode me chamar de Kame. Temos muito para conversar, venha comigo dar uma volta — pediu Kameyo.

Natsuki concordou, muito espantada com o que estava acontecendo. Kameyo levou Natsuki para fora da sala e começou a caminhar com ela. Kameyo tinha várias histórias para contar a Natsuki e muitas coisas para esclarecer.

14
CONHECENDO KAMEYO

Natsuki e Kameyo saíram da sala de treinamento e foram andar pelo complexo das kunoichis. Estranhamente, no instante em que saíram, quase todas as outras kunoichis saíram também e se espalharam pelo complexo para comer, lutar e conversar. Rina combinara com suas alunas para se reunirem naquele dia para receber Natsuki e as liberou logo depois que a nova jovem chegou, porque era uma tradição das kunoichis de Rina tirarem o dia para se divertirem quando uma nova aluna aparecia, uma forma de comemoração. Para poderem ter mais privacidade, Kameyo sugeriu se afastarem um pouco do local e Natsuki concordou, mesmo estando assustada e com medo de que sua amiga fosse tentar agredi-la de alguma forma. Natsuki havia recebido muitas notícias ao mesmo tempo: a morte do irmão, a proibição de falar com os Fujimura, a identidade de sua guardiã, o verdadeiro nome de Kazumi... levaria um tempo para a jovem absorver tudo aquilo. Seria ainda pior se Natsuki descobrisse todas as mentiras que estavam sendo contadas a ela e que estavam misturadas no meio das revelações. Para não se desesperar demais, Natsuki repetia para si mesma: "Não pergunte coisas como 'Como assim?' ou 'Por quê?', apenas aceite, pois sua vida está uma loucura e se você ficar fazendo perguntas tudo ficará ainda mais confuso". Mas não era fácil, porque Natsuki não gostava de ter perguntas não respondidas.

— A Rina já te contou que é sua protetora, imagino. Você merece ter suas habilidades valorizadas, Natsu, saiba que é por isso que ela te trouxe aqui.

— Essa parte eu entendi, mas gostaria muito de saber o motivo pelo qual você mentiu para mim sobre seu nome — perguntou Natsuki, com os braços cruzados, irritada com Kameyo. Natsuki ficara bastante magoada por sua amiga ter mentido sobre a própria identidade e queria um bom motivo para ela tê-lo feito.

— Natsu, a verdade é que Haruna Iwata não é minha mãe. Ela é uma criminosa, uma bandida — contou Kameyo, chorando.

— O que ela fez? O que houve? — perguntou Natsuki, horrorizada. Natsuki nunca pensou que Haruna fosse uma criminosa, principalmente por ser muito conservadora. A última coisa que Natsuki pensava sobre uma pessoa conservadora era que ela pudesse quebrar regras.

— Quando eu tinha 11 anos, Haruna e Tatsuya me sequestraram, porque estavam convencidos de que queriam uma jovem bonita como filha e me obrigaram a usar o nome Kazumi Iwata desde então. Haruna é uma pessoa completamente maluca, que sempre tentou fazer de tudo para me controlar. Quando pensei que minha vida seria um horror para sempre... você apareceu.

Natsuki estava lisonjeada e confusa ao mesmo tempo. Como ela pôde ter ajudado uma kunoichi raptada? Kameyo estava sendo obrigada a viver com uma lunática por medo, e o que uma nova amizade poderia mudar?

— Por que eu mudaria alguma coisa? Você estava sendo obrigada a viver com um casal maluco!

— Quando vi o grande talento que você tinha para lutar e aprender, percebi que valia a pena ficar mais um tempo com aqueles loucos, porque um dia seríamos amigas e eu te convenceria a fugir para mostrar às pessoas o seu talento. Eu sou uma kunoichi desde os meus 5 anos, sei muito bem quando encontro uma garota habilidosa. Além disso, tenho 17 anos, sou mais velha que você, então tenho um pouco mais de experiência — explicou Kameyo, sorrindo.

"Ela suportou ficar com os sequestradores só para me levar a encontrar Rina e me tornar uma kunoichi? Que incrível!", pensou Natsuki, impressionada com a força de vontade de Kameyo.

— Cinco anos? Eu não sabia que kunoichis começavam a praticar tão cedo e também não fazia ideia de que eu valia tanto para você... — disse Natsuki, surpresa.

— A maioria das kunoichis são recrutadas pelas mestres com cerca de 10 anos, mas eu fui uma exceção. Meus pais faleceram quando eu tinha 5 e nenhum membro da minha família me quis, porque eu era filha ilegítima deles e alguns dias depois de andar sem rumo pelo vilarejo onde nasci encontrei este lugar. Rina me recebeu muito bem, me criou como se eu fosse sua filha e me deixou apaixonada pelas kunoichis. Encontrar este lugar foi a melhor coisa que poderia ter me acontecido — contou Kameyo, suspirando de alegria.

Natsuki ainda estava confusa porque não conseguia compreender como Kameyo tinha sido sequestrada e estava morando com seus sequestradores ao mesmo tempo em que Rina estava atuando como sua protetora.

— Mas se a mestre Rina estava me protegendo, então ela me viu com você várias vezes! Como ela não te trouxe de volta para cá uma vez que te encontrou?

— A mestre foi enviada em uma missão para Kiryu pela mestre Yuna, que faleceu há seis meses, na qual precisava espionar um samurai que estava sabotando os comerciantes da região, e foi nessa missão que ela te viu várias vezes brincando e conversando comigo, com a Chi e com o seu irmão. Quando ela viu você lutando com Yasuo e às vezes comigo e com a Chi, ficou muito impressionada e me disse o quanto você era habilidosa no dia em que me resgatou durante à noite da casa dos Iwata. Eu disse para a Rina me devolver para os meus sequestradores e nos juntarmos em uma missão: te trazer para nós.

Natsuki se impressionou com a complexidade da missão de Kameyo e Rina para trazê-la até as kunoichis. Nunca pensou que as duas haviam se dedicado tanto para fazê-la fugir e perceber que deveria se tornar uma kunoichi em vez de uma onna bugeisha.

— Que incrível! Deve ter sido uma missão complicada... Como a Rina concordou em te devolver para os sequestradores?! — perguntou Natsuki, perplexa.

— Uma das principais regras das kunoichis é não desperdiçar nunca a oportunidade de trazer uma nova discípula talentosa e capaz para treinar com nossa mestre, que no caso é Rina Yamazaki, mesmo que isso signifique correr riscos. Várias de nossas kunoichis foram trazidas da mesma forma que você: por Rina e outras mestres anteriores a ela que se infiltraram em aldeias e mostraram-lhes o quanto seriam incríveis ao se tornarem kunoichis. Eu e Rina percebemos sua paixão e sua determinação para cumprir seus objetivos e essas são caraterísticas muito importantes que uma kunoichi deve ter, o que foi uma outra razão pela qual ficamos tanto tempo infiltradas e trabalhando juntas em Kiryu para te trazer aqui — explicou Kameyo, orgulhosa por ter conseguido levar a amiga até suas companheiras.

Natsuki nunca imaginou que as kunoichis queriam tê-la como aluna tanto assim e não sabia que ser uma kunoichi era tão mais interessante do que ser uma onna bugeisha.

— A Rina vai me ensinar as outras regras? Terei que decorar todas? Não sou boa para decorar, Kazu... digo, Kameyo — disse Natsuki, ainda não acostumada com o nome da amiga.

Kameyo riu e respondeu:

— Nós não decoramos nada, Natsu. A mestre vai te ensinar as regras, sim, mas você não precisa saber todas de cabeça, porque conforme você ganha experiência como uma kunoichi acaba memorizando-as.

— Entendi. Faz sentido. Agora que não serei uma onna bugeisha pelo menos não terei que decorar o Bushido... — disse Natsuki, rindo, aliviada. Kameyo riu também, deu um leve tapa nas costas da amiga, a abraçou e disse:

— Você só está começando a ver as vantagens de se tornar uma kunoichi! Espere até começar a treinar e vai descobrir muitas outras coisas com o tempo.

"Será que sou tudo isso que a mestre e a Kameyo dizem que sou? E se eu decepcioná-las?", pensou Natsuki, aflita. A futura kunoichi não queria ter feito Rina e Kameyo desperdiçar dois anos de suas vidas protegendo-a e se dedicando para trazê-la para o lugar onde realmente pertencia, na opinião das duas.

— Estava pensando agora comigo mesma... E se eu tiver feito você e a mestre perderem tempo? Não sei se vou conseguir ir tão bem quanto vocês estão esperando.

Kameyo se surpreendeu com o que escutou. Não compreendia como Natsuki poderia pensar que pessoas habilidosas precisavam ser incríveis o tempo todo, afinal, não existia uma única kunoichi no Japão que nunca tivesse falhado, apesar de pouquíssimas terem sido desmascaradas em seus serviços. Existia um ditado popular naquela época entre os japoneses sobre as kunoichis: "Não existe fortaleza protegida o suficiente para impedir uma kunoichi de entrar", em referência à grande eficácia e competência das guerreiras. Isso, porém, não significava que elas sempre conseguissem cumprir seus objetivos.

— Ir atrás de um talento nunca é perda de tempo e, além disso, sabemos muito bem que você é uma humana, não uma deusa, e que não vai ter sucesso nos treinos e na missão o tempo todo. Nem mesmo as mestres tomam as decisões certas sempre, então não se preocupe com isso jamais.

— Obrigada por dizer isso. Imaginei que a Rina fosse me banir se eu não cumprisse as expectativas dela.

"Que horror! Ela está maluca? A mestre Rina não é um monstro!", pensou Kameyo, assustada com o comentário.

— Claro que não! Kunoichis não são más, ao contrário do que muitos pensam. Óbvio que existem algumas punições para determinadas infrações feitas por kunoichis e ninjas, mas jamais o banimento — explicou Kameyo, lentamente, esforçando-se para que Natsuki escutasse todas as suas palavras e não criasse fantasias novamente.

"Acho que exagerei... Será que ela se chateou?", refletiu Natsuki, preocupada.

— Me desculpe, não foi minha intenção insinuar nada.

Kameyo riu.

— Não precisa pedir desculpas, garota. Aliás, venha comigo, quero te mostrar meus melhores amigos. Eles provavelmente estão no refeitório — disse Kameyo, puxando Natsuki pela mão, ansiosa.

— Espere! Quero te perguntar uma coisa antes! As kunoichis e os ninjas têm sobrenome, em sua maioria?

— Alguns têm e outros não. É bem dividido, na verdade. Os que fugiram de casa ou foram abandonados sabendo quem são suas famílias e filhos de pais não tão humildes têm sobrenome. Agora vamos? — perguntou Kameyo, muito ansiosa.

Natsuki assentiu, e ambas foram juntas até o refeitório das kunoichis, que, para a surpresa de Kameyo, não estava tão cheio. Kameyo levou Natsuki até uma mesa baixa marrom-clara, com bancos da mesma cor, na direção onde estava uma moça de cabelos pretos e ondulados presos pela metade com uma presilha e que usava as mesmas roupas que as demais kunoichis. Ao lado esquerdo da moça estava um garoto da mesma idade que Natsuki. O garoto era bonito e seus cabelos não eram longos como os dos samurais: iam até metade do pescoço com uma franja curta, igualzinho ao de Yasuo. Natsuki quase caiu em prantos ao ver um menino tão parecido com seu irmão.

— Natsuki, essa é a Tami Gensai e esse é o Hiro Sakamoto. A Tami é uma kunoichi e o Hiro é um ninja. Eles vieram pequenos para cá, assim como eu, e me conhecem há um bom tempo. São um pouco mais velhos que você: Tami tem 18 anos, e Hiro, 17 — apresentou Kameyo, alegre por mostrar seus amigos a Natsuki.

Hiro sorriu e Natsuki corou.

— É um prazer conhecê-los. Meu nome é Natsuki Katayama, mas me chamem de Natsu. Em breve iniciarei meu treino de kunoichi, sou nova aqui — disse Natsuki, sorrindo para Tami e Hiro.

Tami Gensai era a kunoichi que estava seguindo Natsuki em seu caminho para Koga e havia passado despercebida.

— O prazer é nosso — disseram Hiro e Tami, em coro.

— A Natsu é a garota a quem eu e a mestre dedicamos dois anos para trazer aqui. Foi a missão mais longa que já fiz, porém, valeu muito a pena, porque a Natsu é uma guerreira e uma pessoa incrível — contou Kameyo, orgulhosa de Natsuki.

Kameyo confiava muito na capacidade da amiga, assim como Rina e Haruna. Natsuki estava muito feliz por estar sendo valorizada e aceita naquele ambiente, ao contrário do que ocorria em sua casa, com os pais perturbando-a o tempo inteiro.

— Obrigada, Kame. Fico muito lisonjeada — agradeceu Natsuki, gaguejando e com um pouco de vergonha...

A ex-aprendiz de Akemi achava que Kameyo e Rina estavam exagerando ao acreditar tanto em sua capacidade, mas no fundo sabia que era capaz de ser uma excelente guerreira se treinasse, porque foi elogiada tanto por Akemi, uma habilidosa onna bugeisha, quanto pelas duas experientes kunoichis.

— Ela é a kunoichi talentosa pela qual vocês estavam buscando, então! Que demais! Gosto muito de conhecer novos membros da nossa grande comunidade! — disse Tami, animada.

— Você vai gostar bastante de ficar aqui no complexo kunoichi e ninja de Koga, Natsu. Todos são bastante receptivos e as pessoas que vêm para cá aprendem muitas coisas novas — contou Hiro.

Natsuki se alegrava cada vez mais. Depois de ter sentido tanto medo de não achar seu caminho após fugir, conseguiu encontrar o lugar ao qual realmente pertencia. Natsuki sentia que seria uma experiência muito boa conviver com aquelas pessoas e aprender a ser uma guerreira das sombras. Por muitos anos ela pensou que os ninjas e as kunoichis haviam desaparecido e deixado de fazer o que faziam, mas agora, em Koga, via com os próprios olhos que eles ainda existiam.

— Isso é ótimo! — comentou Natsuki, feliz com o que Hiro dissera.

— Sabe o que seria ótimo? Ver esse seu belo sorriso novamente. Não sabia que a garota que Kameyo recrutou é tão bonita — disse Hiro, sorrindo de maneira travessa.

Kameyo bateu em Hiro suavemente com o cotovelo e disse, um pouco irritada:

— Hiro, pare de flertar com a Natsu! Você acabou de conhecê-la, não cause uma má impressão!

— Desculpe, só achei a Natsu interessante e ela deve gostar de elogios — disse Hiro, dando de ombros.

"Eu gosto, sim", pensou Natsuki.

— Quem não gosta? — disse Tami, rindo.

Natsuki sabia muito bem que a última coisa que deveria fazer era se importar com cantadas de ninjas. Hiro Sakamoto aparentava ser um bom jovem, mas a novata deveria focar apenas em fazer amizades e se esforçar para ser uma boa kunoichi, não ir atrás de namorados. Além disso, Natsuki estava ciente de que ninjas, assim como kunoichis, eram mestres no disfarce e na mentira, então não tinha certeza se Hiro realmente se interessara por ela ou se estava tentando iludi-la.

Enquanto Natsuki conversava com Kameyo, Tami e Hiro, mestre Rina a observava discretamente do lado de fora do refeitório por uma pequena janela, sorrindo. Rina estava feliz e surpresa ao mesmo tempo em ver Natsuki se sentindo bem onde estava e conversando com outras pessoas, porque nem sempre novas kunoichis faziam amizades rapidamente.

— Acho que minha irmã estava certa sobre essa garota... Ela tem mesmo algo de especial! Ainda bem que aceitei treiná-la. Não cometi um erro — sussurrou Rina, orgulhosa de si mesma por ter trazido um novo talento para sua escola de kunoichis.

Rina rezou para que Natsuki nunca descobrisse o que ela, Haruka e Kameyo escondiam para tê-la trazido até o complexo kunoichi e ninja nas colinas de Koga.

Em um determinado momento da conversa, Natsuki olhou para uma das paredes do refeitório e viu uma tapeçaria quadrada pendurada, ilustrando uma mulher com um quimono roxo com flores brancas estampadas. A tapeçaria era muito bem-feita. A mulher estava com os cabelos penteados para trás presos por uma presilha grande e segurava o polo de sua espada, colocada atrás da faixa do quimono. Havia também uma outra arma atrás da faixa, só que nas costas da moça. A imagem evidenciava a seriedade da mulher, destacando sua determinação e também sua beleza. Impressionada, Natsuki perguntou:

— Gente, quem é aquela mulher representada na tapeçaria?

Kameyo e Tami se olharam, surpresas por Natsuki nunca ter ouvido falar da famosa Chiyome Mochizuki. Ela era como uma deusa para as kunoichis e também muito admirada pelos ninjas.

— Natsuki, a mulher a quem você está se referindo é a grande mestre Chiyome Mochizuki. Ela faleceu em 1573, e sempre ficará guardada nos corações de todas as kunoichis — disse Kameyo, feliz ao olhar a imagem da mestre na tapeçaria.

— O que ela fez de tão importante? — perguntou Natsuki, curiosa.

— A mestre Chiyome foi a primeira mulher na história a criar uma escola de kunoichis, e seu número de alunas era enorme, chegou a quase 300. Depois da morte de Chiyome, várias de suas alunas criaram novos centros de treinamento para kunoichis, e até hoje são utilizadas pelas mestres kunoichis as mesmas técnicas usadas por Chiyome. A mestre Rina, por exemplo, é descendente de uma das kunoichis treinadas por Chiyome e várias gerações antes dela criaram escolas também. Depois da morte da mestre Mochizuki, as pessoas acreditaram que as kunoichis desapareceram, mas isso é mentira: a verdade é que nós, kunoichis, apenas aprendemos a nos esconder melhor — explicou Tami.

— Que incrível! — comentou Natsuki, impressionada.

— Chiyome Mochizuki era esposa de um samurai e, quando ele faleceu, ela ficou sob os cuidados de um daimyo, um dos líderes do clã Takeda, que lhe deu uma missão: treinar um grande grupo de kunoichis que serviriam ao seu clã, pegando informações de inimigos, por exemplo. As kunoichis dela foram tão eficientes, e aumentaram tanto em quantidade com o tempo, que várias outras mulheres abriram centros de treinamentos de kunoichis, inspiradas no exemplo da mestre Mochizuki, como a Tami disse — complementou Hiro.

Natsuki se encantou muito com a história de Chiyome. Nunca antes ouvira sobre a primeira kunoichi do mundo e não sabia que ela havia sido tão competente no tempo em que viveu. A partir daquele momento, Natsuki começou a admirar Chiyome Mochizuki, assim como as demais kunoichis, porque para uma mulher japonesa não era nada fácil chegar aonde Chiyome chegou: criar uma enorme rede de mulheres treinadas para espionagem, assassinato, disfarce, entre outras coisas, e ainda inspirar outras mulheres para fazer o mesmo.

15
O SEGREDO DE CHIZUE

Enquanto Natsuki conhecia seu novo lar e falava com seus novos amigos em Koga, Manami e Eijiro continuavam na esperança de que um dia sua filha retornaria. Assustada com o fato de ter perdido dois filhos, Manami decidiu que não deixaria mais ninguém além dela cuidar de Daiki e, depois de várias discussões, Eijiro concordou que Manami poderia ficar apenas em casa e não sair mais para comprar comida com os camponeses ou trabalhar na oficina.

 A família Katayama não estava em um momento fácil: perda dos filhos, crise financeira... até mesmo crise conjugal. Manami e Eijiro andavam brigando bastante desde antes de Natsuki fugir, porque Manami suspeitava que Eijiro a estava traindo com outra mulher. Às escondidas, Manami falou com várias pessoas em Kiryu até encontrar uma que conhecesse um ninja, a quem contratou para descobrir se Eijiro a traía realmente. Manami não contratou um ninja para encontrar Natsuki simplesmente porque não tinha moedas o suficiente para pagá-lo, visto que já contratara um para espionar Eijiro. Além disso, a filha de Manami poderia ter tomado muitas direções, e seria uma perda de tempo fazer um ninja caminhar incansavelmente em direção a todas as vilas próximas possíveis em busca de Natsuki.

 Duas semanas depois de o ninja começar a espionar Eijiro Katayama todos os dias em sua oficina, foi descoberta a verdade. Eijiro estava mesmo traindo Manami com outra mulher, o que fez os dois brigarem mais ainda. Manami chorou por dias enquanto cuidava de Daiki, mas não poderia se separar de Eijiro. Como uma mulher que sempre cumpria as regras e forçava os filhos a segui-las à risca poderia desejar quebrá-las naquele momento, fugir com Daiki e procurar Natsuki pelo Japão inteiro?

— Você tem que largar essa mulher, Eijiro! Eu sou sua esposa, e não ela! — exclamou Manami, pouco antes de o marido sair para o trabalho, certo dia.

— Não quero largá-la e não tem nada que você possa fazer sobre isso. Se você se separar de mim, todos vão te odiar — afirmou Eijiro, indo para o trabalho e deixando Manami falando sozinha.

— Eu não sou uma adúltera, você que é! Todos vão odiar vocês, e não a mim! — disse Manami, mesmo sabendo que seu marido não ouviria.

Não era do perfil de Eijiro cometer adultério, mas as pessoas podem se surpreender com suas ações. Manami às vezes sussurrava para Daiki: "Não seja como seu pai. Seja um homem de verdade, um homem decente" e logo começava a chorar.

— Não sei o que fiz para merecer isso… Sou uma boa esposa! — resmungou Manami, irritada.

Ao mesmo tempo em que Manami sofria pela traição do marido e por não poder fazer nada sobre isso, Chizue andava pelas plantações de arroz, a poucos metros da casa dos Katayama, desolada. Antes de ser expulsa de casa pelos pais por ter revelado seu precioso segredo, Chizue foi ignorada por eles por semanas e por um breve momento pensou que seria perdoada, mas no dia em que foi expulsa perdeu totalmente as esperanças. Chizue não estava disposta a ir embora de Kiryu e iniciar uma nova vida, então desde o dia de sua maior tristeza apenas caminhava no vilarejo de um lado para o outro sem saber o que fazer. A pobre jovem sempre teve tudo por ser filha de guerreiros da elite e jamais esperava que do dia para a noite se tornaria uma mendiga. Ela dormia no extremo de Kiryu ao lado da casa de um homem já de idade chamado Shoma, que a alimentava quando podia e às vezes lhe permitia usar sua água para tomar banho. Desde que saiu de seu lar, Chizue usava a mesma roupa: o quimono verde estampado com flores rosa-claro, seu favorito, e sapatos cinza. Chizue quase nunca deixava seu cabelo solto, sempre o prendia em um coque ou com presilhas, porque ele ficava sujo por muitos dias até ser lavado novamente no lago com sabonete emprestado do vizinho idoso.

Ainda era de manhã e Chizue já estava faminta. Na maioria das vezes, Chizue conseguia ficar sem café da manhã e esperar o almoço, que geralmente era uma tigela de arroz dada por Shoma, mas naquele dia não estava aguentando. Ela detestava ter que pedir comida para as pessoas, porém talvez tivesse de fazê-lo para não passar mal. Chizue sabia que má nutrição era ruim para qualquer pessoa, mas principalmente para quem estava na situação dela. Enquanto ficava sentada no chão ao lado da casa de seu gentil vizinho, Chizue falava consigo mesma, pois não tinha ninguém com quem conversar.

— Eu vou ficar bem. Nós vamos ficar bem — afirmou Chizue, sorrindo enquanto acariciava seu ventre e se contendo para não cair em prantos. Aquele era o grande segredo: Chizue estava grávida.

— Como meus pais tiveram coragem de me expulsar de casa? Eu não sei nem cuidar de mim mesma, como vou cuidar de um bebê sozinha? — disse Chizue, derramando uma lágrima e rapidamente secando-a com a manga de seu quimono.

O mais surpreendente para a família Fujimura e também para os Katayama não era o fato de Chizue estar grávida, era a identidade do pai do bebê. Todos se espantaram bastante no dia em que Chizue revelou quem ele era.

Alguns minutos se passaram e Manami coincidentemente andava em direção ao local onde Chizue estava sentada. Ela ia até lá porque precisava comprar roupinhas para Daiki. Quem vendia aquelas roupas era um casal que morava ao lado da casa localizada na frente da de Shoma. Manami carregava Daiki no braço esquerdo e uma sacola de pano cinza com batatas e vegetais no outro. A esposa de Eijiro nunca tinha ido para aquela área do vilarejo e não sabia que Chizue tinha ido para lá, simplesmente pensava que a garota havia sumido.

Quando foi até os comerciantes comprar as roupas, Manami ouviu alguém chorando. Lentamente seguiu a voz até que chegou em Chizue, que estava sentada no chão e encostada na parede externa da casa do homem que a alimentava. Não era a parede em que ficava a porta, porque Chizue não queria que ninguém que entrasse na residência a visse chorando. Quando viu Chizue naquela situação, Manami se sentiu muito culpada, porque motivou Akemi a expulsar a garota e estava há dias tentando encontrar Chizue para dizer o quanto estava arrependida.

— Oi, Chizue. Se importa se eu me sentar ao seu lado? — perguntou Manami, delicadamente.

— Claro que me importo, Manami, a senhora incentivou meus pais a me expulsarem! — afirmou Chizue, irritada.

Manami suspirou, triste por ter cometido aquele erro.

— Por favor, me perdoe. Estou tentando te encontrar há dias para dizer o quanto me arrependi por ter apoiado seus pais naquela decisão estúpida. Peço desculpas a você, Chizue — disse Manami, sentando ao lado da jovem, com as mãos entrelaçadas, parecendo implorar.

Chizue olhou para o outro lado e balançou a cabeça, inconformada com a situação, depois virou-se para Manami e disse, suspirando:

— Se a senhora realmente se arrependeu… tudo bem. Eu também errei em não ter contado aos meus pais, à senhora e a Eijiro sobre a gravidez antes.

— Você ficou com medo, eu entendo. Eu agi impulsivamente quando estimulei sua mãe a te expulsar… e quando te ofendi.

Manami estava certa, ela havia exagerado com Chizue no dia em que recebeu a notícia de Akemi, que foi o mesmo em que Natsuki tinha sumido. Manami havia ficado em estado de choque com a gravidez de Chizue, principalmente porque nunca imaginou que uma garota de 14 anos de idade não fosse virgem.

— Tudo bem, vamos deixar isso para lá. Pelo menos consegui morar aqui ao lado da casa do sr. Shoma, que me alimenta, me dá água e me deixa tomar banho de vez em quando. Não sei como vou fazer quando eu tiver o bebê, mas por enquanto isso está sendo o suficiente para mim — contou Chizue, feliz ao lembrar da gentileza de seu vizinho.

Mesmo que o idoso não a deixasse morar em sua casa, Chizue não se importava, só desejava sobreviver naquele momento.

— Você se importa se eu fizer algumas perguntas que não tive a chance de fazer por causa da minha raiva...? — pediu Manami, com medo de magoar Chizue, que acariciava a barriga de vez em quando.

— Pode fazer. Vou tentar respondê-las — disse Chizue, dando de ombros.

Chizue não gostava de falar com as pessoas sobre sua gravidez ou sobre seu breve romance com o pai da criança.

— Quando você e aquele menino samurai eram namorados, você estava namorando o meu filho ao mesmo tempo?

Chizue assentiu, e Manami se controlou para não brigar com a garota novamente. Chizue amava seu namorado samurai mesmo tendo ficado com ele por apenas três meses, porém ela o traiu com Yasuo durante dois meses.

— Não exatamente. Yasuo e eu éramos apenas... companheiros. Eu estava apaixonada por ele na época, mas não o amava. Era uma paixão, não amor. Sempre achei Yasuo um garoto muito bonito e charmoso e quando percebi que ele estava flertando comigo aproveitei a chance para ficar com ele. Nunca imaginei que ele tivesse sentimentos por mim, até o dia em que ele se declarou na minha casa — explicou Chizue.

Manami não sabia que Chizue e Yasuo tinham essa espécie de amizade, porque nenhum deles dava sinais disso. Por dois meses, Chizue namorou um garoto que acreditava que ela era virgem, mas ela mantinha uma relação amorosa às escondidas com Yasuo, que tinha a certeza de ser amado por Chizue.

— Acho que entendi. E quando você engravidou dele?

— No final do nosso primeiro mês como amantes, eu percebi os sinais. Escondi minha gravidez tanto dele como da minha família por dois meses e terminei com meu namorado porque sabia que ele jamais se casaria comigo um dia sabendo que o traí e engravidei de outro.

Chizue se sentia culpada por não ter contado a Yasuo sobre sua gravidez no dia em que ele disse que a amava. Não imaginava que ele morreria no dia seguinte, e um dos motivos pelos quais Chizue foi uma das pessoas que mais choraram no dia da cremação de Yasuo foi o seu grande sentimento de culpa.

— Por que você não sugeriu o casamento? Sei que você não amava Yasuo, só sentia uma atração física por ele, mas eu o conheço e sei que não te deixaria criar um filho sozinha.

— O problema é o que a senhora acabou de dizer: eu não amava Yasuo, só tinha uma queda por ele, o achava atraente. Na época, eu estava apaixonada por ele, mas não o suficiente para assumir um compromisso. Como eu disse, era só paixão, e não é certo casar com uma pessoa sem amá-la.

Manami tentava ser compreensiva e não mostrar sua irritação por Chizue não ter contado a Yasuo sobre a gravidez, porque acreditava que dois amantes precisavam se casar imediatamente se a mulher engravidasse.

— É uma pena, ele adoraria saber que vocês teriam um filho. Ele adorava crianças e te amava muito, Chizue — afirmou Manami, suspirando.

Chizue começou a chorar novamente. Ela detestava se lembrar de quando partiu o coração de Yasuo, de quando ele a beijou e seu pai começou a agredi-lo. Foi uma experiência horrível para a jovem, que por pouco não contou a Yasuo naquele dia sobre o bebê. A única pessoa além de Akemi, Masato e o casal Katayama que sabia sobre a gravidez era Kazumi, para quem Chizue contou que estava grávida logo depois que Natsuki saiu da casa dos Iwata.

— Eu sei disso. A pior parte de estar grávida não é saber que serei para sempre uma mãe solteira, é o fato de que não receberei ajuda alguma para criar o meu filho... Estou completamente sozinha! — comentou Chizue, ainda chorando.

Manami pensou em uma solução, mas não queria revelá-la. Sentia que seu marido não ia gostar da ideia e estava dividida: por um lado, queria dar apoio a Chizue e, por outro, desejava deixá-la sozinha para que se arrependesse de ter perdido a virgindade antes do casamento. "Se eu estivesse no lugar de Chizue também teria ficado com muito medo da reação das pessoas, eu não posso culpá-la. Além disso, ela está carregando meu neto na barriga, não posso simplesmente abandoná-la na rua passando fome, sede e frio!", pensou Manami.

— Eu não consigo entender por que meus pais me expulsaram! Eles sempre foram tão gentis e tolerantes comigo... quando falei sobre a gravidez e a história dos dois namorados eles perderam o controle, me ofenderam muito e quase me mataram. Disseram que eu era vadia, sem vergonha, desonesta, sem noção... tudo o que a senhora pode imaginar. Sei que errei em ter traído meu namorado e ter perdido minha virgindade antes do casamento com um garoto que nem sequer amava, mas nunca imaginei que meus próprios pais não me perdoariam... — desabafou Chizue, muito triste.

Até mesmo Manami, que era a conservadora por excelência, ficou bastante chocada com o que Akemi e Masato fizeram com Chizue. Mesmo sendo uma mãe muito rígida e às vezes antiquada, Manami não era má pessoa e jamais expulsaria os filhos de casa.

— Você cometeu um erro, eu concordo, mas seus pais exageraram demais com você, Chizue. Eles foram muito cruéis. Ao te expulsaram não só te puniram, mas também puniram o próprio neto... ou neta. Me arrependo muito de tê-los motivado a fazer isso com você... — disse Manami, derramando uma lágrima, furiosa consigo mesma por ter apoiado a expulsão de Chizue.

Quando sua gravidez era mencionada, Chizue não conseguia deixar de se lembrar de Yasuo e dos momentos excitantes que tiveram juntos. Ambos se trancavam no quarto de Chizue e lá ficavam, explorando-se intimamente, quando Akemi e Masato estavam fora. Chizue adorava o fato de ser amante de um garoto tão atraente e charmoso como Yasuo e se sentiu muito mal quando descobriu os verdadeiros sentimentos dele por ela, porque detestava decepcionar pessoas de quem gostava.

— Não se preocupe com isso. Fui idiota, não culpo a senhora por ter raiva do que fiz. Vou dar uma volta pelas sakuras para me acalmar agora, já volto — disse Chizue, chorando um pouco e indo em direção às sakuras plantadas e espalhadas no gramado atrás da casa de seu vizinho.

A adolescente se levantou tão rápido que nem daria tempo de Manami impedi-la.

Chizue caminhou por um tempo na grama, até que encontrou uma sakura relativamente distante de Manami e se sentou, apoiando-se no tronco, como Natsuki fazia muitas vezes. Ela suspirava, com medo do futuro, de como conseguiria lidar com um filho sozinha e também magoada com os pais, que diziam ser seus amigos, quando na verdade não eram. Chizue pegou uma flor rosa caída da árvore e sorriu, lembrando-se do dia em que Yasuo lhe trouxe um minibuquê com flores rosa e brancas de sakura e disse: "Para você, a garota mais linda que já conheci".

— Yasuo, me desculpe por não te amar. Espero que você saiba que gosto muito de você e sempre vou gostar — disse Chizue, olhando para a flor. — Pelo menos com a minha gravidez teremos um elo eterno: o nosso filho. Todas as vezes que olhar para o meu bebê vou me lembrar de você e dos nossos incríveis momentos juntos. Me perdoe por não ter te dito que estou grávida na época em que você ainda estava vivo, por favor! — sussurrou, olhando para o céu e chorando novamente.

A jovem respirou fundo e parou de chorar, o que era um bom progresso, porque ela queria se manter forte, já que em breve teria um bebê. "Se eu não for forte e segura para cuidar do meu bebê, quem vai ser? Não posso pensar muito em mim agora", pensou Chizue.

Sem Chizue perceber, Yasuo, em forma de espírito, apareceu para ela. Ele estava com o mesmo corte de cabelo que o ninja amigo de Natsuki, Hiro Sakamoto, e usava o mesmo quimono e sapatos pretos de sempre. Os olhos dele brilhavam sempre que encontravam Chizue, pois mesmo depois de falecer Yasuo continuava perdidamente apaixonado por ela e não ficou com raiva por conta da omissão da gravidez. Yasuo se aproximou de Chizue, sentou-se diante dela e disse, sorrindo:

— É claro que eu te perdoo. Como eu poderia não perdoar? Também errei em ter deixado minhas emoções me dominarem e ter me tornado seu amante, sendo que você tinha um namorado.

Chizue se assustou, arregalou os olhos e gritou. Yasuo delicadamente segurou os braços da menina e disse:

— Não tenha medo! Eu apareci para você saber que estou bem e que não estou bravo por você não ter me contado que está grávida do meu filho. Claro que fiquei um pouco chateado, mas não bravo.

— Como você descobriu? Eu não te disse nada antes de você morrer — disse Chizue, inconformada.

— Depois que faleci, me tornei um espírito, comecei a observar as pessoas melhor e ouvi você falar com seus pais e consigo mesma sobre a gravidez, e eu também já suspeitava. Você estava bastante nauseada, com tontura e com mais fome que o normal nas últimas vezes em que tivemos nossos encontros no seu quarto.

Chizue riu, um pouco constrangida. Realmente andava com náuseas, muita fome e tontura nos últimos tempos, até mesmo vomitou algumas vezes.

— Entendi. Você promete aparecer outras vezes para mim, Yasuo? Fiquei muito feliz em saber que você está bem e que não está com raiva de mim! Além disso, não vou conseguir criar o nosso filho sozinha porque meus pais me deixaram na mão, preciso de alguém ao meu lado!

Yasuo segurou as mãos de Chizue e disse:

— É claro que vou aparecer outras vezes, Chizue. Vou te ajudar no que eu puder. Aliás, não tive a oportunidade de pedir desculpas por ter te beijado naquele dia, mesmo sabendo que você não me ama… me desculpe.

— Está tudo bem. Aliás, eu jurava, quando você apareceu para mim agora, que ia me dizer que eu estava mentindo e que você não é o pai… mas você me surpreendeu — respondeu Chizue, rindo.

— Eu nunca faria isso, porque tenho bom caráter e sei que sou o único que poderia ser o pai do seu bebê, já que fui eu quem tirei sua virgindade e era o único que... bem, tinha momentos íntimos com você. Eu espionava você com seu namorado todas as vezes que vocês se encontravam e vocês nunca fizeram o que nós fazíamos, então é impossível ele ter te engravidado — explicou Yasuo, também rindo um pouco.

Chizue estava constrangida com aquela conversa, porém aliviada por saber que Yasuo não estava com raiva dela. O que Chizue menos precisava em um momento como aquele era ser odiada pelo pai de seu filho quando já o era por seus próprios pais.

— Você tem toda razão, Yasuo — concordou Chizue.

— Bom, agora preciso ir. Mesmo sendo uma alma que gosta de ficar voando pelo mundo dos vivos, não posso ficar aqui por muito tempo. Juro que vou me esforçar para te ajudar com o nosso filho. Juro mesmo — afirmou Yasuo, sorrindo, dando um beijo na testa de Chizue e colocando sua mão direita em cima da barriga dela, tentando imaginar seu filho lá dentro.

Yasuo estava bastante feliz pelo fato de a mãe de seu bebê ser Chizue, sua verdadeira amada.

— Pena que almas não têm tato... gostaria muito de sentir o bebê em você com a minha mão. Aliás, se eu te disser uma coisa, você promete que não ficará irritada comigo? — perguntou Yasuo, preocupado.

— Prometo... o que houve? — perguntou Chizue, com um pouco de medo do que poderia escutar.

— Fico feliz por ter te engravidado. Sempre sonhei em ter um filho e especialmente com você. Foi muito bom esse acidente ter acontecido. Gostaria muito de poder estar vivo e curtir esse momento de perto — disse Yasuo, suspirando.

Chizue sorriu, sem saber o que responder. Por um instante, a garota pensou em dizer a Yasuo que o que ele havia dito era um grande absurdo, mas logo desistiu, porque não queria estragar aquele momento tão bom.

— Agora preciso ir. Até mais, Chizue! Eu sei que você não me ama, mas… sempre vou te amar e amarei nosso bebê ainda mais — disse Yasuo, levantando-se do chão, acenando e desaparecendo aos poucos, como se estivesse sendo levado pelo vento.

— Até mais, Yasuo! Adorei te ver! — Chizue estava alegre e calma o suficiente para voltar até sua "casa", então levantou-se do chão e foi até lá.

Na hora em que viu Chizue, depois de pensar bastante sobre sua ideia para ajudá-la, Manami se levantou e disse:

— Eu já estou indo embora, mas antes quero falar uma coisa muito importante.

"Espero que ela não resolva fazer mais perguntas… como, por exemplo, sobre detalhes dos meus encontros com Yasuo", pensou Chizue, aflita.

— Pode falar — disse Chizue, gaguejando.

— Eu não me importo com o que meu marido vai pensar, tomei uma decisão: não vou deixar você morando na rua e sofrendo desse jeito. Você vai morar comigo na minha casa, onde terá água, alimento, roupas decentes e carinho. Não vou me perdoar se deixar a mãe do meu neto abandonada — afirmou Manami, decidida e determinada a cuidar de Chizue não só depois que o bebê nascesse, mas para sempre.

Os olhos de Chizue brilharam de alegria.

— Muito obrigada, Manami! Ficarei muito feliz em morar com a senhora, mas só para saber… promete não me expulsar da sua casa depois que o bebê nascer? E a senhora não vai tomar meu bebê de mim, certo? — perguntou Chizue, agoniada.

— Claro que prometo. Eu jamais faria isso, Chizue! A Natsuki pode ter te convencido de que sou um monstro, mas eu não sou. Prometo cuidar de você como se fosse minha filha e, se o Eijiro não concordar com isso, ele que vá embora. Venha comigo para sua nova casa, você poderá dormir no quarto da Natsuki e compraremos uma caminha de madeira igual à do Daiki e algumas almofadas para o seu bebê dormir confortavelmente — disse Manami, sorrindo.

Chizue havia ficado muito feliz com a proposta e não sabia como agradecer. Estava aliviada por ter sido acolhida por Manami. Jamais imaginou que a mãe de Yasuo seria tão gentil enquanto seus próprios pais a trataram como uma criminosa, uma vergonha para a família, sendo que diziam ser muito mais liberais que Manami e Eijiro.

— Muito obrigada mesmo! — dizia Chizue, com as mãos entrelaçadas, quase chorando de emoção.

As duas caminharam juntas em direção à residência da família Katayama enquanto conversavam um pouco. Tanto Manami quanto Chizue estavam alegres: Manami porque conseguira fazer as pazes com Chizue e por ter compensado seu erro, e Chizue porque teria um lar onde seria tratada com carinho e atenção para morar com seu bebê.

— Nós fomos acolhidos, meu bebê querido. Você não vai ter que viver na rua comigo, implorando por comida... — sussurrou Chizue, alegre, olhando e acariciando sua barriga, que aumentava cada vez mais com o tempo.

Chizue tinha certeza de que Manami jamais iria ajudá-la, por ser uma mulher extremamente conservadora e rígida; porém se surpreendeu. Manami rezou para que Eijiro não piorasse ainda mais a situação, ou seja, além de traí-la com outra e se negar a parar, impedir a mãe do próprio neto de morar na casa.

16
SOBRE A PRIMEIRA VEZ

Um ano se passou desde que Natsuki fugiu de sua casa e juntou-se às kunoichis nas colinas de Koga. Ela, Kameyo, Tami e Hiro ficavam cada vez mais próximos e sempre se encontravam no refeitório das kunoichis na hora do almoço ou no grande pátio com árvores que ficava entre o complexo ninja e o kunoichi. Natsuki viu várias de suas colegas saírem em missões junto com ninjas para espionar ou matar daimyos e samurais que estivessem envolvidos em atividades criminosas, o que a surpreendeu, porque, mesmo sabendo que kunoichis e ninjas trabalhavam juntos, não sabia que ambos participavam de uma mesma missão com tanta frequência. Natsuki queria um dia trabalhar com Hiro em algum serviço, porque gostava muito da companhia do garoto e pensava que seria mais divertido atuar em uma missão acompanhada de um amigo do que sozinha. Além disso, Natsuki não havia participado de nenhuma missão até então, porque Rina lhe disse que ainda a treinaria por mais um ano. Natsuki tinha medo de atuar sozinha como kunoichi, fazia pouco que tempo que começara a treinar.

Certo dia, uma hora depois do café da manhã das kunoichis, Natsuki foi com Kameyo até a casa de treinamento, ansiosa, como sempre, para aprender novas coisas. Em um ano, Natsuki já havia adquirido uma boa experiência nas técnicas aprendidas pelas kunoichi: Yuwaku no Jutsu (sedução), Doku no Jutsu (envenenamento), Henso Jutsu (disfarce) e

Kunoichi Tai Jutsu (combate corporal das kunoichis), mas ainda não era expert em todas elas, porque, afinal, era impossível uma garota aprender tudo sobre as técnicas de kunoichi em apenas um ano de treinamento com a mestre. Natsuki também aprendeu a usar várias armas, como a espada wakizashi, a adaga, o garrote (usado para estrangulamento) e a mais peculiar de todas e praticamente exclusivamente utilizada por kunoichis: neko te, arma composta de couro e em formato de garras de gato com lâminas afiadas de metal ocultas, que muitas vezes eram mergulhadas em veneno para potencializar o efeito.

Quando as duas chegaram à sala de treinamento, Rina ainda não estava lá e algumas das kunoichis ainda estavam para chegar. Natsuki e Kameyo geralmente iam para a sala bem cedo para ficar conversando um pouco longe do grande barulho que persistia no refeitório. Às vezes, as kunoichis falavam tão alto no refeitório que Natsuki e Kameyo simplesmente não conseguiam conversar.

— O que está achando daqui, Natsu? Está gostando de ser uma kunoichi e morar longe de Kiryu? — perguntou Kameyo, sorrindo.

Natsuki estava amando viver naquele local e não se imaginava mais morando com os pais, sendo oprimida o tempo todo. A adolescente se adaptara muito bem ao seu novo lar — aliás, bem mais do que imaginava.

— Estou adorando ficar aqui e me diverti muito nos treinos da mestre Rina. Fiquei feliz também por ter feito novas amizades e tido a chance de te conhecer melhor — disse Natsuki, alegre.

"O plano funcionou, então, pois ela está amando ser kunoichi e esqueceu rápido o sonho de ser uma onna bugeisha. Mestre Haruka realmente não estava errada", pensou Kameyo, surpresa.

— Que maravilha! Está ansiosa para receber uma missão? Já faz um ano que você treina e em breve acho que a mestre te dará uma — comentou Kameyo, feliz pela amiga.

Natsuki estava animada para finalmente utilizar o conhecimento que aprendeu com sua mestra, porém, ao mesmo tempo tinha medo de errar e acabar sendo descoberta. Não era nada fácil se infiltrar para pegar informações e manter o disfarce por muito tempo.

— Eu quero receber uma missão da mestre, Kame, mas também tenho muito medo. Kunoichis não podem errar, e se eu cometer um único deslize na missão correrei o risco de perder a confiança do meu alvo, ou, pior, ser descoberta!

Kameyo abraçou Natsuki, riu e disse:

— É normal sentir esse medo no começo, faz parte. Quando atuei pela primeira vez como kunoichi, estava tão amedrontada que minhas pernas às vezes tremiam. Com a experiência você aprenderá a ser uma profissional cada vez mais competente e seu medo diminuirá por consequência — explicou Kameyo.

Natsuki assentiu, rezando para que a amiga estivesse certa, porque tinha a sensação de que o combate indireto, como feito pelas kunoichis, era bem mais complexo e arriscado que o direto, realizado pelas onna bugeishas. Natsuki sabia de muitas estratégias de espionagem e disfarce, mas talvez ainda não o suficiente para servir sua mestra em uma missão de verdade.

— Espero que você tenha razão, porque combate indireto deve ser complicado. A mestre diz que vou muito bem nos treinamentos, mas não sei se estou pronta para usar minhas habilidades contra um alvo real — disse Natsuki, sentindo-se insegura.

— Tenho certeza de que ela vai te dizer se está pronta ou não. Mestre Rina sabe o que faz e só te dará algum serviço quando tiver certeza de que você está à altura do desafio — afirmou Kameyo.

— Concordo com você — comentou Natsuki, tentando convencer a si mesma de que tudo daria certo e que não faria nenhuma besteira caso fosse convocada para realizar um serviço. Um dos maiores medos de Natsuki era um dia ser obrigada a assassinar alguém em uma missão às escondidas, porque não fazia ideia de como as pessoas não descobririam a verdade.

Rina entrou na sala de treinamento e todas a cumprimentaram com um "Bom dia, mestre Rina!" alegremente. Rina sorriu com a calorosa recepção de suas alunas, arrumou seu quimono azul-escuro com detalhes em rosa e em azul-claro e disse:

— Bom dia, minhas kunoichis. Hoje vamos treinar um pouco mais de Henso Jutsu e quero que todas prestem atenção, tanto as que são novas aqui quanto as que treinam comigo há mais tempo. O mestre Akamatsu também ensinará o mesmo aos ninjas hoje, porque são técnicas importantes tanto para kunoichis quanto para ninjas.

— Mestre, posso fazer uma pergunta? — perguntou Tami, levantando o braço. Rina assentiu.

— Espero que ela não resolva discutir sobre ninjas bonitos com a mestre de novo. A Tami sempre faz isso... — sussurrou Kameyo para Natsuki, que riu discretamente.

— Quando vamos participar de uma missão em maior número e usar nossas máscaras pretas de cobrir o rosto? Sempre quis fazer isso.

Algumas kunoichis riram da pergunta de Tami, porque sabiam que missões como aquela eram bem difíceis de acontecer. Era algo muito raro kunoichis atuarem em grandes grupos, na maioria dos casos realizavam serviços sozinhas ou acompanhadas de uma outra kunoichi ou, mais ocasionalmente, de um ninja.

— É bem raro eu precisar chamar vocês em grande quantidade para fazer um serviço, Tami. Missões de guerrilha são difíceis de acontecer e geralmente ocorrem só quando existem muitos alvos em um só local. Eu te aviso quando uma missão assim surgir — explicou Rina.

— Parece que ela não falou de ninjas dessa vez, Kame — sussurrou Natsuki.

— Vamos iniciar agora nosso treinamento. Já sabem como se posicionar, meninas — disse Rina, indo em direção a uma área onde todas pudessem vê-la.

Enquanto Rina explicava as técnicas, Natsuki tentava memorizá-las, o que não era uma tarefa fácil. No momento em que Rina pediu para cada uma das kunoichis repetir o que ela disse para se certificar de que todas aprenderam, Natsuki se saiu bem e recebeu um elogio. Kameyo e Tami também fizeram um bom trabalho, mas Natsuki foi a melhor de todas naquele exercício específico. Rina corrigiu apenas dois erros de Natsuki, enquanto das outras chegou a corrigir até seis.

— Meus parabéns, garotas. Vocês se saíram bem apesar de terem cometido alguns erros. Sabem que se tiverem qualquer dúvida podem me perguntar.

— Obrigada, mestre — agradeceram várias kunoichis ao mesmo tempo.

Rina sorriu, pigarreou e disse:

— Tenho um anúncio: designarei duas de vocês para realizar uma nova missão para mim, a primeira do ano, aliás.

Todas comemoraram. As kunoichis adoravam usar suas habilidades quando tinham a oportunidade. Natsuki ficou um pouco tensa na hora porque estava com medo de ser escolhida e acabar decepcionando sua mestra.

— Para essa missão, gostaria de solicitar uma das minhas mais novas kunoichis: Natsuki Katayama, e também a mais velha de todas que estão aqui: Kameyo Nogushi. Quero que as duas trabalhem em equipe e não tentem ser uma melhor do que a outra em momento algum, ou a missão fracassará. Natsuki e Kameyo, aproximem-se de mim, por favor — disse Rina, em tom alto.

"Pelo menos vou estar acompanhada dessa vez", pensou Natsuki, tentando ficar menos nervosa.

Kameyo e Natsuki fizeram o que Rina pediu.

— É uma honra participar dessa missão, mestre Rina — disse Natsuki, que também estava bastante animada com a situação, apesar de se sentir tensa.

Rina sorriu.

— Eu que sou honrada por ser sua mestra, srta. Katayama. Por favor, não entre em desespero quando fizer seu serviço. Utilize as técnicas que ensinei e que achar convenientes. Apenas não aconselho usar Yuwaku no Justu dessa vez, porque o nosso alvo não cede muito a seduções; melhor você e a Kameyo focarem na espionagem mesmo.

Natsuki assentiu e Kameyo também. Rina fez um sinal para todas que estavam dentro da sala de treinamento saírem para que ela pudesse ficar a sós com suas recrutas. A mestre fechou a porta, foi até o centro da sala e disse:

— Venham até mim, porque agora vou explicar o que vocês devem fazer.

Natsuki e Kameyo seguiram as instruções e estavam ansiosas para saber o que teriam que fazer.

— Só uma pergunta, mestre: por que a Natsuki não vai nessa missão sozinha? Ela é muito habilidosa e já treina há algum tempo — disse Kameyo.

Natsuki arregalou os olhos e disse, irritada:

— Você está maluca, Kameyo?! Acabei de chegar aqui!

— Kameyo, faz só um ano que sua amiga chegou. Sua primeira missão foi aos 10 anos, você tem bastante experiência e deve ajudá-la. Sempre que chamo uma novata para a primeira missão também convoco uma kunoichi experiente para ajudá-la, e você sabe disso muito bem — afirmou Rina, séria.

Kameyo ficou um pouco assustada com o olhar da mestre. Natsuki não compreendeu por que Kameyo disse aquilo.

— Tudo bem. Eu vou ajudá-la, é que não sei ensinar as pessoas... — disse Kameyo.

Ela não estava mentindo, realmente não era boa em ensinar.

— Você vai aprender a fazer isso nessa missão... Enfim, daqui a cinco dias vocês duas partirão para Iga e se infiltrarão na casa do senhor Ugaki, um daimyo que comanda grande parte de Iga. Vocês duas serão criadas dele e ouvirão todas as conversas que puderem usando o que lhes ensinei. Vocês ficarão na casa dele durante um ano e extrairão o máximo de informações que puderem e, no final, Kameyo irá matá-lo por envenenamento, como nosso cliente pediu — explicou Rina.

Natsuki se assustou. Era a primeira missão da garota e já haveria assassinato envolvido. Ela não imaginava que teria que participar de um homicídio logo no início.

— Vamos matá-lo?! — perguntou Natsuki, espantada.

— Kameyo vai matá-lo. Você apenas fará a espionagem e guardará todas as informações que puder na sua memória. Kunoichis iniciantes não são enviadas para matar, porque levam um tempo para se acostumar com o fato de que os assassinatos são inevitáveis — explicou Rina, sorrindo.

"Calma, Natsu, fique calma... Onna bugeishas também matam. A única diferença é que essa missão é um combate indireto feito por pessoas inteligentes e capacitadas como você", pensou Natsuki, respirando fundo.

— E mais uma coisa... o que você quis dizer com "cliente"? — perguntou Natsuki, confusa.

Kameyo e Rina riram na hora.

— Somos profissionais, Natsu, por isso as pessoas nos contratam para realizarmos missões. Qualquer um pode solicitar nossos serviços: daimyos, samurais, pessoas humildes... e temos que fazer o que eles nos pedirem, porque fomos treinadas para isso — explicou Kameyo.

"Profissionais? Que incrível! Adoro a ideia de ser uma profissional!", pensou Natsuki, feliz.

— Entendi. Quem é o nosso cliente, mestre? — perguntou Natsuki, curiosa.

Rina mordeu os lábios e respondeu, um pouco chateada:

— Não posso revelar a identidade dele, sinto muito. Clientes não permitem às kunoichis ou ninjas com quem negociaram revelar a identidade deles para quem participará da missão por razões de segurança.

"Segurança? Eu não vou fazer nada contra o cliente!", pensou Natsuki, inconformada.

Natsuki percebeu que era melhor não fazer mais perguntas sobre o assunto para Rina e que deveria aceitar as regras no lugar de entendê-las, para continuar sendo uma kunoichi.

— Bom, concluímos o assunto da missão. Um dia antes de vocês partirem repassarei as informações e darei algumas outras para que vocês se saiam ainda melhor. Kameyo, por favor, vá lá fora com as outras kunoichis porque preciso falar com Natsuki em particular — pediu Rina.

— É a conversa clássica que você sempre tem com uma kunoichi nova, não é? — perguntou Kameyo.

Rina assentiu. Kameyo então caminhou até a porta da sala de treinamento, a abriu, saiu e a fechou lentamente. Kameyo estava com medo de Natsuki se assustar com a "conversa clássica" e acabar desistindo de ser uma kunoichi, porque várias garotas desistiam depois de ter aquela conversa. Natsuki não fazia ideia do que ter a "conversa" com sua mestra significava e muito menos do que ouviria naquele momento.

— O que você gostaria de me dizer, mestre Rina? — perguntou Natsuki, aproximando-se um pouco de sua mestra.

Rina respirou fundo e puxou duas cadeiras marrons que estavam em um canto escondido da sala. Depois de posicionar as cadeiras uma na frente da outra, longe da porta, sentou-se e disse, indicando com a mão a cadeira à sua frente:

— Sente-se, por favor.

Natsuki hesitou um pouco, mas sentou na cadeira, tensa. A adolescente ficou se perguntando se havia feito algo de errado que decepcionara sua mestra de alguma forma, estava temendo ser demitida, sendo que estava só há um ano treinando e nem sequer havia sido enviada para realizar um serviço.

— Estou ouvindo. Pode falar — disse Natsuki, tentando disfarçar sua ansiedade.

— Eu sei que nessa missão você não terá que utilizar suas habilidades de sedução, mas só gostaria de avisar sobre uma coisa, já que está aqui conosco há um ano: na maioria dos serviços de uma kunoichi, o Yuwaku no Jutsu é usado e não apenas para simplesmente seduzir ou atrair um homem... para fazer outras coisas também — contou Rina, tentando ser o mais sutil possível para não deixar Natsuki nervosa.

Natsuki compreendeu o que Rina estava querendo dizer e engoliu em seco, assustada. Embora já soubesse que mais cedo ou mais tarde teria que manter relações sexuais em alguma missão, ficou chocada em ouvir aquilo da mestre, porque em sua mente não parecia algo real. Mas quando

Rina falou que era um fato, que a jovem teria que perder a virgindade, Natsuki sentiu como se tivesse percebido naquele instante que era verdade.

— Mas eu sou virgem. Não estou pronta para fingir para um homem que desejo ter relações sexuais com ele e realmente tê-las! O que vou fazer agora? — disse Natsuki, com medo.

"Espero que ela não resolva ir embora", pensou Rina, preocupada.

— Eu sei disso, por isso vim te fazer uma pergunta: você aceita perder sua virgindade com o homem alvo da sua próxima missão ou, caso apareça um serviço onde as técnicas de sedução kunoichi serão necessárias, você prefere não participar até que ache um homem com quem realmente queira perder sua virgindade? — perguntou Rina.

Natsuki estava sem palavras. Não sabia o que dizer diante de uma situação como aquela, porque não estava apaixonada por ninguém no momento e muito menos com vontade de deixar de ser virgem logo.

— Não sei. Não quero que minha primeira vez seja com um homem aleatório, mas ao mesmo tempo não faço ideia de quando essa primeira vez aconteceria, porque não estou apaixonada por ninguém no momento. Aliás, nunca me apaixonei — revelou Natsuki.

Rina se surpreendeu ao ouvir que uma garota de 15 anos nunca havia se apaixonado por ninguém, nem mesmo por um ninja que tivesse conhecido durante seu ano no complexo.

— E quanto àquele seu amigo ninja com quem você sempre conversa? O nome dele é Hiro Sakamoto, certo? Você poderia ter sua primeira vez com ele, já que se conhecem e são amigos — sugeriu Rina.

Natsuki se espantou e disse, corada e assustada:

— O quê?! Com o Hiro?! Não! Nós somos só bons amigos, não temos toda essa intimidade.

— Bom, já te adianto que você terá até três meses depois do final da sua missão com Kameyo para perder a virgindade, porque, caso contrário, existem duas opções: ou perder na próxima vez em que atuar como kunoichi, ou desistir de trabalhar aqui — disse Rina, de maneira tão séria que Natsuki se assustou mais ainda.

A mestre se levantou da cadeira e automaticamente Natsuki fez o mesmo. Depois de devolver as cadeiras para seu lugar, Rina abriu as portas da sala e exclamou:

— Podem voltar, meninas! Vamos treinar até a hora do almoço! — E em poucos segundos o local se encheu de kunoichis.

Kameyo foi em direção a Natsuki, que estava aflita pela decisão que precisaria tomar em breve.

— Você está bem, Natsu? Não vai desistir de trabalhar como kunoichi depois da conversa com a mestre, certo? — perguntou Kameyo, um pouco preocupada.

— Estou bem, Kame, mas não sei ainda o que vou fazer. Eu não esperava que a mestre falaria comigo sobre minha virgindade. Estou indecisa demais — disse Natsuki, quase chorando por medo de ter que desistir devido àquele motivo estúpido.

Natsuki, ao mesmo tempo em que queria encontrar alguém com quem perder a virgindade logo e continuar sendo uma kunoichi, não desejava ter relações sexuais tão cedo e contra sua vontade para continuar atuando.

— Vamos agora aprender sobre as técnicas de disfarce e praticar algumas de combate corporal. Prestem atenção em mim! — disse Rina, tentando olhar para todas as suas alunas ao mesmo tempo.

Durante o treino, Natsuki não conseguia parar de pensar naquele assunto. Estava muito aflita e temendo tomar a decisão errada. Natsuki não imaginava que precisaria escolher entre deixar de ser virgem e continuar sendo uma kunoichi ou permanecer casta e desistir de utilizar as habilidades que tanto se esforçou para aprender. Ela estava ansiosa para realizar missões e exibir o que Rina lhe ensinara durante o ano anterior, porém temia sofrer para fazer isso. Não queria simplesmente escolher um homem com pressa para ter sua primeira vez. Aliás, Natsuki nem queria ter esse grau de intimidade com um homem na vida.

17
A TENTATIVA DE HIRO

Dois dias depois de ter recebido a notícia de sua primeira missão e da conversa sobre virgindade com Rina, Natsuki tomou coragem e decidiu contar para Kameyo, Tami e Hiro como foi sua conversa. Estava um pouco constrangida em contar a história perto de Hiro, porque ele era um garoto, e todas as vezes em que se lembrava da conversa, automaticamente vinha à mente o instante em que Rina sugeriu que ela tivesse sua primeira relação com Hiro. Natsuki não desejava ter sua primeira vez com um amigo, principalmente um com quem ela se dava muito bem, pois tinha medo de perder a amizade. Kameyo optou, quando tinha 13 anos, por ter a primeira relação sexual com seu primeiro alvo: um daimyo de quase 30 anos, o que para Natsuki definitivamente não era o ideal, mas Kameyo não se importou em ter deixado de ser virgem com um homem desconhecido muito mais velho... e a quem teve que assistir ser assassinado pela kunoichi com quem trabalhou naquela missão.

Já era hora do almoço e Natsuki saiu do treinamento. Ela tinha visto Tami e Kameyo durante a aula, mas na hora da saída as perdeu de vista no meio daquela grande quantidade de garotas. Depois de esperar a multidão passar, Natsuki saiu mais tranquilamente da sala e olhou de um lado para o outro, procurando pelas duas, mas não as encontrou. Natsuki então desistiu de achar as amigas, deu de ombros e disse para si mesma:

— Pelo jeito vou almoçar sozinha com Hiro hoje.

Mal sabia a jovem que estava sendo perseguida e discretamente espionada por Tami e Kameyo. Como seria complicado ouvir a conversa de Hiro e Natsuki espiando pela janela do refeitório, Kameyo e Tami se esconderam atrás do local e esperaram os dois almoçarem e saírem para conversar no pátio, como normalmente faziam. As duas deixaram Natsuki e Hiro a sós porque ouviram a conversa entre Natsuki e Rina e não resistiram em contar a ele sobre a sugestão de Rina. Hiro estava apaixonado por Natsuki e havia ficado feliz quando soube da notícia por Tami e Kameyo, porque se conquistasse Natsuki, talvez conseguiria dar um novo e avançado passo na relação dos dois. Como um ninja, Hiro saberia disfarçar que sabia de tudo para aproveitar aquela oportunidade.

Antes de entrar no refeitório e sem ser visto, Hiro foi até o lugar onde Kameyo e Tami estavam escondidas discretamente e disse, em tom baixo:

— Vocês ainda acham que devo tentar conquistar a Natsu, meninas? Ontem eu não tive coragem para fazer isso e não sei se hoje estou mais corajoso...

— Claro que deve! Imagine se vocês dois ficarem juntos e ela resolver te escolher para... você sabe o quê — disse Tami, com um sorriso travesso.

Hiro corou na hora, porque estava com muita vontade de ser o primeiro de Natsuki. Mesmo sendo mulherengo, Hiro não queria só ser um amante passageiro de Natsuki, pois desenvolvera sentimentos por ela e desejava namorá-la. Sua paixão pela garota só aumentava conforme os dias passavam, desde o momento em que se conheceram.

— Não tenha medo, o máximo que pode acontecer é a Natsu dizer que não gosta de você do mesmo jeito que você gosta dela. Você precisa pelo menos tentar, Hiro! — aconselhou Kameyo.

Hiro queria muito tentar, mas não estava nem um pouco a fim de receber um "não" como resposta.

— Vou tentar. Pode ser que dê certo... — disse Hiro, sorrindo com esperanças.

Kameyo e Tami comemoraram, felizes pela iniciativa do garoto. Não seria fácil para Hiro Sakamoto conquistar uma garota que não estava nem um pouco a fim de ter um relacionamento amoroso. Natsuki nem imaginava que Hiro sabia sobre a conversa e muito menos que tentaria deixá-la a fim dele.

— Mas não se esqueça de uma coisa: não conte para a Natsu de jeito nenhum que você sabe sobre a conversa que ela teve com a mestre! Não estrague tudo! — comentou Tami, falando lentamente para enfatizar seu ponto.

— Claro, Tami. Não vou estragar tudo... eu espero — disse Hiro, afastando-se das duas meninas e entrando no refeitório, ansioso. "Será que devo mesmo dizer à Natsu o que sinto por ela?", pensou Hiro, em dúvida.

— Você não deveria ter deixado o Hiro nervoso, Tami! As pessoas fazem besteiras quando estão nervosas! — afirmou Kameyo, irritada.

— Eu não o deixei nervoso, Kame! Só quis ajudá-lo — disse Tami, inconformada.

Quando Natsuki entrou no refeitório, Hiro já estava lá, sorrindo e à espera dela, sentado no mesmo banco onde sempre se sentava. Ele era um dos poucos ninjas que almoçava no local das kunoichis. Natsuki engoliu em seco quando o viu, lembrando-se mais uma vez da sugestão de sua mestra. "Talvez perder a virgindade com o Hiro não seja má ideia. Ele não é um estranho e gosto muito dele", pensou Natsuki, enquanto se sentava ao lado do garoto.

— Oi, Natsu — cumprimentou Hiro, feliz por ver sua amada. Hiro nunca tinha se apaixonado tão rápido por alguém antes, mesmo já tendo sido namorado (e às vezes amante) de várias mulheres, não só kunoichis como também algumas que espionou em missões.

— Oi, Hiro. Você sabe onde estão a Kame e a Tami? Eu as procurei por toda parte! — perguntou Natsuki, confusa.

"Elas quiseram nos dar um tempo para ficarmos sozinhos", pensou Hiro.

— Não faço a mínima ideia. Devem ter fugido. Talvez elas apareçam mais tarde — mentiu Hiro, rindo.

Natsuki riu também e disse:

— Para onde elas fugiriam?

— Não sei. Kunoichis e ninjas geralmente são bons nisso — afirmou Hiro, enquanto tomava um gole de água.

Natsuki pensou em falar para Hiro sobre a "sugestão" de Rina por um momento, porém logo desistiu. Imaginou que seria uma situação muito constrangedora.

— Tem razão. Aliás, daqui a três dias vou partir para uma missão em Iga, minha primeira. Estou bastante ansiosa e feliz por finalmente poder usar o que aprendi com a mestre Rina — contou Natsuki, sorrindo.

— Que incrível, Natsu! No ano passado, um mês antes de você chegar, eu havia acabado de realizar um serviço para o mestre Akamatsu. Foi uma missão bem legal. Neste ano ainda não recebi nenhuma, só estou praticando o meu Ninjutsu por enquanto — Ninjutsu era a arte marcial aprendida pelos ninjas, que focava principalmente no combate corpo a corpo, muito parecido com Kunoichi Tai Jutsu.

— Você já recebeu muitas missões nos seus três anos como ninja? — perguntou Natsuki, curiosa, comendo um pouco. Hiro treinava técnicas de ninja desde os 12 anos e adorava o que fazia.

— Recebi quatro.

"Quem sabe ele me ensina algumas coisas a mais? Quanto mais competente eu ficar, melhor", pensou Natsuki.

— Você tem muita experiência, então! Quatro missões é bastante. Aliás, queria te perguntar uma coisa, Hiro — quando Natsuki disse aquilo, Hiro se alegrou, imaginando que poderia ser sobre aquele assunto sobre o qual queria conversar.

— Pode falar — disse Hiro, esperançoso e aproximando-se de sua amada.

— Quando você participou de sua primeira missão, enviaram um ninja mais experiente junto com você para te ajudar? Porque minha mestre enviou uma kunoichi que está aqui há mais tempo para a minha primeira...

Hiro suspirou, triste e desiludido, mas disfarçou bem sua decepção, porque disfarce era sua especialidade. "Não acredito! Pensei que ela fosse falar sobre outra coisa", pensou ele, revoltado. Hiro percebeu que foi ingênuo e ficou bravo consigo mesmo por isso, pois Natsuki não falou em momento algum sobre desejar um relacionamento amoroso.

— Enviaram, sim. Isso é normal para qualquer ninja ou kunoichi que treinou por apenas um ano. Não se sinta menos capaz por isso, porque os mestres fazem isso para nos ajudar — disse Hiro, sorrindo de um jeito charmoso.

Natsuki corou na hora. "Ele tem um sorriso bonito", pensou. A adolescente gostava muito do garoto, porém não estava pronta para ser íntima dele, apenas o considerava um grande amigo. Natsuki não se imaginava sendo namorada ou amante de Hiro e não estava apaixonada por ele.

— Entendi. Faz sentido — concordou Natsuki.

Depois de almoçarem juntos, Hiro e Natsuki foram conversar sentados em um canto do pátio, localizado logo atrás do complexo kunoichi, e considerado uma espécie de fronteira entre a área dos ninjas e a das kunoichis, onde ambos os grupos de guerreiros ficavam nos horários em que não estavam treinando, dormindo ou comendo. Vários alunos ficavam naquele local conversando e rindo. Para não correrem risco de serem vistas, Kameyo e Tami foram se esconder em um outro lugar: atrás de alguns arbustos que estavam próximos ao pátio. As duas queriam ver como Hiro falaria sobre seus sentimentos para Natsuki.

— O que está achando de treinar com a mestre Rina? — perguntou Hiro.

— Estou gostando bastante. Ela ensina muito bem.

— Ela é muito rígida com as regras? Te exigiu muito? — perguntou Hiro, curioso. Natsuki por pouco não contou sobre sua conversa constrangedora com Rina Yamazaki. Ela queria contar o que tinha acontecido, mas estava com medo da reação de Hiro.

— A minha mestre é rígida, sim, mas não me exigiu tanto. Ela me elogiou várias vezes, na verdade. Disse que tenho muito talento — contou Natsuki, feliz ao se lembrar.

Hiro passou o braço direito pelas costas de Natsuki, abraçando-a delicadamente, sorriu e disse:

— Imaginei que ela fosse fazer isso. Você é muito dedicada e merece receber elogios da sua mestra. A Kameyo e a Tami me falaram que você vai bem nos treinos.

Natsuki riu, com um pouco de vergonha. Não imaginou que Hiro a valorizasse tanto.

— Obrigada, Hiro. Não sei se sou tão boa assim porque mal comecei...

— Você é nova aqui, é um fato, mas treinou por um ano com a mestre Rina e está se saindo muito bem. Mestres só elogiam os guerreiros que merecem — afirmou Hiro.

"Ele está certo. A mestre não me elogiaria à toa", pensou Natsuki, orgulhosa de si mesma por ter sido valorizada por uma kunoichi tão experiente e talentosa como sua mestra Rina.

— Você deve ser muito talentoso no que faz também. Você gosta muito de ser ninja e as pessoas que são apaixonadas pelo que fazem geralmente são as que se saem melhor — disse Natsuki, sorrindo.

— Obrigado. O meu mestre já me elogiou algumas vezes, mas existem ninjas no local de treinamento muito mais competentes que eu — afirmou Hiro.

Natsuki gostou da humildade de Hiro. Ela ficava irritada quando alguém se exibia demais.

— Não se subestime. Quando comecei a treinar para ser uma onna bugeisha, eu me subestimei muito.

Hiro ficou surpreso, não fazia ideia de que Natsuki já tentara ser uma onna bugeisha. Mesmo sendo amigo da jovem havia um ano, nunca soube daquele fato.

— Você tentou ser uma onna bugeisha? Eu não sabia... Você é nobre? — perguntou Hiro, perplexo.

Natsuki riu e respondeu:

— Tentei, sim, mas não sou nobre. Minha mestre abriu uma exceção para mim porque ela me conhece há muitos anos e não queria que eu deixasse de tentar realizar o meu sonho.

— E por que você parou? — perguntou Hiro, confuso.

Natsuki não gostava de se lembrar do motivo. Detestava pensar no dia em que foi flagrada pela mãe lutando com Akemi.

— Eu te contei uma história sobre minha mãe ter me proibido de conversar com uma amiga minha e a família dela, lembra? A mãe dessa amiga era minha mestre e uma vez em que minha mãe nos viu treinando, ficou tão brava que me obrigou a... cortar relações. Fiquei tão furiosa com isso e com várias outras coisas, por isso fugi — contou Natsuki, quase chorando ao se lembrar.

Hiro deslizou o braço esquerdo pelas costas de Natsuki até chegar em sua lombar, aproximou-se dela e disse:

— Você tomou a decisão certa, Natsu. Aqui você é valorizada e sua mãe está bem longe, o que significa que você nunca mais vai sofrer a opressão dela.

— Obrigada por dizer isso, Hiro. Eu também acho que tomei. Eu adoro ficar aqui. As pessoas desse lugar me tratam muito bem — disse Natsuki, feliz.

Hiro chegou ainda mais perto de Natsuki e em um momento estava tão próximo dela que conseguia sentir sua respiração. Natsuki se arrepiou. Kameyo e Tami arregalaram os olhos e se aproximaram para ver a cena melhor.

— Eu te amo... — sussurrou Hiro, em tom quase inaudível e acariciando o rosto de Natsuki com as duas mãos.

Hiro fechou os olhos e beijou os lábios de Natsuki tão intensamente que parecia estar tentando roubá-los para si. Consequentemente, Natsuki também fechou os olhos. Depois que o beijo acabou, Natsuki sorriu e disse, em tom baixo e com o coração acelerado:

— Obrigada por isso... Eu adorei.

— Eu te amo demais... — disse o garoto.

Para a surpresa de Hiro, Natsuki colocou as duas mãos no rosto do garoto e beijou-o na boca novamente. Hiro estava vibrando de felicidade em seu interior e Natsuki também. Aquele foi o primeiro beijo de Natsuki... talvez o primeiro de muitos. Kameyo e Tami se abraçaram, alegres pelos dois amantes. "Será que eles ficarão mesmo juntos? Será que a Natsuki gosta mesmo do Hiro?", pensou Kameyo.

Após o término do segundo beijo, os dois abriram os olhos devagar e afastaram seus rostos um do outro. Hiro abriu um enorme sorriso e Natsuki também sorriu, porém, não estava tão feliz quanto o garoto e estava se sentindo muito estranha. Natsuki sentia-se como se acabara de acordar de um transe e voltado para a realidade. "O que foi que eu fiz?!", pensou, brava consigo mesma. A adolescente se arrependeu de ter retribuído o beijo, porque não queria que a amizade entre ela e o ninja ficasse comprometida. No fundo, Natsuki desejava continuar beijando Hiro naquele canto escondido e levemente escuro do pátio, onde ninguém (supostamente) os estava vendo, mas não porque o amava, e sim porque havia gostado do beijo em si. Natsuki achava Hiro um menino bonito, divertido e gentil.

— Então você me ama também? — perguntou Hiro, ainda muito feliz.

Natsuki torceu os lábios, sentindo-se em uma enrascada, pois não deveria ter retribuído o beijo se não amava Hiro de verdade. Os sentimentos de Natsuki por Hiro não passavam de uma leve paixão, nada demais, e ela não desejava um relacionamento com ninguém.

— Hiro, eu adoro você, te considero meu melhor amigo e confio muito em você, mas... não vai rolar nada entre nós — disse Natsuki, gaguejando, triste por precisar magoar o amigo.

Hiro teve a sensação de que uma luz que estava acesa e brilhando se apagou de repente. O ninja estava explodindo de alegria, porém, logo que ouviu aquele comentário de Natsuki, seu sorriso sumiu.

— Eu entendo. Você está com medo de compromisso. Já tive isso antes. Só não compreendo o porquê de você ter retribuído o beijo se não me ama... — disse Hiro, suspirando, extremamente chateado e se sentindo vazio depois daquilo.

"Eu jurava que ela estava gostando! Pensei que ela ia ficar comigo!", pensou, revoltado.

— Não é isso, é que eu não quero ter um relacionamento amoroso com ninguém agora. Não é nada pessoal. Eu gostei muito do beijo, eu juro! Só não desejo te namorar no momento, prefiro continuar sendo sua melhor amiga... posso? — perguntou Natsuki, com medo de perder a amizade naquele exato instante.

Hiro riu de nervoso e de insatisfação, não conseguindo crer que tinha falhado.

— Claro que pode. Melhor isso do que nada — respondeu, com um sorriso falso.

Hiro era bom no disfarce, mas daquela vez não conseguiu esconder sua decepção. Natsuki o abraçou e disse, tentando deixá-lo mais alegre:

— Não me entenda mal. Eu disse que não quero namorar agora, isso significa que posso mudar de ideia no futuro.

E funcionou. A alegria de Hiro retornou, não com a mesma força, mas retornou. O jovem ficou esperançoso novamente e seus olhos brilharam por isso. Natsuki percebeu que Hiro havia ficado satisfeito com o comentário, então sorriu e disse:

— Está vendo? Não seja precipitado. Somos novos, temos muito tempo ainda para ficarmos juntos.

Logo depois, Natsuki deu um beijo suave na bochecha de Hiro, que foi o suficiente para deixá-lo arrepiado e vermelho. Hiro estava se sentindo culpado por ter escondido que sabia da conversa sobre virgindade. Não parecia nada justo esconder aquele fato de Natsuki.

— Natsu, preciso te contar uma coisa — disse Hiro, mordendo os lábios, com medo de Natsuki ficar com raiva dele ou das duas kunoichis que ouviam a conversa.

— Pode falar — permitiu Natsuki.

"Espero que ela não fique brava...", pensou Hiro, preocupado e respirando fundo para se acalmar um pouco. Ele ainda estava se sentindo com vergonha por ter beijado Natsuki antes de dizer-lhe o que sentia, porque foi uma ação bastante impulsiva.

— Eu sei por que a Kame e a Tami não estão aqui. Elas se esconderam para ouvir a nossa conversa e para nos deixar sozinhos, já que decidi te dizer hoje que te amo. Provavelmente elas estão nos vendo agora.

Natsuki riu e disse:

— Tudo bem. Eu entendo.

— E tem mais: elas escutaram a mestre Rina falando com você sobre... deixar de ser virgem com alguém e me contaram o que ouviram.

No mesmo instante, Natsuki ficou pálida de nervoso e estava sem palavras. E se Hiro soubesse que Rina havia lhe sugerido perder a virgindade com ele? Seria muito constrangedor. Natsuki não gostaria que mais uma coisa ameaçasse sua amizade com Hiro.

— Eu não sabia que elas tinham escutado — disse Natsuki, engolindo em seco.

Hiro não conseguia achar as palavras certas para revelar a Natsuki que tentou conquistá-la dizendo o que sentia e a beijando para que pudesse um dia ter a honra de fazê-la deixar de ser virgem, como sugeriu Rina.

— Eu também soube que a sua mestra sugeriu para você perder sua virgindade comigo, o que é bem melhor do que com um estranho, na minha opinião — disse Hiro, esforçando-se para sua frase não soar estranha.

Natsuki ficou vermelha como uma pimenta. Teve vontade de cavar um buraco na terra e se enfiar lá dentro para se esconder. Ela arregalou os olhos e ficou sem palavras, apenas com a boca aberta, pensando no que poderia dizer, depois levou as duas mãos ao rosto e se encolheu, envergonhada com a situação.

"Hiro, você tem que aprender urgentemente a não dizer certas coisas...", pensou Hiro, com raiva de si mesmo e arrependido por ter dito a verdade para Natsuki.

— Por favor, não fique assim... eu sou seu melhor amigo, não precisa ter vergonha de me falar as coisas. Está tudo bem, Natsu — afirmou Hiro, abraçando a amiga de maneira suave.

Natsuki tirou as mãos do rosto, esticou as pernas e deitou a cabeça no ombro de Hiro, suspirando. Ela segurou a mão do garoto, deixando-o corado e feliz ao mesmo tempo, e disse, rindo um pouco:

— Eu sei, é que eu não queria que você soubesse desse fato constrangedor. Não é fácil simplesmente dizer para um menino, mesmo que seja seu grande amigo, que alguém sugeriu a você deixar de ser virgem com ele.

Natsuki tinha toda a razão, e Hiro percebeu isso. Por mais que Natsuki confiasse em Hiro, seria muito complicado dizer a ele uma coisa como aquela, e como ela poderia ter certeza de que ele não reagiria mal? A jovem kunoichi não tinha como adivinhar que Hiro estava apaixonado por ela.

— Faz sentido. Você tem toda razão — disse Hiro, rindo e com vergonha de si mesmo.

— Agora preciso te perguntar uma coisa: mesmo que hipoteticamente eu dissesse que te amo e que desejo me tornar sua namorada, você tinha esperanças de que nós... bem, faríamos aquilo imediatamente? Por isso disse que me ama logo depois de descobrir o que a mestre me disse? — perguntou Natsuki, levantando uma sobrancelha.

— A resposta é sim... para as duas perguntas. Não me entenda mal, é que fiquei empolgado! — disse Hiro, gaguejando um pouco.

Por um instante Hiro pensou que Natsuki ficaria com raiva e daria um soco no estômago dele, porém não foi isso o que aconteceu: na verdade, a kunoichi começou a rir muito. Hiro riu também, porque estava aliviado por Natsuki não ter se enfurecido e reconheceu que tinha sido um pouco ridículo ao pensar que Natsuki se jogaria em seus braços.

— Hiro, você não tem jeito mesmo. Mas saiba que não descartei a opção! Ainda existe a possibilidade de você ser o meu primeiro... — disse Natsuki, levantando-se e sorrindo.

"Ainda bem!", pensou Hiro, satisfeito. O garoto também se levantou e disse, sorrindo de volta:

— Que ótimo! Estou feliz agora.

— Preciso voltar para o treinamento. Muita gente já está voltando e não quero me atrasar. Até amanhã! — disse Natsuki, acenando e indo em direção à sala onde sempre encontrava Rina.

Hiro acenou de volta e retornou para seu treinamento também, alegre por não ter sido agredido fisicamente nem perdido sua preciosa amizade com Natsuki. O ninja havia ficado realizado por Natsuki ter dito que existia a possibilidade de um dia resolver namorá-lo e perder sua virgindade com ele. Hiro estava se esforçando para não criar fantasias e se iludir com aquele assunto.

18
PRIMEIRO SERVIÇO

Os cinco dias de espera acabaram e Natsuki e Kameyo partiram para Iga para Natsuki ter a chance de realizar seu primeiro serviço como kunoichi. Ambas estavam bastante felizes por poderem trabalhar juntas, apesar de Kameyo preferir que Natsuki fosse sozinha, porque, em sua opinião, ela jamais aprenderia a ser uma kunoichi apenas observando. Kameyo era contra as guerreiras novatas terem que participar de seu primeiro serviço acompanhadas; ao contrário, pensava que deveriam aprender sozinhas. Em sua primeira missão, quando tinha apenas 12 anos, Kameyo infringiu uma regra que quase acarretou em sua expulsão: em vez de deixar a kunoichi mais velha assassinar o alvo da missão, ela mesma o fez e de maneira mais violenta do que o planejado. Mestre Haruka disse na época que a morte deveria ser causada pela kunoichi mais experiente por meio de envenenamento, porém, no lugar disso acontecer, Kameyo agrediu o alvo muitas vezes com a neko te e matou-o com o garrote, chamando atenção desnecessariamente e quase levando a si mesma e a sua companheira à morte.

    Natsuki ficava tensa muitas vezes durante o curso da missão, mas também estava gostando bastante de ouvir as conversas de seu alvo com outros daimyos e fingir ser apenas sua inofensiva criada, enquanto memorizava cada detalhe que conseguia das coisas que escutava. A jovem se sentia inteligente, por ser, além de uma guerreira, uma agente secreta.

Natsuki havia encontrado a profissão certa para si, porque tinha uma boa memória e, como Rina Yamazaki já havia dito, era muito inteligente e talentosa. Kameyo também se saía muito bem em seus serviços, mas era um pouco mais impulsiva do que a amiga. Uma das maiores armas que as kunoichis, inclusive Natsuki e Kameyo, usavam a seu favor era o machismo, que fazia os homens pensarem que mulheres eram inofensivas demais e que não representavam a eles ameaça alguma... o que era muito ingênuo da parte deles, por isso eram pegos de surpresa pelas kunoichis e, na maioria das vezes, quando não eram assassinados, não percebiam que uma delas havia se infiltrado para descobrir todos os seus segredos.

Muitos meses já tinham se passado desde que Natsuki e Kameyo estavam na casa do daimyo espionando-o e aguardando a hora certa para matá-lo. Assim como as demais criadas da enorme residência, ambas eram obrigadas a usar quimonos vermelhos com flores brancas estampadas e a deixarem os cabelos presos em um grande coque decorado com adornos florais. Segundo o patrão daimyo, suas empregadas ficavam mais bonitas e sensuais daquele jeito... Natsuki discordava totalmente disso, mas permaneceu submissa para cumprir o objetivo da missão. Algumas vezes, quando servia seu chefe, era assediada por daimyos e samurais que apareciam, e era obrigada a aguentar. Natsuki tinha medo de que um dia seu alvo ou qualquer outro homem que aparecesse tentasse violentá-la, porque, mesmo que soubesse se defender, não poderia fazê-lo diante de muitas pessoas, para não estragar seu disfarce. Se Natsuki desse algum indício de que não era uma mulher inofensiva, poderia se dar muito mal.

Já estava acabando o ano e tanto Kameyo quanto Natsuki memorizaram várias informações, e estava chegando a hora de o assassinato do alvo acontecer. Natsuki anotou algumas das coisas que descobriu em um caderno que havia levado, mas foram poucas, porque Kameyo logo a advertiu dizendo que não deveria escrever nada para não correr riscos ainda maiores de ser pega. Certa vez, Kameyo e Natsuki estavam acordando no quarto das criadas e começava um novo dia. Ambas se trocaram e foram para o trabalho. Preocupada com a missão, Kameyo sussurrou:

— Não quero mais te ver pegando aquele caderno. Memorize as coisas. É perigoso escrever o que descobrimos, porque pode ser usado contra nós!

— Entendi. Me desculpe, é que são coisas demais para eu me lembrar... — disse Natsuki, em tom bem baixo.

— Já te disse: isso faz parte do trabalho — afirmou Kameyo, irritada.

"Ser kunoichi é mais complicado do que imaginei", pensou Natsuki. Kameyo, mesmo sendo experiente, morria de medo de ser pega em seus serviços e sabia que se Natsuki fosse descoberta, ela corria riscos de ser desmascarada também.

— Menina 2, prepare meu café da manhã, por favor — o daimyo sempre chamava suas criadas de "menina" e seu respectivo número, para não ter o trabalho de memorizar seus nomes.

Kameyo, que estava encarregada de cozinhar para o patrão e era a menina 2, começou a preparar sua sopa de missô, composta de soja, tofu e cebolinha, para o café da manhã. Natsuki foi preparar a mesa baixa à frente da qual o patrão se sentava, aguardando a comida.

— Menina 3, faça uma massagem nas minhas costas. Estou com dor perto da região do pescoço.

Natsuki, então, foi servir o nobre, massageando-o nos ombros e em regiões próximas à clavícula. Enquanto recebia a massagem, o daimyo falava sozinho sobre seus problemas, sem suspeitar de que duas kunoichis estavam em sua casa.

— O líder do clã Sendai precisa aceitar minha proposta. Quero as terras dele para mim. Vou expulsá-lo ainda e conseguir um exército de samurais particular nem que eu precise arrastá-los até mim. Acho que pedirei aos meus aliados para conseguir os meus samurais, assim ninguém mais vai pisar nas minhas terras e tentar negociá-las comigo — afirmou o senhor feudal.

Natsuki prestava muita atenção no que aquele homem dizia e fingia estar concentrada na massagem que estava fazendo.

Quando o senhor feudal dispensou a massagem, Natsuki se levantou do chão e Kameyo fez um sinal com os olhos. Natsuki deslocou-se até sua parceira discretamente, colocou uma das mãos na grande faixa verde de seu quimono, tirou o pequeno frasco prateado de veneno de lá e o entregou para Kameyo, que o despejou na sopa e guardou o recipiente vazio dentro do quimono, escondendo-o próximo ao decote, em um lugar discreto.

— Quanto tempo vai demorar? — perguntou Natsuki para Kameyo.

— Poucos minutos — as duas estavam falando sobre a morte do daimyo, mas para as demais criadas, era como se falassem sobre a finalização da sopa. As duas combinaram de falar sobre a morte do homem daquela maneira para não levantar suspeitas. As outras duas empregadas foram limpar os cômodos da casa, enquanto Natsuki e Kameyo observariam de longe o alvo ser eliminado aos poucos pelo veneno na sopa. Kameyo, após alguns segundos, levou a sopa envenenada para o nobre.

— Gostei da sua sopa, menina 2 — elogiou o daimyo.

— Obrigada, senhor — agradeceu Kameyo, com um delicado sorriso.

Natsuki e Kameyo permaneceram lado a lado com as mãos para trás aguardando ordens do chefe, já que eram encarregadas de alimentá-lo e limpar a cozinha.

"Vou surtar se esse homem cair morto na minha frente. É uma cena que eu não gostaria de presenciar", pensou Natsuki, com náusea ao imaginar um cadáver diante dela.

Após cerca de dez minutos, o senhor feudal começou a tossir muito. Pouco a pouco, seu ar começou a faltar. Fingindo estarem desesperadas, Kameyo e Natsuki correram até o chefe, aparentando tentar salvá-lo.

— Você está bem, senhor? O que houve? — perguntou Natsuki. Kameyo pegou rapidamente um copo de água e deu para o senhor beber, porém ele não tinha forças. Cada vez mais o corpo do homem amolecia e aos poucos ia tombando em cima da sopa. Natsuki direcionou-o para trás para não acertar o prato e em poucos segundos ele parou de respirar e caiu no chão, empalidecendo rapidamente.

— Meninas, socorro! O daimyo passou mal! — disse Kameyo, alto. As duas criadas apareceram, mas ficaram boquiabertas apenas, sem reação. Uma delas tentou acordá-lo, sem sucesso.

— Eu cuido dele. Já lidei com situações assim antes. Fiquem tranquilas — afirmou Natsuki, mentindo, falando com um tom de voz suave.

As duas moças assentiram, viraram as costas e voltaram a limpar os cômodos localizados no fundo da residência. Natsuki limpou a testa e o peito do senhor feudal com um pedaço de pano.

— Gostei do improviso, Natsu — sussurrou Kameyo, em tom quase inaudível.

Natsuki apenas sorriu, não disse nada. "Pelo menos minha primeira missão deu certo! Que alívio!", pensou ela.

— Vamos embora. Já arrumei as nossas coisas. Está vendo aquela charrete? É uma kunoichi nos esperando.

— Como ela sabe que concluímos o serviço? O ano não acabou ainda, terminamos antes do prazo! — disse Natsuki, confusa.

— É uma norma uma kunoichi ser recrutada para ficar no local da missão duas semanas antes de ela acabar para levar as agentes de volta para Koga em caso de a missão ser concluída antes. Agora vamos nos trocar e dar o fora daqui! — disse Kameyo, com muita pressa e medo de ser pega.

Natsuki e Kameyo foram até os pequenos quartos para criados onde dormiam e tiraram seus quimonos vermelhos. Natsuki soltou seu cabelo por completo, vestiu um quimono púrpura com flores brancas estampadas e um par de sapatos pretos; Kameyo vestiu um quimono azul-turquesa sem estampa alguma e um par de sapatos cinza e deixou os cabelos parcialmente presos por algumas presilhas e sem adornos. Com as sacolas de pano cinza nos ombros, Natsuki e Kameyo saíram pelos fundos da casa do daimyo de maneira silenciosa e entraram na charrete, aproveitando que as ruas estavam mais vazias. A kunoichi que estava lá, vestindo um discreto quimono cinza para não chamar a atenção, começou a conduzir a charrete em direção a Koga.

Quando a charrete já estava saindo de Iga, vinte homens surgiram de trás das árvores gritando e começaram a atacar as três garotas e também o cavalo. As três se assustaram. Confusa com a situação, Natsuki perguntou:

— Quem são eles?! Por que estão fazendo isso?

— São a guarda pessoal do daimyo. Samurais, mais especificamente. Ele queria um exército deles apesar de já ter vários a seu serviço. Devem ter nos seguido porque suspeitaram da nossa participação na morte do daimyo. Agora temos que contra-atacar — afirmou Kameyo. Natsuki, Kameyo e a outra kunoichi saíram da charrete e começaram a lutar contra os homens, que carregavam katanas e naginatas tentando matá-las. Natsuki não imaginava que sua primeira luta de verdade seria com um bando de samurais bem treinados e, sendo uma kunoichi novata, não se sentia pronta para encarar aqueles guerreiros.

— Já matamos as outras duas criadas, agora vamos matar vocês. Sei que foram as empregadas que o mataram — disse um dos samurais.

Natsuki não respondeu, manteve a concentração e golpeou o samurai com uma perna, derrubando-o no chão. O homem rapidamente se levantou e tentou acertar Natsuki com a katana, porém, ela desviou do ataque e deu-lhe um soco no estômago e um chute forte no rosto. Como o guerreiro não caiu, Natsuki lançou três lâminas em formato de estrela no peito dele, fazendo-o sangrar, gemer e cair morto no chão. Natsuki sorriu por ter conseguido matar um samurai, porque desde a morte de Yasuo, que fora principalmente causada por Masato, a garota havia ficado com muita raiva de samurais, principalmente dos que diziam ser contra a existência das onna bugeishas. No instante em que dois samurais avançaram em Natsuki com suas katanas, a jovem deu um mortal, desviando rapidamente de ambos e, ainda no ar, chutou fortemente seus rostos e caiu de pé. Cada samurai caiu para um lado. Um deles se levantou e conseguiu socar Natsuki, mas ela não caiu, e devolveu vários socos e chutes fortes, quase matando o samurai. Para assassinar o guerreiro, Natsuki pegou a corrente que carregava em sua sacola, golpeou-o no rosto e, no instante em que o homem caiu no chão, a adolescente o enforcou com a corrente. Natsuki suou de tanto fazer força com aquela corrente.

— Você vai se arrepender disso... — disse o samurai, que logo depois morreu com o enforcamento.

Natsuki estava com o coração acelerado por causa da adrenalina que corria por suas veias, como um tigre. A jovem estava suada e cansada, mas muito atenta aos samurais que queriam atacá-la, pronta para se defender. Kameyo e a outra guerreira estavam se sentindo como Natsuki, porém estavam bem mais tranquilas porque tinham mais experiência como kunoichis. Durante o conflito, Natsuki matou mais quatro samurais depois de lutar com eles ao mesmo tempo, dando-lhes vários chutes, socos e desviando de seus golpes com a katana, naginata e também com as mãos. Natsuki eliminou o primeiro samurai com sua wakizashi e arremessando três lâminas estrela; matou o segundo golpeando-o várias vezes com a sua corrente; e o terceiro e o quarto, matou com sua neko te, arranhando ambos com intensidade e rapidez no pescoço, derramando muito sangue. Natsuki estava se sentindo viva naquela luta, alegre por estar conseguindo derrotar seus oponentes.

— Eu estou conseguindo! Estou conseguindo! — disse Natsuki, muito feliz com a situação.

Kameyo sorriu ao ver a amiga feliz, estava se sentindo orgulhosa de si mesma porque foi uma das kunoichis que mais ajudaram a trazer Natsuki para a mestre Rina.

— Tome essa! — exclamou Kameyo, que golpeou dois samurais tanto com sua wakizashi quanto com sua corrente várias vezes e os matou logo em seguida.

"Realizar missões é bom, mas lutar é melhor ainda!", pensou Kameyo. Natsuki estava com medo de se dar mal, mas estava se divertindo muito enquanto lutava com os samurais.

Depois dos vários minutos de muito esforço, Kameyo, Natsuki e a outra kunoichi voltaram para a charrete e partiram para Koga. Rezaram para que nenhum outro obstáculo aparecesse pelo caminho. Embora tenha sido uma aventura divertida para as kunoichis lutar com os samurais, poderia ter sido trágico.

— Você foi ótima, Natsu. Parabéns. Suas esquivas foram incríveis e seus golpes com a wakizashi e a corrente foram excepcionais — elogiou Kameyo, feliz e abraçando Natsuki, que estava cheia de alegria por ter tido sucesso na luta com os samurais.

Em vários instantes Natsuki pensou que morreria na mão daqueles guerreiros habilidosos, mas conseguiu usar seu conhecimento de técnicas de kunoichi, mesmo sendo pequeno, e seu talento e rapidez a seu favor.

— Muito obrigada, Kame. Você também foi — disse Natsuki, sorrindo.

— Obrigada. Fiquei com tanta pena das outras duas criadas... elas não fizeram nada e mesmo assim foram assassinadas por aqueles malucos. Nem devem ter tido a chance de se defender — comentou Kameyo, inconformada.

Natsuki ficara com raiva também quando soube do assassinato das duas outras empregadas do daimyo envenenado, porque elas não eram kunoichis infiltradas e com certeza não conseguiram se defender dos samurais. Elas não sabiam lutar.

— Eu também fiquei. Elas não fizeram nada... — disse Natsuki, suspirando, triste.

— Os samurais, ao contrário dos ninjas e das kunoichis, não se importam se a pessoa em questão fez algo de errado mesmo. Só sabem seguir ordens dos daimyos e dos xoguns e são verdadeiras máquinas de matar. Eles não pensam antes de matar, apenas obedecem — afirmou Kameyo, irritada.

Tanto Natsuki quanto Kameyo não gostavam muito de samurais, porém ambas tinham motivos diferentes. Todo samurai fazia Natsuki se lembrar de Masato.

— É verdade. Samurais são uns sem noção. Pensam que obedecer cegamente é honra. Kunoichis podem ser espiãs e se esconder dos outros, mas só realizam serviços para pessoas que realmente foram prejudicadas pelo alvo — disse Natsuki.

Grande parte do que Natsuki disse é verdade, porém nem tudo: muitas das pessoas que solicitavam serviços de kunoichis ou ninjas não faziam isso necessariamente porque o alvo as fizera sofrer de algum modo, várias delas pediam uma missão apenas por serem rivais do alvo ou simplesmente por não gostarem dele. Além disso, os samurais que atacaram Kameyo e Natsuki não estavam completamente errados, porque tudo o que queriam era vingar a morte do daimyo a quem eram leais.

— Concordo com você. Samurais e onna bugeishas são malucos. Kunoichis e ninjas só fazem missões para espionar e/ou matar pessoas que prejudicaram outras de verdade, não obedecem ao comando de qualquer um — complementou Kameyo.

Natsuki ficou magoada quando Kameyo ofendeu as onna bugeishas, porque um dia treinou para se tornar uma e as admirava, porém disfarçou sua irritação, e Kameyo não percebeu. Natsuki quase começou a chorar por ter se lembrado dos dias de treinamento com Akemi e o dia em que Akemi lhe disse que um aluno só decepciona seu mestre quando desiste… e Natsuki desistiu de se tornar onna bugeisha, o que a fazia pensar na decepção de Akemi quando descobriu sobre sua fuga.

— Eu gostaria de saber uma coisa… você já treinou para ser uma onna bugeisha? — perguntou Natsuki.

Kameyo franziu a testa, estranhando a pergunta.

— Claro que não. Garotas não nobres não podem treinar para isso e fui criada pela mestre Rina. Eu a conheci quando fui abandonada aos 5 anos, e nunca pensei em ser algo a não ser uma kunoichi. Por quê? — perguntou Kameyo, intrigada.

— Porque eu treinava com a Akemi escondida da minha mãe quando morava em Kiryu. Era muito bom, mas ser kunoichi é melhor do que ser onna bugeisha, na minha opinião — afirmou Natsuki, que estava falando a verdade.

Natsuki realmente amava ser uma kunoichi, porque parecia ser uma profissão bem mais divertida e com mais coisas para aprender além de luta. A jovem melhorava cada vez mais suas técnicas.

— Entendi. Eu lembro que você tinha aulas com a Akemi. Ainda bem que você reconhece que ser kunoichi é melhor do que ser onna bugeisha.

— É claro que reconheço! Enquanto kunoichis aprendem a se disfarçar, seduzir, espionar e matar, as onna bugeishas só são ensinadas a matar! — disse Natsuki, rindo.

Kameyo riu também e abraçou a amiga, feliz com o comentário. Durante o caminho para Koga ambas ficaram por tanto tempo conversando que a kunoichi condutora da charrete acabou ficando com dor nos ouvidos. Falaram sobre como ser uma kunoichi era maravilhoso e também sobre o quanto se divertiram no serviço que realizaram juntas em Iga, mesmo tendo passado por alguns momentos tensos.

19
TRADICIONAL OU EMOCIONAL?

Enquanto Natsuki chegava a Koga com Kameyo e com a condutora da charrete depois de quase um ano inteiro de missão em Iga, Manami, Eijiro e Daiki ainda moravam com Chizue, e nenhuma vez a família Katayama ameaçou despejar a jovem mãe, todos estavam tratando-a com muito zelo, tolerância e carinho... aliás, tratavam Chizue melhor do que faziam com Natsuki. Como se passou muito tempo, o tão esperado filho de Yasuo e Chizue nasceu e estava com quase 1 ano de vida. Era um menino sorridente, com cabelos pretos e grossos, como os de Yasuo, e adorava a mãe. Chizue escolheu para o filho o nome Rokuro e colocou nele o sobrenome de Yasuo, de modo que o nome completo do menino ficou Rokuro Katayama. Manami e Chizue adoravam Rokuro, porém Eijiro era mais indiferente, porque nunca gostou muito de crianças, mesmo sendo pai de três filhos. Para a mãe adolescente, Rokuro havia crescido muito rápido e ela sentia um pouco de saudades da época em que o garotinho era um pequeno bebê.

No mesmo dia em que Kameyo e Natsuki chegaram a Koga, Manami estava com Chizue em casa ajudando-a a cuidar de Rokuro ao mesmo tempo em que cuidava de Daiki, que já estava com quase 2 anos de idade e era uma das crianças mais calmas da aldeia. Ao contrário de como Natsuki e Yasuo eram quando crianças, Daiki corria pouquíssimas vezes e não chorava o tempo todo. O menininho era tão parecido com

Rokuro que, se não fosse o fato de ser um ano mais velho e poder andar, enquanto Rokuro apenas engatinhava, Chizue e Manami provavelmente confundiriam os dois em vários momentos. De vez em quando, Daiki gostava de brincar com Rokuro e ensinar-lhe algumas coisas, e jamais tentou provocá-lo, como várias crianças fazem com seus irmãos e primos... ou sobrinhos, no caso.

A família Katayama e Chizue já haviam almoçado e Rokuro e Daiki estavam sendo observados por Chizue e Manami, sentadas lado a lado no chão da sala de estar. Uma tempestade caía, trovões e vento eram constantes. Eijiro já havia voltado para o trabalho e Manami se entristeceu, porque o tempo todo ficava pensando se o marido estava mesmo trabalhando ou se estava na casa da amante, como fazia várias vezes na semana para "se divertir". Manami detestava a ideia de uma esposa se separar do marido, principalmente porque devia ser obediente, segundo a tradição, porém já não aguentava mais as traições do marido e não fazer nada sobre isso. Para Manami, era evidente que Eijiro já não a amava mais, porque, além de ser amante de outra mulher, o artesão não fazia mais nenhum agrado à esposa desde que começou a traí-la: já não dizia mais que a amava, não trazia presentes, esquecia de datas importantes, era grosso... Manami às vezes chorava por causa disso.

— Eu sei que não é nada fácil ser mãe com a sua idade, mesmo tendo a minha ajuda, mas me fale a verdade... é uma experiência maravilhosa ter um filho, não acha? — perguntou Manami, sorrindo enquanto observava Rokuro engatinhando a poucos centímetros dali. Enquanto o menino engatinhava, Daiki andava pela sala de um lado para o outro com seus brinquedos de madeira. Chizue sorriu de volta e disse:

— É, sim. Eu amo o Ro mais do que tudo no mundo. Ele foi um acidente, mas o melhor presente que já ganhei.

Chizue dizia a verdade. Amava muito filho, adorava cuidar dele e vê-lo crescer e evoluir a cada dia. O que aborrecia Chizue quando estava com Rokuro era o fato de ele ser muito parecido com Yasuo, porque ela detestava se lembrar daquele terrível acontecimento pelo qual ainda se culpava. Chizue também se arrependeu de ter sido amante de Yasuo quando namorava e se sentia horrível por não ter percebido o amor do rapaz por ela.

— Filhos podem ser complicados muitas vezes, mas são uma maravilha... assim como Yasuo, que se foi, e Natsuki, que fugiu porque me odeia. Fui uma mãe ruim para eles — afirmou Manami, chorando um pouco.

Chizue ficou com muita pena da avó de seu filho, pois, apesar de também não gostar do estilo extremamente conservador de criar os filhos adotado por Manami, sabia que ela apenas queria proteger Yasuo e Natsuki de serem malvistos pela sociedade. O que Manami menos queria era ver os filhos serem criticados e sofrerem.

— A senhora não foi ruim, Manami, e a Natsu não te odeia. Ela nunca te odiou. Sei que a senhora só quer o melhor para seus filhos mais que tudo — afirmou Chizue, acariciando Manami nas costas.

— Ela não me odeia?! — perguntou Manami, diminuindo o choro e abrindo um enorme sorriso, como se o fato fosse uma grande surpresa.

— Claro que não. Impossível uma filha odiar a mãe e vice-versa... eu acredito — disse Chizue, com a voz falhando no final da frase por ter se lembrado de sua expulsão.

Ela suspirou, muito magoada ao pensar naquele dia tão ruim. Estava tentando convencer Manami de que mãe e filha jamais poderiam se odiar, sendo que a própria mãe a havia despejado de casa.

— Também acho. Aliás, acho que nem mesmo a sua mãe, apesar de ter te expulsado, te odeia. Seu pai também não — afirmou Manami.

Chizue forçou um sorriso e assentiu, porém não conseguiu disfarçar sua tristeza. "Nunca vou acreditar que meus pais tinham algum amor por mim depois do que fizeram...", pensou ela inconformada.

— Aliás... você sabe que o Eijiro me trai com outra mulher, certo? — perguntou Manami, se sentindo mal apenas em pronunciar aquelas palavras.

— Eu sei. Sinto muito por isso — disse Chizue.

"Você também traía. Namorava e ao mesmo tempo era amante do meu filho", pensou Manami.

— Você acha que o Eijiro ainda me ama mesmo me traindo com outra? — Chizue mordeu os lábios, nervosa. Não fazia ideia do que dizer. Não tinha como ter certeza se Eijiro ainda tinha sentimentos por Manami ou não. Muitos homens e mulheres traíam seus cônjuges por não os amarem mais, porque queriam encontrar uma nova pessoa para amar e dar atenção.

— Não sei, Manami. Como posso ter certeza disso? — disse Chizue, no tom mais delicado possível.

No mesmo instante, Rokuro começou a chorar enquanto estava no chão e a esticar um dos braços para Chizue, desejando o colo dela. Chizue não conseguia evitar a lembrança de Yasuo sendo espancado enquanto via o filho chorando, então por pouco não chorou junto.

— Não chore, meu amor. Venha com a mamãe — disse Chizue, pegando Rokuro no colo e deixando-o sentado em suas pernas, encostado de costas em seu peito e sua barriga.

Chizue abraçou Rokuro para que se sentisse seguro. Em poucos segundos ele parou de chorar e colocou as mãozinhas nos braços da mãe.

Manami estava triste por Chizue não ter dito o que ela desejava escutar. A esposa de Eijiro queria ter certeza de que ainda era amada para continuar aguentando o adultério. Manami era uma mulher tradicional, porém não tinha certeza se sua união com o marido duraria por muito mais tempo. Nos últimos meses Manami estava muito dividida: respeitaria a tradição e seria uma esposa submissa ou deixaria sua emoção a dominar e se mudaria com Daiki, Chizue e Rokuro para outra casa?

— Obrigada por dar sua opinião. Espero que o meu Daiki não seja um adúltero como o pai no futuro. Darei o meu melhor para ensiná-lo a respeitar a família — afirmou Manami, suspirando enquanto olhava para o filho brincando com os brinquedos de madeira no chão e rindo, curtindo sua infância.

Chizue abraçou Rokuro novamente, como se pudesse perdê-lo a qualquer instante.

— Ele não será. Não se a senhora o orientar adequadamente e deixar claro o que significa ser um bom homem — disse Chizue, enquanto acariciava o rosto do filho, que passava as mãozinhas lentamente pelos braços da mãe, como se os explorasse.

Pouco depois, Manami escutou um barulho súbito e estranho vindo do quarto onde dormia com Eijiro, porém preferiu ignorá-lo. O barulho voltou e, impaciente, Manami se levantou do chão, para descobrir a origem do som. Com medo de que fosse um ladrão, Manami pegou uma panela na cozinha, caso precisasse de uma arma para se defender. "Uma espada seria útil nessas horas", pensou ela.

— Chizue, fique de olho nos meninos para mim, por favor. Já volto — disse Manami, andando devagar até o quarto e tentando não emitir sons.

Quanto mais chegava perto do cômodo, mais alto ficava o barulho, que parecia ser de madeira estalando. Novos sons surgiam conforme a esposa de Eijiro se aproximava: risadas, gemidos, respirações altas, conversas quase inaudíveis... Nervosa e assustada, Manami começou a transpirar. Percebeu que o que estava prestes a ver era pior que um bandido invasor.

— Por favor, que não seja o que estou pensando... — sussurrou Manami, derramando uma lágrima e suando cada vez mais.

Quando abriu a porta, Manami se deparou com seu marido em cima da amante, beijando-a nos lábios e no pescoço como se o mundo estivesse prestes a acabar. A moça estava extasiada, adorava os beijos do amante. Ambos estavam debaixo de um lençol e nus. Por sorte, Manami não teve o desprazer de flagrar os dois em relações sexuais, mas mesmo assim estava com náuseas. Eijiro se levantou do seu futon, bastante assustado e constrangido, cobrindo sua intimidade com o quimono cinza que estava jogado no chão.

— O que está fazendo aqui, Manami? Vá embora! — ordenou Eijiro.

Até mesmo a amante se assustou com o tom de voz do marido de Manami.

— Eijiro, eu te disse que ela não ia gostar de nos ver aqui nessa casa.

Você descumpriu uma promessa — afirmou a amante, cobrindo seu corpo até o peito com o lençol.

Quando Manami descobriu que Eijiro a estava traindo, ambos fizeram um acordo: Eijiro não poderia encontrar-se com a amante dentro de casa, apenas na residência da moça. Para Manami era um tremendo desrespeito o marido trazer aquela mulher para o quarto onde eles dormiam toda noite.

— Você prometeu que não traria essa mulher para a nossa casa! O que ela está fazendo aqui? — perguntou Manami, furiosa e enojada ao mesmo tempo.

Eijiro revirou os olhos, como se Manami estivesse se preocupando com algo bobo, e disse, bufando de raiva:

— A Suzume está aqui porque eu a amo e ela vai morar conosco a partir de amanhã — Manami ficou boquiaberta e por pouco não caiu para trás de tão moles que suas pernas ficaram.

A avó de Rokuro não resistiu e caiu em prantos. A respiração de Manami ficava cada vez mais acelerada. Era como se ela tivesse acabado de receber uma sentença de morte do marido. Eijiro não se comoveu nem um pouco com o sofrimento da esposa, permaneceu encarando-a friamente, como se ela fosse uma criança chorando por ter perdido seu brinquedo favorito. Suzume começou a se sentir mal pela situação e disse para Eijiro:

— Eu não preciso morar aqui para ficarmos juntos. Não quero causar tanta tristeza.

— Você já causa tristeza só pelo fato de existir! — exclamou Manami, retirando-se daquele quarto que ela considerava maldito depois do ocorrido.

Irritado, Eijiro vestiu seu quimono e foi atrás de Manami, deixando Suzume sozinha e extremamente constrangida no quarto.

Assim que alcançou Manami, Eijiro entrou na frente dela atrevidamente e disse, com os braços cruzados:

— Não adianta você ofender a mulher que eu amo e ir embora desse jeito. Eu não vou continuar distante dela só porque você quer — Manami começou a rir muito da situação, porém era o riso de alguém inconformado e furioso, prestes a dar muitos socos em quem lhe causou irritação.

— Como é que é? Eu sou sua esposa. Sou obediente a você, sou sua companheira, tivemos três filhos juntos, te trato com carinho... e é isso que eu ganho? Eijiro, eu disse que toleraria o fato de você se relacionar com a Suzume, contanto que não a trouxesse aqui, e além de trazê-la você me diz que ela vai morar aqui?! Foi a única coisa que te pedi! Isso é um tremendo desrespeito! — disse Manami, com raiva, tristeza, medo, desespero e ódio misturados.

— Eu mudei de ideia. Aceite isso. Como uma boa esposa, você deveria respeitar o fato de que mudei de opinião e estou disposto a alojar minha amada aqui — afirmou Eijiro, apontando o dedo indicador para Manami como se estivesse dando-lhe uma bronca.

"Esse não é o homem que um dia amei. Não pode ser", pensou Manami, chorando cada vez mais. Manami detestava trazer instabilidade para a família, mas naquele momento estava começando a perceber que era a única solução para sua vida melhorar. Manami já não aguentava mais as desgraças contínuas que ocorriam em sua vida: a morte de Yasuo, a fuga de Natsuki, a gravidez de Chizue, a traição de Eijiro... não poderia lidar com mais uma, que seria a amante do marido morando em sua casa e vivendo feliz com ele enquanto ela chorava pelos cantos e era desprezada totalmente.

— Eu fiz a minha parte. Você não fez a sua. Não vou continuar gastando minha energia com sofrimento. Adeus, Eijiro! — disse Manami, friamente e quase explodindo de tanto ódio e decepção.

Manami deu as costas ao marido e foi até seu quarto pegar suas coisas, que estavam dentro de sacolas de pano marrom lotadas. Eijiro arregalou os olhos e franziu a testa, boquiaberto com a atitude nada a favor da "estabilidade" familiar de Manami. Chizue estava ouvindo toda a briga, horrorizada, enquanto cuidava de Rokuro e Daiki. Nunca havia visto uma briga como aquela entre os Katayama.

— Você não vai sair desta casa. Me obedeça. Você é minha esposa e não vai fazer isso — afirmou Eijiro, quase gritando.

Manami já estava decidida. Daquela vez não poderia ser tolerante. Há semanas, Manami já havia começado a arrumar as coisas porque estava considerando partir; era naquele instante ou nunca mais.

— Sou uma boa mulher, mas não sou idiota e não assinei um acordo de sofrimento eterno quando me casei com você. Caso você não saiba, sou uma pessoa que tem sentimentos, assim como você... se é que ainda lhe restou algum sentimento nesse seu coração de pedra — disse Manami, balançando a cabeça em negação e limpando as lágrimas com a manga do quimono.

— Você não pode sair, porque Suzume está grávida de quase três meses, esperando um filho meu. Eu não sei cuidar de filhos, não sou mulher, e só você poderia me ajudar nisso.

Em vez de surtar depois de ouvir a notícia, Manami respirou fundo, mordeu os lábios fortemente para aliviar seu estresse e disse, sorrindo de maneira completamente falsa:

— Parabéns. Você acabou de perder a sua família. Fique com Suzume nesta casa, porque eu, seu filho Daiki, seu neto e sua nora vamos todos embora. Agora terá que se virar sozinho e sumir da minha vida! — dito isso, Manami se afastou de Eijiro, foi até Chizue, pegou Daiki no colo e disse:

— Arrume suas coisas e as de Rokuro o mais rápido que puder enquanto cuido dele. Você ouviu a conversa e viu o que o avô do seu filho fez comigo. Vamos embora agora. Podemos morar na casa do homem idoso que te deu auxílio quando seus pais te expulsaram, acho que ele poderá nos ajudar.

Sem hesitar, Chizue assentiu e foi correndo até seu quarto, o antigo de Natsuki, e guardou o máximo de pertences seus e de Rokuro rapidamente dentro das várias sacolas de pano marrom que estavam guardadas em um armário no canto do cômodo.

— Manami, desculpe. Eu menti. Suzume não está grávida. Foi só um jeito de eu te impedir de ir embora — disse Eijiro.

— Foi uma estratégia muito inteligente! Eu ia ter o maior prazer em ser a cuidadora do filho da sua amante! — disse Manami, ironicamente.

Quando Chizue trouxe consigo suas coisas já dentro das sacolas e pegou Rokuro no colo, Manami fez um sinal com a cabeça, pedindo-lhe para segui-la. Manami abriu a porta da casa, deu espaço para Chizue passar com o filho, saiu e fechou, deixando seu marido com Suzume lá dentro, sozinhos. Por um instante Manami desejou tacar fogo naquela casa para deixar Eijiro e Suzume queimarem juntos e desaparecerem de sua vida de uma vez por todas.

— Vamos agora até a residência do senhor que me ajudou quando fui despejada. O nome dele é Shoma. Ele tem bastante espaço na casa, porque mora sozinho — disse Chizue, gaguejando um pouco devido ao estado de choque em que estava por conta da crueldade e da atitude rude de Eijiro em relação à própria esposa.

Na opinião da adolescente era relativamente aceitável um casal, depois de um tempo, ficar mais distante, mas não fazer e dizer as coisas terríveis que Eijiro disse.

— Tudo bem. Muito obrigada por concordar em ir comigo. Não quero mais que aquele imbecil chegue perto de mim, de você, do meu filho e muito menos do meu neto — afirmou Manami.

— Não precisa agradecer. Como eu poderia não ficar do seu lado depois daquilo? A senhora foi educada até demais com o seu marido, em seu lugar, eu teria dado um belo soco no rosto dele.

Manami riu muito com o comentário. "Finalmente alguém que não está contra mim!", pensou ela, alegre.

— Fico feliz que você pense assim — disse Manami, sorrindo e abraçando Chizue.

Chizue e Manami andaram por 30 minutos na tempestade com os dois meninos pequenos e ficaram encharcadas. Ambas rezaram para que seus pertences não estragassem no caminho e estavam tentando proteger Rokuro e Daiki do dilúvio o máximo possível. Manami se sentia aliviada por ter saído daquela casa, era como se um enorme peso tivesse sido tirado de seus ombros, não só porque Eijiro a desrespeitara daquela maneira, mas também pelas coisas ruins que ocorreram enquanto ela morava lá. Chizue estava nervosa, assim como Manami, porém tinha quase certeza de que Shoma daria refúgio em uma situação como aquela.

20
MAIS UM SERVIÇO

Passou-se um ano desde a primeira missão de Natsuki e ela continuava treinando incansavelmente junto com as demais kunoichis novatas para se tornar uma agente cada vez melhor. A jovem já estava com 16 anos de idade, havia feito aniversário um mês e duas semanas antes. Kameyo, Tami e as outras que eram mais experientes e mais velhas que Natsuki também treinavam bastante com a mestre Rina, porém menos que as garotas novas. Hiro também era um ninja relativamente antigo, então não precisava praticar demais. Os mestres de ninjas e as de kunoichis sempre diziam que demora um tempo para alguém se tornar um especialista no que faz e, por isso, quanto mais prática, melhor. Natsuki às vezes sentia preguiça de praticar, mas não tinha escolha, e sabia que se aquele fosse o treinamento de uma onna bugeisha seria muito pior. Samurais e onna bugeishas treinavam intensamente até se tornarem realmente bons, vários começavam quando eram ainda crianças. Alguns ninjas e kunoichis também iniciavam cedo, como Kameyo, por exemplo.

Naquele dia, Natsuki estava treinando com a mestre junto com as demais novatas. A aula do dia era focada nas técnicas de sedução, exclusivas das kunoichis e bastante eficientes (e fatais) nas missões, e nas de envenenamento. Para a tristeza de Natsuki, o treino não incluiria combate corpo a corpo, que sempre fora a modalidade favorita da jovem. Rina estava explicando várias coisas sobre as técnicas e também algumas regras e, como sempre, Natsuki estava prestando atenção e repetindo as explicações em seus pensamentos para memorizá-las melhor.

— Já disse o que vocês precisam saber. Agora quero que cada uma de vocês, na posição em que já estão, representem o que eu acabei de dizer seguindo minhas instruções. Vou passar por vocês e analisar os movimentos e avisar se cometerem erros. Podem começar! — afirmou Rina.

No mesmo instante todas começaram a representar o que a mestre havia explicado. Para algumas foi um pouco constrangedor, porque era um exercício complicado de ser feito com êxito... e sem parecer ridículo.

No final da aula, depois de algumas horas, Rina respirou fundo e disse:

— Obrigada, garotas. Podem almoçar. Natsuki, fique aqui porque preciso falar com você.

"Por que sempre eu?", pensou Natsuki, inconformada. Disfarçando seu medo de levar uma bronca, Natsuki se aproximou da mestre lentamente. Mesmo sabendo que Rina a adorava, Natsuki estava temendo que a conversa poderia ser sobre algo que não a agradaria.

— O que você gostaria de me dizer? — perguntou Natsuki, curiosa e ansiosa ao mesmo tempo, levantando as sobrancelhas.

A jovem estava torcendo para que o tema não fosse virgindade novamente, pois, apesar de não ter sido a única coisa sobre a qual conversou com Rina, havia ficado um pouco... traumatizada com o assunto. Detestava a ideia de ter que pensar sobre a própria virgindade tão cedo, sendo que nem sequer planejava se casar.

— Bom, primeiro gostaria de te parabenizar de novo pela performance na sua missão. Você seguiu as regras corretamente e usou bem suas habilidades. O cliente ficou bastante satisfeito com as várias informações sigilosas que você e Kameyo forneceram — afirmou Rina, sorrindo.

Natsuki corou, como quase sempre, por ter ganhado um elogio. Ela amava a ideia de ser uma das kunoichis mais queridas de Rina e pensava que jamais acharia uma pessoa adulta sem ser Akemi que gostasse tanto dela. Natsuki via Rina quase como uma mãe.

— Que bom! Obrigada! — agradeceu Natsuki, muito alegre. Mais uma vez Natsuki comemorou o elogio como uma criança: com um grande sorriso, as sobrancelhas levantadas e as mãos entrelaçadas.

— Mas não era só isso que eu gostaria de te dizer — Natsuki assentiu, mordendo os lábios, se sentindo um pouco nervosa. "Eu confio na Rina, mas não duvido que ela tenha contado ao Hiro sobre minha virgindade e o orientado para tentar ficar comigo", pensou ela, aflita.

— Tenho uma boa notícia para você: como se saiu bem na sua primeira missão, te darei a mais nova, que recebi de um cliente há uma semana. Aceita? — perguntou Rina, já tendo certeza de que Natsuki aceitaria.

Natsuki ficou satisfeita com a notícia e feliz por ter ganhado ainda mais confiança da mestre por não ter feito nenhuma besteira em sua primeira vez como kunoichi atuante.

— Claro que aceito! Muito obrigada por acreditar no meu potencial, mestre... — disse Natsuki, lisonjeada e sorrindo de maneira tímida.

Natsuki se convencia cada vez mais de que fizera a escolha certa em ter seguido Rina até as colinas de Koga, onde estava escondido aquele complexo incrível.

— O seu serviço será em Otawara, que é um pouco menos longe do que Iga, mas mesmo assim é bem distante de Koga. Vai durar aproximadamente seis meses, talvez sete... ou cinco. Enfim, você deve espionar o samurai Noboro Udagawa, de 48 anos, e seu filho de 22 anos, o samurai Takeo Udagawa, e se disfarçar de criada deles, enganando-os ao fazê-los pensar que você não passa de uma moça inofensiva. Memorize as informações que conseguir, especialmente quando eles estiverem conversando com pessoas importantes, como daimyos ou outros samurais — explicou Rina.

Natsuki engoliu em seco quando Rina disse que ela precisaria lidar diretamente com samurais. Não conseguia se imaginar perto de um desde o dia em que Yasuo tinha sido espancado por Masato na aldeia. Rina percebeu a tensão e a tristeza que envolveram Natsuki, então estendeu seu braço esquerdo até encostar no cotovelo da jovem, abraçando-a, e disse, com delicadeza:

— Querida, você está bem? Pensei que você ficaria feliz por receber um novo serviço.

Natsuki suspirou. "Meu irmão não merecia aquilo. Um samurai deveria ter o mínimo de autocontrole!", pensou a kunoichi.

— Eu estou ótima e adorei ter recebido a missão, é que... quando alguém fala de samurais, eu me entristeço — afirmou Natsuki, derramando uma lágrima.

Rina franziu a testa, perplexa, pois nunca antes havia escutado alguém dizer algo parecido. A maioria das kunoichis e dos ninjas idolatrava os samurais.

— Poderia me dizer o motivo? — perguntou Rina, curiosa, e disfarçando o fato de estar muito surpresa.

Natsuki reuniu coragem, usou algumas das técnicas de disfarce que aprendeu para não parecer desesperada, e contou a Rina a história de como Yasuo faleceu, desde o momento em que ele se declarou para Chizue até o dia em que ele simplesmente caiu inconsciente no chão. Rina ficou horrorizada e triste por Natsuki.

— Sinto muito, Natsuki. Entendo sua chateação em relação aos samurais depois do que esse tal Masato Fujimura fez com seu irmão. Imagino a dor que você sentiu por ter acompanhado todo esse processo de sofrimento de Yasuo até o momento da morte dele — disse Rina, com as mãos no peito, agoniada ao pensar em como foi o ocorrido. Natsuki chorou um pouco, porém logo conseguiu parar e estava se contendo para não cair em prantos.

— Tudo bem. Obrigada por ouvir a história, mestre — agradeceu Natsuki.

Rina lentamente tirou o braço das costas da adolescente.

— Eu só gostaria de saber... o fato de você ter essa mágoa dos samurais por causa da tragédia que aconteceu com Yasuo te impede de realizar essa missão? — perguntou Rina, levantando uma sobrancelha sutilmente.

Natsuki se assustou com a pergunta. Não queria que suas emoções atrapalhassem seu trabalho.

— Definitivamente não. Fui treinada por você para isso! Conseguirei esconder meus sentimentos. Prometo — afirmou Natsuki, com medo de perder a missão. "Não posso deixar um drama pessoal me atrapalhar! Não posso!", pensou Natsuki, com raiva de si mesma por ter sido tão sensível diante de Rina. A última pessoa que deveria achar que Natsuki não estava à altura da tarefa era sua mestra.

— Que bom. Eu acredito em você. Mas tem mais uma coisa: nesse serviço talvez você precise usar suas habilidades de sedução... você é virgem ainda? — perguntou Rina, preocupada.

Natsuki mordeu o lábio, tensa. Havia deixado de ser virgem com Hiro, mas se arrependera. Não havia escolhido o homem certo, apesar de gostar bastante dele.

— Não. Eu deixei de ser há uma semana — disse Natsuki.

"Espero que eu não tenha feito besteira... Será que eu deveria ter permanecido virgem?", pensou a adolescente, preocupada.

— Que maravilha! Meus parabéns! Você parte daqui a dois dias, meia hora após o almoço. A charrete vai estar te esperando em frente ao refeitório. Amanhã passarei mais informações sobre como realizar a missão — disse Rina, satisfeita por Natsuki ter perdido a virgindade.

Natsuki assentiu, não tão feliz com sua suposta conquista. Depois que Rina se retirou da sala, Natsuki fez uma breve dança de comemoração, alegre por ter sido solicitada para sua primeira missão sozinha. Jamais imaginou que com tão pouco tempo de trabalho conseguiria duas missões, sendo que em uma delas ela poderia atuar sem ajuda de outra kunoichi. Mesmo feliz, Natsuki ainda estava relutante, porque não estava nada disposta a ter relações sexuais com um homem qualquer naquele momento, muito menos com um samurai, mesmo já não sendo mais virgem.

Passaram-se rapidamente os dois dias, e Natsuki partiu de charrete para Otawara vestindo um charmoso quimono azul-celeste com flores brancas estampadas. Não demorou muito para que os Udagawa a contratassem como criada, porque ela mostrou ser uma moça decente, rápida, capaz e, acima de tudo, obediente. Já era de manhã e o primeiro dia de trabalho na casa dos samurais chegara. Seria o momento em que Natsuki realmente conheceria seus alvos pessoalmente, porque tinha sido contratada por funcionários deles encarregados de trazer novas pessoas. Natsuki dormiria no menor quarto da mansão, o de criados, que era muito maior do que outros que já tinha visto. A mansão Udagawa era muito bonita, com telhados pontudos e avermelhados, cheia de salas, decorada com um belo jardim cheio de sakuras rosas e com um lago em frente. Era uma casa feita em estilo shoin-zukuri, igualzinha à da família Fujimura: quase inteiramente de madeira clara em seu interior e diversos shoji, divisórias marrom-escuras com telas brancas atrás, estavam presentes tanto como portas quanto como janelas e divisórias de cômodos. Havia também ikebanas, arranjos florais japoneses personalizados, geralmente com os galhos curvos, em vários cômodos, principalmente na sala de estar. "Quanto maior a casa, mais fácil de atuar... Posso me esconder em muitos lugares", pensou Natsuki, satisfeita, enquanto subia a pequena escada de pedra que dava acesso à entrada principal.

— Quantos guardas... Nem daimyos têm tantos — comentou Natsuki, surpresa.

Havia seis homens na entrada da residência vestindo quimonos cinza e com espadas presas na faixa.

Assim que entrou na sala de estar, Natsuki deparou com os dois samurais em pé conversando com duas criadas relativamente distantes deles. Ambos usavam um quimono preto e eram bem parecidos, porém o mais velho tinha cabelos brancos, e o mais novo, pretos. Os dois mantinham o cabelo preso em um coque pequeno e alto, típico de samurais. Quando viram Natsuki entrar, acompanhada de dois homens, pararam de conversar e a observaram.

— Bem-vinda, srta. Yuri. Sou Noboro Udagawa, bem-vinda à minha casa. Espero que faça um bom trabalho — disse Noboro, gentilmente, sorrindo de maneira falsa.

Natsuki retribuiu o sorriso.

— Eu sou Takeo Udagawa. Seja bem-vinda, Yuri — disse Takeo, também sorrindo.

"Que homem bonito e gentil. Pena que é um samurai assassino...", pensou Natsuki, ao observar Takeo.

— Obrigada, senhores. Como posso me dirigir a vocês? — perguntou Natsuki, falando em tom baixo e segurando as mãos, que estavam encostadas em suas pernas.

— Me chame de sr. Udagawa e pode chamar meu filho de Takeo, ou sr. Takeo, para que não haja confusão. Pode iniciar o seu trabalho hoje, mas antes darei algumas instruções — afirmou Noboro.

— Tudo bem, então. Obrigada — disse Natsuki, fazendo uma pequena reverência, obrigatória a empregados de daimyos e samurais. Não demorou muito para Noboro orientar Natsuki sobre o que ela deveria fazer no trabalho e explicar as regras da casa. Natsuki memorizou quase tudo e iniciou suas tarefas. Enquanto trabalhava limpando a cozinha percebeu que Takeo a observava constantemente. De início se assustou um pouco, com medo de que o samurai fosse um pervertido e resolvesse violentá-la.

Disfarçando sua relutância em relação a Takeo, Natsuki sorriu de maneira charmosa para ele, que instantaneamente sorriu de volta. "Não vou prestar atenção nesse maluco. Não posso", pensou ela, irritada consigo mesma.

— Você faz bem o seu trabalho. Aposto que a cozinha vai ficar brilhando depois que você finalizar — comentou Takeo, impressionado.

"O que vai ficar brilhando é a minha lâmina se eu tiver que jogá-la em você, seu inconveniente! Não tem nada para fazer?", pensou Natsuki, irritada. Ela forçou uma risada e disse:

— Vou fazer o meu melhor, senhor Takeo. Espero que goste do meu serviço.

— Todos os funcionários que trabalham aqui são muito competentes e você não deve ser uma exceção. Você vai conseguir — afirmou Takeo, retirando-se da cozinha, deixando Natsuki trabalhando sozinha.

Natsuki não gostava de ser vigiada, e se sentiu muito feliz quando o jovem samurai foi embora. Na opinião da kunoichi, se alguém sem ser a mestre Rina a observasse demais enquanto fazia algo, era porque pensava que ela era incapaz ou simplesmente porque não confiava nela.

— Espero que eu não precise usar minhas técnicas de sedução com nenhum desses dois... — sussurrou Natsuki, enojada.

A última coisa que Natsuki queria era se aproximar de samurais, por causa do incidente com Yasuo. Todas as vezes em que via samurais, Natsuki se lembrava da tragédia e já não conseguia mais ver qualidades naqueles guerreiros, porque eles se diziam muito comportados e, para Natsuki, não fazia sentido um deles perder o controle a ponto de cometer um assassinato por acidente. Além disso, Yasuo não havia feito nada grave com Chizue, apenas a beijara, e não merecia uma punição tão severa por isso.

21
CONHECENDO ALGUÉM

Passou-se uma semana desde a chegada de Natsuki à casa dos samurais Udagawa. Ela havia conseguido algumas informações nos jantares da família, porque na maioria das vezes os daimyos e os samurais que apareciam para discutir negócios e outros assuntos vinham à noite. Natsuki estranhou não ter nenhuma mulher na casa, porém não lhe era permitido questionar nada. Todos os dias Natsuki rezava para não ser desmascarada por seus alvos, pois, uma vez que isso acontecia com uma kunoichi, ela corria um grande risco de morte. Na maior parte dos casos os daimyos e os samurais matavam as kunoichis e os ninjas quando os descobriam, sem piedade alguma. Natsuki sabia que não poderia culpá-los por matarem os espiões que descobriam, porque as pessoas odiavam espiões, principalmente os que também eram assassinos de aluguel.

"Ainda bem que a Rina não me enviou a uma missão em que o assassinato é necessário. Eu não estou pronta para isso, mesmo já tendo matado alguns samurais no dia em que eu e a Kameyo fomos perseguidas no caminho de volta para Koga", pensou Natsuki.

Era de manhã, bem cedo, e o sol estava nascendo no horizonte. Natsuki já limpava alguns dos cômodos da casa e no momento em que o sol nasceu estava em um que tinha janela, então conseguiu admirar o lindo cenário enquanto trabalhava. A jovem tinha os cabelos presos em um coque bem alto, vestia um quimono púrpura com estampas pretas, e usava sapatos zori pretos.

De vez em quando, Natsuki se entristecia porque sentia saudades de Hiro, Kameyo e Tami… e às vezes de Chizue também. Natsuki estava limpando o chão da sala de estar com um pano úmido e não percebeu que Takeo estava logo atrás, com o pequeno coque samurai de sempre. O homem estava de quimono e sapatos cinza naquele dia.

— Bom dia, Yuri — disse Takeo, um pouco afastado, encostado na parede da sala próxima ao corredor que dava acesso aos quartos. Natsuki levou um susto, mas soube disfarçar. Sorriu delicadamente e disse:

— Bom dia, Takeo. Quer que eu peça para os criados fazerem o seu café da manhã?

— Não, obrigado. Vou esperar meu pai acordar. Eu levantei primeiro — disse Takeo, observando Natsuki limpar o chão da sala.

— Entendi. Se quiser que eu faça alguma coisa por você, me chame — afirmou Natsuki, tentando evitar uma conversa com o jovem guerreiro.

A garota estava se sentindo incomodada, porque ele não parava de observá-la enquanto andava lentamente de um lado para o outro, como se fosse um predador esperando o momento certo de atacar sua presa. "Que homem mais estranho… o que ele está fazendo aqui atrás de mim?", pensou ela, franzindo a testa.

— Eu queria saber um pouco mais sobre você. Me fale da sua família — pediu Takeo.

"Minha família? Jura? Não poderia ter escolhido um assunto melhor?", pensou Natsuki, irritada. Natsuki não estava nem um pouco a fim de falar com Takeo, porque ele era um samurai e também porque não gostava de falar de si mesma com estranhos. Takeo era bonito e educado, porém Natsuki não sabia absolutamente nada sobre ele e preferia não lhe dar informação alguma, mesmo que fosse falsa.

— Eu e minha família somos de Iga, moramos em uma região rural de lá e somos camponeses. Cultivamos arroz há muitos anos para consumo próprio e também para vender. Eu, minha mãe e meu pai trabalhamos com os meus primos e tios na plantação — contou Natsuki, que já havia criado uma história com a ajuda de Rina para sua personagem de disfarce, Yuri, antes de chegar à residência de seus alvos. Não seria nada bom Natsuki ter que inventar uma mentira sobre sua vida instantaneamente, então preferiu planejar antes da missão.

— Interessante. Aqui temos várias pessoas que cultivam arroz e outras coisas também, como beterraba, legumes e frutas. Sem os camponeses as pessoas morreriam de fome — afirmou Takeo.

Natsuki percebeu uma coisa naquele instante: se tentasse evitar Takeo poderia perder a confiança dele. Não seria conveniente se comportar de uma maneira estranha diante do samurai. "Estou sendo estúpida. Se esse samurai quer flertar comigo, deixe que flerte. Melhor isso do que me agredir", pensou ela.

— Imagino. Você conhece muitos camponeses?

— Alguns. Conheço mais samurais e daimyos. Meu pai não gosta quando eu me aproximo de alguém com um nível social menor — disse Takeo, um pouco aborrecido.

Natsuki ficou confusa. Ela era considerada de nível social inferior por ser criada, então... por que Takeo estava conversando com ela? Aquilo estava muito estranho. O sr. Udagawa poderia entrar no cômodo a qualquer momento e flagrar o filho falando com uma empregada.

— Então ele não iria gostar nem um pouco de te ver falando comigo — comentou Natsuki, rindo e fingindo estar gostando da conversa.

Takeo riu também e corou.

— Ele está dormindo. Vai demorar para aparecer, então não estou preocupado — afirmou Takeo, dando de ombros.

"Que ótimo...", pensou Natsuki, irritada por ter que aguentar aquele homem fazendo perguntas o tempo todo. Natsuki sabia disfarçar bem seu mau humor quando conversava com pessoas com as quais não simpatizava, todavia dificilmente conseguia passar muito tempo sem brigar. A adolescente fora bem-treinada por Rina para conter suas emoções, mas mesmo assim estava prestes a pedir para Takeo se afastar e cuidar da própria vida.

— Eu admiro bastante o esforço que vocês, samurais, fazem para se tornar guerreiros cada vez melhores. Vocês treinam por muitas horas em vários momentos do dia... como nunca se cansam? — perguntou Natsuki, sorrindo.

Takeo riu, arrumou sua katana, que estava caindo da faixa do quimono, e disse:

— Agradeço o elogio. Nós nos cansamos, sim, Yuri, e muito, mas nunca podemos desistir de alcançar a perfeição. Não temos como saber se uma nova guerra vai surgir e precisamos estar preparados.

"Faz sentido", pensou ela. Mesmo Natsuki tendo ficado com raiva dos samurais depois daquela tragédia, continuava sendo uma grande admiradora deles e das onna bugeishas. Eles eram exemplares em sua disciplina, habilidade e dedicação, e por isso muitas pessoas queriam ser como eles.

— Takeo... posso fazer uma pergunta pessoal? — perguntou Natsuki, arrependendo-se instantaneamente de ter pedido aquilo.

Criados e serviçais jamais deveriam fazer perguntas sobre a vida do patrão. "Que idiotice que fiz! Espero não ser punida...", pensou ela, com medo e irritada consigo mesma. Ao contrário do que a kunoichi imaginou, Takeo não demonstrou relutância alguma e muito menos raiva em responder à pergunta de Natsuki. Na verdade, ele havia se assustado um pouco por Natsuki ter pedido permissão para perguntar o que desejava.

— Claro que sim. Não sou um homem mau, não precisa me pedir permissão para falar sobre assuntos pessoais — afirmou Takeo, um pouco incomodado com a atitude de Natsuki.

— Certo. Me desculpe, não foi minha intenção te chatear. Temi desrespeitá-lo, por isso pedi sua permissão — disse Natsuki, cabisbaixa, mostrando estar triste por ter chateado Takeo. O samurai sorriu na hora.

— Está tudo bem. Agora você já sabe que não precisa pedir. Pode falar.

— Entendi. A pergunta é a seguinte: por que a sua mãe e seus irmãos não me foram apresentados? — perguntou Natsuki, tentando ser o mais delicada e o menos inconveniente possível.

Takeo suspirou, lembrando-se de alguma ocorrência triste.

— Minha mãe, Masuyo Udagawa, faleceu quando eu tinha 8 anos e não teve outros filhos além de mim. Meu pai era bastante apaixonado pela minha mãe e, no dia em que ela morreu, prometeu a si mesmo que nunca mais se casaria para não correr o risco de se tornar viúvo de novo... ele sofreu muito na época — contou Takeo, chorando um pouco.

Natsuki parou por um minuto o que estava fazendo, aproximou-se devagar de Takeo e disse:

— Eu sinto muito... não fique assim. Sua mãe está bem junto com seus outros ancestrais. Meu irmão mais velho faleceu recentemente e sei muito bem como você se sente.

— O que houve com o seu irmão? — perguntou Takeo, curioso.

"Não queria ter que falar sobre isso... detesto me lembrar daquele dia", pensou Natsuki, derramando algumas lágrimas.

— Sente aqui no chão comigo para você ficar mais calma. É ruim fazer o seu trabalho em um momento de tristeza — disse Takeo.

Natsuki assentiu e sentou-se no chão. Takeo sentou-se logo depois, ficando ao lado da adolescente. Takeo abraçou Natsuki, envolvendo as costas da garota e encostando a mão em seu ombro. Natsuki já havia criado uma história fictícia antes de chegar à casa dos Udagawa. Não era tão diferente da original, porém não envolvia detalhes desagradáveis, como o surto de Masato e a desilusão de Yasuo depois de ter se declarado para Chizue.

— Desde pequeno meu irmão sempre teve problemas nas pernas, o que o fazia mancar e tropeçar com muita facilidade. Um dia, quando tinha 15 anos, ele foi fugir do meu pai, porque havia feito uma coisa que o irritou... estava chovendo e o chão estava muito escorregadio. Não demorou muito tempo para o meu irmão tropeçar, e, quando aconteceu, ele bateu a cabeça com muita força em uma pedra e morreu algumas horas depois — contou Natsuki, chorando. Natsuki ficaria muito feliz se soubesse que tinha um sobrinho, pois uma das coisas relacionadas à morte de Yasuo que mais a magoava era ele não ter tido a oportunidade de ter filhos, sendo que gostava tanto de crianças. Seria uma grande alegria para Natsuki descobrir a existência do pequeno Rokuro.

— Que morte trágica... Meus sentimentos — disse Takeo, horrorizado. O jovem samurai sempre ficava impressionado com histórias que relatavam mortes violentas e de pessoas jovens.

"Isso porque não contei a história verdadeira, imagine se tivesse contado...", pensou Natsuki, suspirando.

— Foi trágica mesmo. Ele não merecia ter morrido. Era um menino incrível — disse Natsuki, muito triste.

Takeo não estava pronto para admitir, mas aos poucos estava desenvolvendo sentimentos por Natsuki. Ele se sentia bem quando conversava com ela e a achava uma moça muito gentil. O samurai tinha receio de se aproximar muito da criada, porque ela não era da elite e Noboro dificilmente aprovaria o romance. A cada instante Takeo se sentia mais atraído por Natsuki... e não era uma mera atração física, era algo mais intenso. Natsuki não sentia o mesmo pelo samurai.

— Eu acredito que ele tenha sido um garoto incrível, mas não tanto quanto você. Sei que nos conhecemos há apenas uma semana, Yuri, mas gosto bastante de você. Acho que vamos nos dar bem — afirmou Takeo, chegando um pouco mais perto de Natsuki, que instintivamente se afastou, assustada.

— Muito obrigada. Que bom que você gosta da minha companhia — disse Natsuki, sorrindo, fingindo estar lisonjeada. Takeo não apenas gostava, ele adorava ficar perto de Natsuki. Ele a achava muito charmosa e queria saber mais sobre ela. Natsuki estava rezando para que Takeo não fizesse muitas perguntas pessoais, porque não gostava de ter que contar mentiras. A kunoichi sabia que mentir fazia parte de seu trabalho, porém não gostava de precisar contar muitas histórias falsas.

— Como não gostar? Você é muito simpática e bonita — afirmou Takeo, admirando Natsuki, que se constrangeu com aquela olhada.

"Que medo! Nem mesmo Hiro, que é apaixonado por mim, fica me olhando assim!", pensou a garota, estranhando, assustada.

Takeo gostava de Natsuki não apenas por sua aparência física, mas também por sua personalidade, porém esqueceu de deixar isso claro e continuava observando a adolescente, centímetro por centímetro de seu corpo, admirando-a.

— Obrigada. Você é muito gentil, Takeo — Natsuki não pretendia elogiar o samurai, mas acabou não resistindo, pois ele realmente era muito gentil. "Ele com certeza está tentando me conquistar só para dormir comigo uma noite e depois fingir que não existo. Vou aproveitar essa oportunidade para ver se consigo ganhar a confiança do Takeo e roubar algumas informações", pensou Natsuki, lembrando-se das aulas de Rina sobre Yuwaku no Jutsu.

Seria uma boa oportunidade para Natsuki usar suas técnicas e seduzir Takeo para poder realizar o serviço com êxito? Talvez. Ela precisaria tomar cuidado para não ter nenhuma impressão errada sobre Takeo e falhar por conta disso.

— No final da semana que vem, à noite, depois que o meu pai e todos os criados estiverem dormindo, gostaria de dar uma volta comigo por Otawara? Gostaria de conversar mais com você — propôs Takeo.

Natsuki ficou tensa naquele instante. E se Takeo quisesse ficar com ela longe de todos para agredi-la? Natsuki temia se dar mal se aceitasse o convite, porque não tinha absoluta certeza das intenções do guerreiro. Mesmo sendo uma kunoichi e tendo aprendido nas aulas da mestre Rina a lutar caso precisasse atacar ou se defender, Natsuki não queria que um dos Udagawa, ou talvez os dois, desejasse prejudicá-la por algum motivo. O andamento da missão de uma kunoichi é atrapalhado caso os alvos, ou o alvo, sejam malucos ou não simpatizem com ela.

— Claro! Eu adoraria! — aceitou Natsuki, sorrindo de maneira delicada, fingindo estar animada para o encontro.

Takeo ficou muito feliz, pois estava com bastante vontade de conhecer Natsuki melhor e sentia que necessitava de um tempo para conversar com ela tranquilamente, sem se preocupar com compromissos, como o treino de samurai, por exemplo.

— Ótimo! Então depois do jantar vá até o quarto de criados, espere-os dormir, ande sorrateiramente até a saída da casa, onde ficam os guardas, e me espere lá que vou te encontrar — explicou Takeo.

"Esse plano do Takeo me lembrou da Rina explicando coisas para mim e para as outras kunoichis sobre como atuar de maneira efetiva nas missões", pensou Natsuki, rindo. Naquele momento, Natsuki se entristeceu um pouco, porque estava com saudades dos treinos de Rina e dos almoços divertidos com Kameyo, Hiro e Tami.

— Combinado. Espero que seu pai não nos flagre... — sussurrou Natsuki, com medo de arruinar a missão por causa daquele encontro esquisito. A jovem estava com medo de Takeo estar subestimando Noboro e acabar sendo pego andando com ela, não porque não queria que Takeo fosse punido pelo pai, mas sim porque temia ser demitida e não poder espionar mais os Udagawa. Natsuki não desejava decepcionar sua mestra principalmente porque era raro kunoichis novatas receberem uma missão para realizarem sozinhas tão rapidamente.

— Confie em mim. Vou tomar cuidado. Ele não vai perceber que saímos. Basta não demorarmos demais para voltar — disse Takeo.

"Ainda bem que você não quer demorar para vir para casa... não quero ficar muito tempo andando sozinha com você em uma cidade que desconheço", pensou Natsuki, feliz ao ouvir aquilo de Takeo.

— Entendi... mas por que vamos esperar tanto tempo para sair juntos à noite? O final da semana que vem vai demorar para chegar, eu acho — disse Natsuki, mostrando-se frustrada.

— Eu não queria esperar tanto também, estou muito ansioso, mas até o dia do encontro estarei muito ocupado e também nós podemos conversar aqui casa em todos os momentos em que meu pai estiver ausente — sugeriu Takeo.

Natsuki assentiu, voltou a trabalhar e logo Noboro apareceu na sala de estar. A garota ficou feliz por seu chefe não tê-la visto conversando com Takeo, porque não sabia se acabaria sendo punida caso isso acontecesse. Não tinha certeza ainda se Noboro era um homem tolerante ou não.

— Bom dia, Takeo. Yuri, peça para as criadas fazerem o café da manhã, por favor.

— É para já, sr. Udagawa — disse Natsuki, indo até as criadas cozinheiras, que estavam na cozinha esperando Noboro aparecer. Às vezes, Noboro treinava antes de tomar café da manhã, de tanto que adorava o que fazia.

Natsuki pediu para as moças prepararem o café da manhã e voltou a fazer seu serviço. Enquanto as moças cozinhavam, Takeo permaneceu por um bom tempo olhando para Natsuki, pois estava se apaixonando por ela. Para que Noboro não suspeitasse de nada, Takeo desviou o olhar depois de um tempo e começou a conversar com ele sobre o treino que teriam no dia.

"Que estranho. Nunca senti antes uma paixão por uma mulher tão rápido! Essa Yuri deve ter algo de especial... Eu não me apaixonei por ela à toa", pensou Takeo.

22
ENCONTRO NOTURNO

Finalmente o dia do encontro de Natsuki e Takeo havia chegado. Até chegar o dia, os dois haviam conversado bastante quando tiveram tempo e descobriram novos fatos um sobre o outro. Quanto mais Natsuki conversava com Takeo, mais ela gostava dele e desejava em alguns momentos que a conversa jamais acabasse. Ela nunca pensou que gostaria da companhia do samurai. Ambos estavam bastante ansiosos para o encontro, porém, de maneiras diferentes: Takeo porque desejava muito ter um tempo para conversar mais com sua nova paixão e Natsuki por ter medo de Takeo estar com más intenções e fazer algo de ruim no encontro. Natsuki queria muito que uma kunoichi estivesse na missão com ela naquele momento para poder segui-la discretamente enquanto ela estivesse passeando à noite com o samurai e protegê-la de possíveis ameaças. Ainda era de manhã, Takeo e seu pai haviam acabado de tomar o café e treinavam em uma área externa com algumas árvores junto a dois mestres e a vários outros samurais. Enquanto observava Takeo praticando e manejando sua katana, Natsuki tentava adivinhar o que ele estava pensando em relação ao passeio noturno. Em alguns momentos Takeo viu Natsuki o observando e sorriu para ela.

— Acho que talvez eu esteja julgando-o mal. Acho que gosto dele e ele não parece perigoso — sussurrou Natsuki para si mesma.

A kunoichi estava começando a perceber que talvez estivesse sendo precipitada em sua opinião em relação ao jovem guerreiro, pois, mesmo que ele fosse um samurai assim como o homem que causou a morte de Yasuo, ela não tinha como ter certeza se ele era um descontrolado.

Depois de assistir ao treino de Takeo por um tempo, Natsuki voltou às suas tarefas de criada. Por mais que detestasse admitir, ela gostava dele. A única conversa que os dois tiveram a agradou bastante e ela ficou com uma boa impressão do samurai... pelo menos naquele momento.

Como havia várias janelas na residência, de vez em quando Natsuki parava para observar Takeo no treino samurai novamente, e ele sorria e acenava sem que Noboro percebesse.

"Como o pai dele não o vê fazendo sinais para mim?", pensou Natsuki, inconformada. Natsuki ficava feliz quando o homem lhe dava atenção, percebia que ele tinha várias qualidades e se irritava com isso, porque queria encontrar muitos defeitos para que parasse de gostar dele.

— Eu não estou com um mau pressentimento em relação ao Takeo... isso é muito estranho. Ele parece ser um homem tão bondoso e simpático! — disse Natsuki, estranhando estar se sentindo daquela maneira em relação ao filho de Noboro Udagawa.

Além de tentar imaginar como seria o encontro entre eles e ficar com raiva de si mesma por estar gostando bastante do samurai, Natsuki se lembrou de Akemi por um instante e se entristeceu ao relembrar o que a onna bugeisha havia lhe dito um dia quando treinavam: "Um discípulo nunca decepciona seu mestre quando falha, mas sim quando desiste". Aquela frase não saía da mente de Natsuki e, sempre que reaparecia nos seus pensamentos, ela se chateava porque, assim que fugiu de casa, desistiu de seu treino de onna bugeisha, o que significava que Akemi havia se decepcionado com ela. Natsuki detestava decepcionar as pessoas, e um dos motivos pelos quais fugiu de casa foi para poder realizar seus desejos sem precisar enfurecer ou decepcionar os pais.

Enquanto Natsuki fazia seu serviço, uma criada parecida com Tami se aproximou dela. Era Miwa, responsável pela limpeza do quarto dos criados e por cozinhar, e também uma das criadas mais próximas de

Natsuki. Miwa e Natsuki se tornaram amigas depois de Natsuki trabalhar três dias na casa dos Udagawa.

— Você e o sr. Takeo estão mais próximos, eu percebi.

— Acho que é impressão sua. Ele só elogiou o meu trabalho — afirmou Natsuki, dando de ombros, fingindo estar surpresa.

"Espero que não precise lidar com uma ciumenta agora. Fico muito irritada quando as pessoas pensam que eu e um garoto com quem fiz amizade somos um casal", pensou Natsuki, revirando os olhos com desdém.

— Bem que eu queria que um samurai desse atenção para mim. Você tem muita sorte, Yuri… — disse a moça, suspirando.

— Você é uma boa pessoa, Miwa. Vai arrumar um homem amoroso para cuidar de você — disse Natsuki, sorrindo.

Miwa corou na hora e riu, lisonjeada com o comentário. Era uma moça carinhosa e adorava ver casais felizes, apesar de sentir um pouco de inveja deles.

As horas se passaram rapidamente e já estava na hora do jantar dos Udagawa. Miwa e as demais cozinheiras fizeram o jantar para Takeo e Noboro, depois pegaram a sobra e prepararam um pouco mais de comida para todos os empregados comerem também. Era preciso esperar Takeo e Noboro terminarem de comer e saírem da mesa para os criados poderem jantar. Natsuki detestava o fato de os empregados sempre precisarem comer o resto do alimento dos patrões.

Noboro se retirou da sala de jantar e seguiu rapidamente em direção ao seu quarto, mas Takeo permaneceu, porque desejava dizer algo.

— Obrigado pelo serviço que realizaram hoje. Depois que terminarem de jantar, já podem dormir — afirmou Takeo.

— Obrigada, sr. Takeo — disseram Natsuki, Miwa e outros empregados ao mesmo tempo.

Natsuki ficou bastante orgulhosa por Takeo ter agradecido os criados pelo serviço, pois a maioria dos patrões nunca fazia tal coisa. Aquele foi um ato admirável do samurai, retribuído com agradecimentos e sorrisos das criadas.

— Takeo é muito gentil. Pouquíssimos patrões agradecem seus empregados no final do dia — comentou Natsuki, feliz com a ação de Takeo.

— Ele é mesmo. Eu trabalho aqui nesta casa há três anos e Takeo nos agradece quase todas as noites. Quando está mais ocupado acaba esquecendo, mas não nos incomodamos. Ele nos trata bem sempre — contou Miwa.

Enquanto Natsuki tinha apenas 17 anos, Miwa tinha 23 e muito mais experiência na residência Udagawa.

— O pai dele não agradece o serviço, Miwa? — sussurrou Natsuki.

— Não. Noboro é um bom homem, mas nunca se lembrou de fazer isso — disse Miwa, um pouco chateada por Noboro não agradecer.

As criadas gostavam muito quando seu serviço era valorizado e se sentiam mal nos momentos em que seus patrões não as tratavam bem.

Após um tempo, as criadas terminaram de jantar e foram para seu dormitório. Natsuki se deitou no seu devido futon branco, cobriu-se com um lençol verde e aguardou as empregadas caírem no sono para que pudesse sair sem ser vista ou ouvida. Depois de esperar um tempo, Natsuki tirou seu cobertor de cima do corpo, levantou-se, arrumou e prendeu o cabelo com alguns adornos e saiu de seu dormitório, pisando na ponta dos pés pela casa. Naquele dia estava usando seu quimono mais bonito: o púrpura com flores brancas estampadas e também os sapatos zori mais confortáveis: os pretos. Escondeu algumas lâminas em forma de estrela, uma corrente e uma pequena wakizashi em seu quimono e partiu.

Por sorte Natsuki conseguiu caminhar do quarto dos funcionários até a porta de entrada da casa sem ninguém perceber. A garota abriu a porta lentamente, rezando para que a madeira não rangesse, e saiu. Takeo já estava à sua espera e ficou feliz quando a avistou. Natsuki acenou e desceu os cinco degraus de pedra. Uma das coisas que animaram Natsuki para o encontro era o fato de que andaria por um tempo pelos jardins de sakura até se afastarem realmente da casa. Ela amava aqueles jardins.

— Olá, Yuri. Vamos? — perguntou Takeo, estendendo seu braço na direção leste dos jardins de sakura.

Natsuki assentiu e começou a caminhar devagar com o samurai. "Pelo menos tenho minhas armas caso alguma coisa de ruim aconteça comigo", pensou ela, tentando se acalmar. Mesmo apreciando a companhia de Takeo, Natsuki não tinha como saber se poderia confiar nele e aquela era uma dúvida que ela detestava ter.

— Então... me responda uma coisa — disse Natsuki, graciosamente.

— Pode falar. Estou escutando — respondeu Takeo.

"Espero que ele não perceba que, embora eu goste dele, estou me sentindo muito desconfortável nesse passeio", pensou Natsuki, preocupada.

— Por que você se interessou por uma mera criada? Existem inúmeras mulheres da elite que você poderia ter escolhido, por que preferiu uma criada? — perguntou Natsuki, que estava realmente curiosa com o fato de um samurai ter se interessado por ela.

Samurais dificilmente se aproximavam de pessoas de "classes inferiores", geralmente preferiam membros da elite, ou seja, samurais mesmo, onna bugeishas ou daimyos.

— Eu dificilmente me interesso por alguém. Está cheio de traidores por aí e mulheres que só ficam comigo porque sou samurai, e não senti isso em você. Desde que chegou você nunca tentou me bajular, porque sou seu patrão ou porque sou samurai, apenas me tratou normalmente, como se eu fosse qualquer pessoa, e gostei disso — explicou Takeo, sorrindo para Natsuki novamente. Natsuki se sentiu mal na hora porque ela era, sim, uma "traidora", estava infiltrada na residência Udagawa para realizar espionagem, e o único motivo pelo qual não idolatrava mais os samurais como antes era o incidente que acabou matando Yasuo.

— Obrigada. Não pensei que eu fosse tudo isso para você — disse Natsuki, rindo, envergonhada.

Nem mesmo Hiro, que sabia muito bem como conquistar garotas, havia feito um elogio como aquele para Natsuki. "Estou achando que o Takeo não é como o Masato. Ele parece ser uma pessoa bondosa", pensou Natsuki.

— Mas você é. Aliás, quero saber mais coisas sobre você... está sentindo saudades de Iga e de sua família? — perguntou Takeo.

Natsuki ficou um pouco triste com a pergunta. Estava com muitas saudades de Chizue, Yasuo... e até mesmo um pouco de Manami, embora jamais fosse admitir isso para si mesma.

— Estou sentindo, sim, mas só um pouco. Eu gosto mais daqui de Otawara do que de Iga, na verdade, e vivia em condições muito ruins com a minha família, então prefiro ficar aqui trabalhando na sua casa, onde não passo fome como antes... — disse Natsuki, fingindo tristeza e forçando algumas lágrimas.

Rina tinha razão: Natsuki era uma kunoichi muito talentosa e sabia muito bem disfarçar a verdade. Com pena da garota, Takeo a abraçou e disse:

— Não fique assim. Você não vai passar fome nunca na minha casa e, se alguma coisa não estiver te agradando em algum momento, pode me avisar — pediu Takeo, acariciando suavemente o rosto de Natsuki.

Naquele instante, algo muito esquisito aconteceu: Natsuki sentiu um arrepio que passou por praticamente todas as partes de seu corpo e e ela ficou ofegante. "O que acabou de acontecer?!", pensou ela, muito confusa. Por um momento, aquele arrepio pareceu ser de medo, mas ela logo percebeu que na verdade era de prazer.

— Agradeço por oferecer isso para mim. Aliás, quando estiver triste pode contar comigo para desabafar, sou uma boa ouvinte — disse Natsuki, sorrindo.

Takeo lentamente movimentou sua mão esquerda, começou a segurar a de Natsuki e entrelaçou seus dedos com os dela. A kunoichi sentiu o arrepio novamente, só que com mais intensidade, e também sentiu como se seu corpo tivesse ficado mais quente por dentro. Takeo não disse nada, porém sentiu exatamente as mesmas coisas que Natsuki quando pegou a mão dela.

— Você gostaria de um dia assistir ao meu treino de perto, Yuri? Eu adoraria se você fizesse isso, porque o treinamento dura muitas horas e não gosto de ficar tanto tempo longe de você — disse Takeo.

Natsuki ficou vermelha como uma pimenta e percebeu que estava cada vez mais evidente que Takeo a desejava... mas ainda não tinha certeza se era um desejo físico ou amoroso.

— Eu adoraria, mas seu pai não ficaria bravo? Não quero descumprir as regras e fazê-lo se sentir desrespeitado — disse Natsuki, com muito medo.

O que a adolescente menos precisava era perder a confiança de um dos alvos. Segundo Rina, o primeiro sinal de que a missão de uma kunoichi está destinada a falhar é a perda da confiança do alvo, e Natsuki tinha essa orientação muito bem guardada na memória.

— Tem razão. Tinha me esquecido disso. Que pena... — disse Takeo, suspirando, muito chateado. Takeo estava bastante empolgado em levar Natsuki para os treinos para que ambos ficassem cada vez mais próximos, porém não havia se lembrado do que Noboro pensava sobre samurais se relacionarem com pessoas humildes.

— Então acho que o único jeito para conseguirmos conversar é nos encontrarmos à noite ou em momentos em que eu estou em casa e meu pai, longe. O que acha de sairmos toda noite? — sugeriu Takeo, não mostrando desespero algum.

— É uma ótima ideia. Combinado — concordou Natsuki, feliz.

Daquela vez, Natsuki não fingiu sua felicidade, porque estava se dando muito bem com Takeo e também desejava conhecê-lo melhor. Natsuki se interessava cada vez mais pelo samurai e percebeu que estava se apaixonando por ele aos poucos. Sentiu-se mal por isso, porque, além de seu lado racional dizer que não deveria jamais se relacionar amorosamente com samurais, ficou brava consigo mesma por estar se apaixonando por um homem a quem não conhecia tão bem. Takeo ainda era um mistério em vários aspectos para Natsuki e ela não imaginava que passaria a ter sentimentos por ele.

— Fico feliz que tenha concordado. Vou adorar ter sua companhia todas as noites — afirmou Takeo, também feliz.

"Eu também...", pensou Natsuki, sem ironia alguma. Natsuki não conseguia entender o motivo daquela paixão que a cada segundo parecia se fortalecer.

— Eu não vou adorar. Eu vou amar — disse Natsuki, sentindo seu corpo ainda mais quente por dentro e o coração acelerado. Ela pensou que havia sido muito impulsiva por ter dito aquilo, foi como se suas próprias cordas vocais a tivessem forçado a dizer o que estava sentindo de verdade.

— Venha para perto de mim, por favor — pediu Takeo.

Natsuki estranhou, mas se aproximou do samurai sem hesitar. Antes que Natsuki pudesse pensar em se desviar, Takeo levou as duas mãos ao rosto de Natsuki com delicadeza, fechou os olhos e a beijou intensamente nos lábios. De início, Natsuki ficou com vontade de fugir, mas logo começou a se sentir nas nuvens, fechou os olhos e envolveu o pescoço de Takeo com os braços, desejando sentir seus corpos se tocando. Natsuki e Takeo sentiram um brilho acender dentro deles naquele instante, como se estivessem prestes a voar. Depois que o beijo acabou, Natsuki sorriu e suspirou de alegria. Takeo sorriu de volta, satisfeito por ter alegrado Natsuki.

"Será que ela sente por mim o mesmo que sinto por ela?", pensou ele, um pouco preocupado.

— Isso foi bom demais! — disse Natsuki, alegre.

Natsuki percebeu que estava genuinamente apaixonada por Takeo depois daquele beijo. Já havia beijado uma pessoa antes: Hiro, e não sentiu a mesma coisa. Era como se ela não precisasse mais saber um monte de informações sobre a vida dele, e a única coisa que realmente importava era a paixão entre os dois... ou amor, quem sabe.

— Yuri, eu me apaixonei por você. Sei que é muito cedo para dizer isso, mas é a verdade. Adorei as conversas que tivemos nesses últimos dias e espero que você tenha gostado também — disse Takeo, sorrindo.

Natsuki segurou as mãos dele, as acariciou e disse:

— Eu gostei muito das conversas, mas não pensei que você tivesse se apaixonado por mim. Não sou uma mulher tão maravilhosa e também sou apenas sua nova criada — disse Natsuki, gaguejando e muito surpresa com o que havia ouvido.

Nunca havia acontecido com Natsuki de um homem se apaixonar por ela tão rápido. Nem mesmo com Hiro, que sempre gostou muito dela.

— Você está enganada, porque é maravilhosa, sim, e a cada dia gosto mais de você. Queria saber se você sente o mesmo por mim.

Natsuki mordeu os lábios, tensa. Ela sentia a mesma coisa, mas estava com vergonha e medo de admitir. Não queria parecer impulsiva por dizer que estava apaixonada, mas também estava hesitante em dizer que tinha sentimentos por um samurai, por causa do passado.

— Eu sinto o mesmo, sim — afirmou Natsuki, aliviada por tirar aquele peso de seus ombros. Não aguentava mais esconder aquele fato.

Takeo se alegrou muito ao ouvir que sua paixão era correspondida e beijou Natsuki novamente.

Depois que o beijo acabou, ambos voltaram caminhando e conversando até a residência. Eles se abraçaram várias vezes enquanto falavam, e assim que entraram na casa foram discretamente para seus quartos para não levantarem suspeitas. Natsuki estava nas nuvens, porque nunca havia tido um momento romântico tão bom na vida e sentia que talvez a paixão entre ela e Takeo pudesse se tornar amor.

— Espero não estar sendo idiota por ter me apaixonado por Takeo. Não quero que ele me decepcione como Chizue fez com o Yasuo... — sussurrou Natsuki, com medo.

Enquanto entrava em seu quarto e deitava em seu nobre futon, Takeo pensava: "Será que fiz besteira?" O jovem guerreiro não estava apenas sentindo uma paixão intensa por Natsuki, ele a amava, e não lhe disse a verdade porque estava com medo de assustá-la com uma informação tão impactante. Takeo reconhecia que fazia pouco tempo que conhecia Natsuki, mas tinha certeza de que a amava e de que ela era a mulher ideal para ele.

— Nunca me senti assim antes... Já tive namoradas, mas nenhuma me deixou tão apaixonado assim. Eu amo a Yuri, amo muito mesmo! Sinto que ela é a mulher para mim. Será que eu deveria ter dito isso a ela? Eu não queria assustá-la na hora, mas talvez tivesse sido melhor falar a verdade — sussurrou Takeo, aflito e pensativo, deitado em seu futon.

Natsuki ficaria feliz se soubesse que Takeo a amava, porém ao mesmo tempo se assustaria, porque não sentia amor pelo samurai. Por enquanto Natsuki apenas via Takeo como uma nova paixão, apesar de seus sentimentos por ele serem fortes. Ela precisaria conviver mais com o samurai para ter certeza de que o amava.

23
SENTIMENTOS

Um mês se passou desde o primeiro passeio de Natsuki e Takeo e eles se aproximaram muito. Quase todos os dias Takeo conversava com Natsuki enquanto ela limpava a casa; os dois ficavam muito felizes quando estavam juntos e, por sorte, Noboro não desconfiava do romance. Sempre que saía de casa para fazer algo, Takeo beijava Natsuki nos lábios para se despedir, contanto que Noboro e os demais criados não estivessem perto. O casal era discreto com o romance, apesar de algumas criadas, inclusive Miwa, saberem o que estava acontecendo. Natsuki pensava que suas colegas ficariam com inveja de seu namoro com Takeo, porém, na verdade, elas apoiavam e adoravam saber sobre os encontros que o casal tinha durante à noite... e, ocasionalmente, durante o dia. Natsuki estranhou o fato de Takeo não ter tentado ainda ter relações sexuais com ela, porque, na maioria das vezes, samurais e daimyos tinham suas criadas como amantes, mas ao mesmo tempo se sentia aliviada, pois não estava totalmente pronta para dar esse passo. Além disso, as conversas que tinha com Takeo em diversos momentos do dia eram suficientes para Natsuki conseguir extrair várias informações, já que havia conquistado sua confiança.

Já estava anoitecendo e Natsuki estava finalizando a faxina. Naquele dia, a jovem usava um quimono vermelho com flores brancas estampadas e algumas folhas verdes. Como sempre, seu cabelo estava preso em um coque com alguns adornos florais, pois não era prático para as criadas deixar o cabelo solto enquanto trabalhavam. Takeo ainda estava no treino ao ar livre com o pai e, quando possível, acenava para Natsuki e sorria para ela. O olhar de Takeo quando encontrava Natsuki era carinhoso, cheio de ternura e apaixonado. Ele suspirava quando olhava para ela... e a recíproca era verdadeira.

— Eu amo o Takeo. Amo muito... — sussurrou Natsuki, enquanto observava o samurai praticar suas habilidades com o arco e flecha pela janela da sala de estar. Arco e flecha era a arma favorita de Natsuki, porque alcançava longas distâncias, tornando desnecessária a aproximação do inimigo pelo guerreiro, e também porque ela tinha uma ótima mira.

Natsuki se sentia mal por não aceitar que gostava tanto de Takeo. Às vezes, ela escondia no quarto de criados para chorar, envergonhada por ser a namorada de um guerreiro do mesmo grupo de Masato Fujimura, que havia matado seu irmão.

"Eu o amo, mas por que ele tinha que ser justamente um samurai?", pensava Natsuki enquanto limpava o quarto de Noboro, aflita e sentindo-se culpada.

— Não deveria amar alguém do mesmo grupo de guerreiros que matou meu irmão. Takeo é um samurai e me faz lembrar muitas vezes daquele dia horrível... mas ao mesmo tempo não consigo deixar de amá-lo — disse Natsuki, em tom baixo. Além de estar se sentindo desconfortável consigo mesma por estar amando um samurai, Natsuki estava com medo da reação de Takeo quando dissesse o que estava acontecendo.

Miwa foi até o quarto de Noboro e viu Natsuki falando sozinha. Preocupada com a amiga, aproximou-se e disse:

— Yuri, você está bem? Você está falando sozinha... precisa de alguma ajuda?

— Não, eu estou bem. Obrigada pela preocupação, Miwa — agradeceu Natsuki, sorrindo. "É tão bom quando há pessoas que se importam comigo... me sinto valorizada. Minha mãe nunca se importava com as minhas emoções, só pensava em ser aceita pelas pessoas e seguir as regras à risca", pensou Natsuki.

— Tem certeza? Porque depois do que você me disse antes de ontem, não te culpo por estar aflita — afirmou Miwa, acariciando as costas de Natsuki.

— Melhor não falarmos sobre isso. Eu não disse nada ao Takeo ainda — disse Natsuki, tensa.

— Tudo bem. Me desculpe. Vou para a cozinha agora, porque daqui a pouco os Udagawa voltarão para jantar. Qualquer coisa pode me chamar! — disse Miwa, sorrindo e se retirando do quarto.

Natsuki sorriu de volta e continuou o trabalho. A jovem kunoichi não fazia ideia de como e quando falaria para Takeo o que estava ocorrendo, pois, dependendo de como ele se comportasse diante da informação, a missão poderia fracassar. Natsuki não queria correr riscos, mas uma hora ou outra precisaria contar a verdade a ele.

Em certo momento, enquanto Natsuki finalizava a faxina, o espírito de Yasuo apareceu diante dela. Natsuki ficou boquiaberta e quase caiu de costas com o susto. A jovem estava com os olhos arregalados e com a respiração acelerada. Preocupado, Yasuo se aproximou e disse:

— Fique calma, Natsu. Não vou te fazer mal. Sou eu, seu irmão.

— Eu sei, é que é difícil de acreditar que estou diante de você depois de tanto tempo… você não faz ideia de como sinto sua falta! — disse Natsuki, chorando e correndo para abraçar Yasuo. Após o abraço, Yasuo disse:

— Eu observo você e os nossos pais quase todos os dias desde que faleci. Estou satisfeito que finalmente esteja fazendo algo que te faz feliz, mas ao mesmo tempo fiquei com pena dos nossos pais… eles ficaram desesperados quando você fugiu.

Natsuki ficou com peso na consciência depois de ouvir aquilo. Imaginava que os pais jamais sentiriam falta de uma filha rebelde como ela.

— Não sabia que eles sentiam a minha falta… Eu era um estorvo para eles — disse Natsuki, espantada.

— Filhos não fazem tudo do jeito que os pais desejam, mas nunca são um estorvo. Os nossos pais te amam, não duvide disso — afirmou Yasuo.

"Meus pais não me amam tanto assim. Não me deixavam viver!", pensou Natsuki, inconformada.

— Entendo — disse Natsuki, mentindo, pois acreditava que os pais nunca gostaram dela.

— Natsu, eu vim até você porque queria deixar uma coisa bem clara — disse Yasuo, respirando fundo. Natsuki olhou nos olhos do irmão, curiosa, como se desejasse ler sua mente. "O que aconteceu, será?", pensou.

— Não tenha raiva dos samurais. Eles são guerreiros dedicados e não são maus, em sua maioria. Masato não é uma má pessoa e não me matou, como você pensa. Sei que você está relutante em dar continuidade ao seu namoro com Takeo por minha causa e não tem necessidade — explicou Yasuo.

Natsuki não conseguia compreender. Se estivesse no lugar do irmão, jamais falaria bem de Masato.

— Yasuo, samurais devem ser homens contidos, não descontrolados que saem agredindo qualquer pessoa que os deixam com raiva! Se Masato fez aquilo com você, outro samurai pode fazer isso com alguém, e isso me deixa muito aflita… depois que eu vi o Masato te agredir daquele jeito passei a ter medo de que outros samurais poderiam agir como ele. E se Takeo me agredir? — disse Natsuki, triste ao se lembrar das agressões sofridas por Yasuo.

— Sendo samurai ou não, Takeo te agredir é uma possibilidade. Não temos como ter certeza de que as pessoas nunca tentarão fazer algo de ruim para nós, mas se pensarmos nisso o tempo todo, não nos relacionaremos com ninguém, concorda?

Natsuki ficou pensativa. Percebeu que o irmão estava certo, porque as pessoas são imprevisíveis em geral e ela estava sendo preconceituosa em relação aos samurais. Qualquer um a qualquer momento poderia fazer algo de ruim para ela.

— Concordo. Não havia pensado nisso. Então você acha que devo continuar com Takeo? — perguntou Natsuki.

— Se você o ama, é claro que sim! Não deixe seus medos te impedirem de ser feliz. O Takeo te ama e é um bom homem, não desista dele — disse Yasuo.

Natsuki se surpreendeu... Takeo a amava? Ela tinha certeza de que era apenas uma paixão, o que ele sentia. Jamais imaginou que um samurai a amaria.

— Ele me ama? Não sabia... — disse Natsuki, feliz.

— Ama, sim. Dê uma chance a ele, por favor. Quero que você namore o Takeo sem nenhum peso na consciência.

— Obrigada por dizer isso, Yasuo — agradeceu Natsuki, muito aliviada depois da conversa com o irmão.

— E saiba de uma coisa: Masato não me assassinou. Ele se sentiu horrível depois da minha morte. Perdoe-o, por favor. Ele não queria me matar.

— Vou tentar perdoá-lo... — disse Natsuki, suspirando de tristeza ao se recordar das agressões do samurai.

— Agora preciso ir. Amei te ver, Natsu! Até algum dia! — disse Yasuo, sorrindo e desaparecendo conforme se afastava da irmã, que estava muito feliz por ter falado com ele. Não achava que Yasuo pensava daquela maneira e muito menos que apareceria para ela apenas para pedir que não desistisse de Takeo.

Depois que anoiteceu e os samurais e os empregados jantaram, Natsuki esperou todos dormirem, arrumou os cabelos e o quimono, que estava um pouco amassado, e discretamente saiu da casa. Como em todas as noites, Takeo a estava esperando do lado de fora. Assim que viu o samurai, Natsuki sorriu, acenou, ambos deram as mãos e começaram a caminhada. Naquela noite, Takeo estava vestindo um quimono marrom-escuro e Natsuki se surpreendeu, porque o havia visto poucas vezes com aquela roupa.

— Aonde você vai me levar hoje? — perguntou Natsuki, curiosa.

— Quero que você conheça pessoalmente o local onde treino com meu pai e os demais samurais da região. Você vai gostar — afirmou Takeo, animado para mostrar o lugar a Natsuki.

"Que incrível! Sempre quis conhecer o lugar onde o Takeo treina!", pensou a kunoichi. Natsuki se chateou por um segundo por conta daquela dolorosa lembrança de Yasuo que de vez em quando surgia, porém logo passou, porque se lembrou da conversa que teve com ele enquanto limpava o quarto de Takeo.

— Incrível! Estou muito ansiosa para a visita! — disse Natsuki, sorrindo.

— Ótimo! — logo depois, Natsuki e Takeo caminharam juntos até chegar ao lugar desejado. Quando deparou com a área ao ar livre de treino samurai, Natsuki se impressionou. Era um local enorme, com o chão forrado de grama, assim como a maioria dos locais do Japão na época. Havia algumas árvores baixas em volta e do lado direito do terreno havia uma casa de madeira escura de tamanho médio que lembrava vagamente a de Natsuki em Kiryu, só que em tamanho maior e em estilo tradicional, com portas shoji e tatame no piso. O uso de shoji e tatame era mais comum pelos samurais.

Dentro da casa, havia suportes nas paredes onde estavam pendurados equipamentos para arco e flecha e embaixo deles havia círculos com várias circunferências desenhadas para serem utilizadas como alvos nos treinos de arco e flecha. À direita da parede, com os equipamentos, havia uma mesa grande lotada de naginatas e quatro ikebanas diferentes para decorar o ambiente. Havia também uma sala de meditação do outro lado.

— Bem-vinda ao arsenal dos samurais. Temos quase todas as nossas armas guardadas... somente nossas katanas não estão aqui — disse Takeo.

Natsuki estava boquiaberta com o tamanho do local. Era pequeno para ser considerado uma casa, era um galpão, na verdade, mas o que chamou sua atenção foi o fato de os samurais usarem um local com tanto espaço para guardar apenas armas.

— Que lugar grande! Não é do tamanho de uma casa, mas achei que um arsenal seria bem menor do que isso — comentou Natsuki, impressionada. Takeo riu discretamente, pois percebeu que a jovem criada não fazia ideia do valor que os samurais davam para seus instrumentos.

— Nós, samurais, não podemos deixar nossas armas em um depósito qualquer como se fossem tralhas, porque elas são nossas principais aliadas. Temos que tratá-las com carinho, Yuri. Temos que tratar a katana e a armadura ainda melhor do que as demais armas — explicou Takeo.

Natsuki assentiu e estava perplexa, porque mesmo durante suas aulas com Akemi, quando almejava ser uma onna bugeisha, não sabia que samurais e onna bugeishas davam tanto valor às suas armas e às suas armaduras.

— Entendi. Por que a katana e a armadura são ainda mais valorizadas do que as demais armas de combate? — perguntou Natsuki, curiosa.

Takeo então arrumou seu coque, pois estava um pouco torto, pegou sua katana e a mostrou para Natsuki. O samurai retirou a espada de dentro da faixa do quimono e Natsuki se surpreendeu, porque não fazia ideia de que ele mantinha a arma ali.

— A katana não é apenas uma espada que os samurais usam em combate, é onde está a alma do guerreiro. É preciosíssima para os samurais e por isso sempre deve estar com eles, porque, uma vez que a alma se separa do corpo, o guerreiro deixa de existir — afirmou Takeo.

"Não sabia que a katana era tudo isso. Sabia que é uma espada bastante usada pelos samurais e muito bonita, mas não sabia do significado espiritual", pensou Natsuki, impressionada com o valor dado pelos samurais para as espadas que carregavam.

— Impressionante... não sabia disso. Não imaginei que uma espada tivesse um significado tão nobre — disse Natsuki.

— A armadura tem também. A armadura de um samurai é passada de pai para filho e nunca sai das mãos da família — depois de dizer isso, Takeo colocou a katana de volta na faixa do quimono. Natsuki franziu a testa, assustada, pois a espada não ficava tão escondida assim na roupa, uma boa parte da lâmina ficava para fora, e ela se sentiu estúpida por não ter notado a espada antes, sendo que estava lá o tempo todo com Takeo.

— Entendi, mas o que é essa arma bem menor que a katana que também está presa na faixa? — perguntou Natsuki, fingindo não saber o que estava vendo.

Takeo tirou a lâmina de onde estava e mostrou para Natsuki. Era uma arma bem menor que a katana.

— É uma wakizashi. Na maioria das vezes é usada em combates de curta distância para que seja possível imobilizar o inimigo com um golpe rápido. Samurais não usam as wakizashi com tanta frequência como... bem, os ninjas — disse Takeo, diminuindo o tom de voz quando disse a palavra "ninjas", como se tivesse medo de que algum ninja pudesse estar escutando.

A expressão no rosto de Takeo mudou quando ele citou os ninjas, parecia que uma onda de raiva o havia envolvido. Natsuki ficou com medo daquela raiva esquisita, mas disfarçou bem e disse, em tom baixo, fingindo estar assustada:

— Ninjas?! Como assim?! Eles ainda existem? — Takeo mordeu os lábios, respirou fundo e disse:

— Não sei. Não posso dizer que sim, mas também não posso dizer que não. Eles vivem escondidos demais, assim como as kunoichis, que são a versão feminina dos ninjas.

Natsuki assentiu e engoliu em seco. Desesperou-se na hora e percebeu que teria de mudar de assunto o mais rápido possível, pois não poderia ficar falando muito sobre ninjas e kunoichis, senão ficaria nervosa e poderia levantar suspeitas.

— Eu achei que os samurais só guardavam para si a katana e a armadura, não sabia que também carregavam a wakizashi. Pensei que todas as armas, a não ser a katana, ficassem aqui no arsenal — disse Natsuki, surpresa.

— Desculpe por não ter citado a wakizashi, é que ela não é tão relevante quanto a katana, então às vezes me esqueço dela, apesar de sua relevância — disse Takeo, rindo e um pouco envergonhado.

Natsuki riu também e disse, aproximando-se sutilmente de Takeo:

— Está tudo bem. Aliás, pensei que você fosse mostrar para mim alguns de seus golpes aqui... você vai mostrar?

— Na verdade, eu gostaria de te ensinar uma coisa — dito isso, Takeo caminhou até a parede que estava a sua frente, pegou um arco e algumas flechas, que estavam dentro de uma sacola preta, e foi até Natsuki.

— Você vai me ensinar arco e flecha? — perguntou Natsuki, fingindo estar muito feliz, pois já sabia usar arco e flecha.

Takeo assentiu e deu o arco para Natsuki, que olhou para o instrumento como se nunca o tivesse tocado na vida.

— Imagino que nunca tenha praticado arco e flecha. Você parece ter gostado bastante do arco.

— Eu gostei, sim. Então... vai me ensinar ou não, Takeo? — perguntou Natsuki, com um delicado e sedutor sorriso.

Takeo ficou excitado com aquele olhar de Natsuki, mas disfarçou e se aproximou para ensiná-la.

— Primeiramente pegue a flecha, empurre com força a corda para trás com a parte traseira da flecha e segure com a outra mão a frente convexa de madeira do arco.

Natsuki seguiu as orientações e fingiu estar com dificuldade de posicionar a flecha na corda e de segurar corretamente a parte frontal do arco. Ao perceber a dificuldade que acreditava ser verdadeira, Takeo ficou preocupado que Natsuki pudesse atirar a flecha fora do alvo e destruir algo, então ficou atrás dela e arrumou a posição da garota colocando seus braços nos dela, como se a estivesse abraçando. Natsuki sentiu um arrepio prazeroso naquele instante e Takeo também.

— Agora está na posição certa — disse Takeo, acariciando levemente a mão de Natsuki que estava empurrando a corda com a parte traseira da flecha.

— Muito obrigada. Posso atirar a flecha? — perguntou Natsuki, feliz com o "abraço" de Takeo.

— Claro que sim — respondeu Takeo, rezando para que Natsuki não fizesse nenhuma grande besteira uma vez que atirasse a flecha.

Natsuki respirou fundo, olhou para o alvo e pensou: "Vou atirar em um local não tão perto e ao mesmo tempo não tão longe do centro, que é a área mais complicada, para não parecer muito boa nisso".

— Lá vou eu — disse Natsuki, sorrindo. Natsuki mirou na terceira circunferência mais próxima da menor e mais central e acertou em cheio nela. Takeo aplaudiu e disse, alegre:

— Muito bem! Meus parabéns! Acertou relativamente perto do centro, que é o local mais difícil de acertar — Natsuki deixou o arco e as demais flechas no chão e disse, abraçando Takeo pelo pescoço e com o sorriso sedutor novamente:

— Obrigada. Acho que foi sorte de principiante. Você acha que falta muito para eu chegar no local mais difícil?

Takeo aproximou seu rosto de Natsuki e disse:

— Não. Com a prática você vai conseguir.

No mesmo instante, Natsuki beijou Takeo nos lábios. Ambos estavam de olhos fechados. Takeo havia ficado muito feliz com o beijo inesperado e espontâneo de Natsuki e o retribuiu.

— Eu gosto muito dos nossos beijos — comentou Natsuki, corada.

— Sabe do que eu ia gostar ainda mais? De tirar seu quimono e ver o que está embaixo dele — afirmou Takeo, acariciando o rosto da jovem com as duas mãos. Natsuki ficou espantada com a proposta, mas deu de ombros e disse:

— Fique à vontade — Takeo se alegrou por Natsuki ter permitido aquilo e a levou no colo para uma pequena e escura sala da casa, onde os samurais treinavam nos dias de chuva e tinham algumas reuniões com os mestres, às vezes. Takeo fechou a porta shoji e começou sua troca de beijos com Natsuki, que estava se sentindo muito bem naquele momento. Natsuki pensou em dizer a Takeo o que estava escondendo, mas desistiu, decidindo curtir o momento e deixar o assunto para depois.

— Eu amo você... — disse Natsuki, quase sem pensar.

— Eu também te amo, Yuri. Pensei que você não fosse dizer isso para mim — respondeu Takeo, que a cada segundo ficava mais feliz e ansioso para ter aquele momento íntimo com Natsuki naquela sala.

— É claro que eu iria dizer. Eu queria você só para mim... — disse Natsuki, sem mentir. "Não esperava me apaixonar tanto pelo meu alvo.

Sei que isso não é bom, mas não consigo deixar de amá-lo", pensou Natsuki, irritada consigo mesma por poder fazer a missão fracassar por causa de seus sentimentos.

— Eu também queria você só para mim, Yuri.

Logo depois, os dois voltaram a trocar beijos e a elogiar um ao outro sem parar. Natsuki pensou que Takeo demoraria um tempo para tirar todo o quimono dela, depois tirar o dele e realmente ter relações com ela, porém foi bastante rápido. Eles estavam se divertindo bastante naquele lugar, e se sentiam como se fossem os únicos seres humanos existentes no planeta, como se nada fosse capaz de impedi-los de se amar.

24
CONVERSAS IMPORTANTES

Passaram-se três semanas desde o momento íntimo entre Natsuki e Takeo. Ambos tiveram outras conversas ao longo daquelas semanas, mas não foram tantas, apesar de na maioria delas Natsuki ter conseguido conversar com Takeo sobre as negociações que ele fazia com os daimyos e os samurais. Ela extraiu informações importantes sobre a família Udagawa e estava se sentindo muito bem por isso, mesmo amando Takeo. Natsuki não conseguiu reunir coragem para contar a Takeo o que estava escondendo porque temia que a relação entre eles fosse arruinada, e tentou em alguns momentos ensaiar com Miwa como falaria aquilo para ele, mas no final resolveu esperar um pouco mais para contar-lhe. Miwa não achava certo Natsuki esconder aquilo por muito mais tempo, porém a kunoichi estava com medo. Já haviam se passado dias demais desde o ocorrido e Natsuki percebeu naquele dia, depois do café da manhã dos Udagawa, que deveria contar a Takeo o mais rápido possível.

Enquanto observava Takeo treinar, por uma janela shoji da sala de estar, Natsuki limpava o cômodo e pensava em como conversaria com ele sem deixá-lo assustado demais. Ela temia que Takeo passasse a amá-la menos, ou pior, que a punisse de alguma maneira.

— Eu e o Takeo nos amamos, não podemos manter segredos. Assim que ele voltar do treino eu vou falar com ele — disse Natsuki, decidida e tentando enganar a si mesma, mostrando que poderia ser corajosa naquela situação. Natsuki era uma adolescente cheia de coragem, mas não sempre.

Depois de várias horas de treino, Takeo e Noboro voltaram para almoçar. Enquanto ficava na cozinha observando ambos comerem, Natsuki pensava no quanto o relacionamento entre ela e Takeo havia evoluído desde que chegara à residência Udagawa, afinal, jamais imaginou amar um homem, muito menos um samurai. Ela sabia que não poderia se casar com Takeo e ficar com ele para sempre, porque um samurai não podia se casar com uma humilde criada... ou, pior, com uma kunoichi.

— Ele vai entender, Yuri — sussurrou Miwa, em tom bastante baixo.

Após o término do almoço dos Udagawa, antes de almoçar com as demais empregadas, Natsuki foi até Takeo devagar, respirou fundo e disse:

— Takeo, antes de ir para seu treino da tarde, poderia vir até a sala de reunião comigo? Tem um pertence seu lá que eu não tenho certeza de onde posso guardar — a sala de reuniões era uma sala de refeições onde os Udagawa encontravam homens importantes para negociar.

— Tudo bem. Vou lá com você — disse Takeo, dando de ombros e tentando se lembrar do item que poderia estar fora do lugar.

— Eu te espero aqui na cozinha, filho. Não demore muito — pediu Noboro. Takeo assentiu e seguiu Natsuki até a sala de reuniões, que ficava longe da de estar e na parte esquerda da grande casa. Natsuki moveu a porta shoji para entrar com Takeo no cômodo e, depois de entrarem, fechou-a para que tivesse privacidade enquanto conversasse com Takeo. Natsuki se sentou no grande tatame do chão, um pouco longe da mesa marrom-clara, e disse:

— Sente-se, Takeo, por favor.

— Precisamos nos sentar para falar sobre o item que você não sabe onde guardar? — perguntou Takeo, rindo, achando a situação esquisita.

Para se acalmar e poder explicar as coisas com clareza, sem gaguejar demais, Natsuki respirou fundo duas vezes e disse, em tom baixo:

— Sente-se na minha frente. Preciso falar com você urgentemente. Fale baixo, por favor. Não quero que ninguém nos ouça.

— Por que você mentiu? Pensei que a conversa seria sobre um pertence meu! — disse Takeo, inconformado.

Samurais sempre se irritavam com mentiras, detestavam ser enganados. Por mais que a mentira não fosse prejudicial, Takeo ficou com um pouco de raiva de Natsuki, mas não o suficiente para brigar ou gostar menos dela.

— Me desculpe, mas foi o único jeito de te trazer até um lugar para que pudéssemos conversar longe do seu pai! — disse Natsuki, preocupada e com medo de ter deixado Takeo muito magoado.

— Está tudo bem, Yuri, não se preocupe. Estou te ouvindo. Juro falar baixo. O que houve? — perguntou Takeo, sentando no chão diante de Natsuki.

"Olhá-lo nos olhos em uma conversa como essa só me deixa mais tensa", pensou Natsuki, mordendo os lábios de nervoso.

Durante toda a conversa tanto Natsuki quanto Takeo mantiveram o tom de voz bastante baixo e, por sorte, ninguém os havia seguido até a sala de reuniões para escutá-los. Uma das grandes vantagens das mulheres naquela época era que ninguém suspeitava delas, apenas pensavam que eram meros seres humanos frágeis que não representavam ameaça alguma. As kunoichis usavam esse pensamento machista dos japoneses da época a seu favor em suas missões, e Natsuki não era exceção. Nem sequer as criadas suspeitavam de alguma coisa.

— Tenho algo para contar. Algo muito importante e que eu pretendia contar apenas à noite no nosso passeio, mas não aguentei esperar — disse Natsuki, aflita, sentindo o coração apertado como se uma mão o estivesse esmagando.

"Será que a Yuri tem algo tão importante assim para dizer? Será um assunto ruim?", pensou Takeo, com medo do que poderia ouvir.

— O que está acontecendo? Você está me assustando... — disse Takeo, não conseguindo esconder o desespero que estava começando a surgir.

Natsuki estava com vontade de chorar por estar muito tensa, porém conseguiu esconder bem suas verdadeiras emoções e mostrou segurança para Takeo.

— Eu estou grávida — revelou Natsuki, aliviada por finalmente contar o que estava escondendo.

Takeo ficou boquiaberto e instintivamente arregalou os olhos, com vontade de fugir por não fazer ideia do que dizer a ela. Takeo queria falar alguma coisa, contudo não encontrava as palavras certas. Estava sentindo várias coisas ao mesmo tempo: medo, espanto, dúvida... não sabia bem por onde começar.

"Eu engravidei a Yuri?! Tenho 22 anos e ela 17, somos novos demais para termos um filho! Nenhum de nós está pronto para isso!", pensou Takeo, perplexo.

— Você tem certeza disso? Nosso momento aconteceu há três semanas apenas, talvez esteja enganada, não sei — disse Takeo, gaguejando um pouco.

— Eu tenho certeza, sim, e... você não é o pai — disse Natsuki, percebendo que a conversa ficaria mais complicada depois de dizer a Takeo que ele não era o pai do bebê.

Takeo não estava entendendo o que havia ocorrido. Franziu a testa, confuso, e ficou boquiaberto novamente. Pensou por um momento que estava alucinando, porque tinha certeza de que fora o primeiro homem a ter relações sexuais com Natsuki, mas percebeu que estava totalmente enganado.

"Será que a Yuri me traiu?", pensou Takeo, confuso e chateado com a situação.

— Espere, mas se eu não sou o pai, quem mais poderia ser? Você está namorando outro homem além de mim e não estou sabendo? Fui traído? — perguntou Takeo, rapidamente, evidenciando seu desespero e sua raiva.

"Espero que eu não estrague essa missão. Preciso arrumar um jeito de não perder a confiança do Takeo... além disso, não quero que ele deixe de me amar", pensou Natsuki, com medo do que poderia acontecer com a relação entre ela e o samurai.

— Antes de começar a trabalhar aqui em Otawara eu tinha um

namorado em Iga que é camponês como eu, e o nome dele é Haruo. A família dele plantava beterraba e vendia para a nossa. Eu terminei com ele um pouco antes de vir para cá, mas tivemos algumas relações e acabei engravidando dele. Eu não te traí, Takeo, nós não tínhamos nos conhecido quando eu namorava o Haruo. Eu estou grávida de dois meses, aliás, quase três, e não te conhecia ainda — explicou Natsuki, mentindo sobre a verdadeira história. Natsuki jamais poderia contar a verdade para Takeo para não arruinar seu disfarce.

A realidade que Takeo não poderia saber era: no mesmo dia em que recebeu a missão de espionar Noboro e Takeo, Natsuki ficou pensando por horas sobre como perder a virgindade com um homem qualquer sem ficar desesperada, já que precisaria talvez utilizar técnicas de sedução (e realmente precisou, porque teve relações com Takeo em uma sala do arsenal samurai), e contou a Hiro, Tami e Kameyo sobre sua preocupação. Hiro então conversou com ela em particular e convenceu-a de ter com ele a sua primeira vez, com a justificativa de ser um jovem que a conhecia havia certo tempo e de ser amigo dela. Natsuki concordou com a proposta, perdeu a virgindade com Hiro no dormitório dele durante a noite e acidentalmente engravidou. Hiro Sakamoto era o pai do primeiro filho de Natsuki e ainda não sabia que ela estava grávida.

— Entendi. Me desculpe por ter pensado na pior das hipóteses. Você ainda tem sentimentos pelo Haruo? — perguntou Takeo, temendo que a resposta fosse sim.

Natsuki riu.

— Claro que não! Antes de eu terminar com ele já não o amava mais. Você é o homem que amo agora, e por isso fiz questão de te contar sobre a gravidez, eu não queria esconder isso de você por muito mais tempo — disse Natsuki, sorrindo e acariciando o rosto de Takeo, que sentiu aquele arrepio pelo corpo na hora.

— Ótimo! Estou bem mais feliz agora — disse Takeo, aliviado.

— Que bom! E me desculpe por não ter contado antes sobre a gravidez, é que pensei que você desistiria de mim uma vez que soubesse...

— Naquele instante, Natsuki falou a mais pura verdade. Não queria perder Takeo por causa daquela gravidez acidental. Nunca havia amado tanto um homem e não queria que sua relação com Takeo acabasse, principalmente porque, depois de falar com Yasuo, não se sentia mais culpada por estar com um samurai.

— Tudo bem. Eu entendo, mas você deveria ter me dito antes que está grávida — disse Takeo, chateado por Natsuki ter mantido aquele segredo por tanto tempo.

Natsuki assentiu, mostrando estar arrependida de ter demorado para contar o que estava acontecendo.

— Eu queria te pedir uma coisa... você poderia contar ao seu pai por mim sobre minha gravidez sem dizer nada sobre nosso romance? Não sei se conseguirei fazer isso — pediu Natsuki, com medo de Noboro demiti-la por ser uma mulher solteira não virgem.

— É claro. Pode contar comigo — afirmou Takeo, sorrindo e dando um beijo na bochecha de Natsuki.

Takeo se levantou do chão, arrumou o quimono marrom-escuro que estava usando desde o dia anterior e disse:

— Gostaria de falar mais sobre esse assunto com você, mas preciso ir. Tenho que voltar com meu pai para o treino.

— Espere! Você vai continuar me namorando mesmo eu estando grávida de outro homem? — perguntou Natsuki, para se certificar de que Takeo realmente a amava.

O samurai, sorriu, aproximou-se dela e disse:

— Claro que vou continuar, só não poderei passear com você hoje porque receberemos convidados especiais em casa e preciso dar atenção a eles. Saiba que eu te amo demais para desistir de você por um motivo desses, Yuri. Você não me traiu com outro e é isso que importa — Takeo beijou os lábios de Natsuki, abriu a porta shoji, chamou o pai e caminhou com ele até a área de treinamento.

"Ainda bem que deu tudo certo! O Takeo reagiu bem melhor do que eu imaginei! Ele é mesmo incrível!", pensou Natsuki, feliz. Ela estava tão alegre por Takeo não ter ficado furioso e terminado o namoro que nem estava tão magoada por não poder passear com ele naquela noite.

Natsuki estava se sentindo muito aliviada por Takeo não ter brigado depois que soube da gravidez nem tê-la demitido. Naquela época não era fácil encontrar um japonês que amasse uma mulher não virgem e que estivesse esperando um filho de um ex-namorado; na maioria dos casos, coisas muito ruins aconteciam com mulheres na mesma situação em que Natsuki se encontrava.

— Depois que eu finalizar o meu serviço aqui terei que contar ao Hiro. Espero que Takeo não deixe o Noboro me demitir... — sussurrou Natsuki para si mesma.

Apesar de estar assustada por ter engravidado tão jovem, Natsuki estava ansiosa para ter seu primeiro filho, pois, mesmo sendo uma garota que fugia dos padrões das japonesas da época, gostava de crianças e desejava ter um bebê um dia. Preferia ter ficado grávida de Takeo, já que era ele quem ela realmente amava, mas aceitava o fato de Hiro ser o pai de seu bebê, porque era seu melhor amigo e não seria nada ruim ter um filho com ele.

Como sempre, Takeo e Noboro ficaram muitas horas treinando na área externa com os demais samurais e em alguns momentos foram meditar na sala de meditação, conforme faziam todos os dias. Noboro era um dos três mestres samurais de Otawara, então ensinava muito mais do que treinava. Já estava anoitecendo e as criadas responsáveis pela limpeza da casa e do jardim de sakuras decorado com lamparinas e algumas esculturas, localizado no fundo, estavam finalizando o serviço. As que cozinhavam estavam descansando no momento, porque não havia nenhuma refeição para fazer ainda. Natsuki sentia um pouco de inveja das cozinheiras da casa, porque elas eram as empregadas que menos trabalhavam das seis que os Udagawa haviam contratado. Três eram responsáveis por cozinhar, sendo que uma fazia o café da manhã, a outra o almoço, e a amiga de Natsuki, Miwa, o jantar.

Depois que o treino samurai acabou e já estava quase na hora do jantar, Noboro e Takeo retornaram para casa. As criadas sabiam que naquela noite viriam convidados especiais para o jantar com os Udagawa e tentavam adivinhar quem seriam. Miwa e Natsuki estavam ansiosas para descobrir quem eram.

— Boa noite, moças. Podem começar a fazer o jantar e sirvam na sala de reuniões. Caprichem na comida, porque teremos convidados que precisam ficar impressionados! — disse Noboro assim que entrou na casa, apressado.

— Sim, sr. Udagawa — disse Miwa, já indo para a cozinha com as outras duas criadas cozinheiras.

Enquanto Noboro ia até o dormitório, Natsuki foi até Takeo, que estava parado na sala de estar, e disse:

— Eu estou curiosa. Quem são seus convidados importantes, Takeo?

— É a família Miura. Três dos membros da família virão aqui: o pai, Shinji, a mãe, Jun, e a filha, Hikaru. Shinji Miura é samurai e amigo do meu pai desde os meus 3 anos. Eles não se veem há oito anos, porque os Miura se mudaram para uma cidade distante e vieram até Otawara só para nos visitar — explicou Takeo.

Natsuki assentiu e compreendeu o motivo pelo qual os Miura eram visitas muito importantes: a família estava vindo de longe para ver os Udagawa e seria falta de consideração não fazer um ótimo jantar para recebê-los bem.

— Entendi. Espero que eles gostem do jantar. Eu e as demais criadas vamos nos esforçar para satisfazê-los — afirmou Natsuki, sorrindo e se afastando.

Takeo foi até o quarto onde dormia para conversar com o pai enquanto Natsuki ajudava Miwa e as outras empregadas a preparar a mesa da sala de reuniões. Normalmente apenas Miwa trabalharia na cozinha à noite, mas aquele era um jantar especial.

— Eu falei hoje para o Takeo que estou grávida, Miwa, e ele reagiu bem melhor do que eu imaginava — sussurrou Natsuki.

— Que bom! Fico feliz que ele tenha reagido bem. Vocês vão continuar juntos, Yuri? — perguntou Miwa, preocupada.

Miwa não gostava quando as pessoas ficavam de coração partido e estava com medo de Takeo ter terminado o namoro com Natsuki por causa da gravidez.

— Vamos, sim! Ele não ficou bravo comigo, só se chateou um pouco por eu não ter contado logo — respondeu Natsuki, aliviada ao se lembrar de que sua relação amorosa com o samurai não tinha sido destruída.

Então a família Miura chegou à casa. Todos os membros usavam roupas formais e feitas de tecidos nobres. Como os guardas já sabiam da chegada dos Miura, abriram a porta shoji para que eles pudessem entrar. Hikaru, Jun e Shinji não conheciam aquela casa. Os três não se surpreenderam com a casa nova dos Udagawa porque tinham uma maior e mais bem decorada na cidade onde viviam.

As criadas terminaram de arrumar o jantar e os donos da residência foram até a sala de estar receber a família. Noboro ficou feliz em rever Shinji depois de tantos anos, então sorriu e disse:

— Olá, Shinji. Quanto tempo! Como você está?

— Oi, Noboro. Estou bem, e você? — perguntou Shinji, sorrindo de volta. Takeo e Hikaru tinham a mesma idade, porém eram muito pequenos quando brincavam juntos e não se lembravam um do outro. Era como se nunca tivessem se conhecido.

— Olá, Takeo. Olá, Noboro — disse Jun, sorrindo. Assim como Hikaru, Jun era uma mulher muito educada e sempre tratava as pessoas com bastante delicadeza.

— Você se lembra do meu filho Takeo, srta. Hikaru? — perguntou Noboro.

— Não me lembro. Me desculpe — disse Hikaru, rindo de nervoso.

Ela estava com medo de causar alguma má impressão para os samurais Udagawa, principalmente porque, durante o caminho para Otawara, Shinji e Jun repetiram várias vezes para ela se comportar como uma boa moça.

— É um prazer conhecê-la, Hikaru... ou melhor, revê-la. Se não me engano, a última vez em que nos vimos foi quando tínhamos 3 anos — disse Takeo, sorrindo.

Hikaru sorriu de volta. Natsuki conseguia observar a conversa entre as duas famílias porque estava no corredor, mas não era vista. Ela se surpreendeu com a elegância dos Miura e, mesmo tendo sido amiga de Chizue, que era filha de guerreiros da elite, assim como Hikaru, nunca havia visto pessoas com roupas tão chiques antes. Os quimonos usados por Jun e por Hikaru eram de seda pura.

— O prazer é todo meu — disse Hikaru.

Natsuki também se impressionou com a cor diferente que os cabelos de Hikaru e seus pais tinham: era um castanho-avermelhado que parecia artificial. A kunoichi nunca havia visto pessoas com cabelos daquela cor antes, aliás, não sabia que era possível alguém ter o cabelo castanho-avermelhado. Ela notou também que tanto os cabelos de Jun quanto os de Hikaru estavam presos em um coque alto e bem esticado e estavam cheios de belos adornos florais avermelhados, rosados, azuis e cor de laranja. Os adornos combinavam com os quimonos das mulheres Miura, pois Jun estava usando um laranja com uma bonita paisagem de montanhas e sakuras estampadas, e Hikaru um azul-escuro com o desenho de céu estrelado atrás de uma colina verde-clara. No Japão antigo, quanto mais elaborada a estampa de um quimono, mais formal e nobre ele é.

— Sigam-me. Vou levá-los até a Genkan e depois podemos jantar juntos — disse Noboro. Genken era uma pequena sala presente nas casas tradicionais japonesas onde as visitas guardam os sapatos quando chegam.

Ao ouvir que os Miura e os Udagawa estavam se aproximando, Natsuki entrou rapidamente na sala de reuniões para não ser vista. Dentro da sala estavam todas as criadas da residência, pois nas noites em que Takeo e Noboro jantavam com pessoas importantes todos que trabalhassem para eles deveriam servir o jantar e cuidar para que os convidados se sentissem confortáveis e bem-recebidos.

— Que bela casa, senhores — elogiou Jun, depois de deixar os sapatos no Genken.

— Obrigado — disse Takeo, sorrindo sutilmente.

Hikaru e Shinji tiraram os sapatos e seguiram Noboro e Takeo, juntamente com Jun, até a sala de reuniões, que naquela noite seria a de jantar.

Depois que ambas as famílias entraram na sala, as criadas deram as boas-vindas, se apresentaram e deram espaço para os que iriam comer se acomodarem. Os cinco comeriam em uma longa e bonita mesa marrom-escura sentados no chão sobre os tatame, que estavam espalhados pela casa toda.

— Já estamos finalizando o jantar. Daqui a pouco serviremos, senhores. Se quiserem beber algo enquanto esperam ou se precisarem de nós, é só dizer — disse Natsuki.

— Obrigada, senhorita... me desculpe, qual o seu nome? — disse Hikaru, mordendo os lábios.

— É Yuri, srta. Miura — respondeu Natsuki, sorrindo.

— Prazer em conhecê-la. Não vou esquecer — afirmou Hikaru, sorrindo de volta.

"A Hikaru é uma moça muito simpática. Gostei dela", pensou Natsuki, feliz por pelo menos um dos visitantes ser gentil. No mesmo instante, Miwa e mais duas empregadas se dirigiram até a cozinha para terminarem os pratos, pois precisaram parar o que estavam fazendo para se apresentarem à família Miura.

— Então, Noboro, eu expliquei minha proposta na carta que te enviei uma semana atrás... o que achou? — perguntou Shinji.

— Eu aprovei. Não entendi o porquê de você ter me explicado tudo de novo na carta, faz muitos anos que concordamos com aquilo — disse Noboro, perplexo.

"Do que eles estão falando? Que carta?", pensou Natsuki, curiosa. Takeo também não estava entendendo a conversa.

— Desculpe interromper, mas do que vocês estão falando? — perguntou Takeo, levantando uma sobrancelha.

Natsuki se alegrou por Takeo ter tomado logo a iniciativa de fazer aquela pergunta.

— Do seu noivado, Takeo. Você se esqueceu? — perguntou Shinji.

Natsuki se controlou para não mostrar seu enorme espanto e para não gritar "Como é que é?!". A raiva e a tristeza tomaram conta dela; a kunoichi tinha certeza de que Takeo a amava e desejava ficar com ela, não sabia que a trocaria por outra mulher tão rápido. Natsuki ficou se perguntando o que teria feito de errado para Takeo ter resolvido se casar com outra mulher mesmo namorando-a.

— Acho que me esqueci, sim, para falar a verdade — admitiu Takeo, rindo um pouco.

— Eu e sua mãe somos amigos próximos dos Miura desde antes de você e Hikaru nascerem, filho, e por isso nossas famílias fizeram um acordo: quando você e Hikaru tinham 2 anos de idade, resolvemos que vocês se casariam quando completassem 22, e, como vocês já têm essa idade, resolvemos nos encontrar para discutir o casamento — explicou Noboro.

Natsuki se controlou para não chorar depois do que ouviu. Tinha consciência de que não poderia se casar com Takeo porque samurais não se casavam com pessoas de classe baixa, contudo nunca imaginou que ele estivesse comprometido com uma outra garota desde criança. Natsuki não estava pronta para aceitar o casamento de seu amado com Hikaru Miura ou com qualquer outra mulher.

Takeo ficou triste depois de escutar aquilo do pai. Não se sentia preparado para se casar, principalmente porque estava apaixonado por Natsuki e não conseguia se ver feliz com outra pessoa.

— Entendi. Não sabia disso — disse Takeo, em estado de choque.

Takeo sabia muito bem que era comum samurais e daimyos realizarem casamentos arranjados, porém não imaginava que fosse uma dessas pessoas prometidas a alguém desde a infância.

— Eu também não sabia de nada. Meus pais me falaram sobre a existência do nosso casamento há uma semana apenas — comentou Hikaru.

— Bom, agora que já sabem, quando e onde o casamento acontecerá? — perguntou Jun.

Natsuki percebeu que não conseguiria ficar por muito mais tempo naquela sala sem mostrar sua tristeza, então pediu licença, retirou-se, foi até o quarto dos criados, fechou a porta e começou a chorar sentada no chão ao lado da janela. Ela chorou sem fazer barulho, mas, mesmo sem ouvir ou ver a amada, Takeo tinha certeza de que ela estava em prantos.

— Antes de falarmos sobre isso, gostaria de pedir uma coisa: depois do jantar, quero que Takeo e Hikaru deem uma volta sozinhos pelo jardim para poderem se conhecer melhor. Não acho certo nossos filhos se casarem sem saberem absolutamente nada um do outro — afirmou Noboro.

— O senhor tem toda a razão. É uma ótima ideia — disse Hikaru, feliz.

Takeo se chateou ainda mais depois que o pai sugeriu o passeio no jardim, pois se lembrou de que era com Natsuki que caminhava no jardim e que jamais poderia se casar com ela. O samurai se incomodara com a ideia de Natsuki estar carregando no ventre o filho de outro homem, porém não se importava muito com isso e preferia mil vezes criar o bebê do ex-namorado de Natsuki e depois ter os próprios filhos com ela a se tornar marido de Hikaru Miura.

— Combinado! — disse Takeo, forçando um sorriso.

Mesmo Hikaru, que não estava muito incomodada com a ideia de se casar com um homem que mal conhecia, estava se sentindo desconfortável em ficar sozinha com Takeo no jardim, mas fingiu ter se alegrado com a ideia de Noboro.

Depois que concluíram o serviço, as cozinheiras retornaram à sala com a comida já servida nos pratos sobre bandejas prateadas. Miwa trazia os pratos com a comida de Noboro e Takeo, os outros com a de Jun e Shinji, e outro com a de Hikaru. Havia uma criada para trazer o prato de Hikaru apenas porque ela era a visitante mais importante da noite, por ser a futura esposa de Takeo.

— Aqui está o jantar. Bom apetite para todos — disse Miwa, sorrindo.

— Obrigado, Miwa — agradeceu Takeo.

No mesmo instante, todos começaram a comer.

— O que acham de Takeo e Hikaru se casarem daqui a dois meses?

Acho que dois meses é bastante tempo para realizarmos os preparativos — disse Shinji.

— Pode ser. Seria o ideal, na minha opinião, porque um mês passa muito rápido e não conseguiremos organizar o evento nesse intervalo de tempo, porém mais que dois meses é tempo demais para esperar — disse Noboro.

— Você tem toda a razão, Noboro! Já tivemos que esperar 20 anos para poder unir nossos filhos em matrimônio, não podemos esperar muito mais tempo para realizarmos esse grande evento! — comentou Jun.

"Se eu pudesse decidir pelo menos com qual mulher desejo me casar ficaria bem mais feliz", pensou Takeo, irritado com a situação em que se encontrava. O samurai detestava a ideia de ser obrigado a se unir com uma mulher que não amava, mas sabia que, infelizmente, não poderia fugir da realidade.

Quanto mais Noboro, Shinji e Jun discutiam sobre o tão esperado casamento, mais nervosos e constrangidos Hikaru e Takeo ficavam, porque não gostavam da ideia de não poderem decidir nada sobre o evento. O pobre futuro casal ficou calado e teve pouquíssimas oportunidades para opinar durante o jantar. Depois de perceberem que eram os pais que fariam todas as escolhas necessárias para o casamento acontecer, Takeo e Hikaru desistiram de dar sugestões e mostrar o que pensavam sobre o evento.

Enquanto as famílias conversavam e comiam, Natsuki ficou trancada no dormitório das criadas por 15 minutos, chorando e dizendo para si mesma o quanto estava triste. O dia estava sendo muito bom para Natsuki até a família Miura aparecer e anunciar que Hikaru e Takeo se uniriam em matrimônio. Seu único consolo era que o samurai a amava independentemente de sua gravidez. A kunoichi rezou para que Takeo continuasse a amá-la mesmo depois que casasse, porém não tinha certeza se conseguiria continuar a missão após o casamento.

25
INVASÃO

Duas semanas se passaram desde que Natsuki descobriu a existência do casamento entre Takeo e Hikaru, que seria inevitável. No dia do primeiro encontro entre as duas famílias, Natsuki espionou todo o passeio de Takeo e Hikaru no jardim e, para a sua infelicidade, os dois se deram muito bem. Em vários momentos, Takeo fez a filha de Shinji Miura rir e a abraçou algumas vezes. Natsuki ficou surpresa e magoada com a rapidez com que o casal fez amizade. Por mais que a kunoichi detestasse admitir, o samurai havia se tornado amigo de Hikaru e provavelmente seria feliz casado com ela, porque em um casamento arranjado era importante que os noivos gostassem pelo menos um pouco um do outro. Natsuki queria muito que os dois começassem a brigar no jardim e que se odiassem logo na primeira vez que conversassem, mas não foi o que aconteceu e Noboro, Jun e Shinji estavam muito satisfeitos por isso.

Mesmo ainda não estando com a barriga saliente, Natsuki sentia seu bebê crescer a cada dia. Takeo disse para Natsuki que contou a Noboro sobre a gravidez um dia depois do encontro dos Udagawa com os Miura e, felizmente, Noboro não foi, em nenhum momento, discutir com Natsuki sobre o assunto. Todos os dias, ela rezava para que não fosse demitida pelo pai de seu namorado samurai para que seu serviço de espionagem pudesse ser concluído com êxito.

— Será que você é um menino ou uma menina? — perguntou Natsuki para si mesma, olhando para sua barriga.

Mas logo a jovem kunoichi se entristeceu ao observar seu ventre, porque por um instante imaginou Takeo como marido de Hikaru vivendo feliz e tendo muitos bebês bonitos e saudáveis com ela. Além de acidental, o bebê de Natsuki e Hiro era considerado ilegítimo, por ser fora do casamento, e Natsuki não gostava da ideia de seu filho ser visto dessa forma pelas pessoas.

Já era noite em Otawara e Natsuki não conseguiu parar de pensar no futuro casal nem por um segundo. Nos poucos momentos em que não se lembrava de Takeo e Hikaru, a espiã pensava em sua gravidez e em como cuidaria de um filho sozinha. Eram sete horas da noite, estava bastante escuro e Natsuki estava terminando de limpar a sala de estar quando ouviu um barulho estranho vindo do lado de fora. A jovem olhou para a janela para ver o que era e observou vários samurais sendo atingidos por flechas atiradas por homens escondidos. Natsuki logo adivinhou o que estava acontecendo: era um ataque ninja, porque viu homens em cima do telhado se escondendo na escuridão, cheios de armas. Outras criadas olharam pelas janelas da residência e se desesperaram quando se depararam com o bando de ninjas.

— Estamos perdidas! Vamos todas morrer! — gritou uma criada, desesperada.

— Não sabemos lutar. Como vamos nos defender desses ninjas? — disse Miwa, com muito medo e tentando pensar em uma solução.

Natsuki foi até Miwa, que estava observando os guerreiros noturnos pela janela do quarto de Takeo, e disse:

— Chame todas as criadas da casa e vamos nos esconder dentro do Genken. Acho que é o único jeito.

— Tudo bem. Obrigada pela sugestão! — disse Miwa, indo chamar as criadas, que estavam espalhadas pela casa.

— Enquanto você as chama, vou tentar distraí-los — afirmou Natsuki, que já estava pronta para usar as armas escondidas em vários lugares de sua roupa.

— Você está maluca?! — perguntou Miwa, inconformada e preocupada com a segurança da amiga.

— Confie em mim, Miwa, aprendi a lutar um pouco com meu avô. Melhor eles atacarem a mim do que todas as mulheres da casa. Vá! — disse Natsuki, com pressa.

Miwa estava hesitante, mas assentiu e correu para procurar as mulheres pela casa. Natsuki respirou fundo e deixou suas duas adagas, suas neko te, seus frascos de veneno e suas lâminas em formato de estrela nas mangas e na faixa do quimono, de maneira que ninguém pudesse vê-las. Natsuki se escondeu em um canto escuro e próximo da porta shoji da sala de estar para que pudesse surpreender os ninjas logo que entrassem.

— Eu consigo. Vou dar um jeito nesses idiotas — disse Natsuki, abaixada no canto onde estava. "Espero que a Miwa e as outras garotas já estejam seguras no Genken", pensou ela, preocupada, enquanto colocava sua neko te nos dedos.

Para não correr o risco de ser descoberta por alguém da casa que poderia estar a observando, Natsuki escondeu bem as mãos. A respiração da kunoichi acelerava cada vez mais, porque não estava com medo apenas de ser morta em combate, mas também de não ser sutil o suficiente e acabar sendo desmascarada.

Em poucos minutos, quatro ninjas entraram pela porta da frente prontos para atacar quem quer que estivesse no caminho. Todos usavam quimonos pretos e tinham o rosto coberto quase por inteiro por máscaras de pano preto, com apenas os olhos e parte do nariz e da testa à mostra. Natsuki golpeou dois deles por trás, fazendo-os cair no chão. Depois que levantaram, tentaram matar a jovem com as lâminas estrela e com golpes da wakizashi, mas Natsuki conseguiu desviar, socou o rosto de um e o estômago do outro e os matou com uma única arranhada no pescoço, utilizando as neko te.

— Isso foi divertido! — comentou Natsuki, rindo.

Os outros dois avançaram, mas Natsuki conseguiu desviar da maioria dos socos que eles desferiram, derrubou um com um soco forte próximo ao pescoço, na parte inferior do queixo, e assassinou o outro utilizando o garrote com rapidez até estrangulá-lo. Para fingir que estava em apuros, de vez em quando Natsuki gritava "Socorro! Eles não param de me atacar!", "Me deixem em paz, idiotas!", "Não consigo continuar!", para deixar claro para as criadas escondidas e para quaisquer outras pessoas que a estivessem vendo ou ouvindo que não era uma lutadora profissional habilidosa. Natsuki conseguiu com sucesso fingir que estava tentando apenas se defender dos ninjas e que dava golpes desengonçados que os matava apenas por sorte, uma técnica de disfarce típica das kunoichis.

Entraram mais cinco ninjas pela porta da frente e outros três pela de trás. Natsuki lutou por quase 20 minutos com eles, mas conseguiu desviar da maioria dos golpes dos oito ninjas sem se ferir demais, matou quatro deles com duas simples arranhadas da neko te, três com a adaga wakizashi e tentou assassinar um com o garrote e depois com as lâminas estrela, mas ele ficou com medo da kunoichi e saiu correndo para longe.

— Pelo menos não estou muito ferida — disse Natsuki, observando os poucos cortes em seus braços e pernas. No rosto havia apenas uma pequena ferida feita por lâminas estrela, mas estava sangrando bem pouco, um corte relativamente grande no braço esquerdo feito por uma adaga e um outro menor na perna direita. Natsuki sentia que quanto mais lutava, menos medo sentia de continuar no combate aos ninjas.

Alguns segundos depois de lutar com os guerreiros das sombras, Natsuki se escondeu novamente, aguardando mais deles chegarem na casa. Não demorou muito para outros quatro entrarem pela porta de trás e, uma vez que os viu, Natsuki desviou do golpe de um deles dando um salto mortal e, durante o salto, conseguiu ser rápida o suficiente para levantar o ninja do chão pelo pescoço, usando as pernas, e jogá-lo com força contra a parede. Depois do golpe, Natsuki conseguiu cair em pé para lidar com os outros três que restaram.

— Eu sou uma mulher! Parem de me agredir desse jeito! Alguém me ajude! — exclamava Natsuki, fingindo desespero e forçando o choro enquanto lutava com os homens e tentava matá-los com sua adaga, seus golpes e suas neko te.

No meio da luta, Natsuki conseguiu olhar nos olhos dos ninjas que estavam a sua frente, reconheceu instantaneamente um deles e ficou muito surpresa. O ninja a reconheceu também e, para evitar que os outros tentassem matá-la, afastou-os com um empurrão sem chamar atenção demais, virou-se para eles e disse, mantendo a wakizashi apontada em direção ao pescoço de Natsuki:

— Procurem os samurais, donos da casa. Eu cuido dessa mocinha aqui — Os ninjas concordaram e saíram correndo, cada um para um lado para procurar pelos samurais.

Natsuki ficou um pouco assustada com a atitude do guerreiro, porém logo percebeu que era puro fingimento e se segurou para não rir.

— Tenha piedade de mim, por favor! O que você vai fazer comigo, senhor? — disse Natsuki, fingindo estar em pânico e prestes a chorar. O ninja aproximou mais a adaga do pescoço de Natsuki, que deu um passo para trás, pronta para jogar um frasco de veneno no rosto dele.

— Venha comigo, fique quieta e não ataque! Você vai fazer exatamente o que eu mandar — disse o ninja, em tom alto, mostrando estar furioso.

Natsuki assentiu, com os olhos arregalados de desespero, falso desespero. O guerreiro levou Natsuki até os fundos da casa com a arma apontada para ela, atravessou o jardim cheio de sakuras, lamparinas de pedra e esculturas, contornou o pequeno lago e entrou com Natsuki no gazebo de telhado de madeira escura, algumas paredes claras e poucos detalhes em vermelho. O gazebo estava bem escuro e ninguém jamais repararia nos dois escondidos ali.

Depois de se sentar, o ninja guardou a adaga, Natsuki sentou-se ao lado dele, guardou suas neko te nas mangas do quimono e disse, feliz por ter sido salva dos ataques dos outros ninjas:

— Muito obrigada por isso, Hiro. Você é demais!

— De nada. Estou aqui para isso — disse Hiro, enquanto tirava sua máscara, revelando todo o rosto para Natsuki.

"Ainda bem que não matei o Hiro por acidente, porque estava me sentindo uma verdadeira máquina de matar dentro da casa", pensou Natsuki, aliviada.

— Poderia me explicar o que está acontecendo aqui? Qual o motivo desse ataque de guerrilha insano aqui em Otawara? — perguntou Natsuki, inconformada, sedenta por respostas.

Natsuki havia se irritado bastante com aquele ataque ninja surpresa em Otawara e estava com medo de que algum ninja invasor pudesse ter assassinado Takeo.

— O mestre Akamatsu disse que uma pessoa contou que aqui há muitos samurais trabalhando para daimyos corruptos e enriquecendo com o roubo, por isso desejava que viéssemos em bando matar esses caras — explicou Hiro.

Natsuki estranhou, pois um dos princípios do Bushido era a honestidade, e não imaginava que existiam tantos samurais que roubavam a ponto de ser pedido um ataque ninja direto de grandes proporções.

— A família Udagawa está incluída nessa lista de pessoas corruptas? — perguntou Natsuki, com medo de estar namorando um ladrão.

— Udagawa… não. Os Udagawa e mais duas famílias apenas que não estão na lista. Aliás, peço desculpas por ter invadido a casa dos Udagawa com meus colegas, é que quando te vi com eles, de longe, sendo atacada por outros companheiros meus, pensamos que você fosse a esposa de uma das famílias procuradas, porque você se parece bastante com ela.

Natsuki assentiu, assustada, pois poderia ter morrido por se parecer com uma bandida. Imaginava que os ninjas tomassem mais cuidado e atacassem os inimigos certos.

— Mas que falta de atenção! Quase morri por ser parecida com essa mulher! — disse Natsuki, inconformada.

Hiro estava se sentindo muito mal por ter deixado sua melhor amiga quase ser assassinada. Por sorte, Natsuki sabia lutar muito bem e conseguiu se salvar, mas Hiro poderia não ter chegado a tempo na casa para afastá-la dos guerreiros.

— Me desculpe… Espero que não tenha se machucado muito. Aliás, por que você se importa com os samurais Udagawa? Eles são seus alvos! — perguntou Hiro, confuso.

— Eles são, mas são boas pessoas e não acho justo serem assassinados. Estou infiltrada na casa deles há meses e não ouvi muitas conversas estranhas entre eles e outras pessoas, mesmo em momentos de negociação. Nem sei o motivo pelo qual a mestre me pediu para espioná-los por tanto tempo — disse Natsuki, rindo um pouco.

Natsuki percebeu que aquele encontro com Hiro seria a oportunidade perfeita para contar-lhe sobre o bebê, contudo estava com medo de falar sobre o assunto, porque não tinha certeza se Hiro acreditaria ou não que era o pai. Ela estava com medo de ter que criar o bebê totalmente sozinha se Hiro duvidasse que o filho era dele.

— Hiro, eu preciso te contar uma coisa importante e talvez você se assuste um pouco. Prometa que não vai surtar.

— Você já está me assustando, mas... pode falar — disse Hiro, tenso.

— Eu estou esperando um filho seu. Antes que você me pergunte, tenho certeza absoluta de que você é o pai, porque estou grávida de quase três meses, que é o tempo que passou desde aquele momento que tivemos, um dia antes de eu partir para Otawara — disse Natsuki, feliz por finalmente ter contado a Hiro sobre o bebê. O ninja engoliu em seco, espantado e ao mesmo tempo tenso com a situação, porque não fazia ideia de como cuidar de uma criança. Hiro já sabia que Natsuki poderia estar grávida dele, mas não estava preparado para ouvi-la dizer isso com tanta certeza.

— Grávida? Que surpresa! Mas por que você não me contou isso antes? — disse ele, gaguejando e ainda em estado de choque.

— Porque eu não tinha como entrar em contato com você no meio da missão e só tive certeza da gravidez depois que passei três meses inteiros sem menstruar — explicou Natsuki.

Hiro assentiu, com um sorriso forçado, sem saber o que dizer. O jovem sentiu medo de várias coisas ao mesmo tempo: de não saber cuidar da criança, de Natsuki se ferir gravemente durante a missão ocasionando a morte dela e do bebê, de seu filho ser tratado mal pelas pessoas por ser ilegítimo... muitas coisas surgiram em sua mente depois daquela notícia.

— Entendi… Bom, sei que você nunca quis ter o seu primeiro filho comigo, mas espero que esteja pelo menos um pouco feliz com a gravidez. Eu vou adorar cuidar do nosso bebê com você, sempre quis ter um filho um dia — disse Hiro, sorrindo e abraçando Natsuki delicadamente.

Natsuki corou, sentindo-se constrangida com a situação, porque não pensou que se um dia engravidasse daria a notícia com tristeza. A kunoichi sempre imaginou que estaria muito alegre quando fosse falar ao pai de seu bebê que estava grávida.

— Que bom! Espero que possamos descobrir juntos a maneira certa de criar nosso filho, porque somos muito novos ainda e não temos nenhuma experiência com isso… — disse Natsuki, sorrindo. Ela suspirou, chateada ao pensar em ter que cuidar de um bebê quando voltasse para Koga.

Hiro, por outro lado, já não estava mais em estado de choque e estava se sentindo bastante feliz por Natsuki ser a mãe de seu primeiro filho, pois a amava… ou melhor, estava se esforçando para deixar de amá-la.

— Nós vamos conseguir, Natsu. Não vai ser fácil, mas vamos fazer isso juntos. Confie em mim — afirmou Hiro, sorrindo e beijando a bochecha de Natsuki, que sentiu aquele arrepio de maneira leve.

"Tomara que você esteja certo, Hiro. Tomara…", pensou Natsuki, nervosa.

— Obrigada por dizer isso. Você é um amigo maravilhoso, por isso te adoro tanto — disse Natsuki, muito feliz e abraçando Hiro. "Será que, se meu bebê for uma menina, vai querer ser uma kunoichi como eu? E se for menino vai treinar para ser um ninja como o Hiro?", pensou Natsuki, já tentando adivinhar como seria, no futuro, a personalidade do ser humano que estava carregando no útero.

— Obrigado pelo elogio. Você é maravilhosa também.

Hiro sempre se alegrava quando via Natsuki e gostava muito de conversar com ela, principalmente quando estavam sozinhos. Aquele momento fez Hiro se lembrar dos dias em que ficou conversando sobre histórias engraçadas no pátio dos ninjas e kunoichis… ambos choravam de rir.

— Sei que o bebê ainda é muito pequeno para se mexer, mas... posso tocar sua barriga? — perguntou Hiro, sorrindo, encantado com o fato de que teria um filho com Natsuki em breve.

— Pode, sim — respondeu Natsuki, rindo, com um pouco de vergonha.

Com calma, Hiro aproximou a mão da barriga de Natsuki, que estava bem pouco saliente. Quando tocou o ventre da amiga, sentiu seu corpo esquentar por dentro por conta da emoção que estava sentindo em pensar que seu filho estava lá.

— Sentiu alguma coisa? — perguntou Natsuki, sorrindo.

— Não muito, mas foi o suficiente para me deixar emocionado — respondeu Hiro, sorrindo de volta.

Mesmo Natsuki, que estava com medo de ser mãe tão jovem, estava maravilhada por estar grávida. Sua tensão diminuiu muito depois que Hiro ficou feliz com a gravidez; a alegria dele a contagiou.

— Imagino. Também estou emocionada pelo que aconteceu, mesmo tendo sido um acidente... — comentou Natsuki, suspirando de alegria.

— Foi um acidente bom. Acho que foi o melhor que já me aconteceu... Bem, eu adoraria continuar conversando, mas preciso ir embora, senão meus colegas vão estranhar. Amei te ver, Natsu! Até mais! Se cuide! — disse Hiro, levantando-se para colocar a máscara de volta.

O ninja saiu correndo tão rápido do gazebo que Natsuki não conseguiu dizer mais nada, nem se despedir.

— Que alívio! O Hiro se espantou com a notícia, mas ficou feliz depois! Não vou mentir, também estou feliz por estar grávida... mal posso esperar para carregar meu bebê nos braços — disse Natsuki, olhando para sua barriga com um enorme sorriso.

A kunoichi ficou por mais alguns segundos no gazebo marrom, mas logo saiu de lá para ver se os ninjas estavam fazendo muito estrago em Otawara. Mesmo Hiro tendo garantido que a família Udagawa não seria atacada, Natsuki estava com medo de os guerreiros terem se enganado e resolvido matar Noboro e Takeo.

Natsuki atravessou o jardim rapidamente sem fazer barulho e, quando chegou no limite do local, se abaixou e se escondeu atrás de três arbustos perto das sakuras para observar o ataque sem ser vista e se certificar de que Takeo estava bem. O quimono de Natsuki a ajudava no disfarce, porque tinha as cores das sakuras: rosa e branco, ou seja, era de fundo rosa claro decorado com flores e folhas brancas. Ela estava bastante preocupada com Hiro também, pois ele era seu melhor amigo e ela temia que um samurai o assassinasse.

— Onde o Takeo está? Não consigo vê-lo! — sussurrou Natsuki, começando a se desesperar.

A garota olhava para os lados e não conseguia encontrar o samurai, a única coisa que estava vendo era um bando de ninjas, samurais e daimyos lutando de maneira feroz e mulheres correndo desesperadas e tentando se defender dos poucos ninjas que as estavam atacando com adagas e correntes. Havia alguns ninjas escondidos utilizando arco e flecha também.

Natsuki percebeu que o único jeito de encontrar Takeo seria procurando-o pelas ruas, então se levantou e saiu correndo à sua procura. Havia tantos samurais lutando, por toda a cidade, que Natsuki nem sequer conseguia ver seus rostos para achar Takeo. Enquanto corria, Natsuki procurava lugares para se esconder caso alguém a ameaçasse. Pelas sombras e bem protegida dos ninjas, Natsuki andou para tentar ver Takeo naquela multidão.

— Takeo, apareça, por favor! — sussurrou Natsuki, cada vez mais preocupada.

Quando Natsuki estava escondida em um local bem escuro ao lado de uma parede externa de uma casa estilo shoin-zukuri igual à de Takeo e Noboro, um samurai parecido com o pai de Hikaru empunhou sua katana e começou a lutar contra Hiro, que conseguia desviar bem dos golpes. Hiro pegou sua wakizashi e tentou atingir o samurai no pescoço, mas não conseguiu e por pouco não foi derrubado por um soco no estômago. Hiro conseguiu ferir o samurai jogando três lâminas estrela, utilizando a corrente e fazendo-o cair com um chute, mas depois de um tempo foi atingido pela katana em uma região próxima à cintura e caiu gemendo de dor. Natsuki ficou boquiaberta e não disfarçou seu pânico quando viu Hiro caído no chão sangrando daquele jeito, com o quimono preto rasgado na região da ferida, então, quando o samurai virou as costas, ela correu até Hiro, ajoelhou-se ao lado dele e disse:

— Hiro, respire, por favor. Você está bem?

— Não muito. Aquele samurai é bem melhor de luta do que eu pensava — respondeu Hiro, arfando e fazendo muito esforço para falar. Natsuki colocou a mão na testa do ninja e ela estava esfriando rapidamente, o que a desesperou ainda mais. Não poderia deixar o pai de seu filho morrer.

— Aguente firme. Você é forte. Por favor, não me deixe... eu te adoro e você tem um filho para criar — disse Natsuki, começando a chorar.

Hiro segurou as mãos de Natsuki e disse:

— Não vou te abandonar, Natsu, não se preocupe com isso. Agora vá embora, por favor, senão alguém vai perceber que você me conhece e seu disfarce estará completamente arruinado!

— Como posso ir? Não quero te deixar aqui sangrando sozinho! — disse Natsuki, inconformada e limpando as lágrimas com as longas mangas de seu quimono rosa. Hiro também estava desesperado por saber que podia morrer naquele instante, porém se esforçou para mostrar confiança para a jovem kunoichi.

— Pode ir! Vai dar tudo certo! — afirmou ele, olhando em volta para se certificar de que ninguém tentaria atacar Natsuki. A kunoichi assentiu, beijou a testa do amigo e correu para longe. Para estancar o sangramento, Hiro apertou seu ferimento com as duas mãos e fechou os olhos, ofegante e mordendo os lábios, tentando aguentar a dor.

Natsuki ficou por 15 minutos andando por Otawara e se escondendo nos cantos para achar Takeo sem ser vista, porém não avistou o samurai em lugar algum, então voltou para a residência Udagawa e se escondeu com as criadas no Genken, porque já não sabia mais o que fazer. Ela estava se sentindo horrível por não ser capaz de curar o ferimento de Hiro nem trazer Takeo são e salvo para casa. A garota chorou por um tempo, rezando para que os dois homens estivessem vivos.

Uma hora e trinta minutos depois, o ataque ninja finalmente acabou e poucos samurais haviam morrido. Os ninjas que sobreviveram recuaram, mas muitos morreram durante o combate. Depois que todos os guerreiros invasores se retiraram, Takeo e Noboro guardaram suas katanas na faixa dos seus quimonos e entraram em casa.

— Meninas? Vocês estão em casa? — perguntou Takeo, gritando, procurando pelas criadas, que instantaneamente ouviram sua voz e saíram do Genken, aliviadas porque o ataque tinha acabado. Em um momento em que Noboro virou as costas para ir em direção à cozinha, Takeo correu até Natsuki e a abraçou. A adolescente se emocionou ao ver que Takeo estava bem e com poucas feridas no corpo.

— Estou tão alegre em te ver vivo, Takeo! — disse Natsuki, aliviada, sorrindo para ele e acariciando seu rosto.

— Eu também estou muito feliz em te ver bem, Yuri. Você não faz ideia do quanto fiquei preocupado com você! — disse Takeo, agoniado ao se lembrar do nervoso que havia passado.

Natsuki abraçou-o novamente e ficou com muita vontade de perguntar "Você sabe se um ninja chamado Hiro Sakamoto está vivo?", pois estava aflita por não saber o estado de seu melhor amigo.

26
O GRANDE DIA

Os dois meses de espera para o casamento de Takeo e Hikaru se passaram muito rápido para todos, menos para Natsuki, que todos os dias tinha vontade de chorar quando imaginava seu amado samurai se casando com outra. Natsuki percebeu que havia chegado ao seu limite, pois sabia que não conseguiria lidar com duas mudanças radicais ao mesmo tempo: cuidar de um bebê e aturar Takeo sendo o marido de Hikaru. Apesar de faltar apenas um mês para Natsuki concluir seu serviço de espionagem, ela não ficaria, porque tinha certeza de que não aguentaria permanecer na residência Udagawa nem um segundo a mais. Natsuki já estava com tudo organizado em sua grande sacola de pano preta para partir: os papéis com várias anotações após ouvir as conversas de Takeo e Noboro com pessoas importantes, seus quimonos e sapatos, seus adornos de cabelo... tudo.

Era de madrugada e faltavam exatamente três horas para amanhecer o dia. Natsuki precisava agir rápido, porém discretamente, então calçou seus sapatos zori pretos mais confortáveis e menos barulhentos, prendeu os cabelos em um coque, vestiu um quimono verde-escuro com leques rosa estampados, colocou a faixa onde estavam escondidas as armas, pegou a sacola, abriu a porta e saiu do quarto sorrateiramente. Depois, entrou no quarto de Takeo, deixou uma carta ao lado do futon onde ele dormia, saiu pela porta dos fundos, que era em estilo shoji como a da frente, e subiu na charrete que a estava esperando. Natsuki havia conseguido uma charrete para retornar ao centro de treinamento kunoichi em Koga porque enviara, secretamente, uma carta para lá pedindo para ser levada de volta por alguém na madrugada.

— Takeo, você cometeu um grande erro… Por que fez isso comigo? Por quê? Achei que você me amasse de verdade! — sussurrou Natsuki, derramando algumas lágrimas e com a mão esquerda acariciava sua barriga, que estava bem mais saliente que dois meses atrás, pois já estava de cinco meses de gestação. No mesmo instante, a moça de quimono preto bateu a corda que segurava o cavalo e a charrete começou a andar, rumo a Koga.

— Você acha que a mestre Rina vai ficar brava por eu ter desistido da missão? — perguntou Natsuki, preocupada, mas nada arrependida de ter decidido ir embora de Otawara antes que Takeo se casasse.

— Acho que não muito, porque pelo que sei faltava apenas um mês para seu serviço ser concluído… provavelmente não havia muito mais informações para serem extraídas — disse a mulher.

— Tem razão — concordou Natsuki, sentindo-se melhor depois de ouvir que era provável que sua mestra não ficasse com muita raiva de sua desistência repentina. No mesmo instante, Natsuki olhou para a casa dos Udagawa, mordeu os lábios, respirou fundo e disse, triste e em tom baixo:

— Como fui boba por ter me apaixonado por um samurai! Acho que Yasuo estava errado em ter apoiado nosso romance… samurais não são tão incríveis como as pessoas dizem. Pensam apenas nas aparências, como todos os outros!

Natsuki estava com medo do que poderia acontecer depois de ir embora de Otawara antes da hora, mas não estava arrependida de sua escolha. Já estava preocupada demais por ter que cuidar de uma criança em breve, não queria aguentar ver o homem que amava se casar. Um dos únicos consolos de Natsuki era que quando chegasse a Koga, poderia se tornar namorada de Hiro, porque ele a amava, mas ela não tinha certeza se ele estava vivo e não achava certo namorá-lo apenas para não ficar sozinha. Outro pensamento que a deixava mais calma era o fato de que muito em breve estaria de volta ao centro de treinamento, poderia dormir novamente em seu quarto de kunoichi e reencontraria Kameyo e Tami.

Quando Takeo acordou de manhã, Natsuki já estava longe da cidade de Otawara. Ele afastou o lençol, levantou de seu futon e guardou-o em seguida. O jovem já estava começando a pensar no casamento antes de tomar o café da manhã, porque se sentia inseguro, não se considerava pronto para dar um passo tão grande. O samurai sabia o quanto Noboro, Shinji e Jun estavam ansiosos e satisfeitos com a união de seus filhos em matrimônio, mas temia ser obrigado a permanecer em um casamento infeliz pelo resto da vida apenas para agradar a sociedade à qual pertencia: a dos guerreiros aristocratas. A nobreza guerreira japonesa tinha o costume de realizar casamentos arranjados para unir famílias aliadas e de um mesmo nível social, o que pode ser bom em alguns aspectos, porém muitas vezes trazia a profunda insatisfação dos cônjuges no futuro por não se amarem, que era o que estava deixando Takeo com medo. Além disso, ele amava Natsuki e não se via com outra mulher.

Depois de tomar o café com o pai, Takeo foi até seu quarto e provou o traje de noivo para ter certeza de que estava servindo.

— Não queria que essa roupa estivesse servindo! Não quero me casar! — disse Takeo, muito irritado e assustado com a situação.

Ao ouvir o que o filho disse enquanto passava pelo corredor, Noboro abriu um pouco a porta do quarto e disse:

— Pare de falar besteiras, Takeo! Está com 22 anos de idade, precisa arranjar uma mulher boa o suficiente para se casar com você e a srta. Miura será uma ótima esposa!

Takeo revirou os olhos, suspirou e balançou a cabeça em negação, inconformado com o pensamento do pai. Depois que Noboro se afastou do cômodo, ele sussurrou para si mesmo:

— Eu não estou pronto. Algo me diz que eu não deveria fazer isso… — depois pensou em Natsuki, que já não estava mais na residência.

Takeo estranhou muito quando não a viu junto às outras criadas quando foi tomar o café da manhã, mas preferiu não dizer nada, porque não queria que o pai ficasse bravo. O jovem temia deixar Noboro furioso se revelasse o romance com Natsuki. Às vezes, sentia-se bobo por amar sua serviçal, mas logo percebia que se irritar por não ter se apaixonado por uma moça da aristocracia fazia com que ele parecesse seu pai.

— Filho, arrume-se e vista seu montsuki hakama rápido, porque a Hikaru já deve estar vestindo o Shiromuku na casa dela! Faltam só duas horas para o casamento! — exclamou Noboro, com pressa.

— Já vou! Espere um pouco, pai! — respondeu Takeo.

Montsuki hakama era o traje utilizado pelos noivos e Shiromuku, o usado pelas noivas no período Edo, que durou de 1603 até 1868. A roupa do noivo consistia em um quimono preto em sua parte superior e cinza com algumas discretas listras pretas na inferior, chamada hakama. A alguns centímetros acima do pedaço cinza do vestuário ficava o haori himo branco, uma espécie de nó feito por duas pequenas cordas brancas com uma esfera toda de penas brancas no centro. Já o Shiromuku era o quimono de casamento mais nobre e formal que existia, usado geralmente em cerimônias e casamentos xintoístas[1] e feito de seda branca, além de ser acompanhado pelo tsunokakushi, um pano branco retangular que cobria o tradicional topete alto da noiva.

— Onde está a Yuri? Por que ela sumiu? — resmungava Takeo, preocupado com sua amada. "Hikaru é uma boa moça, eu sei que é... mas não quero que ela se torne minha esposa", pensou Takeo, aflito por não poder escapar daquela situação de nenhuma maneira.

— Yuri! Yuri! Venha aqui, por favor! — chamou Takeo, depois de já ter vestido sua roupa.

Noboro foi até o quarto do filho novamente e disse:

— Yuri não está aqui. Também estava procurando por ela. Deve ter

---

1   A religião tradicional japonesa é o xintoísmo e os praticantes dela são chamados de xintoístas.

partido antes de acordarmos. Agora o motivo pelo qual ela foi embora sem avisar, não sei...

— Isso não faz sentido! Para onde ela poderia ter ido? — disse Takeo, inconformado e com a mão no queixo, tenso, com medo de ter feito alguma coisa que tivesse magoado demais Natsuki.

— Não sei. Nunca me aconteceu de uma criada sumir — respondeu Noboro, rindo e se retirando. Takeo forçou um sorriso, esperou seu pai se afastar e continuou pensando, aflito, por que Natsuki teria desaparecido da noite para o dia. Por um instante considerou ir até Iga atrás da moça, porém não conseguiria chegar lá tão rapidamente.

— Não posso me casar sem antes beijar a Yuri pela última vez. Quero me despedir dela, pelo menos — disse Takeo, andando de um lado para o outro, tenso e despenteando os cabelos cada vez mais, porque não tirava as mãos da cabeça. Em certo momento, Takeo pisou com os sapatos zori marrom-claros por acidente em um envelope no chão e quase tropeçou. O samurai franziu a testa, estranhando não ter notado aquele envelope antes, e abaixou-se para pegá-lo. No verso estava escrito "Para Takeo Udagawa".

— Esquisito... Será que a Hikaru deixou isso no meu quarto? — perguntou Takeo, perplexo. Nunca havia achado um envelope em seu quarto antes. Com medo e curioso ao mesmo tempo, o guerreiro abriu e encontrou um bilhete relativamente grande. Olhou em volta para se certificar de que não estava sendo observado por seu pai, fechou a porta do quarto e começou a ler a mensagem com atenção.

O texto estava escrito com uma letra redonda e bastante caprichada e dizia:

"Meu querido Takeo,

Peço desculpas por ter ido embora sem tê-lo avisado, mas tive que fazer isso para não te impedir de se casar com Hikaru, já que seu pai e os pais dela estão tão felizes com o evento. Vou ser sincera com você: fiquei arrasada quando soube do casamento e até agora estou chocada por você ter aceitado realizá-lo mesmo sendo apenas para agradar as pessoas do seu núcleo familiar.

Quero que saiba que te amo muito e sempre te amarei. Admiro demais sua gentileza, sua coragem, sua inteligência e sua sensibilidade. Você terá um lugar especial no meu coração até o fim de minha vida e nunca vou me esquecer de nossas conversas e de nossos deliciosos beijos e abraços... Desejo um dia poder te reencontrar e te convencer de que podemos formar uma família mesmo eu sendo uma mulher humilde e você, um samurai.

Espero que você me perdoe por ter fugido. Aliás, contei algumas mentiras durante o nosso tempo juntos e espero que não deixe de me amar por isso... uma delas é que vivo em Koga, não em Iga. Se quiser me encontrar, moro no norte das colinas de Koga, onde há várias árvores e arbustos. Peça ajuda para alguém se não conseguir me achar.

Aliás, meu nome verdadeiro é Natsuki Katayama.

Com muito amor,

Sua amada Yuri."

Após a leitura, Takeo guardou o bilhete de volta no envelope e o escondeu com seu futon no armário marrom-claro. Ao mesmo tempo em que estava feliz por Natsuki estar bem, estava se sentindo traído por ela ter mentido. O samurai ficara curioso para descobrir quais eram as mentiras de Natsuki, mas o que mais mexia com ele era a dúvida de sair de seu quarto e ir à capela xintoísta se casar com Hikaru ou criar algum plano para partir rumo a Koga para procurar Natsuki, mesmo que levasse a vida inteira para achá-la.

— Será que eu deveria ir atrás da Yuri? O que faço agora? — dizia Takeo, muito confuso sobre como agir.

Takeo desejava muito encontrar Natsuki depois de descobrir exatamente onde ela estava, mas não sabia se era a coisa mais certa a fazer.

— As pessoas do meu grupo social vão pensar que sou um adolescente descabeçado se eu sair correndo atrás da Yuri, mas ir atrás dela é o que mais quero agora que sei onde ela está! — reclamou Takeo, cada vez mais aflito com aquele dilema em que se encontrava. Logo depois, Noboro abriu a porta do quarto do filho e disse, com raiva:

— Pare de enrolar! Você está aí dentro há muito tempo! Vamos logo!

— Já estou indo! Pare de me apressar! — pediu Takeo, irritado.

— Você está me testando, só pode ser! Estou vendo que você já está vestido, então por que está aí parado? — perguntou Noboro, com os braços cruzados, inconformado. "É agora ou nunca, Takeo. Tome logo essa decisão!", pensou o jovem samurai, com medo de escolher seguir o caminho errado.

— Em dez minutos quero te ver pronto na porta de casa, senão você vai se ver comigo! Não acredito que você está estragando o dia mais importante da sua vida… — disse Noboro, bufando de raiva e se retirando com rapidez de onde estava. Takeo fechou os olhos e balançou a cabeça em negativa, de tão confuso que estava sobre o que fazer diante daquela situação difícil. Começou a andar de um lado para o outro novamente.

— Não pensei que um dia precisaria escolher entre o amor e a tradição familiar. Isso é complicado demais para mim! — reclamou Takeo.

Depois de alguns segundos, Takeo concluiu que deveria deixar Natsuki em seu passado e tentar seguir com sua vida, porque jamais poderia se casar com ela e não poderia simplesmente abandonar seu pai em Otawara. Além disso, seria falta de consideração com os Miura recusar-se a se unir com Hikaru em matrimônio, que era uma pessoa bondosa e não merecia ser desrespeitada daquela maneira. Takeo derramou algumas lágrimas depois de tomar sua decisão, mas tinha certeza de que estava fazendo a coisa certa, então sentou-se e meditou um pouco para se acalmar, arrumou o coque, saiu do quarto e foi encontrar Noboro na porta de casa.

— Eu estou pronto agora, pai. Podemos ir para a capela — afirmou Takeo, tentando mostrar segurança no tom de voz.

Noboro abriu um grande sorriso, deu um tapinha nas costas do filho e disse, sentindo-se orgulhoso:

— Maravilha! Vamos lá então — logo depois abriu a porta da residência e desceu os degraus de pedra cercado pelos guardas com Takeo até que finalmente pisassem no chão. Noboro percebeu a relutância de se casar ainda presente no filho, então o abraçou e disse:

— Não se preocupe. Tenho certeza absoluta de que Hikaru será uma ótima esposa para você, pois Shinji e Jun a educaram muito bem. A família Miura é de boa índole.

Takeo apenas assentiu, tentando acreditar no que o pai dizia, e não tocou no assunto do evento em nenhum instante. "Vai dar tudo certo! Pare de se preocupar tanto! Talvez Yuri tenha sido apenas uma paixão passageira...", pensou ele, respirando fundo e ainda preso no dilema, mesmo já tendo tomado sua decisão. O samurai rezou para que fosse minimamente feliz casado com a jovem filha do casal Miura, para que se esquecesse de Natsuki e deixasse de amá-la tanto o mais rápido possível.

27
UM BEBÊ E VÁRIAS MENTIRAS

Cinco anos se passaram desde a partida de Natsuki para Koga e ainda assim ela estava com muita dificuldade de superar a falta de Takeo, de quem se lembrava quase todos os dias. Hiro, por outro lado, havia deixado de amar Natsuki e acabou se apaixonando por Kameyo, com quem começou a namorar. Natsuki ficou muito feliz por Hiro e Kameyo terem decidido ficar juntos e continuava uma grande amiga dos dois, como sempre foi. Infelizmente, logo que a kunoichi chegou ao centro de treinamento e explicou a Rina o motivo de sua desistência, a mestre decidiu puni-la obrigando-a a ficar sem treino kunoichi até que o seu bebê completasse 5 anos. Natsuki não teria que esperar tanto tempo para voltar a melhorar suas habilidades e aprender coisas novas, mas aquela punição era o suficiente para prejudicá-la e deixá-la com bem menos prática que as demais kunoichis.

Quando o bebê nasceu, quase cinco meses depois de sua chegada, seus olhos e os de Hiro encheram-se de alegria, porque estavam muito ansiosos para pegar o filho no colo. O bebê era uma linda menina, parecida tanto com Natsuki quanto com Hiro, e se chamava Izumi Sakamoto. Os ninjas e as kunoichis gostavam bastante de pegar Izumi no colo e Hiro lhe dava bastante atenção sempre que tinha um tempo livre, porque ela era sua alegria. Agora Natsuki e Hiro cuidavam juntos de Izumi, que já tinha quase 5 anos e sabia andar. Rina conseguiu encontrar um fornecedor próximo ao complexo de kunoichis e ninjas que trazia miniquimonos para Izumi uma vez por semana, pois não havia roupas adequadas para crianças lá.

Em uma tarde, Natsuki estava caminhando de mãos dadas com Izumi pelo pátio entre o centro de treinamento das kunoichi e o dos ninjas enquanto suas colegas treinavam. A kunoichi sempre ficava feliz quando passava um tempo com a filha e adorava dizer a ela o nome dos elementos da paisagem a sua volta, ensinar-lhe várias coisas, conversar... era um momento mágico. Izumi sabia falar "mami" para sua mãe, "papi" para seu pai e "Eu sou Izumi Sakamoto" quando queria se apresentar para as pessoas. Às vezes confundia "mami" com "papi", mas Natsuki e Hiro não se importavam. Izumi também formava algumas frases completas.

— Você sabia que a cor do quimono que você está usando é lilás, Izumi? Você fica linda de lilás! — disse Natsuki, enquanto andava pela grama com Izumi, que olhava para os olhos de Natsuki sempre que era chamada. Natsuki não conseguia parar de sorrir quando olhava ou falava com Izumi.

— Sou linda? — perguntou Izumi, esforçando-se para pronunciar as palavras.

Natsuki abraçou a filha e disse, com ternura no tom de voz:

— Claro que sim! Você é maravilhosa! A mamãe te ama demais — Izumi sorriu e respondeu:

— Te amo muito, mami! — Logo depois, abraçou a perna direita de Natsuki, que sorriu de volta e deu um beijo na testa da filha.

"Como o cabelo dela está crescendo rápido! Já está encostando nos ombros e é de um tom escuro que não chega a ser preto, igualzinho ao do Hiro...", pensou Natsuki, enquanto mexia no cabelo da pequena Izumi. Ela adorava observar as mudanças que ocorriam nela conforme crescia. Depois de passar os dedos pelos delicados fios de cabelo da filha por alguns segundos, Natsuki voltou a segurar sua mão.

— Mami, o que é kunoichi? — perguntou a filha de Hiro, curiosa. Natsuki engoliu em seco, tensa. Não estava preparada para explicar a

Izumi o que realmente significava ser uma kunoichi, principalmente porque kunoichis eram assassinas que conheciam diversas formas de matar e seduziam homens para conseguir informações. Não seria adequado dizer isso a uma criança de 5 anos.

— Kunoichis são mulheres que ajudam pessoas más a se tornarem boas — mentiu Natsuki, sentindo-se mal por ter que enganar a filha, por mais que fosse necessário.

— Que demais! — disse Izumi, pulando de felicidade, muito impressionada com a "bondade" e a coragem das kunoichis. Natsuki ficou aliviada porque Izumi acreditou na mentira.

— Sim, elas são muito bondosas e por isso as pessoas gostam tanto delas. As kunoichis fizeram o bem muitas vezes — complementou Natsuki, sorrindo para a filha, mostrando segurança e disfarçando seu nervosismo.

— Então quero ser kunoichi! Eu quero! Eu quero! — disse Izumi, bastante entusiasmada com a ideia. Natsuki ficou ainda mais tensa com a animação da filha.

— Você ainda é muito nova para ser uma, Izumi. Precisa crescer mais — afirmou Natsuki, rindo e acariciando a filha, que se entristeceu um pouco com o que a mãe disse.

Hiro apareceu no pátio com vários outros ninjas e ia visitar Izumi porque estava na hora do intervalo. O jovem ninja se enchia de alegria quando via a filha e adorava conversar com ela, assim como Natsuki. Quando se aproximou um pouco mais de Izumi, Hiro sorriu e disse em tom alto:

— Quem é a garotinha linda do papai? Quem é? — No momento em que viu o pai, Izumi abriu um enorme sorriso, pulou de alegria e saiu correndo até ele gritando:

— Sou eu! Sou eu! Sou eu!

Hiro então se abaixou e Izumi deu-lhe um abraço forte. Hiro havia abaixado na altura da filha para conseguir abraçá-la melhor, mas logo depois ficou em pé novamente.

— Que bom que consegui te ver hoje, Izumi! Te amo demais! — disse Hiro, acariciando o rosto da filha, animado.

Natsuki gostava muito do fato de ela e Hiro se darem tão bem com Izumi, porque sempre sonhou em ter filhos que fossem grandes amigos dos pais.

— Eu também, papi! — respondeu Izumi, abraçando a perna esquerda de Hiro.

Izumi tinha o costume de abraçar as pessoas pela perna porque ainda era muito pequena.

— Oi, Natsu! Desculpe não ter te cumprimentado, é que quis dar um oi para a pequena primeiro — disse Hiro, rindo e dando um abraço em Natsuki.

— Está tudo bem. Não se preocupe com isso. Recebeu alguma missão recentemente? — perguntou Natsuki, em tom baixo. Hiro se aproximou da kunoichi para garantir que Izumi não ouvisse a conversa.

— Não e fico feliz com isso, porque gosto muito de ficar com a Izumi. E você?

— Estou de castigo, esqueceu? Não posso nem treinar, imagine receber uma missão... — disse Natsuki, revirando os olhos e rindo. Hiro riu também e disse, um pouco triste pela amiga:

— É verdade! Sinto muito. Espero que a mestre te deixe voltar à ativa logo.

— Eu também, apesar de estar gostando muito de cuidar da nossa filha... — respondeu Natsuki, feliz ao olhar para Izumi, que já não estava mais segurando sua mão, mas não havia se afastado.

A menina estava sentada na grama, mexendo nos pequenos dentes-de-leão brancos e examinando-os.

— A Izumi é maravilhosa. Acho que ter te engravidado por acidente foi o melhor erro que já cometi na vida — disse Hiro, sorrindo e orgulhoso de a filha ser uma menina inteligente, amorosa e muito gentil.

Natsuki corou e riu na hora, lembrando-se da tarde em que deixou de ser virgem no dormitório kunoichi.

— Também acho. Ela é mesmo maravilhosa — afirmou Natsuki.

Hiro colocou a mão direita nos ombros de Natsuki e ela ficou alegre com isso, pois adorava quando alguém lhe fazia gestos de carinho.

— Eu acho que a nossa Izumi vai ter um futuro brilhante, porque somos bons pais e a educamos muito bem.

— Concordo, Hiro. Não somos perfeitos, mas acho que fazemos a nossa parte — disse Natsuki, sorrindo.

Izumi se levantou do chão, cutucou a perna da mãe suavemente, depois a do pai e perguntou, apontando para o pequeno dente-de-leão:

— Mami! Papi! Me respondam uma pergunta, por favor!

"Eu adoro a voz da minha filha! É tão delicada!", pensou Hiro, controlando-se para não apertar as bochechinhas de Izumi e enchê-la de beijos, como às vezes fazia. Natsuki também gostava bastante de dar beijinhos na filha.

— Pode falar — disseram Natsuki e Hiro ao mesmo tempo.

Natsuki estava com medo de que Izumi fizesse mais perguntas sobre kunoichis ou sobre qualquer assunto que crianças não deveriam saber.

— O que são essas bolinhas brancas felpudas no meio da grama? — Natsuki ficou aliviada depois de ouvir que a filha não fez uma pergunta que ela não gostaria de responder. Detestava dar respostas falsas para Izumi.

— São dentes-de-leão, plantas que se você soprar liberam vários pelinhos brancos que vão embora com o vento. Tire um do chão e sopre para ver o que acontece — disse Natsuki, abaixando um pouco para ficar da altura da filha.

Izumi arrancou um dos dentes-de-leão da grama, soprou-o com força e ficou impressionada, porque várias pequenas ramificações cheias de pelos brancos voaram pelo ar. Para Izumi, aquilo parecia mágica.

— Que incrível! — disse Izumi, alegre ao ver os pedacinhos brancos voando.

— Quando eu era pequeno também gostava bastante de soprar dentes-de-leão e ver os fios brancos voarem — comentou Hiro, feliz ao se lembrar da infância por um instante.

Natsuki sorriu, mas logo se assustou porque ouviu um barulho estranho vindo de perto. Para a kunoichi, parecia ser uma charrete chegando. Mesmo sabendo que era pouco provável que o som fosse de algo ou alguém ameaçador, Natsuki queria descobrir o que era para se certificar de que ela e a filha estavam seguras.

— Acho que tem alguém chegando aqui. Estou ouvindo uma charrete — disse Hiro.

— Também acho. Hiro, por favor, cuide da Izumi, eu já volto. Preciso saber quem está aqui — afirmou Natsuki, correndo em direção ao barulho.

Apesar de não estar armada, Natsuki se escondeu em cantos mais escuros por trás do refeitório kunoichi para não ser vista e foi andando encostada nas paredes de lá e da casa dos dormitórios para conseguir chegar até o som, que estava cada vez mais próximo. Em certo momento, Natsuki avistou, dos dormitórios, uma charrete que havia estacionado ao lado da sala de treinamento, onde Rina dormia em um grande quarto no andar de cima. Natsuki se aproximou lentamente para ver quem estava na charrete e quando viu, ficou muito surpresa. A mulher usava um quimono verde-escuro com desenhos de folhas rosa, sapatos zori pretos e seus cabelos estavam semipresos e decorados com um adorno floral rosado.

— Haruna Iwata?! Como assim?! — disse Natsuki, para si mesma, não conseguindo crer no que estava vendo.

Com medo de que Haruna tivesse retornado para sequestrar Kameyo novamente, Natsuki esperou-a descer da charrete, correu até ela e exclamou, com raiva e se posicionando para um possível combate:

— Não vou te deixar sequestrar minha amiga de novo! Vá embora ou vou acabar com você!

Haruna engoliu em seco, nervosa por ter visto Natsuki. Não esperava vê-la, porque havia conseguido passar despercebida nas últimas visitas, mas daquela vez não havia tido sucesso. Natsuki a viu entrando no local e já era tarde demais para continuar mentindo.

— Natsuki, não estou aqui para machucar ninguém — afirmou Haruna, em um tom sereno de voz e dando um passo para trás.

— Kameyo me contou quem você é! — disse Natsuki, com cada

vez mais raiva de Haruna e vontade de socá-la por ter um dia levado Kameyo à força para sua casa.

Haruna respirou fundo e disfarçou sua tensão. No mesmo instante, chegou o intervalo de treino das kunoichis e todas saíram aos montes da sala de treinamento e, quando Kameyo viu que Natsuki estava falando com Haruna, entrou em pânico e correu para avisar a mestre Rina.

— Não é o que você está pensando. Acalme-se!

Nada que Haruna dissesse adiantaria, porque Natsuki estava furiosa e com muito medo de que ela estivesse planejando fazer algo de ruim. "Não vou deixar você fazer mal para ninguém, maluca", pensou Natsuki, que logo depois tentou socar Haruna no rosto, mas a mulher desviou e derrubou-a no chão com um golpe. Algumas kunoichis olharam, assustadas. Quando Rina saiu da sala com Kameyo e viu Natsuki caída e Haruna assustada com a situação, falou para Kameyo não segui-la e foi até onde estava a charrete.

— Não briguem! O que está havendo? — perguntou Rina, inconformada.

— Mestre, essa mulher maluca sequestrou Kameyo e a manteve refém por anos antes de ela vir para cá! Precisamos expulsá-la antes que faça mal a mais alguém! — disse Natsuki, desesperada e querendo tentar agredir Haruna novamente. Rina mordeu os lábios e suspirou, triste ao perceber que já não tinha mais jeito e precisaria contar a verdade para Natsuki. Sabia que estava correndo um grande risco de perder uma de suas melhores kunoichis, mas não poderia mais esconder a verdadeira história.

— Devemos contar a ela ou não? — perguntou Rina para Haruna, gaguejando um pouco e cabisbaixa por causa da grande tristeza e preocupação que a envolviam no momento.

— Dizer o quê? O que está acontecendo aqui? — perguntou Natsuki, muito confusa.

Rina estava mais nervosa do que nunca e, ao perceber isso, Haruna colocou a mão esquerda no ombro dela e disse, também sentindo-se chateada com a situação:

— Pode deixar que falo com ela, Rina. Melhor eu contar. Já se passaram muitos anos — Rina assentiu.

— Vou deixar você e Haruna sozinhas para conversar. Por favor, não tente agredi-la e escute o que ela tem para dizer — disse Rina, afastando-se das duas e pensando em como conseguiria depois convencer Natsuki a não ir embora e desistir de ser kunoichi.

— Sente-se na minha frente, Natsuki, por favor — pediu Haruna. Relutante, Natsuki sentou na grama e Haruna fez o mesmo, esforçando-se para se manter reta.

"Planejei isso por tanto tempo e com tanto cuidado... não acredito que tudo será arruinado agora!", pensou Haruna, aflita e irritada consigo mesma.

Natsuki estava muito curiosa para saber o que a suposta sequestradora de Kameyo tinha a dizer e não entendeu o motivo pelo qual Rina a havia defendido e pedido para ouvi-la.

— Existem várias coisas que eu desejo te dizer e gostaria que você não me interrompesse. Mesmo que você fique irritada, quero que continue aqui sentada me escutando até eu terminar de falar — explicou Haruna.

Natsuki levantou uma sobrancelha, confusa, mas percebeu que brigar naquele momento não faria muito sentido, então apenas assentiu.

— Para começar, meu nome não é Haruna Iwata, é, na verdade, Haruka Yamazaki e sou irmã gêmea da Rina. Sou uma mestre kunoichi assim como minha irmã, mas ensino as garotas em um centro de treinamento em Iga, enquanto ela está encarregada de ser mestre das de Koga. Venho aqui duas vezes por ano para rever a Rina e ela também vai até Iga me visitar.

Natsuki tentou se controlar para não dizer nada, mas estava tão espantada e irritada com a mentira de Haruka que não conseguiu:

— O quê?! Mas você bateu na Kameyo um dia em que ela me disse querer ser uma kunoichi e sempre criticou muito mulheres que desejavam ser guerreiras!

— Ser conservadora era parte do meu disfarce. Haruna Iwata não existe e nunca sequestrou sua amiga Kameyo Nogushi... Foi tudo mentira e sinto muito por isso. A Kameyo te contou essa história porque não poderia revelar a verdade, senão você provavelmente não teria começado seu treino kunoichi.

Natsuki estava em estado de choque e sua raiva em relação a Haruka não havia diminuído nem um pouco depois de descobrir que havia sido enganada por Kameyo. A adolescente não conseguia acreditar que havia sido enganada todo aquele tempo apenas para ser persuadida a se tornar kunoichi.

— Quando você tinha 12 anos, estava infiltrada em Kiryu como uma gueixa para espionar e matar um samurai. Era uma missão tão complicada que precisei realizá-la eu própria, em vez de enviar uma das minhas kunoichis. Alguns meses depois que cheguei lá, te vi por acaso lutando com galhos de árvore com outros meninos e percebi sua enorme paixão por lutar e também seu talento. A partir daquele dia, decidi que te traria para a escola da Rina de qualquer jeito e passei a ser sua protetora para garantir sua segurança. Cada vez que você lutava com alguém eu me impressionava mais, Natsuki, por isso dediquei tantos anos de minha vida para te trazer aqui — explicou Haruka, sorrindo, muito orgulhosa de Natsuki.

"Eu quero bater nela. Juro que quero. Ela me enganou só para eu me tornar uma kunoichi", pensou Natsuki, magoada com a traição.

— Como você esperava que eu viesse aqui apenas porque você se disfarçou de mãe conservadora? — perguntou Natsuki, confusa.

— Eu vim até Iga e falei para as garotas sobre você depois de concluir minha missão; no começo do ano seguinte pedi para uma delas vir me ajudar e Kameyo se voluntariou. Estudei bastante seu cotidiano, a sua personalidade e a dos seus pais para ter certeza de que o disfarce funcionaria, e quando voltei a Kiryu com Kameyo, combinamos de fingir estarmos na mesma situação conflituosa que você estava com sua mãe. Quando Kameyo conversava com você sobre sua mãe e sobre mim, ela foi aos poucos fazendo com que sua raiva em relação à sua mãe crescesse.

Eu a repreendia várias vezes na sua frente, até que um dia você resolveu partir e chegou até nós através da Rina, que havia sido comunicada pela Kameyo que você fugiria, alguns dias antes da fuga de fato acontecer. Aliás, aquela pessoa que te atacou quando você fugiu e que foi derrubada pela Rina era, na verdade, uma kunoichi que ajudou Rina a mostrar que podia te proteger e te convencer de que ela era sua guardiã.

Quanto mais Haruka falava, mais Natsuki ficava perplexa com a perfeição do plano elaborado pela mestre kunoichi para trazê-la. Era simplesmente genial.

— Por que Kameyo me trouxe para cá e não para Iga? — perguntou Natsuki.

— Porque se você fosse para Iga me veria, ficaria furiosa e desistiria de ser kunoichi, então Kameyo me comunicou que passaria a treinar com Rina para poder ficar de olho em você, propôs te trazer aqui para Koga e eu aceitei. Natsuki, por favor, antes de pensar que eu, minha irmã e Kameyo somos mentirosas que traíram sua confiança por anos, saiba que apenas fizemos isso porque vimos sua enorme habilidade e achamos que você merecia mais do que ser uma garota sonhadora, infeliz e oprimida por um família que nunca te apoiou — pediu Haruka, falando devagar para se certificar de que Natsuki conseguiria entender cada palavra do que disse.

Natsuki não sabia bem o que dizer. Estava furiosa porque tinha sido enganada, mas ao mesmo tempo se sentia lisonjeada porque não pensou que existissem pessoas que a admirassem daquele jeito e que dedicaram tanto tempo para levá-la a Koga.

— Você e a mestre Rina realizaram outras missões complexas desse jeito para recrutar outras kunoichis além de mim?

— Fiz isso com Rina três vezes alguns anos antes de te conhecer e funcionou bem, porque as três garotas que recrutamos são nossas kunoichis até hoje e são muito boas. É difícil eu e Rina nos dedicarmos tanto para trazer alguém, e só fazemos isso quando achamos que realmente vale a pena.

Natsuki tentava processar aquelas informações conforme Haruka ia dizendo a verdade, contudo, estava muito difícil, porque eram muitas mentiras descobertas de uma só vez. Natsuki achava que, se não pudesse confiar na própria mestre, Rina Yamazaki, e em sua grande amiga, Kameyo, não poderia confiar em mais ninguém.

— Por que você me contou toda a verdade? As outras duas kunoichis também sabem que você e a mestre Rina as enganaram? — perguntou Natsuki, inconformada.

Haruka suspirou.

— Elas não sabem porque não inventamos uma história falsa tão complexa para trazê-las como fizemos com você e seria fácil enganá-las novamente... o seu caso foi diferente. Eu e Rina fizemos um acordo que valeria depois que você fosse recrutada: como você já me conhecia antes de vir a Koga, se alguma vez em que eu aparecesse aqui você me visse, nós contaríamos toda a verdade, porque não seria possível inventarmos uma nova história para te contar — explicou Haruka.

Natsuki se sentiu um pouco melhor por Rina e Haruka terem decidido não inventar novas mentiras para ela, caso contrário, as coisas apenas piorariam. Quando as pessoas mentem demais, geralmente se esquecem do que disseram inicialmente e revelam a verdade sem querer.

— Haruka, de verdade, estou me sentindo lisonjeada por você, Rina e Kameyo terem se esforçado tanto para me persuadirem a me tornar uma kunoichi, mas mesmo assim estou muito magoada... vocês me decepcionaram por terem mentido para mim por tanto tempo. Como posso ter garantia de que vocês ainda não estão me escondendo nada? Além disso, como saberei se vocês não tentarão me enganar no futuro novamente? — perguntou Natsuki, insegura e sem saber que decisão tomar: ficar em Koga e continuar o treinamento mesmo tendo sido enganada para ser persuadida ou ir embora com Izumi e nunca mais voltar?

O maior problema seria Hiro. Se Natsuki decidisse ir embora, ela precisaria informar-lhe para onde iria para que ele pudesse continuar presente na vida de Izumi, e ela não tinha certeza de que Hiro não contaria às irmãs Yamazaki para onde ela fugira.

— Você não tem garantia nenhuma. Kunoichis e ninjas, quando experientes, são verdadeiros mestres do disfarce e da mentira, e podem tentar enganar qualquer um a qualquer momento. Se continuar aqui em Koga treinando com minha irmã, pode se tornar tão boa nisso quanto eu e ela... talvez um dia seja uma kunoichi ainda melhor que nós na arte do disfarce — afirmou Haruka, tentando convencer Natsuki a ficar.

A adolescente pensou por um segundo, mas estava relutando em permanecer em Koga. Temia ser enganada daquele jeito novamente e considerava muito frio da parte de Haruka ter fingido ser uma pessoa que não era por tanto tempo só para trazer uma nova kunoichi para o grupo das Yamazaki.

— Sinto muito, mas simplesmente não consigo perdoar o que vocês fizeram! Você e Rina me usaram, me fizeram de boba só para conseguir mais uma guerreira! — disse Natsuki, quase gritando, irritada por ter acreditado em tantas mentiras das irmãs Yamazaki e de Kameyo.

Natsuki não sabia o que mais elas poderiam fazer e temia tomar a decisão de continuar o treino kunoichi e acabar descobrindo coisas ainda piores.

— Natsuki, você sabe o que acontece com kunoichis que tentam fugir... certo? A Rina já te contou? — perguntou Haruka, um pouco preocupada.

Natsuki franziu a testa, com medo do que poderia ouvir, e balançou a cabeça em negação.

"Que garota mais ingênua, tem tanto para aprender ainda... Haja paciência!", pensou Haruka, quase rindo.

— Tanto em centros de kunoichis como de ninjas existem guardas espalhados pela área, mas eles não existem apenas para proteger os guerreiros, também atacam e às vezes matam fugitivos. Uma kunoichi e um ninja jamais podem ousar ir embora uma vez que iniciam sua jornada com o mestre — disse Haruka, encarando Natsuki friamente, deixando-a aterrorizada.

"Além de mentirosa, essa Haruka é uma louca assassina? Onde fui me meter? Não deveria ter vindo para cá...", pensou Natsuki, extremamente assustada.

— O quê?! Além de você e Rina serem duas mentirosas, são frias o suficiente para matar moças que um dia foram suas discípulas?! Como a Rina não me disse isso antes?! As pessoas às vezes mudam de ideia em relação ao que desejam fazer da vida e não devem ser mortas por causa disso! — exclamou Natsuki, ardendo de raiva e desejando estar armada naquele momento.

— Kunoichis e ninjas são agentes secretos, Natsuki, e sabem muitas coisas para os mestres os deixarem ir embora quando bem entenderem. Como posso ter certeza de que você não revelará a localização do centro que frequentou? Como saberei se você dirá para as pessoas o que aprendeu, sendo que as técnicas aprendidas por guerreiros shinobis[2] são ultrassecretas? Além disso, a maioria das pessoas não sabe que as kunoichis e os ninjas ainda existem e talvez, se descobrirem isso, tentem nos encontrar e acabar conosco. Nós, mestres, não podemos correr riscos — depois de dizer isso, Haruka se levantou, virou as costas e foi conversar com Rina na sala de treinamento, deixando Natsuki sozinha no pátio.

A pobre jovem estava chocada com o nível de compromisso de mestres de shinobis em manter segredo e tudo o que desejava naquele momento era sumir. Natsuki se levantou e disse, muito triste e desapontada:

— Não devia ter vindo para cá! Deveria ter continuado treinando para ser onna bugeisha com Akemi em Kiryu! Por que confiei em guerreiras que não conhecia direito? Como fui correr esse risco? Que idiotice!

Depois do que ouviu de Haruka, Natsuki ficou decepcionada em relação às kunoichis. Revoltada por causa das várias mentiras que lhe foram contadas e do fato de não poder ir embora daquele reduto de traidores nem se quisesse, Natsuki soltou um grito de raiva e começou a chorar.

---

2 Shinobi é um termo neutro utilizado para se referir tanto a ninjas quanto a kunoichis, já que ambos são guerreiros das sombras.

28
TENTANDO ESCAPAR

No mesmo dia em que descobriu a traição das irmãs Yamazaki, a jovem Natsuki resolveu arrumar suas coisas, guardá-las em uma sacola de pano cinza, já que eram poucas coisas que ela e Izumi tinham. Também foi até o arsenal das kunoichis quando anoiteceu para guardar algumas armas em seu obi, a faixa do quimono, e preparou um pedaço de pano que as japonesas usam para carregar os filhos. Ela levaria Izumi diante de si para que pudesse vê-la o tempo todo. Natsuki pretendia partir de madrugada para conseguir se esconder melhor, garantindo a segurança de Izumi e a sua própria durante a fuga. Ela estava com muito medo de sua filha ser assassinada pelos guardas e rezou para que fosse competente o bastante para sair daquelas colinas ilesa e com Izumi viva.

À meia-noite, Natsuki vestiu um quimono verde-escuro liso para poder se esconder melhor, amarrou Izumi ao seu corpo e discretamente saiu dos dormitórios. Por sorte, Izumi fez silêncio, contudo, para garantir que continuasse assim, Natsuki disse baixinho para a filha, quando estava com ela do lado de fora:

— Izumi, teremos que ficar bem quietas agora. Por favor, não fale nada durante nosso caminho… se você me obedecer, vou te dar um presente.

— Tudo bem — disse a garotinha, assentindo.

"Pensei que seria mais difícil convencê-la a ficar quieta. Crianças nunca se calam!", pensou Natsuki, aliviada. Izumi falava bastante e Natsuki pensou que ela começaria a falar alto durante a fuga, mas Izumi era inteligente e seguia as orientações da mãe.

— Ótimo! — disse Natsuki, enquanto preparava suas armas, que estavam abaixo do tecido que segurava Izumi. "Vai dar certo. Tem que dar", pensou ela.

Respirando fundo, iniciou sua fuga, pronta para enfrentar o pior. Ela sabia que os guardas eram bem-treinados, porém o que mais temia era que machucassem Izumi. Natsuki estava tão preocupada com a filha que havia arrumado um jeito de levar o arco e flecha para se defender melhor de alvos distantes. Levava o arco num ombro e as flechas em uma sacola de pano, no outro. A pobre kunoichi estava quase caindo no chão de tanto peso que carregava, mas sabia que uma vez que chegasse à aldeia mais próxima, tudo ficaria bem e estaria longe das mulheres que lhe contaram mentiras por tantos anos.

— Vai dar certo, Izumi. Só temos que ser silenciosas — afirmou Natsuki, em tom baixo.

Natsuki andou alguns metros, afastando-se do centro de treinamento, e se escondeu atrás de árvores e arbustos pela colina para não ser vista pelos guardas. Feliz por ter conseguido passar por eles facilmente, acelerou o passo e começou a descer aquela enorme rampa devagar, para não cair e ferir Izumi, que estava pendurada desconfortavelmente ao seu corpo, naqueles panos.

Natsuki não havia percebido que quatro guardas mulheres a estavam seguindo. As quatro posicionaram suas flechas nos arcos para atirar, prontas para matar Natsuki, mas a kunoichi ouviu o barulho das flechas esticando a corda, então rapidamente se abaixou atrás de um grande arbusto, pegou o arco e atirou nas guardas. Acertou apenas duas delas. Percebendo que não poderia deixar Izumi presa nos panos, Natsuki a soltou, deixou-a sentada atrás do arbusto e disse:

— Não saia daí! Fique quieta e parada!

— Pode deixar, mami — disse Izumi, assustada com a situação.

Natsuki beijou a cabeça da filha, deixou as sacolas com ela, escondeu-se atrás de uma árvore próxima das guardas e atirou novamente. As duas começaram a se aproximar, então Natsuki percebeu que elas queriam um combate direto e pegou sua wakizashi e a corrente, pronta para golpeá-las. Uma das moças acertou um soco em Natsuki, porém ela não desistiu e continuou tentando golpear as mulheres com a adaga e a corrente. Conseguiu atingir uma delas.

Natsuki desviou da maioria dos golpes das moças, deu um mortal no ar e derrubou uma com um forte chute no rosto seguido de outro no estômago. A que ainda estava em pé assoviou e Natsuki franziu a testa, estranhando, mas logo percebeu o que estava acontecendo: a segurança chamou mais gente para ajudar. Quando Natsuki viu quase dez mulheres se aproximando, não teve dúvidas: afastou-se alguns metros e tentou acertá-las com flechas. Conseguiu derrubar metade delas.

— Elas devem ser boas, mas acho que consigo detê-las... — disse Natsuki, com medo do que estava prestes a encarar.

Várias já estavam com adagas, espadas wakizashi, correntes e lâminas estrela nas mãos. Natsuki queria fugir, porém não deu tempo e algumas se aproximaram, prontas para atacar. Ela, então, pegou a wakizashi e a adaga para atacá-las, mas elas eram rápidas demais, então Natsuki tentou lutar apenas com as mãos e conseguiu derrubar algumas. Logo depois, ainda mais mulheres apareceram.

— Eu desistiria se não estivesse com tanta raiva daquelas irmãs Yamazaki mentirosas. Prefiro morrer a ter que voltar! — disse Natsuki, correndo em direção ao exército de guardas e iniciando sua sequência de golpes. Mesmo tendo sido derrubada no chão com socos algumas vezes, a kunoichi não desistiu e matou inúmeras guardas, furando o corpo delas com a wakizashi e com a adaga, jogando lâminas estrela, estrangulando-as com o garrote, aplicando seu golpe para derrubá-las no chão com as pernas e outro para fazê-las cair ao dar o mortal no ar.

— Quero sair daqui... — disse Izumi, chorando e chocada com o combate que estava presenciando. Para Izumi, olhar a mãe lutando contra aquelas mulheres todas era terrível, principalmente porque tinha apenas 5 anos de idade e se assustava muito com violência.

Depois que Natsuki conseguiu derrubar a grande maioria das guerreiras, saiu correndo, pegou Izumi no colo e foi o mais rápido possível até a parte plana e habitada de Koga. Natsuki nem sequer olhou para trás durante o caminho para ver se alguma guarda estava tentando flechá-la. Soltou um suspiro de alívio quando chegou à vila. Ela se escondeu atrás de uma casa humilde longe das colinas e, quando sentou no chão com Izumi, abraçou a filha com força.

— Conseguimos, filha! Conseguimos! — disse Natsuki, quase chorando de emoção.

O único motivo pelo qual as guardas não perseguiram Natsuki até o fim foi o fato de as kunoichis, acima de tudo, precisarem manter sua existência em segredo. As moças não poderiam correr o risco de serem vistas com aquelas armas de kunoichi e levantarem suspeitas.

Izumi estava bem mais tranquila.

— Vamos amanhã para Sano. Partiremos de manhã, hoje dormiremos aqui ao relento, já que aquelas malucas não podem mais vir atrás de nós — Natsuki falou para a filha.

Ela planejava contratar alguém de Koga para levá-las até Sano de charrete no dia seguinte. A jovem estava rezando para que alguém de bom coração em Sano tivesse piedade e a deixasse morar de favor com Izumi em sua casa.

— E o papi? Onde está? — perguntou Izumi.

Natsuki suspirou, quase derramando uma lágrima. Estava com medo de Hiro não aparecer para visitar Izumi nunca mais depois da fuga. Não seria fácil para ele ir e voltar do complexo dos ninjas muitas vezes sem ser visto.

— Ele vai nos encontrar, sim. É o único que sabe para onde vamos — afirmou Natsuki. "Assim espero...", pensou a ex-aluna de Rina, com medo de uma kunoichi ou um ninja ser enviado para persegui-las no caminho.

— Por que fomos embora? — Natsuki riu de nervoso e disse:

— Porque algumas pessoas magoaram muito a mamãe — Com pena

de Natsuki, Izumi a abraçou fortemente e disse, preocupada, sorrindo com carinho:

— Abraços sempre ajudam em momentos ruins. Estou ajudando?
— Natsuki sorriu novamente, só que não de nervoso. Ela amava quando a filha tinha aquelas atitudes quando algo desagradável estava se passando... a menininha era a única pessoa no mundo que realmente conseguia fazer Natsuki se sentir bem.

— É claro que sim, Izumi. Eu te amo — logo depois, Natsuki beijou a testa da filha.

— Também te amo! — respondeu Izumi, abraçando Natsuki novamente, muito alegre.

Apesar de ter escapado do complexo de kunoichis e se livrado de uma vez por todas das irmãs Yamazaki, Natsuki estava com medo de magoar demais a filha por ter ido embora do lugar sem uma despedida adequada de Hiro. Mesmo que Natsuki tivesse informado o ninja da futura localização delas, existia a possibilidade de ele ficar tão furioso com a fuga a ponto de ignorar o bilhete deixado por Natsuki dentro de um de seus quimonos. Além disso, Hiro poderia ficar com medo de sair do lugar e ser pego.

— Agora vamos dormir um pouco. Já é uma da manhã, está bem tarde, e precisamos acordar descansadas amanhã para partirmos para Sano — explicou Natsuki.

— Entendi... E o meu presente, mami? Eu fiquei quietinha lá na colina! — disse Izumi, inconformada por Natsuki não ter cumprido a promessa.

A ex-kunoichi levou as mãos à cabeça, nervosa, pois havia se esquecido completamente do presente da filha. Natsuki pensou na hora da fuga que Izumi esqueceria do presente, porém não se lembrou que crianças dificilmente esquecem das coisas.

— Quando chegarmos em Sano você receberá seu presente, querida. Agora preciso que você tente dormir — afirmou Natsuki, sorrindo e acariciando a filha.

"Eu quero o meu presente! Por que tenho que esperar?", pensou Izumi, irritada. Porém, mesmo incomodada por não ter recebido sua recompensa, ela assentiu, deitou-se no colo de Natsuki, fechou os olhos e disse:

— Boa noite, mami.

— Boa noite, filha — disse a mãe.

Natsuki respirou fundo para ficar mais calma, pois estava com medo de algo ruim acontecer no caminho para Sano. Encostou-se na parede da casa, fechou os olhos e dormiu.

No dia seguinte, ao amanhecer, Natsuki e Izumi acordaram quase ao mesmo tempo. Ambas comeram algumas hortaliças da plantação de um dos moradores de Koga sem ninguém perceber e rapidamente começaram a caminhar pela cidade procurando algum lugar que fornecesse o serviço de charrete. Na cidade havia apenas três casas de samurais, assim como em Kiryu, o que deixou Natsuki surpresa, porque Koga era um lugar bem maior.

— Izumi, vamos procurar uma casa com charretes estacionadas ao lado.

Elas viram uma casa estilo gassho com dois casais conversando na entrada e havia cinco charretes. Izumi, então, puxou o braço da mãe, apontou na direção da residência e disse, feliz por ter ajudado:

— Achei! Olha ali!

— Muito bom! Obrigada, filha — disse Natsuki, sorrindo e dando um beijo na bochecha de Izumi. Ambas caminharam em direção às charretes. Natsuki torceu para que conseguisse uma disponível para viajar a Sano.

— Eu te ajudei, mami? Fui útil? — perguntou Izumi, sorrindo, feliz por ter encontrado a pequena casa.

— Claro que sim! Ajudou muito! — respondeu Natsuki, rindo. "Ela é tão amorosa!", pensou Natsuki, feliz por Izumi ser uma boa menina. A jovem admirava muito Izumi e não conseguia acreditar que uma filha gerada em uma gravidez acidental com Hiro pudesse ser tão incrível.

Após andarem um pouco, Izumi e Natsuki chegaram à casa. Natsuki se dirigiu até um dos homens que estavam conversando e disse:

— Bom dia, senhor. Posso fazer uma pergunta? — O homem pediu para a esposa se afastar e esperar um minuto. Ele usava um quimono marrom-escuro e tinha os cabelos longos presos em um rabo.

— Pode, sim, mas primeiro me diga seu nome, senhorita. Aliás, o meu é Kouta Daiju, mas pode me chamar apenas de Daiju.

— Sou Natsuki Katayama e essa menina é a minha filha, Izumi. Prazer em conhecê-lo, Daiju — disse Natsuki, sorrindo.

Izumi sorriu também.

— O que você gostaria de me dizer, srta. Katayama? — perguntou Kouta.

— Eu e minha filha vamos partir para Sano agora, mas precisamos de uma charrete... poderia nos emprestar uma das suas? Você tem condutores, certo? — perguntou Natsuki, com medo de Kouta negar o serviço. Alguns homens não emprestavam charretes para mulheres desacompanhadas, pensando que não eram inteligentes o suficiente para terem certeza de que desejavam partir.

— Claro que sim. Temos pessoas para isso. Venham comigo, por favor — pediu Kouta, indo em direção às charretes estacionadas ao lado da casa gassho. Apesar de saber que as kunoichis provavelmente não reapareceriam para atormentá-la novamente porque precisavam ocultar sua existência, Natsuki continuava olhando para os lados, procurando-as. "Espero que aquelas malucas não voltem e não ousem tentar ferir a mim ou a minha filha...", pensou Natsuki, com um pouco de medo.

Cinco minutos depois de conversar com Kouta, Natsuki e Izumi finalmente subiram em uma das charretes de madeira e se acomodaram, e o homem que conduziria o cavalo sentou-se ao lado esquerdo de Izumi. A menina havia ficado entre ele e Natsuki.

— Mami, você me promete uma coisa? — perguntou Izumi, segurando uma mão de Natsuki com as duas mãozinhas, preocupada.

— Pode falar. O que seria? — perguntou Natsuki, com a mão nos ombros da filha.

— Promete que vou ver meu pai de novo? Não posso ficar sem vê-lo — disse Izumi, com medo, derramando algumas lágrimas.

Natsuki pensou em Hiro e suspirou, sentida, pois não tinha certeza se ele conseguiria visitá-las, pois era um ninja e precisava viver escondido. Se ele tentasse sair do complexo ninja, poderia ser atacado ou até mesmo morto pelos guardas. Natsuki não tinha certeza se Hiro estava disposto a correr o risco de morrer para visitar Izumi.

— Filha, eu prometo que seu pai nos visitará sempre que puder — disse Natsuki, triste com a situação, como se aquelas palavras furassem sua garganta por serem falsas. A jovem mãe queria que sua filha se sentisse feliz, jamais diria que Hiro provavelmente nunca mais a visitaria porque poderia correr perigo. "Tomara que o Hiro arranje um jeito de continuar vendo a nossa filha... assim como não quero fazê-lo correr perigo, não quero ver a Izumi sofrer", pensou Natsuki, aflita.

Depois de muitas horas viajando, quando quase anoitecia, Natsuki e Izumi finalmente chegaram a Sano. Natsuki pagou o homem que as levou até lá com alguns mons, moedas japonesas com um buraco retangular em seu centro, feitas geralmente de cobre ou ferro e com a circunferência envolvida por ouro, e começou a caminhar pelo local com a menina em busca de uma casa para morar. Natsuki queria achar uma casa abandonada, mas estava bastante difícil. Ela não queria ter que dividir uma casa com desconhecidos.

— Aonde estamos indo? — perguntou Izumi, segurando a mão de Natsuki.

— Não sei, Izumi. Andaremos até encontrarmos uma casa, mas se você se cansar demais me avise e eu te levo no colo, tudo bem?

— Sim. Obrigada! — disse Izumi. Natsuki riu com o entusiasmo da filha.

Após 20 minutos caminhando sem rumo com Izumi e morrendo de medo de ter que passar a noite ao relento, Natsuki finalmente encontrou um local. Era uma casa muito bonita e em estilo idêntico à de Takeo, o que significava que um samurai morava lá. Natsuki se entristeceu por um segundo e estava muito relutante em falar com um samurai, porque ao fazer isso começaria a se lembrar dos momentos bons que teve com

Takeo e talvez choraria. "Preciso de uma casa para morar. Não vou deixar meu romance com Takeo estragar isso. Não vou permitir que minhas emoções me enfraqueçam", pensou ela, respirando fundo para se acalmar.

— Encontrei uma casa. Vamos até ela — afirmou Natsuki, puxando a filha pela mão, que se animou.

A jovem respirou fundo e bateu na porta shoji, ansiosa para conhecer seu provável futuro patrão. Natsuki estranhou o fato de a casa não ter degraus de pedra e guardas na entrada.

Poucos segundos depois, um samurai abriu a porta. Sua katana não estava tão bem escondida no obi do quimono como ficava a de Takeo, seus cabelos negros estavam presos em um coque bastante alto, a cor do seu quimono era preta e a dos sapatos zori também.

— Olá. Quem é você, senhorita? — perguntou o samurai, educadamente, olhando nos olhos de Natsuki. Naquele instante, Natsuki teve a estranha vontade de abraçar e beijar o samurai, como se acreditasse estar diante de Takeo, mas logo percebeu que seria loucura. Ela estava se controlando para não começar a chorar.

— Meu nome é Natsuki Katayama, senhor samurai, prazer em conhecê-lo. Essa é minha filha, Izumi. Desculpe incomodá-lo... — disse Natsuki, constrangida e com medo de ser expulsa por algum motivo. O samurai franziu a testa, um pouco confuso, porém logo percebeu que Natsuki apenas queria ajuda.

— Pode me chamar de sr. Fuchizaki. O que posso fazer por você?

— Eu preciso muito de um emprego, senhor. Preciso sustentar a mim e à minha filha e prometo que serei uma empregada muito obediente. Posso ser sua criada? Talvez cozinheira? — perguntou Natsuki, desesperada. Izumi olhou para o samurai com um olhar de piedade, o que o comoveu. Ele não queria dispensar Natsuki, mas ao mesmo tempo não tinha certeza se realmente desejava uma nova criada.

— Tudo bem. Você será minha nova criada, então, srta. Katayama. Entre e farei uma lista de tarefas — afirmou o samurai, dando de ombros e satisfeito consigo mesmo por ter ajudado alguém. Natsuki por pouco não o abraçou com força.

— Muito obrigada! Muito obrigada, mesmo! Aliás... o senhor tem um pequeno dormitório para criadas? Eu e minha filha estamos sem lugar para morar... — disse Natsuki, com as mãos entrelaçadas, quase implorando. Apesar de estar um pouco desesperada, Natsuki exagerava no drama para conseguir o que estava querendo.

— Claro que tenho. Todas as minhas quatro criadas dormem em um quarto — afirmou o samurai, estranhando a pergunta por achar a resposta óbvia demais.

"Foi bem mais fácil do que pensei!", pensou Natsuki, muito aliviada.

— Obrigada, moço! Você é legal! — disse Izumi, feliz. O samurai sorriu para a menina.

— O senhor não sabe o quanto sou grata pelo que fez por mim e pela Izumi, sr. Fuchizaki. Permita-me ir até uma loja que monta ikebanas na cidade para que eu te dê dois idênticos de recompensa! É uma tradição antiga da minha família... — pediu Natsuki, alegre, mentindo sobre a parte em que disse que ikebanas eram formas de agradecimento tradicionais da família Katayama.

— Não precisa fazer isso — afirmou o samurai.

— Mas eu faço questão. Por favor, cuide de minha filha e me diga onde é a loja de ikebanas mais próxima daqui para que eu vá até lá — disse Natsuki, com delicadeza. Fuchizaki assentiu e explicou para Natsuki a direção da loja mais perto de sua casa. Natsuki agradeceu, deixou suas coisas em um local escondido do quarto de criadas, rezou para que o guerreiro não encontrasse suas armas e andou até o local.

— Espero que esses poucos mons que tenho sirvam para comprar dois ikebanas bonitos e idênticos. Será o único jeito de o Hiro me encontrar facilmente... — disse Natsuki, contando suas moedas, tensa.

Os ikebanas eram de tamanho médio e compostos por lírios brancos e alaranjados, com grandes folhas em volta. Depois de comprá-los, Natsuki voltou à casa do samurai e convenceu-o a deixá-la colocar os enfeites na entrada, um em cada canto da porta. Logo ele começou a orientá-la quanto às tarefas que deveriam ser realizadas. Uma das coisas que preocupavam Natsuki, além do fato de Hiro talvez não encontrar os ikebanas na entrada da casa quando a procurasse, era ter que trabalhar e não poder cuidar de Izumi, mas por sorte, Fuchizaki tinha uma moça apenas para cuidar dos filhos pequenos das criadas sem marido e Izumi ficaria sob os cuidados dela o dia todo enquanto Natsuki trabalhasse.

29
PROCURANDO A AMADA

Desde que leu o enigmático bilhete de Natsuki, Takeo se perguntava se deveria ir atrás dela ou não. O samurai sabia que seria errado deixar o próprio pai sozinho em Otawara apenas por conta de seus sentimentos, mas já não aguentava mais fingir que Natsuki jamais existira em sua vida. Hikaru nunca poderia ser seu verdadeiro amor, mesmo que tentasse, pois se casaram à força e Hikaru estava tão infeliz quanto ele. Takeo já não aguentava mais pensar em Natsuki todos os dias sem poder ficar com ela e, cinco anos depois de se casar, finalmente se divorciou de Hikaru e cada um seguiu seu caminho. Noboro, Jun e Shinji não gostaram nem um pouco do divórcio dos dois, mas logo perceberam que não poderiam mantê-los casados por mais tempo porque nem Takeo nem Hikaru desejavam preservar a união. No terceiro ano de casamento, Takeo e Hikaru tentaram engravidar na esperança de que filhos os unissem mais, porém ambos perceberam que se tivessem um bebê seria ainda mais difícil se separarem, e não desejavam ficar juntos. Além disso, Hikaru havia feito algo extremamente decepcionante para Takeo no segundo ano de matrimônio, que foi o que realmente levou ao divórcio.

Em uma manhã, quando o sol estava nascendo, Takeo deixou ao pai um bilhete informando que procuraria Natsuki em Koga por estar divorciado de Hikaru. Em seguida, subiu em uma charrete que o esperava perto do gazebo do jardim de sakuras da casa e partiu para

Koga, deixando claro ao homem que conduzia a charrete que deveria se direcionar para o norte das colinas da cidade.

— Mas, sr. Takeo, é muito perigoso para uma charrete subir uma colina. É um terreno inclinado e às vezes bastante acidentado — afirmou o homem, angustiado.

— Tem certeza disso? Já ouvi falar de pessoas que subiram colinas de charrete... — comentou Takeo, inconformado.

— Também já ouvi, mas as pessoas que fizeram isso morreram ou quase morreram, senhor. Terrenos íngremes não são adequados para charretes — insistiu.

Takeo respirou fundo e pensou um pouco no que poderia fazer para solucionar o problema.

— Bom, então me deixe próximo das colinas que subirei a pé. Não tem problema — disse Takeo, um pouco hesitante em subir um morro a pé. "Acho que consigo fazer isso. Tenho um bom preparo físico", pensou ele, tentando ficar confiante.

O homem assentiu e começou a conduzir o cavalo. Takeo estava muito ansioso para chegar em Koga e reencontrar Natsuki depois de tanto tempo longe. Apesar de ela ter mentido sobre a identidade e o local onde morava, Takeo não estava bravo com ela, era como se tivesse ignorado totalmente o fato de que Natsuki não havia contado algumas verdades.

Após quase cinco horas de viagem, Takeo finalmente chegou ao pé das colinas de Koga, pagou o homem da charrete com mons e começou sua longa caminhada até o norte. Takeo tentou subir aqueles morros o mais rápido que pôde, mas percebeu que estava se cansando muito rápido, então diminuiu um pouco o ritmo. O samurai estava com bastante fome, era quase hora do almoço e estava em jejum, pois não tomara café da manhã.

— Preciso de comida. Espero que eu não passe mal de fome antes de encontrar a Yuri... ou melhor, a Natsuki. Quero muito vê-la — sussurrou Takeo, angustiado com a situação.

Takeo queria encontrar Natsuki assim que chegasse ao local desejado, mas sabia que provavelmente não a veria de imediato. Mal sabia o guerreiro que Natsuki estava em Sano, longe de seu alcance no momento.

    Depois de subir as colinas por um bom tempo, Takeo se encostou em uma árvore, exausto, já quase sem esperanças de encontrar Natsuki, quando ouviu um barulho de pessoas correndo. Preocupado, tocou em sua katana, ameaçando empunhá-la. O samurai seguiu o som até chegar a um local que o deixou boquiaberto: o complexo kunoichi e ninja, composto de seis grandes casas com um pátio no centro, onde homens e mulheres conversavam e riam. Takeo não percebeu que era um local de ninjas e kunoichis, mas estranhou o fato de aquele bando de pessoas e de aquelas casas estarem tão bem escondidas naquele morro.

    — Que lugar grande! Como vou achá-la aqui? — disse Takeo, intrigado. Lentamente, o samurai se aproximou da casa, mas antes de conseguir ir até o pátio para procurar ajuda, alguém o golpeou por trás, fazendo-o cair e bater o rosto no chão. Takeo limpou a grama e o barro que sujaram seu rosto, levantou-se e afastou-se do combatente misterioso. Era um homem que tinha os cabelos pretos e longos presos em um rabo de cavalo vestindo um quimono preto como o de Takeo e que segurava em uma mão lâminas estrela e na outra, uma espada wakizashi. Havia uma arma de corrente também colocada em seu obi. Ao ver a wakizashi e a corrente, Takeo percebeu que estava diante de um ninja, o tipo de guerreiro que supostamente havia sumido fazia séculos.

    — Senhor ninja, eu vim em paz. Sou um samurai, meu nome é Takeo Udagawa e procuro por uma das… garotas daqui. O nome dela é Natsuki. Preciso falar com ela — afirmou Takeo, tentando não se mostrar uma ameaça para o guarda ninja, que o encarava friamente.

    Sem hesitar e fingindo que não havia ouvido uma única palavra do que Takeo disse, o guarda atacou-o novamente, tentando derrubá-lo golpeando-o nas pernas, mas Takeo desviou. Logo depois, o guarda tentou matá-lo com a wakizashi, mas o samurai esquivou-se novamente e percebeu que conversar com o ninja não seria útil.

    — Eu estou tentando conversar com você. Se você continuar com essa violência, serei obrigado a atacar — afirmou Takeo, pegando sua katana, pronto para partir para cima do guarda.

O ninja o ignorou novamente, tentou socá-lo no rosto e Takeo reagiu, enfiando a lâmina da katana na barriga de seu oponente. O guarda gemeu de dor, caiu de joelhos no chão e morreu em poucos instantes. Takeo tirou a espada do corpo do homem, limpou-a com um pano que estava em seu obi e colocou-a de volta no mesmo lugar.

— Eu acabei de ver um ninja ou é impressão minha?! Devo estar ficando louco, não é possível... — disse Takeo, surpreso.

Depois de sua luta com o guarda, Takeo contornou a casa de treinamento kunoichi o mais sutilmente que conseguiu e passou para o pátio, misturando-se às pessoas que estavam conversando e caminhando por lá. O samurai pensou em soltar seu coque por um segundo para que passasse despercebido, pois samurais eram conhecidos principalmente pelo penteado, mas percebeu que estaria desrespeitando sua ordem de guerreiros ao fazer isso.

Takeo tomou coragem para falar com alguém daquele local, rezou para que não fosse atacado novamente e escolheu um grupo de moças para perguntar sobre Natsuki. O guerreiro caminhou até quatro garotas que estavam na região do pátio mais próxima do refeitório kunoichi. Ele não sabia disso, mas uma das meninas do grupo era Tami Gensai.

— Com licença, meninas, procuro uma kunoichi chamada Natsuki. Eu vim em paz — afirmou Takeo, tentando soar o mais simpático e o menos desesperado possível. Apesar de saber lutar bem, Takeo não estava nem um pouco a fim de ser atacado novamente ou de ser obrigado a ferir aquelas jovens.

— Deixem-me conversar com esse homem em particular, meninas. Afastem-se, por favor — pediu Tami. Mesmo hesitantes, as outras três se afastaram. Takeo pensou por um instante que a jovem estava fazendo aquilo apenas para conseguir mais espaço para lutar contra ele. O olhar dela estava bastante misterioso.

— Eu entendi que você veio em paz, samurai, não vou te atacar se você não me agredir, mas quero saber quem você é e o que faz aqui exatamente — disse Tami, de braços cruzados.

— Meu nome é Takeo Udagawa e, como eu já disse, estou procurando uma mulher chamada Natsuki Katayama. Você a conhece? — perguntou Takeo, com pressa, não aguentando mais esperar para reencontrar sua amada... e exigir algumas explicações, é claro.

Tami tocou seu obi, ameaçando retirar de lá suas lâminas estrela para ferir o estranho. Não tinha certeza do que fazer naquele momento.

— Ela não vive mais aqui. Fugiu há uma semana — disse Tami, frustrada com a lembrança. "A Kameyo até hoje se sente terrível por ter deixado aquela garota escapar...", pensou Tami, triste por Kameyo.

Takeo ficou boquiaberto e sua respiração se acelerou com o estresse. Não conseguia acreditar que depois de tantas horas de viagem não veria Natsuki. O samurai ficou com raiva de si mesmo naquele instante, pois, se tivesse se divorciado de Hikaru antes, talvez tivesse conseguido encontrar Natsuki a tempo. Além de sentir raiva, Takeo percebeu algo.

— Você, a Natsuki e as outras garotas daqui são kunoichis... então a Natsuki estava me enganando por todo esse tempo só para ganhar minha confiança e saber sobre minha vida?! Pensei que kunoichis não existiam mais... e ela parecia me amar de verdade! Se não me amasse, por que me faria vir até esse lugar, comprometendo sua identidade? — refletiu Takeo, completamente confuso com a situação.

Tami suspirou, percebendo que seria inútil tentar enganar o pobre guerreiro, que já estava atrapalhado demais.

— Nós somos kunoichis e a Natsuki também, mas ela não deve ter mentido quando disse que te ama. Ela falava muito de você por aqui antes de fugir com a filha. Ela te amava de verdade, samurai Udagawa — disse Tami, mordendo os lábios.

Takeo sentiu um grande alívio, mas ainda assim não acreditava inteiramente em Tami, e para ter certeza de que Natsuki o amava de verdade precisava falar com ela pessoalmente.

— Você não sabe onde ela está agora? — perguntou ele, aflito.

— Infelizmente, não. Sinto muito. Nenhuma de nós sabe — disse Tami, dando de ombros e voltando para onde estava.

Takeo balançou a cabeça, inconformado. Enlouqueceria se não encontrasse Natsuki. Mesmo descobrindo que Natsuki era uma kunoichi infiltrada em sua casa, continuava sentindo por ela um amor intenso e praticamente cego. A grande maioria dos samurais e daimyos mandava matar uma mulher quando descobriam que ela era uma kunoichi nas poucas vezes em que uma era desmascarada, porém Takeo era uma exceção.

— Ela me ama. Não pode ter me enganado nisso também... Se não me amasse não teria me deixado aquele bilhete! — dizia Takeo, ainda confuso.

O guerreiro não percebeu, mas Hiro estava próximo e escutara toda a conversa. O ninja não queria dizer a Takeo o que estava pensando, mas não estava conseguindo se segurar.

Lentamente, Hiro se aproximou de Takeo e disse, sorrindo:

— Olá! Não pude deixar de ouvir que está procurando por Natsuki Katayama, samurai Udagawa. Meu nome é Hiro Sakamoto — "Espero que eu não esteja cometendo um erro. Se esse homem ferir a Natsu, juro que o matarei", pensou Hiro, bastante preocupado.

— Olá. Você não vai tentar me atacar, certo? Porque quando cheguei aqui não fui muito bem-recebido... — afirmou Takeo, rindo de nervoso e se controlando para não empunhar a katana.

— Entendo. Ninjas e kunoichis são hostis mesmo, mas não se preocupe, porque não farei mal a você se não tentar me agredir.

"Vou tentar acreditar nisso", pensou Takeo.

— Eu estou em estado de choque... não pensei que Natsuki tivesse fugido daqui e muito menos que kunoichis e ninjas ainda existissem. Jurava que eles haviam desaparecido há séculos — disse o guerreiro, muito surpreso.

"Aquele ataque em Otawara foi feito por ninjas, então? Se foi, faz todo sentido aqueles invasores terem vindo mascarados...", pensou Takeo, perplexo.

— A maioria das pessoas pensa isso mesmo, mas a verdade é que nunca sumimos. Apenas nos tornamos mais eficientes em nos escondermos. Se Natsuki nunca tivesse lhe dito que morava aqui, você provavelmente jamais saberia de nossa existência — disse Hiro.

— Você tem toda a razão — concordou Takeo.

O samurai estava se sentindo lisonjeado, pois não imaginava que uma kunoichi revelaria sua identidade e exporia os próprios colegas por amor. Kunoichis nunca se apaixonavam pelos alvos.

— A Natsu te ama muito. Ela sempre falava de você para mim antes de fugir com a nossa filha, Izumi. Ela já foi minha amante, mas nunca sentiu por mim o que sente por você... considere-se sortudo por isso — disse Hiro, suspirando, frustrado.

Mesmo namorando Kameyo, Hiro se sentia triste quando se lembrava da época em que estava apaixonado por Natsuki... O fato de ela não tê-lo amado fez seu coração se partir em mil pedaços.

— Espere! Ela me disse que o pai da filha dela se chama Haruo! Sem ofensas, mas você tem certeza de que é o pai de Izumi? — perguntou Takeo, levantando uma sobrancelha.

— Tenho, sim. Natsuki me contou logo que voltou de Otawara que mentiu sobre nossos verdadeiros nomes ao dizer que eu me chamava Haruo e que ela se chamava Yuri. Criar nomes falsos faz parte do trabalho tanto de um shinobi masculino quanto de um feminino — explicou Hiro.

Takeo assentiu, mas ainda não conseguia crer no que estava havendo. O samurai não parava de pensar no fato de Natsuki ser uma kunoichi e que, por isso, poderia ter mentido para ele sobre várias outras coisas, além do nome e da cidade onde residia. Takeo pensou que talvez o plano dela fosse tão bom que o fez acreditar ser amado por ela por conta daquele bilhete que lhe revelou algumas verdades, sendo que na realidade Natsuki poderia ter informado aquele endereço de Koga só para fazê-lo cair em uma armadilha.

— Se Natsuki nunca te amou, mas dizia me amar, então por que está me ajudando a encontrá-la? Se eu fosse você teria tentado me matar... — afirmou o samurai, inconformado.

Hiro suspirou, não desejando revelar o que estava sentindo. O ninja realmente estava indo contra seus princípios ao ajudar o homem que havia roubado sua amada, porém não se importava, porque queria ver Natsuki feliz e ter a oportunidade de fazer algo que realmente a deixasse satisfeita.

— Natsuki me ama como amigo, e é isso que importa. Somos melhores amigos e não quero fazê-la sofrer. Tudo o que eu quero é vê-la feliz, e para isso sei que tenho que levar você a ela.

Takeo ficou impressionado com a posição de Hiro, porém ainda temia estar sendo enganado, porque sabia que ninjas e kunoichis eram mestres da manipulação. Não tinha como ter certeza se aquela conversa era apenas para levá-lo para uma armadilha preparada por Hiro e Natsuki. A única certeza que Takeo realmente tinha era de que Natsuki estava grávida na época em que trabalhava como sua criada, porque kunoichis podiam ser muito boas em se disfarçar, mas fingir uma gravidez seria impossível.

— Como você espera que eu confie em você, Sakamoto? Como vou acreditar na palavra de um ninja?! — perguntou Takeo, inconformado.

Hiro franziu a testa.

— Isso foi um pouco ofensivo, mas... eu entendo o seu ponto de vista. Ninjas mentem muito, mas juro pela minha vida, pela de Natsuki e pela de minha filha que não estou te enganando. Eu realmente quero fazê-la feliz levando você até ela, sou o único que sabe onde ela está — garantiu Hiro, com uma expressão séria.

Takeo examinou Hiro para ver se encontraria algum indício de que ele poderia estar fazendo uma promessa falsa, porém não teve sucesso.

— Tudo bem. Vou acreditar em você, mas se estiver mentindo, juro que acabo com você! — disse Takeo, lançando um olhar gélido em Hiro, que assentiu sem medo algum.

— Venha comigo, por favor. Quero te mostrar uma coisa — disse Hiro, fazendo sinal para o guerreiro segui-lo.

Takeo deu de ombros e seguiu Hiro até o segundo andar de uma das casas do complexo. O ninja abriu a porta e Takeo viu que era o dormitório. Estava bastante bagunçado e o futon estava no chão, aberto, apesar de não ser noite. Hiro abriu seu armário lotado de quimonos e encontrou no meio deles um papel dobrado. Depois de pegar o papel, colocou-o nas mãos de Takeo e disse:

— Leia.

Takeo assentiu e começou a ler a mensagem. O samurai se surpreendeu. O texto dizia:

"Meu caro Hiro,

Fui enganada pela minha própria mestre. Ela bolou um plano maluco com a irmã para me trazer até aqui e fiquei furiosa com isso, pois pensei que ela não tivesse mentido tanto para mim. Partirei com a nossa Izumi para Sano amanhã e morarei em uma casa onde colocarei dois ikebanas idênticos de lírios na porta para que você possa me encontrar. Tentarei morar em uma casa no começo da cidade para que você me ache mais facilmente.

Me desculpe por estar indo embora, mas não posso suportar passar mais um segundo de minha vida neste lugar cheio de impostores.

Quando puder, por favor, venha visitar a mim e à Izumi em Sano para que não fiquemos com muitas saudades de você. Se um dia o meu amado Takeo Udagawa aparecer aí, diga-lhe onde estou, por favor. Ele é um samurai, você o identificará de longe.

Desculpe por deixá-lo triste com minha fuga repentina... Saiba que te adoro demais e que sua filha te ama. Até algum dia.

Natsu."

Após ler a mensagem, Takeo percebeu que Hiro não estava tentando enganá-lo. O bilhete tinha mesmo a letra de Natsuki. Naquele instante,

Takeo percebeu que nem todos os ninjas e kunoichis eram traiçoeiros e que deveria ir atrás de Natsuki o mais rápido possível.

— Você foi visitar sua filha alguma vez desde que Natsuki fugiu? — perguntou Takeo, cruzando os braços.

Hiro ficou cabisbaixo e triste consigo mesmo, pois não conseguira reunir coragem para sair do complexo até então. Sabia que Natsuki quase morrera quando escapou do lugar e não queria correr riscos.

— Não, porque a Natsu quase foi assassinada quando fugiu. Uma vez que uma kunoichi ou um ninja tenta sair daqui, os guardas, tanto homens quanto mulheres, perseguem o fugitivo para matá-lo para que não haja o risco de revelarem para as pessoas a existência dos ninjas e das kunoichis, que é secreta. Fiquei com medo de tentar sair deste lugar e acabar morto no processo — confessou Hiro.

"Faz todo sentido... Não o culpo", pensou Takeo, assustado com o nível de radicalidade da atitude tanto dos guardas quanto dos fugitivos. Por um breve momento, havia pensado que Hiro fosse um pai ruim por não ter visitado Izumi nenhuma vez desde a fuga de Natsuki, mas, depois de saber que Natsuki quase morreu ao tentar escapar, entendeu o motivo da sua relutância em ir atrás dela.

— Que horror! Não o culpo por não ter ido até Sano ainda... — comentou Takeo, chocado.

— Obrigado, mas quando te vi chegar aqui no centro de treinamento, mudei de ideia. Quando vi que você é um samurai e que estava procurando Natsuki, percebi que estava sendo um covarde. Achei admirável de sua parte, samurai Udagawa, ter vindo de tão longe e entrado em um lugar como esse para encontrar a Natsu. Portanto, decidi ajudá-lo e, ao mesmo tempo, tomar coragem para ver Izumi, mesmo que isso signifique arriscar minha vida.

Takeo ficou impressionado com a atitude de coragem do ninja. Não imaginava que Hiro havia ficado motivado em vê-lo nas colinas em busca de Natsuki. "Gostei desse Hiro. Parece ser um bom homem. Aliás, um homem bem melhor que eu...", pensou Takeo, lembrando-se de seu divórcio com Hikaru Miura.

— Meus parabéns pela atitude. Muito corajoso da sua parte. E obrigado pelo apoio. Quando podemos partir para Sano? — perguntou Takeo, ansioso.

— Agora mesmo. Basta só conseguirmos uma charrete. Ao contrário do que Natsuki pensou quando fugiu, os guardas são bem mais desatentos durante o dia do que durante à noite, porque foram bem-treinados para se esconderem nas sombras, e não na luz.

— Entendi. Então vamos! — disse Takeo.

— Espere só um minuto — Hiro então arrumou suas coisas, guardou alguns quimonos em uma grande sacola de pano preta, colocou algumas armas em sua faixa e disse:

— Me espere aqui — e, em pouco menos de dois minutos, voltou com dois arcos e flechas e deu um para Takeo, que se surpreendeu com a rapidez do jovem.

— Arco e flecha são armas essenciais se quisermos atingir alvos de longa distância... Agora podemos ir!

Takeo e Hiro saíram do dormitório e tentaram sorrateiramente escapar do complexo pela parte mais iluminada. Ambos viram que já havia três guardas, uma mulher e dois homens, apontando flechas para eles, então rapidamente eles os mataram com suas flechas. Hiro sussurrou:

— Corre! Corre!

Ambos começaram a correr morro abaixo. Takeo nunca havia corrido em uma colina antes e tinha a sensação de que tropeçaria e bateria a cabeça em uma árvore a qualquer instante. Alguns guardas estavam perseguindo os dois e tentaram atacá-los mais de uma vez, mas foram abatidos, e Takeo e Hiro estavam com poucos ferimentos pelo corpo. Os que tentavam matar os dois homens com arco e flecha geralmente eram flechados primeiro e os que preferiam um combate mais direto acabavam caídos no chão por conta de golpes desferidos por Hiro com suas armas ou mortos pela katana de Takeo.

— Cuidado! — exclamou Takeo, que viu um guarda tentando apunhalar Hiro pelas costas.

Takeo rapidamente deu um soco no estômago do guarda e matou-o com a katana, fazendo um enorme corte em seu pescoço.

— Muito obrigado por isso — agradeceu Hiro, aliviado.

— Eu que devo te agradecer, Hiro — afirmou Takeo.

Hiro entendeu o que o guerreiro quis dizer e ficou satisfeito. Gostava de pensar ter tomado a decisão certa. "Ainda bem que esse samurai apareceu para mim aqui, senão eu provavelmente nunca teria coragem suficiente para ir atrás das minhas queridas...", pensou Hiro, alegre.

Hiro havia se esquecido completamente de Kameyo naquele momento e percebeu que não a amava de verdade, porque se amasse não teria fugido facilmente e ajudado Takeo. O que mais importava para o ninja naquele momento não era sua namorada, e sim sua filha e sua melhor amiga.

Depois de um tempo atirando flechas e combatendo com as próprias mãos diversos guardas homens e também mulheres, Hiro e Takeo conseguiram chegar até Koga, que estava ao pé das colinas. Os guardas pararam de perseguir os dois depois que se afastaram da área mais escondida das colinas.

— Você viu? Nós, ninjas, temos muito medo de sermos descobertos e por isso não saímos sem um disfarce daquelas montanhas. Os guardas não podem se arriscar — comentou Hiro.

Takeo assentiu e estava feliz em ter escapado vivo daquele ataque.

— Você sabe onde podemos encontrar um serviço de charrete? — perguntou Takeo, olhando em volta.

— Sei, sim. Siga-me — disse Hiro, fazendo um sinal para o samurai.

Ambos foram até a residência do homem que havia providenciado uma charrete para Natsuki: Kouta Daiju. Ele estava em pé de braços cruzados conversando com outros dois homens, como geralmente ficava.

— Espere aqui — disse Hiro, indo em direção a Kouta.

— Olá, senhor. Poderia, por favor, nos emprestar uma de suas charretes? Eu e meu amigo precisamos ir para Sano — disse Hiro, já com a mão em sua sacola de pano onde havia outra pequena com alguns mons.

— Claro que sim. Aliás, qual é seu nome? — perguntou o sr. Daiju. O homem perguntava o nome de todos os clientes que solicitavam seus serviços. Gostava de saber como as pessoas se chamavam.

— Meu nome é Haruo. Pode me chamar pelo primeiro nome mesmo. Qual é o seu?

Takeo se segurou para não rir naquele momento, pois Hiro usou exatamente o mesmo nome falso usado por Natsuki para se referir a ele quando revelou estar grávida.

— Kouta Daiju, mas me chame de Daiju ou de sr. Daiju. Prazer em conhecê-lo. Você tem mons em quantidade suficiente para me pagar, meu jovem? — perguntou Daiju, levantando uma sobrancelha, observando se Hiro vacilaria ou não.

— Creio que sim. Quanto custa uma viagem de ida para Sano?

Kouta revelou o preço do aluguel da charrete a Hiro, que lhe pagou com alguns de seus mons instantaneamente e ficou feliz por não ter precisado gastar todo o seu dinheiro com aquela viagem. Depois do pagamento, Kouta levou Takeo e Hiro até uma das charretes, chamou um de seus homens para dirigi-la e os dois subiram junto com o empregado que a conduziria.

— Tenham uma boa viagem! — disse Daiju, acenando e virando as costas.

— Obrigado, sr. Daiju — respondeu Takeo, sorrindo.

No mesmo momento, o condutor do transporte pôs o cavalo em movimento, dando assim início à viagem. Sano não era tão perto, ficava a quase cinco horas de Koga. Seria um longo caminho até lá, porém, para Takeo e Hiro, isso não faria tanta diferença, porque estavam muito alegres por finalmente irem ao local onde estava Natsuki. Hiro, principalmente, estava muito feliz por poder rever sua querida Izumi.

Algum tempo depois, cerca de cinco horas da tarde, Hiro e Takeo finalmente chegaram em Sano. Depois de descerem da charrete, procuraram desesperadamente pela cidade uma casa que tivesse dois ikebanas idênticos na entrada, onde Natsuki estaria morando. Takeo havia ficado admirado com a esperteza de Natsuki em ter arranjado um jeito de deixar claro exatamente onde estava. Os dois andaram pela cidade por quase uma hora e já estavam ficando desiludidos e exaustos. "Nunca vou encontrar Natsuki... essa cidade é maior do que eu imaginei! Será que ela se mudou daqui?", pensou Takeo, irritado.

Em certo momento, quando Takeo estava prestes a dizer a Hiro que desejava desistir, o ninja apontou uma casa à sua esquerda e disse, entusiasmado:

— Ali estão os ikebanas idênticos! Vamos lá.

— Tem certeza? Essa casa é típica de um samurai e Natsuki jamais teria dinheiro suficiente para adquirir uma — afirmou Takeo, inconformado.

Não fazia sentido realmente Natsuki conseguir uma residência extravagante como aquela sendo uma mulher fugitiva com apenas alguns trocados guardados na sacola.

— Vou bater na porta para ter certeza — disse Hiro, indo em direção à casa.

Takeo seguiu o ninja. Ao lado da entrada havia dois guardas, um em cada canto. Um deles barrou Hiro e disse, com um olhar gélido.

— Quem você é e o que está procurando? — perguntou.

— Meu nome é Hiro Sakamoto. Quero falar com o dono dessa casa e saber se ele conhece Natsuki Katayama e a filha dela, Izumi.

— Entendi... e quem é o seu amigo? — perguntou o homem, apontando para Takeo.

— Sou o samurai Takeo Udagawa. Estou com o sr. Sakamoto — afirmou Takeo.

O guarda hesitou encarando os dois, e disse para o outro:

— Vou falar com o sr. Fuchizaki. Não deixe esses dois fazerem besteiras.

O guarda entrou na casa e deixou Takeo e Hiro sozinhos com seu colega, que os olhava fixamente.

— Espero que estejamos no lugar certo — disse Takeo, um pouco tenso.

— Também espero... — respondeu o jovem ninja.

Takeo não fazia ideia do que diria para Natsuki quando a visse. Não sabia se deveria dizer o quanto a amava e sentia sua falta, se a questionaria quanto às mentiras que contou... estava completamente indeciso. O nobre guerreiro não sabia por onde começar.

Após cinco minutos de espera, Hiro e Takeo viram a porta shoji se abrir e, primeiramente, o guarda saiu por ela. Depois, veio o samurai, que olhou para ambos e disse:

— Sou o samurai Fuchizaki, o dono dessa casa. Natsuki Katayama é minha criada e vocês têm 15 minutos para falar com ela e com a pequena Izumi. Encontrem-na em meu jardim, que é no fundo da casa.

— Muito obrigado! — agradeceram Takeo e Hiro, quase ao mesmo tempo.

— Mas saibam que, se tentarem machucá-la de alguma maneira, meus seguranças acabarão com vocês. Eles estão sempre vigiando — dito isso, Fuchizaki virou as costas, entrou na casa e fechou a porta.

Hiro e Takeo caminharam até o jardim acompanhados de um guarda. Ao chegarem lá, ficaram muito felizes. Perto de duas sakuras localizadas no centro do jardim estava Natsuki, mais bela do que nunca. Ela usava um gracioso quimono vermelho com estampas de buquês de flores azul-claras e rosa e sapatos zori beges. Seus cabelos estavam presos pela metade e com alguns adornos florais em volta. Izumi estava ao seu lado, com os cabelos presos em um coque, usando um quimono rosa-claro com flores vermelhas estampadas e sapatos cinza. No instante em que viu Hiro, Izumi se encheu de alegria e correu até ele dizendo:

— É o papai! É o papai! — Izumi já havia aprendido a chamar Hiro de papai e Natsuki de mamãe e não falava mais errado.

Assim que Izumi se aproximou, Hiro se abaixou à altura dela e a abraçou com força, levantando-a do chão. Com Izumi no colo, Hiro foi em direção a Natsuki junto com Takeo.

— Estou tão feliz em te ver, minha querida! Te amo muito! — disse Hiro, sorrindo com ternura e beijando as bochechas de Izumi. Assim que chegou perto de Natsuki, ele a abraçou e disse:

— Me desculpe por ter demorado para aparecer, Natsu. Fui um idiota.

— Não precisa pedir desculpas, Hiro, e não diga isso de si mesmo. Você apareceu agora e isso é o que importa — afirmou Natsuki, sorrindo e acariciando o rosto de Hiro.

— Muito obrigado por dizer isso. Te adoro muito... — disse Hiro, alegre em finalmente poder olhar nos olhos da melhor amiga novamente.

— Te adoro ainda mais! — respondeu Natsuki, muito feliz, abraçando-o novamente.

Ao ver Takeo logo atrás de Hiro, Natsuki ficou boquiaberta e não sabia o que dizer a ele. Não estava ciente do quanto Takeo já sabia sobre ela. Ao perceber que Natsuki não conseguia tirar os olhos de Takeo, Hiro se afastou do casal com Izumi e disse:

— Vou dar uma volta com Izumi e deixar vocês a sós — E assim que Hiro atingiu uma distância considerável, Natsuki se aproximou um pouco e lentamente do samurai, como se não acreditasse no que estava vendo.

— Pensei que nunca mais fosse te ver! — disse Natsuki, chocada, quase chorando de emoção por ver o amado.

Takeo se aproximou mais da sua ex-criada e examinou seu rosto.

— Eu também pensei. Aliás, não sabia que você havia mentido para mim por tanto tempo... eu conheci suas colegas kunoichis. Não imaginei que você estivesse me usando para extrair informações — admitiu Takeo, magoado.

Natsuki ficou cabisbaixa, triste ao se lembrar de sua missão.

— Me desculpe por isso, é que era o meu trabalho como kunoichi fazer isso, mas saiba que não menti sobre o quanto te amo. Você me conquistou. Eu jamais conseguiria fingir amar alguém — afirmou Natsuki, chegando ainda mais perto de Takeo.

— Entendi. É uma pena que nunca poderemos nos casar — disse Takeo, suspirando.

O samurai estava tão feliz em estar diante de sua amada que não se importava tanto com o fato de ela ter se infiltrado em sua casa. Ele passou a acreditar de verdade naquele momento que Natsuki o amava, sentiu sinceridade no olhar dela. Por um instante, pensou que poderia ser alguma cilada de Natsuki, mas depois viu que ela estava realmente muito feliz por vê-lo de novo.

— Também acho. Falando em casamento, você e Hikaru se divorciaram? Você não veio atrás de mim casado com outra mulher, certo? — perguntou Natsuki, com medo.

— Claro que nos divorciamos. Eu e Hikaru nunca nos amamos de verdade, e ela me traiu com outro logo após nosso casamento. Eu a flagrei várias vezes sozinha com um homem e tentei perdoá-la, mas depois de um tempo não aguentei mais. Eu já não estava conseguindo ficar com uma mulher que não me ama, imagine com uma que me trai! — contou Takeo, triste ao se lembrar.

Natsuki ficou assustada com a notícia. Hikaru parecia muito ser uma boa moça e Natsuki não conseguia imaginá-la traindo Takeo. Apesar de estar triste com a traição de Hikaru, Natsuki também estava feliz, porque, se não fosse por isso, Takeo talvez jamais fosse encontrá-la.

— Sinto muito, Takeo. Deve ter sido difícil para você.

— Não foi tão difícil assim, na verdade. Eu nunca amei a Hikaru, então apenas usei o fato de ela estar me traindo para me divorciar dela. Se ela não tivesse me traído, eu provavelmente não poderia ter vindo até você, o que seria terrível para mim... — afirmou Takeo, sorrindo e acariciando o rosto de Natsuki, que sentiu aquele arrepio de prazer.

— Que bom. Fico feliz assim. Eu te amo muito e pensei que você jamais fosse me perdoar — disse Natsuki, aliviada e alegre com a situação.

— Quem ama de verdade sempre perdoa — respondeu Takeo, sorrindo e chegando cada vez mais perto de Natsuki.

Takeo beijou Natsuki intensamente nos lábios. Ambos fecharam os olhos e aproveitaram o beijo como se fosse o último.

— Eu tenho bastante dinheiro guardado, Natsu, saia desta casa e venha com Izumi morar comigo em uma nova. Posso construir um quarto para o Hiro, sem problema algum. O que mais me importa é que permaneçamos unidos.

Natsuki se entusiasmou muito com a proposta, porém percebeu que havia um problema.

— Amei a ideia! Adoraria viver com você, mas como vamos morar juntos se não podemos nos casar? — disse a jovem, inconformada. Takeo riu e respondeu:

— Quem disse que precisamos nos casar para vivermos juntos e formarmos uma família?

— Tem razão! Você é incrível! Por isso que eu te amo!

Natsuki beijou os lábios de Takeo, explodindo de alegria. Sentia-se como se estivesse vivendo um sonho, nunca pensou que poderia viver ao lado de seu amado porque era de uma classe social diferente da dele. Takeo havia dada uma ótima ideia a Natsuki e nada poderia impedi-los de ficar juntos para sempre a partir daquele momento. O destino parecia estar a favor do casal.

30
A MUDANÇA

Takeo estava tão apaixonado por Natsuki e encantado com a ideia de morarem juntos que não discutiu uma única vez sobre o fato de ela ser uma kunoichi disfarçada de criada em sua casa. De alguma maneira, Takeo conseguiu perceber que o amor de Natsuki por ele era genuíno e que ela estava muito entusiasmada com a ideia de passar o resto da vida com ele. Ambos ficaram tristes por não poderem se casar oficialmente por serem de classes sociais distintas, mas quando encontraram a solução, que era morarem na mesma casa, esqueceram da ideia do casamento. Até mesmo Hiro, que, mesmo não estando mais apaixonado por Natsuki sentia um pouco de ciúmes dela com Takeo, estava feliz com a mudança dos dois para uma nova residência.

A única coisa que realmente entristecia Hiro era o fato de que não poderia ver Izumi todos os dias, porque precisava arranjar um emprego, já que não era mais um ninja. Takeo, para não deixar Hiro magoado, permitiu que ele morasse na residência que construiria para viver com Natsuki e Izumi até que arrumasse um emprego em Sano e juntasse dinheiro o suficiente para comprar a própria casa.

Pouco menos de um ano depois de Takeo mandar construírem a casa em que viveria com Natsuki e Izumi, a obra foi concluída e Natsuki pediu demissão de seu emprego de criada. A residência era muito bela, com vários quartos e um jardim grande de sakuras no fundo, com mesas para tomar chá e um gazebo. Em um quarto dormiria Natsuki e Takeo, no outro Izumi, no outro um futuro bebê dos dois e também havia um para criados, onde Hiro dormiria temporariamente. Takeo contratara cinco criadas e uma delas seria responsável por cuidar de Izumi, mesmo Natsuki ficando em casa quase todos os dias para dar atenção à filha. De início, Natsuki hesitou em permanecer dentro da residência e não trabalhar, mas Takeo insistiu, dizendo que ele tinha renda o suficiente e que ela, portanto, não precisaria trabalhar, mas poderia, se quisesse. A jovem acabou aceitando, pois gostava de ficar com a filha... e observar se a babá fazia tudo corretamente.

Uma semana depois da mudança do casal, Izumi e Hiro para o novo lar em Sano, Takeo se ofereceu para ensinar técnicas de lutas samurais a Natsuki, duas vezes por semana, e ela aceitou no mesmo instante.

Ambos se divertiam bastante quando praticavam juntos e se deixavam envolver tanto pela felicidade do momento que no final do treino muitas vezes... bem, iam se divertir no quarto com a porta fechada.

Três meses após o primeiro treino de Natsuki e Takeo, Hiro arranjou um emprego como auxiliar de um comerciante da região, o que deixou Izumi um pouco triste, porque adorava a companhia do pai.

Noboro Udagawa ficara furioso por Takeo ter ido embora de Otawara e se divorciado de Hikaru para morar com uma moça que não pertencia à elite. O filho havia enviado centenas de cartas pedindo desculpas, explicando que amava muito Natsuki e dizendo ao pai que deveria visitá-lo um dia. Apesar de ler todas as cartas do filho, Noboro não respondeu nenhuma e se recusou a ir até Sano visitá-lo. O jovem samurai gostava do pai e não queria que sua relação com ele ficasse ruim, contudo, depois de um tempo, parou de enviar as cartas.

Um ano depois da grande mudança, Natsuki engravidou de seu primeiro filho com Takeo, o que trouxe uma enorme felicidade para o casal e para Izumi também, pois a menina sempre quis ter um irmãozinho. Após o nascimento da criança, Natsuki e Takeo viram que era uma menina e deram-lhe o nome de Sakura Udagawa, pois ambos amavam a flor de cerejeira, as sakuras, e, na primeira vez que a viram, acharam-na tão bela quanto uma.

Mesmo trabalhando com seu patrão comerciante por muitas horas todos os dias, Hiro cuidava da filha Izumi e da bebê Sakura para ajudar as criadas.

Takeo tratava Izumi tão bem quanto Sakura e não beneficiava uma em detrimento da outra, como Natsuki pensou que aconteceria. O samurai dava a Izumi o mesmo tanto de amor que dava a Sakura e fazia questão de deixar claro que amava ambas igualmente, mesmo Sakura sendo sua filha biológica e Izumi, não. Ele havia conseguido começar a treinar em um centro próximo à casa, então poderia ajudar Natsuki, Sakura e Izumi facilmente caso houvesse uma emergência, pois se importava muito com as três.

Quando Sakura completou 5 meses de vida, a casa de Hiro, que havia começado a ser construída havia algum tempo, ficou pronta e ele finalmente se mudou. A pequena residência do ninja era simples e em estilo gassho e, para a alegria de Izumi, ficava a apenas 50 metros da do casal Udagawa.

Takeo não admitiu, mas ficou feliz com a partida de Hiro, pois estava muito ansioso para ter a atenção exclusiva da amada, ou seja, iniciar oficialmente a vida de casal com Natsuki.

Passaram-se três anos desde o nascimento de Sakura. Ela se tornou uma garota bonita, gentil e esperta. Aprendeu a andar e falar com um ano e meio, um pouco antes de Izumi. Adorava usar quimonos rosa e verdes e preferia deixar seus cabelos soltos, ao contrário da irmã, que gostava de prender o cabelo parcialmente e usar adornos. Sakura era bastante parecida com os pais, tinha cabelos pretos, olhos castanho-escuros e um sorriso muito bonito. Natsuki adorava acariciar o rosto de Sakura, amava sentir aquelas delicadas bochechas em suas mãos. Izumi gostava de ficar na companhia da irmã e quase nunca brigavam. Sakura era adorada por todas as pessoas que a conheciam, inclusive por Hiro, que gostava de mimá-la quando podia. Além de ser uma garota doce e faladeira, Sakura também era bastante agitada, assim como Izumi, e era bem difícil para Natsuki conseguir fazê-la parar de correr pelos lugares.

Certa tarde, Takeo saiu de seu treino samurai mais cedo e encontrou Natsuki cuidando de Sakura e Izumi com a babá na sala de estar, sentadas no tatame do chão, enquanto as criadas faziam seus respectivos serviços. Sakura já havia completado 3 anos e Izumi, 8. Sakura era a mais animada de todas e quase sempre estava com um sorriso no rosto. Quando Takeo entrou na casa e Sakura o viu, ficou feliz e disse:

— Oi, papai! Me abrace! — E correu até o pai, alegre. Takeo se abaixou para ficar da altura da filha, a abraçou e a levantou do chão.

Tanto Izumi quanto Sakura corriam para abraçar as pessoas de quem gostavam muito.

— Oi, Sakura! Está se divertindo bastante com a mamãe, a Izumi e a Aika? — perguntou Takeo, sorrindo e andando em direção a Natsuki e Izumi para cumprimentá-las enquanto carregava a filha.

Aika era a criada que cuidava das crianças.

— Sim! — respondeu Sakura. No instante em que Takeo se aproximou, Natsuki, Aika e Izumi se levantaram.

— Oi, Natsu! Eu estava com saudades de você... — disse Takeo, beijando Natsuki nos lábios, que sorriu e respondeu:

— Olá, Takeo! Estava com saudades também. Ainda bem que você conseguiu sair mais cedo do treino hoje.

— Fiquei feliz com isso também. Já não estava mais aguentando treinar duelos e precisava rever minha família — afirmou ele, exausto.

O treinamento de um samurai era bastante cansativo, pois os alunos geralmente praticavam muito suas habilidades de luta.

— Oi, Takeo! — disse Izumi, sorrindo e abraçando o samurai.

— Olá, Izumi! — respondeu Takeo.

— Boa tarde, senhor Udagawa. Gostaria de uma bebida? Precisa de alguma coisa? — perguntou Aika, sorrindo delicadamente.

— Não, obrigado. Apenas continue cuidando das crianças, por favor — pediu Takeo.

Aika assentiu e disse:

— Venham, meninas. Vamos brincar no jardim! — As duas meninas ficaram animadas com a ideia, principalmente Sakura.

Takeo deixou Sakura no chão, que saiu correndo atrás de Aika junto a Izumi. Natsuki e Takeo ficaram sozinhos na sala de estar. Ambos se sentaram no chão perto da porta que estava aberta e dava acesso ao jardim, encostaram-se em uma parede e ficaram lá, abraçados. Eles sempre ficavam felizes quando conseguiam um tempo para ficar sozinhos juntos.

— Nossas meninas são mesmo uma graça... eu as amo muito. Adoro vê-las brincando — disse Natsuki, alegre enquanto via Sakura e Izumi correrem e rirem com Aika no jardim.

— Compartilho do seu sentimento. Elas são maravilhosas — concordou Takeo, sorrindo.

Naquele instante, Natsuki se lembrou de como estava deteriorada a relação de Takeo com o pai. Ambos não se viam há mais de um ano. Um dos maiores medos de Natsuki era suas filhas um dia não serem mais suas amigas, pois elas eram seu bem mais precioso. Natsuki não suportaria ser detestada por Izumi e Sakura no futuro e sentia a necessidade de impedir isso a qualquer custo o tempo todo, o que fazia com que ela se lembrasse bastante do caso de Noboro e Takeo.

— Takeo, espero que não fique chateado com a minha pergunta... você ainda manda aquelas cartas para o seu pai? — perguntou Natsuki, para se certificar de que Takeo e Noboro ainda estavam brigados.

Takeo se entristeceu bastante ao se lembrar do pai.

— Não. Já mandei muitas e ele não respondeu nenhuma até hoje. Depois que mandei uma carta comunicando o nascimento da Sakura e ele nem sequer apareceu para conhecê-la, desisti de tentar me redimir com ele. Que tipo de pessoa ignora o nascimento da própria neta? — disse Takeo, furioso ao se lembrar da atitude do pai.

Natsuki refletiu por um instante. Uma onda de lembranças surgiu na mente dela e ela começou a se sentir muito mal. Sempre fora uma pessoa radical em suas atitudes e, por estar mais velha e mais madura, reconhecia que havia cometido vários erros. Natsuki sentiu que não gostaria de ficar afastada da sua família para sempre, como Takeo; ela reconhecia que não havia sido uma filha perfeita para Manami e que exagerou muitas vezes ao insultá-la pelas costas e ao fugir repentinamente. Manami havia ficado muito triste com a partida da filha, sentiu-se uma pessoa horrível, e Natsuki detestava pensar naquilo.

— Pois é… e que tipo de pessoa exclui por opção os avós do nascimento dos netos e de quase toda a sua vida? — disse Natsuki, chorando, triste e irritada consigo mesma ao enxergar o que havia feito com a família.

Takeo ficou muito preocupado na hora, estranhou ver a companheira tão entristecida.

— Natsu, do que você está falando?

— De mim! Eu não vejo e não falo com meus pais há anos, porque fugi de casa. Eu não conseguia aceitar que era diferente deles e, em vez de ser uma boa filha e encarar o problema, fugi como uma covarde e me deixei ser enganada e iludida por um bando de kunoichis interesseiras pensando que elas queriam o meu bem… — contou Natsuki, ainda chorando. "Agora que sou mãe de duas filhas finalmente percebo o tamanho da dor que causei à minha mãe. Se minhas meninas me abandonassem simplesmente por causa de divergências entre nós, eu me afogaria em lágrimas", pensou Natsuki.

Takeo estava confuso, pois não sabia por que Natsuki tinha começado a falar daquele assunto de repente.

— Você mesma me disse que sua mãe sempre foi uma pessoa muito difícil de se lidar e por isso você foi embora. Não é fácil para um filho conviver com pais que não o apoiam, você não deve se condenar pelo que fez — explicou Takeo, inconformado com o arrependimento de Natsuki.

Durante aquela conversa com Takeo, Natsuki teve certeza de que não queria ter uma relação deteriorada com os pais assim como Takeo tinha com Noboro. Nunca desejou excluir a própria família de sua vida e se sentiu ainda pior quando se lembrou do fato de ter mantido os nascimentos de Sakura e Izumi em segredo de Manami e Eijiro.

— Takeo, eu simplesmente apaguei meus pais de minha vida desde a minha fuga! Nunca mais entrei em contato com eles! Eles nem sequer sabem que têm duas netas! Se eu fosse meus pais, me odiaria profundamente, com certeza... — disse Natsuki, ainda chorando e com a raiva maior que sua mágoa.

Takeo não gostava de ver Natsuki chateada, porém não discordava tanto do que ela disse de si mesma. Ela havia deixado os pais muito tristes com sua fuga e deveria ter insistido para tentar entender as diferenças entre os pontos de vista dela e dos dois, principalmente o de Manami.

— Todos nós cometemos erros. Meu pai é um exemplo disso, pois ele errou por ter me forçado a casar com Hikaru e por ignorar minhas cartas durante todos esses anos, mas isso não significa que eu não o perdoei. Eu entendo o lado dele, pois durante a vida toda ouviu que famílias de samurais jamais devem se misturar com pessoas de classes sociais mais baixas. Ele formou uma opinião ao longo do tempo, assim como os seus pais. Você errou, mas seus pais erraram também por terem interferido tanto na sua vida, como você me contou.

Natsuki havia falado para Takeo sobre sua difícil relação com os pais, em especial com a mãe, e como eles discordavam das ideias dela o tempo todo. Ele sabia sobre a fuga também. Izumi e Sakura não sabiam absolutamente nada sobre os avós, tanto maternos quanto paternos.

— Você espera que meus pais me perdoem por tê-los deixado e por ter sido uma filha tão teimosa? Como você perdoou a Hikaru quando ela te traiu com outro homem? Entendo — disse Natsuki, ironicamente.

Takeo ficou chateado com o ataque, mas compreendeu seu motivo: ele havia contradito a si mesmo. Hikaru estava mesmo cometendo adultério e não possuía apenas um, mas vários amantes, porém esse não foi o motivo real pelo qual Takeo se divorciou dela.

— Eu a perdoei. Eu teria dado uma segunda chance para ela se a amasse de verdade. O motivo principal que me fez pedir o divórcio foi o fato de eu amar você e não Hikaru, e eu não aguentava mais ficar longe de você... — disse Takeo, acariciando o rosto de Natsuki com um desespero no olhar, como se fosse a última vez em que a estivesse vendo.

Takeo não gostava de se lembrar de seu casamento forçado. Natsuki ficou feliz com o que Takeo disse, sentiu-se muito querida por ele.

— Muito obrigada por dizer isso. Também te amo e fiquei muito feliz porque você voltou para mim. Me desculpe por ter citado sua separação... — disse Natsuki, sentindo-se uma pessoa terrível.

— Está tudo bem — respondeu Takeo, sorrindo.

Ele beijou Natsuki nos lábios no mesmo instante, deixando-a arrepiada e com um enorme sorriso no rosto. "Eu escolhi mesmo o homem certo... O Takeo é maravilhoso!", pensou ela, orgulhosa de si mesma.

— Você acha que meus pais me odeiam, Takeo? — perguntou Natsuki, aflita.

— Claro que não! Você é a filha deles! — afirmou o guerreiro, triste por ver Natsuki tão agoniada. Natsuki estava muito arrependida de sua fuga e também se sentia ingênua, para dizer o mínimo, por ter acreditado nas mentiras contadas por Kameyo e pelas irmãs Yamazaki. Ela havia acreditado firmemente que aquelas kunoichis a queriam bem, se importavam com ela e não pensavam apenas nos próprios interesses. Elas desejavam uma nova aluna talentosa e haviam criado uma rede de mentiras só para consegui-la.

— Obrigada, mas sinto que preciso revê-los e pedir desculpas por algumas coisas que fiz. Agora parece que consigo entender o ponto de vista deles... eles apenas queriam que eu não me chateasse, por isso colocavam tantos obstáculos nas coisas que eu queria fazer! Tinham muito medo de me ver sofrer! Não sei como consegui pensar que eles não me amavam de verdade! — Natsuki estava inconformada com o que havia feito.

A tensão entre Takeo e Noboro a fez ver que deveria consertar as coisas antes que fosse tarde demais... se é que já não era. A jovem não desejava deixar sua relação com Manami e Eijiro continuar deteriorada.

— Eu entendi, mas o que você pretende fazer sobre isso, exatamente? Muitos anos se passaram e não sei se é uma boa ideia você voltar a Kiryu depois de tanto tempo... talvez você sofra uma desilusão.

Natsuki ficou confusa. Que desilusão ela poderia ter? No máximo Manami a veria, começaria a insultá-la infinitamente e a mandaria embora. Não custava tentar.

— Como meu falecido irmão Yasuo me disse, preciso seguir o meu coração, e ele diz que devo rever os meus pais, principalmente minha mãe, que era com quem eu mais brigava. Se meu coração diz isso é isso o que eu vou fazer — afirmou Natsuki, que estava determinada a se reconciliar com Manami e Eijiro e levar Takeo, Izumi e Sakura para conhecê-los em Kiryu.

Ela ficou triste ao citar Yasuo, mas logo se reergueu e conseguiu não chorar.

— Você tem certeza disso, Natsu? — perguntou Takeo, preocupado.

"Não tem como ter certeza de nada nessa vida, mas acho que pela primeira vez eu tenho. Não posso ficar afastada dos meus pais para sempre", pensou Natsuki. A jovem Katayama segurou as mãos do guerreiro naquele momento.

— Tenho, e significaria muito para mim se você e as meninas fossem junto — disse Natsuki, sorrindo.

— Não sei se isso é uma boa ideia. Eu acredito no perdão e admiro você ter essa iniciativa, mas não tem como termos certeza de qual vai ser a primeira reação dos seus pais quando souberem que você foi uma kunoichi, que mora comigo sem estar casada e tem duas filhas, sendo que uma delas não é minha — explicou Takeo.

Natsuki estava pronta para dar uma resposta mal-educada para o samurai, contudo logo percebeu que aquela não seria a atitude certa, porque Takeo apenas estava tentando dizer que Manami e Eijiro talvez fossem conservadores demais para compreender as escolhas da filha.

— Eu entendo a sua opinião, mas preciso arriscar. Algum dia tenho que revê-los. Se eu esperar mais tempo será pior! Não quero que Sakura e Izumi conheçam os avós só quando estiverem na idade de engravidar! — disse Natsuki, inconformada.

Takeo percebeu que Natsuki tinha toda a razão. As garotas teriam que conhecer os avós um dia e não seria bom se isso demorasse demais para acontecer.

— Tudo bem... Quando você acha que devemos ir visitá-los com as garotas? — perguntou Takeo.

— O mais rápido possível. Poderia ser daqui a três dias para que dê tempo de arrumarmos nossas coisas — disse Natsuki, mordendo os lábios, tensa.

Takeo reparou que Natsuki estava se sentindo insegura e disse:

— Você está bem? Está mesmo pronta para fazer isso?

— Estou bem, mas... não estou nada preparada para rever meus pais depois de tantos anos. Nunca fui uma filha muito boa para eles. Desejo revê-los e não mudarei de ideia, mas não estou pronta — respondeu Natsuki, derramando algumas lágrimas novamente.

Takeo a acariciou, beijou-lhe a testa e disse:

— Você é muito forte, Natsu. Sei que vai conseguir resistir à reação dos seus pais ao te verem, seja ela qual for. Saiba que estarei sempre ao seu lado se precisar de mim nos seus momentos difíceis.

— Obrigada, Takeo. Você é um amor de pessoa. Te amo muito.

Natsuki abriu um enorme sorriso e suspirou, porque sempre ficava feliz com a gentileza com que Takeo a tratava. Ele a ajudava bastante em situações complicadas.

— Eu te amo mais ainda! Vamos até a casa dos seus pais e, se eles te tratarem mal, quem estará cometendo um grande erro serão eles, e não você. Estamos juntos nessa — afirmou Takeo, sorrindo e acariciando as mãos de Natsuki. "Espero que eles não me odeiem por estar morando com a Natsu sem estarmos casados e que não fiquem com raiva dela por ter tido a primeira filha com outro homem", pensou, aflito.

Por mais que o jovem samurai tentasse manter Natsuki feliz com seus consolos e fosse uma pessoa calma, claramente tinha suas próprias angústias.

Depois de conversarem por mais alguns minutos sobre a futura visita que fariam a Manami e Eijiro, Takeo e Natsuki foram até Izumi e Sakura para dar-lhes um pouco de atenção. O casal não gostava quando elas ficavam com Aika por muito tempo, porque gostavam de ficar perto das meninas. Natsuki estava ansiosa para apresentar as filhas aos seus pais, porém ao mesmo tempo sentia muito medo de ser julgada por eles quando dissesse o que fez durante o tempo que ficou fora de casa. Ela desejava se redimir com os pais, mas não estava pronta para ouvir críticas vindas deles e temia que a visita acabasse em uma briga.

31
NUNCA É TARDE DEMAIS

Dois dias depois da conversa entre Natsuki e Takeo, as criadas terminaram de arrumar as coisas deles para a viagem logo depois do café da manhã e eles decidiram que estavam prontos para partir. Izumi e Sakura sabiam que iriam conhecer os avós e estavam bastante animadas... porém Natsuki não sentia o mesmo entusiasmo. Ela tinha certeza de que queria reencontrá-los e se desculpar por seus erros, mas sentia medo do que poderia acontecer. Em seus pensamentos Natsuki estava rezando para que os pais a recebessem bem e não destratassem Takeo, Izumi e Sakura em nenhuma circunstância. A jovem também estava ansiosa para chegar em Kiryu, porque desejava rever a melhor amiga, Chizue, de quem sentia muita falta. O coração de Natsuki estava muito acelerado, pois ela estava sentindo várias emoções ao mesmo tempo: alegria, ansiedade, medo, tensão... parecia prestes a explodir. Assim que subiu na charrete com suas filhas e seu querido samurai, Natsuki respirou fundo para tentar se acalmar um pouco. No instante em que a charrete começou a se locomover, as fortes emoções da moça estranhamente diminuíram de intensidade. Era como se o fato de o reencontro com os pais se tornar cada vez mais real deixasse Natsuki mais aliviada do que nervosa.

Após quase três horas de viagem, a família chegou em Kiryu. Quando a charrete chegou perto da antiga casa de Natsuki, ela deu um forte suspiro. Milhares de lembranças, tristes e felizes, surgiram quando ela pôs os olhos na residência em que passou boa parte da sua vida. O local continuava o mesmo e a casa permanecia bonita, apesar de ser simples e em estilo gassho.

Natsuki se lembrou de cada uma das pessoas que fizeram parte de sua vida enquanto morava em Kiryu: Yasuo, Akemi, seus pais, Chizue, Masato, seus outros parentes, os homens que trabalhavam com Eijiro na oficina de artesanato... era como se ela tivesse partido há poucos dias e todas aquelas lembranças fossem muito recentes. Quando viu a paisagem cheia de lindas sakuras e com colinas ao fundo onde passeava com Chizue, ficou emocionada e se recordou também das vezes em que corria e conversava com Yasuo pelos campos de arroz enquanto ouvia o canto dos pássaros e respirava aquele ar puro.

— Não pensei que estivesse com tantas saudades daqui... Acho que parte de mim nunca saiu de Kiryu — sussurrou Natsuki, surpresa consigo mesma e feliz enquanto admirava seu lar.

A charrete parou a dez metros da casa e os quatro desceram. Deixaram as sacolas no veículo, porque não precisariam descarregar os pertences naquele momento. Takeo havia gostado da paisagem de Kiryu e sentiu que seria feliz vivendo lá mesmo nunca tendo visto o local.

— Aqui é bem bonito. Gostei — comentou Takeo.

Natsuki apenas sorriu.

— Quanto verde! Tem um monte de grama! — disse Sakura, impressionada ao ver aquele enorme gramado em Kiryu e tantas árvores. Natsuki estava com a respiração acelerada por medo do que poderia ocorrer, mas ainda estava convencida de que fazia a coisa certa. Ela precisava rever Manami e Eijiro.

Os quatro se aproximaram da entrada e Natsuki bateu na porta marrom. Uma onda de tensão envolveu a jovem, pois ela não sabia se desejava falar com a mãe ou com o pai antes e qualquer um dos dois poderia atender a porta. Takeo se afastou um pouco com as crianças para dar espaço a Natsuki.

Em poucos segundos a porta se abriu e Natsuki não conseguiu fazer nada além de abrir um sorriso tímido e dizer, emocionada e tensa ao mesmo tempo:

— Olá, mãe. Sou eu.

Manami estava boquiaberta, arfando e sem fazer a mínima ideia do que dizer. Ela olhou para o chão, confusa, não acreditando no que estava vendo naquele momento. A única sensação presente em Manami era a mais plena felicidade.

Manami não disse nada, apenas abraçou a filha fortemente como se nunca mais quisesse soltá-la. Ambas choraram de emoção e Takeo ficou feliz por elas. Um grande alívio envolveu Natsuki depois daquela reação positiva de Manami.

— Me desculpe por tudo. Nunca fui uma boa filha para você. A única coisa que eu sabia fazer bem era te deixar maluca — disse Natsuki, lentamente e triste ao se lembrar das várias brigas por conta de divergências que teve com Manami.

A mãe de Natsuki a acariciou e disse, chorando:

— Quem deve desculpas sou eu, Natsuki. Se não fosse por minha teimosia em tentar te fazer ser alguém que você não é, eu jamais teria te perdido... Fui eu quem causei sua fuga.

Natsuki se surpreendeu, porque nunca havia visto Manami se sentindo tão culpada por algo. Ao contrário do que imaginou, sua mãe não estava nem um pouco disposta a julgá-la nem começar a brigar, porque apenas o fato de saber que a filha estava viva e diante dela já era o suficiente para deixá-la feliz. Além disso, Manami não queria que aquele momento emocionante fosse arruinado por seu conservadorismo.

— Eu fugi porque pensei que seria melhor viver minha vida do meu jeito, não aceitava você me contradizendo, mas admito que fiz uma enorme besteira e vim aqui para te dizer o quanto estou arrependida do que fiz. Espero que você me perdoe — disse Natsuki, chorando um pouco.

Manami acariciou o rosto da filha e disse, sorrindo:

— Mães sempre perdoam os filhos. Fico muito feliz que tenha adquirido maturidade nesses anos que passou fora de casa, porque se você ainda tivesse 14 anos não teria vindo se desculpar.

Natsuki riu, um pouco constrangida.

— Você tem razão... aliás, não vim aqui apenas para me redimir, mas também para te apresentar minha família.

Quando Natsuki terminou a frase, Manami se assustou. Pensou que Natsuki jamais teria filhos.

— Quero muito conhecer sua família. Pode entrar com seu marido e suas filhas, querida — afirmou Manami, sorrindo e abrindo espaço para Natsuki, Takeo, Sakura e Izumi, que rapidamente entraram na casa.

Manami sentou-se no tatame da sala de estar e as visitas fizeram o mesmo. A mãe de Natsuki logo notou que Takeo era um samurai, por causa do coque e da katana, que estava presa em seu obi.

— Este é o samurai Takeo Udagawa, meu grande amor. Por sermos de níveis sociais diferentes não conseguimos nos casar, mas moramos juntos há algum tempo. Essas são minhas filhas, Sakura e Izumi — apresentou Natsuki.

Manami se aproximou das duas e examinou-lhes o rosto com atenção. Ela não conseguia acreditar que era avó.

— Prazer em conhecê-la, senhora — disse Takeo, sorrindo sutilmente.

— Olá, vovó! Sou a Sakura — disse Sakura, feliz.

— Oi, vovó. Sou a Izumi — disse Izumi, também feliz.

— Prazer em conhecê-los. Eu sou Manami Horimoto — disse Manami, sorrindo para os três com ternura.

Natsuki se assustou na hora. A mãe nunca havia se apresentado com o sobrenome de solteira antes. Natsuki jamais havia visto aquilo acontecer.

— Parabéns por ter encontrado o amor, Natsuki. Fiquei muito feliz — afirmou Manami, alegre e triste ao mesmo tempo por conta do que havia acontecido com Eijiro.

Naquele instante, Natsuki notou um barulho de crianças falando alto vindo de um quarto, mas ignorou, porque imaginou que fosse seu irmão Daiki com um amigo.

— Acho que vou deixar vocês sozinhas por um instante. Fiquem à vontade. Vocês não se veem há anos. Venham, meninas — disse Takeo, levantando-se e fazendo um sinal para Sakura e Izumi, que na hora se levantaram também.

— Obrigada, Takeo — agradeceu Natsuki, feliz e sentindo-se como se o samurai tivesse lido seus pensamentos.

— Onde posso ficar com as meninas, sra. Horimoto? — perguntou Takeo, de mãos dadas com Izumi e Sakura.

Manami mordeu os lábios e pensou por um instante.

— Pode ir até o fundo da casa. Lá tem um quarto vazio e você pode ficar com elas — afirmou Manami.

— Muito obrigado — disse Takeo, sorrindo e indo com as garotas para onde Manami havia orientado.

Quando Takeo, Sakura e Izumi se afastaram o suficiente, Natsuki decidiu continuar a conversa com a mãe. A jovem se alegrou por poder conversar a sós com ela, pois tinha muito o que dizer.

— Mãe, primeiro queria perguntar... por que você se apresentou como Manami Horimoto? O que houve? — perguntou Natsuki, muito preocupada.

— O seu pai me traiu um ano depois que você foi embora. No começo, eu fui tolerante, mas depois que ele trouxe aquela mulher para a nossa casa, fiquei furiosa e fui embora, porque ele se recusou a sair. Duas semanas depois ele se arrependeu de ter praticamente me expulsado daqui, mudou-se para outra casa com a amante e consegui me divorciar oficialmente dele após três meses — contou Manami, chorando um pouco.

Natsuki não imaginava que algo tão ruim havia acontecido enquanto estava fora. Eijiro havia simplesmente destruído a família depois de trair Manami. Natsuki ficou surpresa ao descobrir que seu pai foi capaz de cometer adultério e expulsar a própria esposa de casa como se tivesse razão. Além disso, havia abandonado Daiki.

— Sinto muito, mãe. Não fazia ideia de que o meu pai fosse capaz de fazer uma coisa dessas! Pelo menos ele mostrou o mínimo de bom senso e te deixou voltar para a nossa casa... — disse Natsuki, inconformada com a situação.

— Nem me fale. O dia em que ele olhou nos meus olhos com aquela expressão gélida e insensível no rosto e me disse que a amante dele moraria na nossa casa, tive vontade de matá-lo, juro. Senti uma raiva enorme — contou Manami, chorando e quase gritando por conta dos sentimentos negativos que a dominaram naquele momento devido às lembranças.

Natsuki colocou a mão no ombro da mãe e disse:

— Não desperdice suas lágrimas por ele, mãe. Ele não merece o seu choro. Você é boa demais para ele.

— Obrigada por dizer isso... Agora me fale um pouco sobre você. Chega de falar sobre mim — disse Manami, secando as lágrimas com as mangas do quimono.

Natsuki ficou com muita pena da mãe, porque sabia bem que divórcio não era algo fácil para ninguém. A separação foi ruim tanto para Manami quanto para Eijiro, apesar de ele ter cometido a traição.

Então Natsuki disse a Manami tudo o que havia acontecido durante os anos em que ficou fora de casa. Falou sobre o seu tempo como kunoichi em Koga, de como foi enganada pelas irmãs Yamazaki, revelou que Izumi era na verdade filha de seu amigo ninja, Hiro Sakamoto, contou que estava morando em Sano... disse muitas coisas. Manami se surpreendeu com todas elas, porém não reagiu negativamente, como Natsuki pensava. Na verdade, ela não demonstrou nenhuma raiva, nem mesmo no momento em que soube que Natsuki foi uma kunoichi.

— Imaginei que a Izumi não fosse filha do Takeo, ela não se parece com ele. Sinto muito pela traição das suas mestres. Deve ter sido terrível para você — afirmou Manami, suspirando de tristeza.

— Você não sabe quanto... — disse Natsuki, também suspirando.

— É uma pena que tenha desistido de ser kunoichi. Sei que você tem muita paixão por luta e deve ter se divertido bastante sendo uma guerreira. Tenho certeza de que você era uma das melhores kunoichis de Koga — afirmou Manami, sorrindo.

Natsuki sorriu de volta, muito feliz com o fato de Manami não a ter ofendido de alguma maneira.

— Muito obrigada, mãe — agradeceu Natsuki.

— Eu te amo muito, sabia? Nunca duvide disso — disse Manami, sorrindo e acariciando o rosto da filha. Natsuki se segurou para não chorar, porque sabia que a mãe estava falando a verdade e se lembrou dos momentos em que disse a Yasuo que pensava ser odiada, e não amada por ela.

— Também te amo, mãe — respondeu Natsuki, abraçando Manami.

Ambas permaneceram abraçadas por muito tempo, unidas como se fossem uma única pessoa. Aquilo nunca havia acontecido antes.

Em certo momento, Natsuki percebeu que o barulho da criança gritando estava muito alto, notou que realmente não era apenas uma e estranhou. "Será que meus pais tiveram mais um filho ou Daiki está com um amigo?", pensou Natsuki, intrigada, com a testa franzida. Manami percebeu que a filha estava prestando atenção nas crianças falando, sorriu e disse:

— Venha comigo, quero que você conheça uma pessoa... e reveja duas.

— Tudo bem — concordou Natsuki, um pouco relutante, mas ao mesmo tempo curiosa.

Manami se levantou do chão e Natsuki também. Manami a levou até seu antigo quarto, que era um dos maiores da casa. O local não estava muito diferente de como era antes. Ao ver a melhor amiga depois de anos, Natsuki saiu correndo para abraçá-la, com a alegria fluindo em suas veias. Manami se afastou para deixá-las sozinhas para conversar. Natsuki abraçou Chizue como se não houvesse amanhã, parecia desejar sentir cada centímetro do corpo da amiga para poder acreditar que estava diante dela, realmente.

— Chi, senti tanto a sua falta! Eu te adoro demais! Como estou alegre em te ver! — disse Natsuki, sorrindo e segurando as mãos da amiga, transbordando de felicidade. Chizue também estava alegre naquele momento.

— Natsu, quanto tempo! Você está ainda mais bonita do que antes! — disse Chizue, sorrindo.

Ao lado esquerdo de Chizue estavam Daiki e um garotinho de cabelos curtos quase pretos com alguns tons castanho-claros, ambos com quimonos marrom-escuros, sentados no chão e falando alto um com o outro. Natsuki não fazia ideia de quem poderia ser aquele menino, apesar de ele ter um rosto bastante familiar. Ele falava baixo em comparação a Daiki, que gritava enquanto conversava.

— Daiki, esta é sua irmã mais velha, Natsuki. Ela cuidava de você quando você era um bebê — apresentou Chizue. Natsuki ficou feliz em ver o irmão novamente e ficou surpresa por vê-lo tão crescido, pois apenas o havia visto bebê. Daiki já estava com 7 anos.

— Oi, Natsuki — disse Daiki, sorrindo.

A jovem ficou feliz em ouvir a voz do irmão pela primeira vez. Natsuki já não sentia mais a leve raiva que sentia do irmão quando morava na casa, porque havia amadurecido e sabia que não deveria tratá-lo mal por ciúme.

— Oi, Daiki. Você é muito bonito, sabia? —disse Natsuki, sorrindo de volta.

— Obrigado! — disse o menino, corado e feliz pelo elogio.

No mesmo instante, o garoto desconhecido se aproximou de Natsuki e começou a examiná-la, como se quisesse ler seus pensamentos. Ele era um pouco menor do que Daiki em tamanho, mas era bem mais bonitinho. Tinha 6 anos de idade. Natsuki sentiu vontade de apertar as bochechas do menino por um instante, porém antes de fazer isso tinha que saber quem ele era. Chizue ficou tensa quando percebeu que o filho estava prestes a falar com Natsuki.

— Quem é você, moça? — perguntou.

— Eu sou Natsuki, e você?

Chizue mordeu os lábios, nervosa. Sabia que precisaria contar a Natsuki sobre seu relacionamento amoroso secreto com Yasuo e que tinha sido expulsa de casa. Chizue detestava se lembrar desses fatos.

— Meu nome é Rokuro e tenho 6 anos. Se você se chama Natsuki, então é minha tia! Sou seu sobrinho! Não acredito que estou conhecendo a minha tia! — disse Rokuro, pulando de felicidade.

Natsuki arregalou os olhos, chocada com o que havia acabado de ouvir. Estava boquiaberta. Olhava para Chizue, olhava para Rokuro... mas não conseguia falar. Não acreditou que o menino estivesse falando a verdade, mas ao perceber que Chizue estava muito nervosa, notou que não havia sido enganada por ele. Natsuki estava completamente confusa, porque seria impossível ela ter um sobrinho se Yasuo estava morto e se Daiki era uma criança. Além disso, Natsuki não fazia ideia de quem poderia ser a mãe de Rokuro, pois Yasuo não teve relacionamentos amorosos duradouros durante sua vida.

— Chizue... o que está acontecendo? Esse menino está falando a verdade? — perguntou Natsuki, em estado de choque, tentando entender a situação. Chizue suspirou e disse:

— Sim, ele está. Acho melhor conversamos em particular, só nós duas.

— Por que tenho que sair, mamãe? Por quê? Eu prometo que vou me comportar! — disse Rokuro, muito chateado.

Natsuki ficou ainda mais espantada ao ouvir Chizue ser chamada de "mamãe" por um menino que era apenas um ano mais novo que Daiki. Na época em que Daiki era um bebê, Chizue tinha 14 anos e Natsuki não lembrava de tê-la visto grávida. "Isso fica cada vez mais confuso... Será que estou ficando maluca? Esse tal de Rokuro me chamou de tia e chamou a Chi de mamãe?!", pensou Natsuki.

— Eu já volto, Natsu. Só um minuto. Rokuro e Daiki, venham comigo, por favor — dito isso, Chizue se retirou da sala com os dois meninos, que reclamaram no começo, mas seguiram-na.

Daiki e Rokuro não gostavam de ser excluídos de certas conversas, adoravam saber de tudo, mas infelizmente não podiam. Chizue deixou-os na sala de estar com Manami, então voltou ao quarto, fechou a porta e sentou-se no tatame no chão quase ao mesmo tempo em que Natsuki também se sentou. Antes de começar a falar, Chizue arrumou os cabelos, que estavam presos e decorados por três pequenos adornos laranja para combinar com o quimono, que era laranja com arbustos verdes e pássaros brancos estampados. Ela estava usando um sapato zori, assim como Natsuki.

— Poderia me dizer quem é o Rokuro, Chi? Estou muito confusa — pediu Natsuki, ansiosa para entender o que estava havendo.

Chizue não queria relembrar-se das várias coisas ruins que houve na época em que estava grávida, porém não poderia mais evitar comentá-las, já que precisaria falar sobre Rokuro com Natsuki.

— Acho que sua mãe já te disse, mas muitas coisas aconteceram enquanto você estava fora, Natsu. Muitas mesmo. Estou com vergonha de mim mesma agora... — disse Chizue, rindo de nervoso, tomada pelo constrangimento.

Natsuki se aproximou de Chizue, triste com o fato de ela estar se sentindo desconfortável.

— Chi, somos grandes amigas há anos! Não é porque passei um tempo fora que você deve se afastar de mim e se sentir desconfortável quando conversa comigo. Juro que não vou te julgar, me conte o que houve — pediu Natsuki, com um tom de voz sereno, preocupada com a amiga.

"Quando a Natsu souber que fui amante do Yasuo tenho certeza de que vai me julgar, mesmo que seja mentalmente. Isso é óbvio", pensou Chizue.

Em alguns minutos, Chizue contou tudo o que aconteceu de importante em sua vida: o fato de ter namorado Yasuo e outro garoto ao mesmo tempo, sua expulsão de casa, Rokuro ser realmente seu filho, ter perdido a virgindade com Yasuo (e por isso a certeza de que ele era o pai de Rokuro)... Falou até mesmo sobre o dia em que Manami foi praticamente expulsa por Eijiro. Natsuki não conseguiu evitar, ficou boquiaberta o tempo todo, porque, afinal, jamais imaginou que quando voltasse para casa descobriria que os pais estavam separados e que Chizue havia tido um filho com Yasuo, fruto de uma gravidez não planejada.

— Estou pasma. Nunca pensei que Akemi e Masato seriam capazes de te expulsar de casa, eles são pessoas tão bondosas... e eu não fazia ideia de que você estava grávida do meu irmão quando tínhamos 14 anos.

— Meus pais apenas fingem ser legais, Natsu. Eles tentam ser liberais e às vezes quebrar as regras da sociedade, mas na verdade existe um conservadorismo forte neles. Quando contei da gravidez, eles ficaram desesperados para arranjar um marido para mim, apesar de eu ter 14 anos. Entrei em pânico, porque não queria me casar, briguei muito com eles e esse foi o principal motivo pelo qual eles me expulsaram. Disseram que jamais teriam na família a presença de um neto bastardo e que se eu não me casasse... eles se livrariam de mim, ou seja, da vergonha da família — contou Chizue, muito triste ao se lembrar.

A jovem mãe derramou algumas lágrimas e Natsuki abraçou-a para consolá-la. Surpreendeu-se negativamente com a atitude do casal Fujimura, não sabia que eles seriam capazes de expulsar a filha grávida de casa.

— Sinto muito por isso, Chi. Você e Rokuro não mereciam isso. Seus pais nunca mais te viram depois da expulsão? — perguntou Natsuki, curiosa.

Chizue fez que não com a cabeça e chorou ainda mais. "Eles nunca quiseram conhecer o neto. Não me conformo com isso até hoje", pensou Chizue, cada vez mais magoada com a situação.

— Meus pais e meu irmão souberam logo da gravidez?

— Yasuo nunca soube, os meus pais demoraram para contar aos seus e, quando contaram, receberam apoio para me expulsar... mas depois, as coisas mudaram. Eu dormi na rua por duas semanas após minha expulsão, até sua mãe se desculpar comigo por ter apoiado os meus pais e me acolher aqui na casa de vocês. Não sei se você sabe, mas percebi que desde aquele dia sua mãe mudou muito e, na época em que o Rokuro era bebê, ela me falava quase todos os dias do quanto se arrependia por ter sido tão dura com você — contou Chizue, com pena de Manami ao se lembrar.

Natsuki realmente estava surpresa com a atitude da mãe desde que havia chegado à casa naquele dia. Estranhou o fato de Manami não a ter criticado em momento algum. Manami não fez comentários negativos sobre Sakura ser uma filha fora do casamento, sobre sua vida como uma kunoichi, sobre Izumi ser filha de Hiro e não de Takeo... nada. Era como se ela tivesse se tornado outra pessoa. Em poucos anos, Manami havia mudado de maneira drástica e Natsuki não conseguia acreditar nisso.

— Não acredito. Minha mãe mudou bastante mesmo. Acho que nem a reconheço mais. Pensei que ela me encheria de insultos quando eu chegasse aqui — disse Natsuki, inconformada.

— As pessoas nos surpreendem, às vezes. Você com certeza não imaginava que eu era amante do Yasuo e eu não sabia que ele me amava tanto... até aquele dia — disse Chizue, ainda triste.

— Você deveria ter contado ao Yasuo sobre a gravidez, Chi. Ele merecia saber.

Chizue se chateou ainda mais naquele momento. Havia ficado muito triste por não ter dito a Yasuo que estava grávida antes de ele morrer.

— Eu queria ter contado, mas demorei para reunir coragem e quando isso aconteceu ele já estava morto... era tarde demais — disse Chizue, chorando.

Natsuki acariciou a amiga e compreendeu que ela se encontrava em uma situação difícil quando era ainda muito jovem, por isso estava com medo de falar com Yasuo.

— Tudo bem. Eu entendo. Aliás, seus pais já sabiam do seu caso com meu irmão antes do dia em que ele se declarou para você?

— Sim, tanto é que um dos motivos pelo qual meu pai ficou tão bravo naquele dia foi o fato de ver Yasuo me beijando na nossa casa. Meu pai odiava saber que eu namorava dois garotos ao mesmo tempo e acabou descontando isso no Yasuo. Se eu tivesse sido forte e controlado meus sentimentos, provavelmente Yasuo ainda estaria vivo... a culpa da morte dele foi minha e de mais ninguém.

Chizue começou a chorar ainda mais. Era a pessoa que mais se sentia culpada pelo falecimento do garoto. Natsuki detestava ver Chizue chorar daquele jeito.

— Não fique assim. Não foi culpa sua! — afirmou Natsuki.

— Obrigada por dizer isso. Muito obrigada mesmo — disse Chizue, aliviada ao ouvir aquelas palavras de Natsuki.

— Nunca pense um absurdo como esse. Não precisa me agradecer. Eu estou sempre do seu lado e nunca duvide disso.

Natsuki abraçou a amiga novamente e acariciou-a. Chizue sorriu. Apesar de não ter expressado esse sentimento, Natsuki estava bastante chateada pelo fato de ter perdido tantos acontecimentos. Ela não queria ter conhecido o sobrinho depois que ele já tinha crescido, queria tê-lo visto bebê, ter acompanhado a gravidez de Chizue. Por outro lado, agradeceu por não ver o adultério de Eijiro, a terrível atitude dele em relação a Manami e a expulsão de Chizue de casa.

Após permanecer por dois dias em sua antiga casa em Kiryu, Natsuki se despediu de sua antiga família, porque precisava retornar para sua casa em Sano. Natsuki aproveitou muito o tempo em que ficou em Kiryu, pois conversou bastante com Chizue e com Manami, deu muitas risadas, brincou com Rokuro e Daiki, observou Sakura e Izumi se divertirem com os meninos... foi uma experiência inesquecível. Natsuki se surpreendeu pelo fato de tantas coisas terem ocorrido durante sua ausência e ficou magoada por ter perdido algumas delas, porém ao mesmo tempo sentia-se muito feliz por ter finalmente revisto a mãe. Ambas haviam cometido erros e, por terem assumido isso, conseguiram se reconciliar e uma amizade forte entre elas, que nunca existiu, floresceu.

Depois do reencontro com Manami, Chizue e Daiki e de ter conhecido seu lindo sobrinho Rokuro, Natsuki passou a visitar a antiga casa uma vez por mês, às vezes duas, com Takeo, Izumi e Sakura, passava uma semana ali. Inclusive, levou Hiro algumas vezes e Manami gostou de conhecê-lo. Além disso, passou a enviar cartas para a mãe regularmente para falar sobre sua vida em Sano e o quanto estava feliz pelo fato de as duas estarem tão próximas.

Natsuki e Manami descobriram, depois de anos afastadas, que na verdade eram mais parecidas do que pensavam. Só precisavam reconhecer que haviam errado em suas ações em vários momentos e aprender a tolerar suas divergências.

Este livro foi composto em Minion Pro 11pt e
impresso pela gráfica Paym em papel Offset 75g/m².